적과의 만찬

적과의 만찬

초판 1쇄 찍은 날 § 2005년 6월 13일
초판 1쇄 펴낸 날 § 2005년 6월 23일

지은이 § 이조영
펴낸이 § 서경석

편집장 § 문혜영
편집책임 § 이종민
편집 § 한지윤

펴낸곳 § 도서출판 청어람
등록번호 § 제1081-1-89호
등록일자 § 1999. 5. 31
어람번호 § 제5-0045호

주소 § 경기도 부천시 원미구 심곡1동 350-1 남성B/D 3F (우) 420-011
전화 § 032-656-4452 팩스 § 032-656-4453
http://www.chungeoram.com
E-mail § eoram99@chollian.net

ⓒ 이조영, 2005

ISBN 89-5831-586-5 03810

※ 파본은 본사나 구입하신 서점에서 교환하여 드립니다.
※ 저자와 협의하여 인지를 붙이지 않습니다.

적과의 만찬

이조영 지음

도서출판
청어람

프롤로그

"**여**깁니다, 형님."

송근우의 말에 대한은 뒷짐을 진 채 눈앞에 있는 한옥 집을 올려다보았다. 일제 강점기 때부터 삼 대째 이어져 내려오는 전통 한식집 '백궁'. 옛날 고관대작이나 살았음직한 한옥 집은 커다란 대문을 중심으로 양옆으로 긴 담이 이어져 있었다. 왼편으로 돌아가면 식당으로 바로 통하는 문이 있었고, 오른편은 뒷동산 쪽으로 올라가는 길이었다. 그는 아직도 서울 시내에 이런 집이 존재하고 있다는 사실에 사뭇 놀라움을 금치 못했다. 신기하기도 했고, 무엇보다 위치 조건이 마음에 들었다.

"괜찮네. 네가 보기엔 어떠냐?"

"제가 보기에도 이보다 적합한 땅은 없을 것 같습니다, 형님. 물론 우리 손에만 들어온다면 말이죠."

대한은 고개를 몇 번 끄덕거리고는 큰 소리로 말했다.

"오늘 회식은 여기서 한다!"

송근우가 뒤편에 죽 서 있는 부하들에게 손짓을 한 뒤, 대한을 식당 쪽으로 안내했다. 산 아래인데다 주변에 집들이 없고 외져서 그런지 공기마저 달랐다. 대한은 느긋하게 청량한 공기를 몇 번 들이마셨다 내쉬었다 하기를 반복하며 천천히 걸음을 옮겼다.

그들이 식당으로 들어가 안쪽 방의 큰 회식 자리에 모두 착석한 지 얼마 안 되어 한 여자가 방 안으로 들어왔다. 대한은 무심결에 눈동자를 여자에게로 향했다가 동공이 짧게 흔들렸다.

여자는 전형적인 한국 미인이었다. 백옥 같은 피부에 적당히 둥글린 검고 짙은 눈썹. 그 아래 가늘게 보일 듯 말 듯 속 쌍꺼풀진 눈. 반월(半月)처럼 그려진 눈매는 그녀의 영민함을 더해주었고, 그리 높지도 낮지도 않은 콧대와 엷은 립스틱을 발라 촉촉한 입술은 이지적이고도 자존심이 강해 보였다. 가르마를 흐트러짐없이 양옆으로 갈라 단정히 하나로 땋아 내린 긴 머리카락, 귀밑으로 한 가닥 늘인 잔머리는 단아함을 더해주었다. 옥빛 한복 앞으로 모아쥔 여자의 손에는 짙은 색의 옥 반지가 끼어져 있었다. 워낙 이목구비가 또렷한 탓에 짙은 화장을 하지 않고도 그녀의 미모는 대한의 시선을 사로잡기에 충분했다. 한국적인 자태와 은은히 풍겨오는 향기에서 그녀 깊숙이 내재되어 있는 내공을 느낄 수 있었다.

'여간내기가 아니겠군.'

대한은 눈빛을 번쩍이며 여자를 응시하다 한쪽 입가를 슬쩍 말아 올렸다.

'맘에 들어.'

여자도 흔들림 하나 없는 눈동자로 그의 시선을 받아내고 있었다. 오히려 흔들리기 시작한 건 대한 쪽이었다. 더욱이 여자가 그리 침착한 태도로 자신을 바라보고 있자, 먼저 시선을 피하기도 어려워졌다. 마치 눈싸움이라도 벌이듯 그렇게 있기를 잠시, 여자가 먼저 입을 열었다.

"어서 오십시오."

다소곳한 인사와 함께 공손한 말투가 무척 마음에 들었다. 그는 싱긋 웃고 난 뒤 대뜸 물었다.

"당신이 이곳 주인, 윤수은이요?"

초면에 무례한 질문이었음에도 불구하고 수은은 얼굴빛 하나 바뀌지 않았다. 이런 손님은 더러 있기 마련이다. 게다가 보아하니 주먹패의 우두머리인 것도 짐작할 수 있었다. 무사의 눈썹처럼 짙고 거칠며 끝이 약간 위로 치켜 올라간 모양은 호방한 기질을 엿볼 수 있었다. 코는 콧대가 우뚝한 반면, 콧방울에 살집이 통통하고 동글동글하여 잘 익은 마늘 같았다. 입술은 부드러운 기가 하나도 없이 심술궂게 다물어져 있었다. 무척 강한 인상의 남자다. 한 번 보면 다시는 잊혀지지 않을 정도로. 그간 수많은 손님들을 대해왔지만, 이토록 선명하고 또렷하게 머리에 박히는 사람은 없었다. 수은은 문득 자신이 잡초 밭에 서 있는 기분이 들었다. 그를 중심으로 하여 일렬로 죽 앉아 있는 조직패들은 그녀의 기를 단박에 죽여놓을 만도 했다. 그러나 어떤 경우에도 침착함을 잃지 않는 그녀의 성품으로 인해 그들은 단지 손님에 지나지 않았다. 잡초 같은 손님들.

미리 예약한 대로 준비는 착착 진행되었다. 음식이 거의 상 위에 차려졌을 즈음이었다. 별안간 밖에서 와장창 하는 소리와 함께 손님들의 잇단 비명이 들려왔다. 익숙한 소리에 젓가락을 들던 대한의 손이 멈칫했다. 그는 인상이 구겨지며 눈 속에 예리하게 날이 섰고, 곁에 앉았던 송근우도 표정이 굳어졌다. 일순 방 안에는 냉랭한 긴장감이 서렸다.

방 안으로 한 무리의 사내들이 들이닥친 것은 그때였다. 선두에 섰던 자가 부하들을 향해 급히 소리쳤다.

"쳐!"

그들은 들어서자마자 사정 두지 않고 손에 든 몽둥이를 대한의 부하들을 향해 휘둘렀다. 식탁이 쓰러지고, 집기들이 부서졌으며 상 위에 사발을 올려놓고 있던 종업원들이 기겁하여 밖으로 뛰어나갔다. 순식간에 방 안은 완전히 아수라장으로 변했다. 송근우가 자리에서 벌떡 일어나며 외쳤다.

"뭣 하는 자식들이야!"

마침 대한 앞으로 밥그릇을 올려놓는 중이던 수은은 갑작스런 일을 당하고 안색이 창백해졌다. 대한이 공격해 오는 이를 피해 그대로 식탁을 뒤엎으며 자리를 박차고 일어났다. 그 바람에 수은은 그만 옆으로 쓰러지고 말았다.

대한은 몽둥이를 살짝 피하며 달려드는 놈의 면상을 주먹으로 까버린 후, 급히 수은을 안아 일으켰다.

"괜찮아요?"

수은은 자신의 허리를 꽉 끌어안고 있는 남자의 손을 의식할 틈
도 없이 급히 고개를 주억거렸다.

대한은 수은의 눈동자를 잠시 응시했다. 맑고 청초하다. 그러다
혼이 반쯤 나간 것 같은 그녀의 표정에 피식 웃고 말았다. 삶 자체
가 이런 자신과는 천지 차이가 나는 여자니 놀랄 만도 하리라.

그때 격렬히 휘두르는 몽둥이 하나가 엉겁결에 수은에게로 날
아들었다. 대한이 그녀를 안은 채 재빨리 몸을 반대로 틀었다. 몽
둥이는 그대로 그의 머리를 강타했고, 휘청한 그는 수은을 껴안은
채 풀썩 그 자리에 쓰러졌다.

"이, 이보세요!"

깜짝 놀란 수은이 그를 불렀다.

대한은 정신이 아득해지는 걸 느끼면서도 이제 무슨 수를 쓰든
이 땅을 손에 넣어야겠다는 생각을 하고 있었다. 그것은 대한에게
일련의 도박인 셈이었다. '백궁' 땅, 그리고 쓰러져서도 자신의
품 안에 안겨 있는 수은 둘 다를 놓고 건 도박. 그는 장난스런 미
소를 입가에 문 채 곧 어둠 저편으로 의식을 놓아버렸다.

제1장

"지난번에는 큰 신세를 졌어요. 다친 곳은 괜찮으신지요?"

대한은 히죽 웃고는 고개를 끄덕여 보였다. 근 한 달 만이다, 그녀와 이렇게 다시 마주한 것이.

"그나저나 제게 볼일이 있어 오셨다고요?"

대한은 대답 대신 안주머니에서 봉투 하나를 꺼내 그녀 앞으로 밀어놓았다. 수은은 눈만 살짝 깔아 봉투를 내려다보다가 질문했다.

"이게…… 뭐죠?"

대한이 무뚝뚝하게 대답했다.

"이곳 땅문서요."

수은의 시선이 대한에게 다시 날아들었다. 이번에는 화살촉 같

은 날카로움이 담겨 있었다. 대한은 짐짓 딴전을 피우며 느물스럽
게 말을 이었다.

"이번에 내가 인수했어요. 김 회장님이 내게 직접 얘기하라고
하더군."

수은은 당혹감을 감추지 못했다. 설마 이런 일로 찾아오리라고
는 꿈에도 생각 못했다. 불과 한 달 전만 해도 그는 자신을 위험에
서 구해준 사람이었다. 그때의 인상이 강하게 남아 이따금 불쑥불
쑥 생각났었고, 미처 연락처를 받아놓지 않은 까닭에 따로 인사말
을 건네지도 못했다. 조직 간의 패싸움이라는 건 알았지만, 여하
튼 자신을 보호하느라 몽둥이로 얻어맞고 기절한 그에게 감사 인
사 정도는 해야 한다고 생각했다. 안 그래도 궁금하던 차에 이렇
게 스스로 나타나 내심 반가웠는데, 실망이 이만저만 아니었다.

그녀의 얼굴에 짙은 그늘이 드리워지는 것을 보며 대한도 마음
이 무거워지는 걸 느꼈다. 그는 수은이 속으로 무언가를 억누르는
것을 조용히 지켜보았다.

"그래서요?"

그녀의 목소리는 의외로 차분했다.

대한의 원래 계획으로는 삼 대째 내려오는 이곳 전통 한식집을
깡그리 밀어버리고 쇼핑센터를 올릴 생각이었다. 오래된 한옥 집
이니 부수는 일이야 식은 죽 먹기지만, 이곳 땅 주인이었던 김 회
장의 말대로 이 젊은 여자를 설득하기가 그리 쉽지만은 않을 것이
다. 당찬 말투만 보아도 여간 고집이 셀 것 같아 보였다.

하지만 그는 그런 수은이 싫지 않았다. 순순한 여자는 그간 매

끼니 찾아 먹듯 보아왔고, 가끔은 이렇게 별미 같은 여자도 당기는 법이다. 고리대금 업계에서 그래도 방대한 하면 아— 할 정도인데, 그렇게 이름을 얻기까지 그의 활약이야 더 말할 나위 없었다. 말 그대로 맨땅에 헤딩이었던 인생이다. 어릴 때부터 알아주는 깡패였고, 중·고등학교 시절에는 유명한 주먹패였다. 워낙 가난한 집안에서 태어나 나름대로는 자수성가를 했다고 해도 과언이 아니었다. 지금의 입지를 굳히기까지 그는 악랄한 방법과 수완으로 정평이 나 있었다.

지나가는 개도 안 건드린다는 방대한. 그에게 걸렸으니 조만간 그녀도 항복을 하고 나올 게 분명하다. 그는 은근히 수작을 넣었다. 먼저는 수은의 외모나 풍겨오는 이미지가 마음에 들었고, 다르게는 이리 큰 한식집을 운영할 정도라면 보통내기가 아닐 터라 그녀의 기질을 알고 싶어서였다. 그가 음흉스레 말을 건넸다.

"보상은 충분히 해주죠. 원한다면 다른 좋은 자리를 알아봐 줄 수도 있고."

수은은 단정한 입매로 슬쩍 미소를 비추었다. 대한은 그것이 비웃음처럼 보여 심정이 상하고 말았다. 보기에도 자존심으로 밥 비벼 먹게 생겼으니 절대 호락호락하지 않으리라.

"이 땅의 임자는 저예요. 그 영감에게 그리 전해주시지요."

수은은 처음과는 달리 독설을 내뿜듯 그리 말했다. 김 회장이 알려준 대로 정확했다. 대한은 굳어진 안면 근육을 이리저리 풀어보며 대충 얼버무렸다.

"우리 괜한 시간 낭비하지 맙시다. 나도 바쁜 사람이야."

"이 땅은 제 조상들이 대대로 살아온 곳이에요. 그 영감이 말하지 않던가요? 자기 조상이 우리 집에서 허드렛일을 하던 종의 신분이었다고."

대한은 픽 웃음을 터뜨렸다. 달나라도 가는 2천년대에 아직도 신분을 운운하는 여자가 있다니 우스웠다.

"당신과 김 회장님과의 집안 관계는 나와 아무 상관 없어. 나는 내 땅만 찾으면 그뿐이란 말이야."

"말했잖아요. 저는 이 땅도, 이 집안에 있는 어느 것 하나라도 내줄 수 없어요. 일제 치하에 있을 때, 그놈은 우리 집안을 말아먹은 왜정 놈의 앞잡이였으며 독립군이셨던 조부님을 왜정 손에 죽게 만든 원수예요. 그 대가로 빼앗은 땅문서였고요."

대한은 입맛을 쩝쩝 다시며 검지를 세워 이마를 긁적거렸다. 왜정 시대니 독립군이니 아주 머리 아프다. 그는 인상을 구기며 그녀를 달래기 시작했다.

"글쎄, 나하고는 아무 상관 없는 일이라니까. 그건 김 회장님한테 가서 따질 일이고, 나는 틀림없이 내 돈 주고 이 땅을 샀으니 일전에 있었던 인연을 생각해서라도 우리 좋게좋게 해결합시다. 나는 단순한 놈이 되어놔서 복잡한 건 아주 질색이거든."

"저도 더 이상 할 말, 없어요. 이런 사정을 하나도 모르고, 그 역적 놈에게 땅을 산 당신이 실수한 거예요."

대한은 속으로 피식 웃었다. 실수? 방대한에게 그런 일로 실수란 없다. 일부러 저지르지 않는 이상.

"그럼 이렇게 하는 건 어떻겠어요? 내가 여기다 큰 쇼핑센터를 올릴까 하는데, 건물이 다 지어지면 아가씨에게 가장 좋은 목을 주리다. 그곳에서 계속 식당을 하면 되지 않겠어요? 보아하니 집이 낡아서 오래 쓰지도 못할 것 같은데, 이왕 이렇게 된 거 산뜻하게 현대식으로 고치면 더 낫지 않겠어?”

수은도 곱게 눈을 깔더니 한숨을 폭 내쉬었다. 한숨 내쉬는 모습까지 어찌나 단아하고 예쁜지 대한은 순간적으로 그녀에게 마음이 홀딱 빼앗겨 버렸다.

“제 말뜻을 아직 못 알아들었군요. 전 이 땅에서 한 발자국도 안 나가요. 그러니 어디 마음대로 해보시지요.”

“허.”

앙탈도 나름이다. 다른 여자 같으면 어디서 고집이냐고 뺨부터 날아갔을 테지만, 상대가 상대이니만큼 대한은 애교 정도로 봐주었다. 어차피 쫓겨나게 되어 있는데, 이젠 나이도 있고 입지도 있고 하니 더러운 성질만 앞세워 일을 처리할 게 아니다. 사람은 자고로 머리를 써야 하는 법. 이 땅을 순순히 차지하는 방법이란, 당장 땅에 욕심을 둘 것이 아니라 이 여자의 마음부터 돌려놓는 것이 우선이라는 생각이었다. 그리고 또 한 가지, 처음 이곳에 왔을 때 그녀를 안고 정신을 잃어가면서도 계획했던 일이 있었다. 그것을 위해서 그는 가진 돈을 몽땅 투자했고, 드디어는 며칠 전 김 회장에게서 땅문서를 건네받았다.

그는 그 제안을 넌지시 던졌다.

“좋아. 나도 생각을 해보지. 그리고 당신에게도 생각할 시간을 주겠어. 법원으로 가는 상황까지는 막기 위함이야. 앞으로 백 일주지. 내가 이 땅을 포기할지 안 할지는 그 안에 결정지을 거요. 대신 당신도 내게 해줘야 할 일이 있어."

"뭐죠?"

"내 세 끼를 해결해 주는 거요."

"예?"

"이곳 음식이 아주 소문났던데, 앞으로 백 일 동안 내게 매끼니 음식을 해주쇼. 물론 아주 정성스럽게. 잘만 하면 우린 적이 아니라 동업자가 될 수도 있어."

"적이 아니라 동업자라…… 그게 무슨 말이죠?"

대한이 한쪽 입끝을 씩 밀어 올리며 대답했다.

"이곳 음식점의 후원자로 나서겠다는 뜻이요. 듣자 하니 자금 문제로 아주 힘들다면서요? 장사가 안 되는 것도 아닌데, 어째서 자금 문제가 심각하다는 건지 모르겠군. 노름을 하는 것도 아닐 테고."

"그건 신경 안 쓰셔도 돼요. 지금 한 말씀만 지켜주세요. 그렇다면 저도 약속하지요. 저희 음식 맛을 충분히 보신 후에 얘기를 해도 늦지 않을 거예요."

수은은 자신만만하게 눈빛을 반짝였다. 대한도 문득 호기심이 동했다. 저 여자가 만들어주는 음식은 대체 어떤 맛일까. 그녀의 말에 동조하듯 그가 고개를 끄덕했다.

"그럼 오늘 저녁부터 당장 시작하죠. 만약 조금이라도 마음에 안 들 시에는 지금 한 약속은 없었던 걸로 할 거요."

잠시잠깐 두 사람 사이에 팽팽한 긴장감이 감돌았다. 수은은 예의 서늘한 눈빛으로 되돌아와 대한을 똑바로 쳐다보며 마지막 승부수를 던졌다.

"길고 짧은 건 대봐야 알지요."

*

자신이 키우다시피 한 일개 깡패에게 땅문서를 순순히 내주고도 김경복 회장은 여유작작한 모습이었다. 자신의 사무실 한쪽에 구비되어 있는 골프 연습 기구 앞에서 그는 능숙한 솜씨로 골프채를 볼에 갖다 대고 있었다. 칠십이 가까운 노구였지만, 십 년은 젊어 보였다. 이제 겨우 오십밖에 안 된 비서실장과 거의 비슷한 연배로 보이기까지 했다.

비서실장 노홍세는 고리대금 업계에서 뼈가 굵은 김 회장의 심중을 알 길이 없어 불안한 기색이 역력했다. 그 땅이라면 그가 평생을 숙원해 오던 땅이었고, 절대 거저 넘겨줄 리 없었다. 아무리 방대한 같은 악질 깡패 놈에게 약점이 잡혔기로서니 그리 쉽게 합의를 볼 리가 없었다. 무슨 꿍꿍이가 있는 것만은 확실했으나, 회장은 오후 내내 그 일에 관하여 일언반구도 하지 않았다. 그 내막이 궁금하기도 하고, 느낌상 지금쯤 무슨 하명이 있을 시기여서 그는 사무실을 나가지 않고 조용히 기다리고 있었다.

볼은 정확히 홀 안에 들어갔다. 노홍세는 홀 안에서 공을 꺼내며 은근슬쩍 말을 붙였다.

"회장님, 백궁 말입니다."

김 회장이 별다른 표정 없이 대꾸했다.

"왜?"

"어떻게 됐는지 알아볼까요?"

하지만 김 회장은 딱 잘라 말했다.

"놔둬!"

노흥세가 그 순간을 놓치지 않았다.

"무슨 대책이 있으신 겁니까?"

"당분간은 조용할 게야."

"예?"

김 회장은 영문 모를 소리만 하고, 노흥세는 점점 궁금증이 동해서 고개만 갸웃거렸다. 김 회장이 골프채를 거두어 집 속에 넣고는 소파로 가서 앉았다.

"앉아봐."

노흥세가 소파에 엉덩이를 붙였다. 소파 깊숙이 기대앉아 김 회장이 본론을 꺼내었다.

"윤수은, 그리 만만치 않을 게야. 자기 목숨을 끊으면 끊었지, 그 집을 그냥 내줄 아이가 아니지. 제아무리 날고 긴다는 방대한 같은 놈이라도 골치 썩게 되어 있어. 어디 골탕 좀 먹어보라지."

자조적으로 읊조리다 말고 그는 의미심장한 눈빛을 띠었다.

"나도 다 수가 있어. 땅 가지고 두 사람이 실랑이를 벌이는 동안 해야 할 일이 있거든."

"할 일이라 하시면……?"

"첩자!"

"첩자…… 요?"

"그래."

"그럼 누구를 보내실 생각이십니까, 회장님?"

"있어! 하나 쓸모없는 놈."

✻

백 평 남짓한 '백궁'의 부엌에서는 한창 손님상을 준비하느라 여념이 없었다. 다른 곳은 거의 한옥 그대로를 살려놓았으나, 식당만은 현대식으로 고쳐 놓았다. 하지만 뒤채로 돌아가면 큰 군불이 몇 개 놓여 있고 커다란 무쇠 솥에서는 김이 무럭무럭 솟아올랐다. 군불을 때는 남자, 무쇠 솥에서 밥을 퍼 담는 여자, 국을 푸는 여자, 그 담당이 따로 있는 옛날 방식 그대로였다.

이렇듯 '백궁'의 부엌 풍경은 여느 때와 다를 바 없었다. 수은은 일일이 점검하고, 간을 맞추고, 지시를 하느라 바삐 움직였다. 최종적으로 상을 점검한 그녀는 곁에 대기하고 서 있던 두 직원에게 짧게 명령했다.

"안채로 들여와요. 숭늉 넉넉하게 끓이고요."

"예, 사장님."

그녀를 앞세워 밥상이 안채로 들어갔다.

방 안에는 대한이 앉아 있었다. 그는 한쪽 다리를 세운 채 비스듬히 앉아 있다가 문이 열리고 상이 들어오자 정좌했다. 한 상 들고 들어오는 것이 무슨 잔칫집 온 듯해서 그는 자못 호기심 어린 눈빛이었다.

직원들은 그의 앞에 조심히 상을 내려놓고, 그 옆에 전골을 끓이는 화로와 화로 틀은 따로 준비해 두었다. 수은은 상석에 그를 앉히고, 그 건너편에 마주 앉았다. 상을 내려다보는 대한의 표정에서 호기심이 놀라움으로 변해가고 있는 것이 느껴졌다.

수은이 공손히 사발 뚜껑을 열어주며 말했다.

"옛날 궁중에서 조석으로 올리던 수라상이에요. 혹 들다가 특별히 생각나는 것이 있다면 따로 말씀하세요."

대한은 멍하니 수은을 쳐다보다가 무심코 고개를 몇 번 끄덕였다.

"그러지."

수저를 들려다 말고 그의 손이 멈칫했다. 은수저. 은보다 금이 더 좋은데. 그는 속으로 생각하며 수저를 들었다.

"오늘은 첫날이라 수라상으로 차린 것이니 너무 부담스러워하실 건 없어요. 그보다는 맛을 보아주세요."

대한은 다시 한 번 고개를 끄덕였다.

"그러지. 그런데 당신은?"

"손님과 함께 식사를 하지는 않아요. 하지만 시중은 들어드리지요."

대한이 손을 휘휘 내저었다.

"아니! 난 당신과 함께 식사를 하겠다는 거였어. 게다가 그렇게 빤히 보고 있는 데서 어떻게 혼자 식사를 하나?"

수은은 난감한 표정을 지었다.

"하지만……."

"수저 가져와요. 어차피 그렇게 앉아만 있을 거 같이 먹읍시다. 안 먹고 살진 않을 거 아뇨?"

수은은 하는 수 없이 경첩 옆에 있는 인터폰을 들었다. 주방과 연결된 번호를 누른 뒤, 그녀가 말했다.

"밥과 수저 한 벌만 더 가져다 줘요."

수화기를 내려놓는데 벨이 울렸다. 그녀는 대한에게 눈짓으로 양해를 구하고는 다시 수화기를 들었다.

[전화 왔습니다, 사장님.]

"지금 연결을 하면 어떡해요? 나중에 한다고 하세요."

[급한 전화라서 어쩔 수 없었습니다. 죄송합니다.]

급한 전화? 수은은 벌써부터 걱정스런 기색을 띠었다.

"알았어요. 연결해 줘요."

연결된 전화는 다름 아닌 홍 아저씨였다. 그의 부친은 수은의 조부와 함께 독립운동을 하던 양반이었다. 자주 연락을 하긴 해도 이곳 사정을 잘 아는 터라 바쁜 시간은 피해주었었는데 무슨 일일까. 수은은 괜한 긴박감마저 느껴졌다.

"아저씨, 안녕하셨어요?"

[오! 그럼. 잘 있고말고. 너도 별일없지?]

"그럼요. 그런데 무슨 일이세요? 급한 일이라니……."

[응. 실은 내 긴히 부탁할 일이 있어서…….]

"부탁…… 이요? 무슨 부탁인데요?"

[조금 있으면 청년 하나가 그리로 갈 게야. 내 먼 친척 조카 되

는데, 미안하지만 거기서 일 좀 배우게 했으면 싶어서.]

"그래요? 잘되었네요, 아저씨. 안 그래도 사람 하나를 구하려던 참이었는데."

[그래? 아이고, 내가 이리 선견지명이 있다니까. 그럼 바쁜 것 같은데, 자세한 것은 내 나중에 다시 연락할게.]

"예. 들어가세요."

전화를 끊고 수은은 대한에게 미안한 예를 표했다. 가만히 전화 내용을 듣고 있던 대한은 별 대수롭지 않은 일이라 여기고 다시 수저질을 했다.

그때 문이 열리며 여직원 하나가 소반에 밥과 은수저 한 벌을 담아가지고 들어왔다. 수은은 소반을 받으며 여직원에게 고맙다는 인사를 잊지 않았다. 한복을 곱게 차려입은 수은 외에는 모두 유니폼을 입고 있었는데, 대한은 그 이유가 궁금했다.

"한복 안 귀찮아요?"

자기 앞에 놓인 사발의 뚜껑을 열며 수은이 대답했다.

"어릴 때부터 익숙해서요."

대한은 조용히 밥을 먹는 수은을 슬쩍 훔쳐보았다. '쩝' 소리 하나 없이 밥을 떠먹고 씹는 입매가 너무나 예쁘고, 고왔다. 눈을 살짝 내리깔아 긴 속눈썹은 인형 같았다. 계란형의 작은 얼굴과 오목조목한 생김새. 그러면서도 고집깨나 셀 것 같은 수은이 그는 보면 볼수록 마음에 들었다. 실지 밥이 무슨 맛인지는 몰랐다. 여자를 앞에 앉혀놓고, 이렇게 마주 앉아 단둘만의 식사를 하고 있는 것이 더 맛깔났다.

"맛이 어떠세요?"

대한이 아무 말도 없어 불편했는지 수은은 정중한 어투로 물었다. 대한은 한쪽 눈썹을 바투 세우고 입가를 쓱 말아 올리며 웃었다. 꽤 흡족한 표정이었다. 하지만 나오는 말은 그 반대였다.

"한 번 보고 아나? 앞으로 계속 먹어봐야 알지."

수은은 그의 의미 모를 웃음에 다소 긴장했다. 대한은 수은의 반응을 알면서도 모른 체 보글보글 맛있게 끓고 있는 전골냄비에 연신 수저를 갖다 대고 있었다.

수은은 빈 그릇에 전골을 국자로 덜어 대한의 앞에 놓아주었다. 대한은 그제야 같이 먹는 전골냄비에 직접 숟가락을 넣는 것이 잘못되었음을 깨달았다. 그러나 뉘우침보다는 은근히 부아가 솟았다. 밥맛까지 뚝 떨어졌다. 그가 퉁명스레 말을 내뱉었다.

"뜨거운 게 좋아. 덜어 먹으면 금방 식을 것 아닌가."

"너무 뜨거우면 정확한 맛을 음미하기가 힘들어요. 그리고 이렇게 덜어 먹는 것은 식사 예법이기도 하지요."

예법 얘기 나오니 마음 상한다. 왜냐? 방대한이라는 남자는 평소 예법하고는 거리가 먼 인간이었으니까. 더군다나 자기 앞에서 가르치려 드는 사람을 보면 밸부터 꼬이는 게 이 남자의 속성이었다. 그는 잇새에 낀 음식물을 찍찍 소리 내며 떼어내었다.

기분이 상한 표정이 역력하여 수은은 공손히 말을 붙였다.

"무례했다면 용서하세요. 다른 뜻이 있어서 한 말은 아니니까. 저는 틀림없이 제 음식 맛을 보여 드리겠다고 약조했고, 그것만큼은 최선을 다할 생각이에요. 그러니 이곳에서 음식을 드실 때에는 제 뜻을 따라주세요. 분명 백 일의 기간을 주셨잖아요.”

누가 뭐랬어? 하는 표정으로 대한은 수은을 건너다보았다.

“그렇지, 백 일.”

그렇게 되뇌며 속으로 불같은 성질을 삭이고 있을 때 밖에서 그를 부르는 소리가 들렸다.

“들어와.”

대한의 명령에 방으로 들어온 사람은 그의 수하인 송근우였다. 송근우라면 대한의 친동생이나 다름없는 자로 비서나 마찬가지였다. 무지막지함이 절로 우러나오는 대한과는 달리 깡패 이미지와는 전혀 어울리지 않게 생겼다. 차분하고 지적으로 생긴 것이 제법 꾀도 많아 보였다. 그는 들어오자마자 무릎을 딱 꿇더니 용건을 얘기했다.

“형님, 큰일났습니다.”

대한은 수은이 떠준 전골 그릇을 못마땅한 듯 휘저으며 무뚝뚝하게 물었다.

“뭐야?”

“초산 놈들이 튀었습니다.”

초산패라면 일전에 ‘백궁’으로 습격해 온 놈들이었다. 그날 이후로 단단히 벼르고 있던 터에 몇 놈을 잡아 족치던 중이었다. 다 잡은 놈들을 놓치다니, 방대한에게는 납득할 수 없는 일이었다.

“뭐?”

낮고 평범한 어조였으나, 송근우는 자기도 모르게 어깨를 움츠렸다. 대한은 차라리 과격할 때가 덜 무섭다. 저렇게 목소리를 깔

때가 가장 위험하다는 것을 그간 곁에서 모신 부하답게 송근우는 너무나도 잘 파악하고 있었다.

"이런, 시팔놈이!"

대한이 집어 던진 은수저가 정확히 송근우의 이마에 가서 맞았다. '딱!' 하는 소리와 함께 수은이 놀라서 눈이 동그래졌다.

"이 새끼야! 지금 밥 먹는 거 안 보여? 그딴 일도 혼자 처리 못해서 쪼르르 달려와?"

송근우가 겁을 집어먹고 고개를 푹 숙였다.

"죄송합니다, 형님!"

"그저 죄송하다면 다지? 당장 안 기어나가?"

"예, 형님! 밖에서 기다리고 있겠습니다!"

밖에서 기다린다는 걸 보니 아무래도 대한이 동행하지 않으면 안 되는 일인 듯하다. 그런데도 그는 불같이 화를 내고만 있을 뿐 서두르지 않았다.

수은은 놀란 가슴을 진정시키느라 들리지 않게 침을 꼴깍 삼켰다. 이미 밥숟가락은 날아갔고, 대한도 더 이상 밥 먹을 기미 없이 인상을 구기며 씩씩대고 있었다. 그가 밥상을 비껴 삐딱하게 앉아 있다가 눈알만 돌려 그녀를 건너다보았다. 맑은 그 눈과 마주치니 대한은 괜스레 머쓱해졌다. 놀란 것이 틀림없는데 침착하려 애쓰는 폼이 역력했다. 이것으로 그녀의 기도 한층 꺾였으리라. 그것만으로 만족하여 그는 송근우를 다잡던 모습과는 다르게 히죽 웃었다.

그러나 수은은 마주 웃지 않았다. 여전히 흔들림없는 눈동자로 바라보기만 했다. 계속 쳐다보고만 있으니 대한도 우쭐했던 기분보다 자꾸만 위축되는 자신을 느꼈다. 뭐야, 저 눈빛은? 그는 입술을 실룩하며 불만조로 물었다.

"왜 그렇게 쳐다보는 거야? 내 얼굴에 밥풀이라도 묻었어?"

마침내 그녀가 입을 열었다.

"예."

대한은 얼른 얼굴로 손을 가져갔다. 여기저기 더듬어보았더니 정말로 입가에 밥풀이 묻어 있는 것이 아닌가. 그는 깜짝 놀란 눈으로 수은을 쳐다보았다. 그런 그를 향해 수은이 다소곳한 말투로 말했다.

"세상에서 가장 귀하면서도 혐오스러운 것이 무엇인지 아시나요?"

"……."

"사람의 혀예요. 그 사람 입에서 나오는 말은 그 사람의 인격을 대변해 주는 것이기도 하지요. 한 마디로 천 냥 빚을 갚는다는 속담도 있지 않던가요? 급한 일이 생긴 듯한데, 이만 가시는 게 좋겠군요. 시간을 지체할 수 없는 일인 듯합니다만."

그녀의 말은 사실이었다. 한시도 지체할 수 없는 일이다. 하지만 세상에서 가장 귀하고도 혐오스러운 것이 사람의 혀라는 말은 이해할 수 없었다. 세상에서 가장 귀하고도 혐오스러운 것은 단연 돈이다, 혀가 아니라.

그는 멀뚱한 표정으로 앉아 있다가 도무지 이해 못하겠다는 얼굴로 자리에서 일어났다. 수은이 일어나 뒤따라 나가며 물었다.

"내일 조반은 몇 시쯤 준비할까요?"

대한은 곧장 방을 나가 마루 아래 가지런히 놓인 구두를 끼어 신으며 그 질문에 답을 했다.

"내가 오고 싶은 시간에!"

"형님!"

사무실로 들어서자마자 대한의 부하들이 일제히 허리를 90도로 꺾었다.

상당히 기분이 저조한 듯 대한은 인상을 무섭게 그리며 부하들 앞을 쓱 지나쳤다. 그가 지나가서야 그들은 꺾었던 허리를 바로 세웠다. 그런데 돌아서기가 겁나게 대한은 일렬로 죽 서 있는 부하들을 한꺼번에 넘어뜨렸다. 말하자면 맨 끄트머리에 서 있던 녀석의 허리를 있는 대로 걷어찼더니 도미노 현상에 의해 와르르 무너져 버린 것이다. 한데 엉켜 버둥대는 그들 위로 대한이 이를 갈며 뇌까렸다.

"니들 오늘 중으로 초산 새끼들 내 앞에 끌어오지 않으면 다 죽을 줄 알아! 대가리 수만 해도 세 배야, 세 배!"

화가 단단히 난 대한은 부하들이 재정립하자 있는 대로 따귀를 올려붙이고, 발길질을 해대는 등 분풀이를 해대기 시작했다. 여기저기서 부하들의 비명이 터졌지만, 무시무시한 보복이 두려워 누구 하나 입도 벙긋하지 못했다. 신음 소리도 겨우겨우 삼켰다. 눈도 마주칠까 쩔쩔매었다.

대한은 깡패답게 체격이 좋았다. 키는 178cm 정도였으나, 체격

조건이 좋아 그보다 훨씬 커 보이는 유리함을 가지고 있었다. 짧은 머리카락 때문에 눈매는 더욱 사나워 보였고, 얼굴 전체에 묻어나는 악질적 성정 때문에 그리 편안한 인상은 아니었다. 눈만 마주쳐도 꼬리를 내리게 하는 위압감마저 느껴지는 탓에 그의 수하에 있는 부하들은 절로 설설 기었다.

"나가! 잡아오란 말이야! 당장 잡아와!"

벼락같은 호통에 울상으로 서 있던 부하들이 후닥닥 뛰어나갔다.

송근우까지 나가 버린 빈 사무실에서 대한은 화를 삭이지 못해 씨근덕댔다. 소파에 털썩 주저앉은 그는 담배를 급히 꺼내어 입에 물었다. 그리고 불을 붙인 뒤 깊이 들이마셨다. 니코틴 향이 머리끝까지 오른 성질을 다소 가라앉혔다. 그는 다리를 테이블 위에 길게 올리고 소파에 깊숙이 기댄 뒤, 다시 한 번 담배 연기를 훅 내뿜었다.

그러기를 잠시, 무슨 생각이 들었는지 픽 실소를 머금었다. 그의 입에서 희미한 담배 연기와 함께 중얼거리는 소리가 흘러나왔다.

"윤수은, 내가 우습겠다! 어디 두고 봐라. 여자들이야 벗겨놓으면 다 똑같지 뭐. 한복만 곱게 차려입으면 별거냐. 쳇."

말은 그러하지만, 그는 여전히 무언가 찜찜한 표정이었다. 그것이 구역을 침범한 초산 놈들 때문인지, 윤수은이라는 여자 때문인지는 정확히 알 수 없었다. 다만 눈앞에 담배 연기처럼 그녀의 단아하고 청초한 얼굴만 뭉게뭉게 피어오르고 있을 뿐.

*

밤하늘에 떠 있는 무수한 별. 계절마다 바뀌는 별자리는 언제 보아도 정신을 빼앗길 만큼 아름답고 광활하다. 테라스에 설치해 놓은 특수 망원경 렌즈에 눈을 딱 붙이고 서서 별을 관찰하고 있는 사람, 그가 규성이다. 가끔 혀끝으로 입술을 훔쳐 내는 모습이 여간 진지해 보이는 것이 아니었다.

그는 사위에 어둠이 깔리기 시작할 무렵부터 이층 테라스로 나와 망원경을 들여다보고 있었다. 하는 짓이 영락없는 어린애였다. 대여섯 살짜리 어린애가 망원경을 보며 신기해하는 모습과 똑같았다. 그래서 가정부 아주머니가 문밖에서 몇 번이나 저녁 식사를 하러 오라고 불러대도 그는 건성으로 대답할 뿐, 망원경 앞에서 물러날 생각을 않았다.

"대체 뭘 하는 거니?"

끝내는 그의 어머니가 납시었다. 그는 힐끗 뒤를 한번 돌아보고는 망원경에 또다시 눈을 들이댔다.

"제발 그것 좀 그만 할 수 없니? 차라리 컴퓨터를 하는 게 낫지, 원. 네 아버지 아시는 날엔 또 날벼락이 떨어질 게다. 어서 내려가. 아버지 기다리셔."

"알았어요."

하는 수 없이 규성은 망원경 앞에서 떨어져 나왔다. 구부정한 허리를 펴니 족히 180은 넘어 보이는데, 한쪽 귀걸이와 노랗게 물들인 머리 색에 요란한 힙합 패션은 그의 어머니 정 여사의 눈살을 찌푸리게 만들었다. 그녀는 외아들 규성을 한심스러운 눈빛으로 쳐다보았다. 스물여덟이나 먹은 놈이 일은 안 하고, 매일 빈둥빈둥 노는 것도 못마땅한 데다 허구한 날 쓸데없이 망원경에 눈을 붙이고 있으니 속이 다 문드러질 것만 같았다.

그럴싸한 사업장 하나 내줄까 해도 어릴 적부터 받아 쓸 줄만 알았지, 벌 줄은 모르는 인간이기에 그나마도 말아먹을까 겁이 나 그렇게도 못할 입장이었다. 그렇게 경영학과나 아니면 의대, 법대, 하다못해 교육학과를 나오기라도 했으면 얼마나 좋아. 하늘만 쳐다봐서 별이라도 딴다면 모를까, 하나도 쓸모없는 천문학과는 나와서 이 고생이었다. 아무리 아버지 회사라고는 하나, 그런 과로는 명함도 못 내밀 처지였다. 차라리 그럴 바에야 기술이라도 배워 번듯한 자격증으로 사업이라도 한다면 다행이리라.

보일 듯 말 듯 한숨을 내쉰 정 여사에게 규성이 말을 툭 던졌다.

"엄마, 나 돈."

돈도 어찌나 잘 써대는지, 걸핏하면 용돈타령이다. 정 여사는 그래도 나가면 친구들 앞에서 꿀릴까 지갑 가득 돈 마를 날 없이 챙겨주는 어머니였다. 무엇보다 아들 하나 있는 거, 사람 구실하도록 만들려면 어쩔 수 없었다. 돈으로라도 밀어붙일 수밖에.

"며칠 전에 준 카드는 어쩌고?"

"아버지가 막아놓으셨던데."

"흠, 알았다. 일단 내려가서 밥부터 먹자. 아버지 올라오시겠다."

말이 끝나기가 무섭게 문이 벌컥 열리며 김 회장이 방 안으로 들어왔다. 깜짝 놀란 정 여사와 규성이 테라스에서 방 안으로 냉큼 들어왔다. 김 회장은 규성을 죽일 듯 쏘아보더니 매몰차게 외쳤다.

"너 당장 짐 싸!"

깜짝 놀란 정 여사가 물었다.

"여보, 무, 무슨 일인데 그러세요? 규성이 어디로 보내시려고요?"

김 회장이 사이도 두지 않고 대답했다.

"백궁."

정 여사의 얼굴이 하얗게 질렸다.

"배, 백궁? 여보, 거긴……!"

김 회장은 여전히 딱딱한 말투로 뇌까렸다.

"너 내 밑에 와서 그동안 써댄 카드 빚 제할래, 아님 백궁 가서 일할래?"

규성도 더 길게 생각할 여지없이 대답했다.

"백궁이요."

백궁이 뭐 하는 곳인지는 모르겠으나, 아버지 밑에 가서 일을 하는 것보다야 훨씬 나을 것이다. 그래서 얼떨결에 대답을 한 다음, 아래층으로 내려와 대략의 이야기를 들었다. 그런데 생각했던 것과는 어쩐지 요지가 달랐다.

"너는 오늘부로 그 집에 들어가서 해야 할 아주 중요한 일이 있다. 그 집은 삼 대째 내려오는 전통 한식집으로 윤수은이라는 아이가 현재 주인이다. 너와 같은 해에 태어났으니까 동갑일 게야. 그 집에 류민자라고 수석 조리사가 있어. 그 여자를 잘 회유해서 끌어오면 돼.”

규성은 기가 막혔다. 남의 영업장에 가서 사람을 회유하라니, 그것은 분명 비겁한 전술이다.

“아버지, 하지만 그건…….”

“그것도 사업 수완이야. 내가 다른 사람도 아닌 너를 그곳에 보내는 것은 다 그만한 이유가 있어서다. 군소리 말고 가! 그깟 것도 못해낸다면 넌 내 아들도 아니다. 그리고 임무를 완수하지 못하면 집으로 돌아올 생각도 말아!”

“무작정 가라고만 하면 어떡해요? 거기서 절 받아주기나 한대요?”

“다 받아주게 되어 있어.”

김 회장은 자신만만하게 말을 이었다.

“네가 내 아들이라는 것만 숨기면. 그리고 조리사를 못 데려올 거면 차라리 그 윤수은이라도 꼬셔. 그래서 네 편으로 만들란 말이다. 그러기 전에는 절대 집 안에 발 들일 생각 말아!”

규성이 짐 보따리를 싸서 나간 후, 정 여사는 김 회장을 따라 안방으로 들어오며 그의 결정에 불만을 터뜨렸다.

“아들 하나 있는 거 적진에 보낸다는 게 말이 돼요? 그 윤수은이란 주인애가 우리 규성이를 혹사시킬는지도 모르잖아요.”

“그놈은 혹사 좀 당해봐야 정신 차려!”

"여보!"

그런데도 김 회장은 덤덤하기 이를 데 없었다. 오히려 따끔하게 일침을 놓았다.

"당신은 잠자코 있어. 괜한 짓 해서 일 망쳐 놓으면 알아서 해."

"당신, 대체 무슨 생각이신 거예요? 정말로 우리 규성이가 그 윤수은이란 아이를 꼬시기라도 하길 바라는 거예요?"

"그래, 그거야말로 내가 바라는 바야!"

정 여사가 기겁했다.

"당신 제정신이에요? 그 윤수은이란 아이는 당신을 철천지원수로 안다면서요."

"그러니 더 더욱 내 며느리로 삼아야지."

"네에?"

"우리 조상이 자기네 집에서 종살이나 하던 머슴 출신이라고 얼마나 업신여겼는지 알기나 해? 어디 내 며느리가 되어서도 그 잘난 콧대를 얼마나 치켜세울 수 있을지 보고 싶다고! 내가 괜히 이제껏 백궁을 가만 놔둔 줄 알아? 나도 다 생각이 있어서야."

김 회장의 한 서린 집념에 정 여사는 안색이 하얘졌다.

"맙소사!"

그에 아랑곳없이 김 회장은 혼잣말을 중얼거렸다.

"일할 능력이 안 되면 여자 꼬시는 능력이라도 있어야 할 텐데. 쯧쯧."

*

규성은 택시의 트렁크에서 여행용 짐 가방을 낑낑거리며 꺼내 들었다. 자가용으로 태워다 줄 줄 알았건만, 아버지는 혼자 가라고 호통을 쳤다. 하는 수 없이 이 많은 짐들을 직접 끌고 우여곡절 끝에 백궁 근처에서 내리긴 했는데, 지리마저 어두워 어디가 어디인지 통 알 수가 없었다. 그는 그만 떠나려는 택시를 잡아 기사에게 물었다.

"아저씨, 어디로 가야 한다고 그랬죠?"

기사가 답답하다는 듯 인상을 구기며 손가락으로 규성의 뒤편 길 쪽을 가리켰다.

"저기 큰길로 들어가면 큰 공터 나와요. 공터에서 조금만 더 들어가면 기와집 나오는데, 거기가 백궁이오."

"아, 예. 고맙습니다."

날은 이미 어두운데, 바퀴 달린 짐 가방을 끌고 기사가 알려준 대로 큰길로 접어들자니 정말로 큰 공터가 나왔다. 그런데 방향이 두 갈래다. 마침 오른편에서 나오는 차가 있기에 그는 잽싸게 손을 흔들어 세웠다. 보조석 문이 열리고 인상이 별로 좋지도 않은 놈이 눈을 매섭게 부라리며 쳐다보았다. 아직 죄짓기 전인데도 지레 놀라 규성은 주춤했다.

"뭐야?"

사내가 묻기에 규성은 말을 약간 더듬거리며 물었다.

"호, 혹시…… 백궁으로 가려면 어디로 가야 하는지 아세요? 전통 한식집인데."

사내가 인상을 구기는 통에 규성은 가슴이 쿵쾅거렸다. 이래서 죄짓고는 못사는가 보다. 그 순간 아버지가 마지막으로 한 말이 떠올랐다.

"조리사를 못 데려올 거면 차라리 그 윤수은이라도 꼬셔. 그래서 네 편으로 만들란 말이다. 그러기 전에는 절대 집 안에 발 들일 생각 말아!"

그는 눈을 질끈 감고, 위축되는 가슴을 활짝 폈다. 그래, 죽기 아니면 까무러치기다! 그 많은 카드 빚을 아버지 밑에서 일을 하며 갚는 것보다야 이편이 훨씬 자유롭지 않겠는가. 게다가 여자를 꼬드기라니, 그거야말로 식은 죽 먹기다. 그는 백분 기운을 내어 씩씩하고 용감하게 다시 한 번 물었다.

"백궁 가는 길이 어디입니까?"

"우리가 방금 나온 길 봤지? 그 길로 가봐."

"아, 고맙습니다."

의외로 상대가 순순하게 나오자 규성은 멋쩍게 고개를 숙였다. 차는 곧 횅하니 제 갈 길로 가버렸고, 길에 남은 규성은 가방을 끌고 오른쪽 길로 발걸음을 떼었다. 그렇게 이십여 분을 더 들어갔을까 한데, 맞은편에 나타난 것은 으리으리한 기와집이었다. 그는 입이 쩍 벌어져 대문 앞에 장승처럼 한동안 서 있기만 했다.

양식집이면 오죽 좋아? 하필 좋아하지도 않는 한식일 게 뭐람. 하지만 지금은 그게 문제가 아니었다. 집으로 다시 돌아갈 수 있는 길은 이 길 하나뿐인 것이다. 팔자에도 없는 첩자 노릇이라니 생각하면 할수록 억장이 무너졌지만, 규성은 낙천적인 성격답게 대문부터 두드렸다. 사극에 보면 이럴 때는 '이리 오너라!' 하던데. 문득 그런 장난기가 동하여 그는 한번 시도나 해볼까 싶은 마음이 들었다.

"이리 오너라! 게 아무도 없느냐!"

문이 벌컥 열린 것은 바로 그때였다. 애초에 장난 삼아 그냥 혼잣말처럼 해본 소리였는데, 정말로 기다렸다는 듯 문이 열린 것이다. 문을 연 사람은 조그만 아가씨였다. 눈이 동글동글하고 제법 앙증맞게 생겼다. 이제 스무 살이 갓 넘어 보였다.

규성은 놀란 가슴을 진정시키느라 '후' 하고 숨을 내쉬었다.

"누구세요?"

아가씨가 대뜸 물었다. 규성은 아버지가 일러준 대로 이곳에 오게 된 연유를 황급히 설명하고자 했다.

"그러니까…… 내가 누구냐면…… 이름은…… 홍…… 규성. 나이는 스물…… 여덟. 그리고 먼 친척 되시는 홍 아저씨 소개로……."

아가씨가 어깨를 들썩이며 킥킥거렸다. 본인이 생각해도 더듬은 표가 너무 나서 그는 얼굴이 새빨개졌다.

"들어와요."

아가씨가 먼저 등을 돌렸다. 그녀의 뒤를 규성은 빨개진 얼굴 그대로 따라 들어갔다. 아가씨를 따라 뜰과 뜰, 그 가운데로 통하는 작은 문을 통해 들어가자 본채가 그 웅장한 모습을 드러냈다.

옛날 고관대작들이나 살았음직한, 아직도 옛날식을 고수하고 있던 기와집이었다. 기와집 끝에 달려 있는 풍경이 바람에 흔들렸다. 맑은 소리가 바람결에 따라 불규칙적으로 울렸다. 마당을 가로질러 오가는 발길이 바쁜 걸 보니 한창 손님이 들끓을 시간인 듯했다.

아가씨는 그새 마루 위로 올라서 안방 쪽에다 대고 누군가를 불렀다. 잠시 후 수은이 나왔다.

규성은 어리둥절해서 바삐 움직이는 사람들을 보고 있다가 누군가가 나오는 기척에 고개를 돌렸다. 그리고 마루를 내려서는 그녀를 보고 순간적으로 정신이 멍하고 나가 버렸다. 아니, 심장이 딱 멈췄다는 말이 정확하다. 한복 차림이었으니 천사라는 표현보다는 선녀라는 말이 더 어울리겠다.

그는 반쯤 넋이 나가서 수은을 바라보았고, 고무신을 신고 아래로 내려선 수은은 정중히 고개를 숙여 인사를 올렸다.

"어서 오세요."

"……."

마주 인사를 하든지 무슨 말이 있어야 할 텐데 규성은 수은을 바라보기에만 정신이 없었다. 실지 그는 수은이 하는 소리를 못 들었다. 정신이 갑자기 나가니 모든 오감이 일시에 막혀 버린 탓이었다. 정지된 상태로 꼼짝을 않고 서 있기만 하는 그에게 수은이 걱정스레 물었다.

"괜찮으세요?"

그래도 대답이 없는 그였다. 그를 이곳까지 안내했던 아가씨가 보다 못해 그의 어깨를 세게 후려쳤다.

"이봐요! 정신 차려요."

그제야 화닥닥 정신이 든 규성은 두 눈을 황소처럼 껌벅거렸다. 아픈 걸 보니 꿈이 아닌 것만은 확실하다. 그가 어설피 웃으며 손을 척 내밀었다.

"안녕하세요? 김…… 아니, 홍규성이라고 합니다."

수은은 그가 내민 손을 잠시 내려다보다가 보일 듯 말 듯 미소 지었다. 그리고 그 손을 가만히 맞잡았다.

찌리리릿!

물론 그 느낌이야 규성 혼자 받은 것이다. 손끝에서 전해지는 전파가 단숨에 심장을 통과하여 온몸으로 퍼져 나갔다. 충격파에 의한 심장은 급격히 뛰어오르기 시작했고, 온몸은 나른하고, 다리는 후들거렸으며 얼굴 근육은 바싹 당겨져 올라갔다. 머리끝까지 짜릿한 이 느낌. 이런 게 바로 사랑이 아니고 무엇이겠는가!

그녀의 손이 자신의 손끝을 스치며 마지막으로 빠져나갈 때에는 정말이지 그 손을 놓치고 싶지 않을 만큼 아쉬웠다.

"들어오시지요."

수은은 마루에 올라서 왼편 여닫이문을 열고 안으로 먼저 들어갔다. 규성도 그녀의 뒤를 따라 방 안으로 들어섰다. 방 안은 커서 중간에 또 하나의 문지방이 있었지만 열린 채였고, 대신 발을 걸어놓았다. 지금은 반쯤 거둬져 있었는데, 수은은 문지방을 지나 보료가 놓여 있는 곳으로 가서 앉았다. 가구들마저 온통 고 가구들인 덕에 규성은 자신이 옛날로 뚝 떨어진 것 같은 기분마저 들었다.

　방 안으로 들어가 마주 앉았을 때, 좀 전 그 아가씨가 차를 내왔다. 그녀는 다기(茶器)에 녹차를 우려내며 규성을 흥미롭게 쳐다보았다. 그녀의 눈초리가 부담스러워 규성은 자꾸만 시선을 피했다. 그것을 눈치챘는지 수은이 말했다.

　"새롬이 넌 그만 나가보거라. 차는 내가 대접해도 된다."

　"예."

　새롬이라는 아가씨가 발딱 일어나 방을 나갔다. 규성은 그제야 여자와 단둘이 마주 앉은 것에 긴장했다. 다기를 다루는 솜씨가 무척 정감있었다. 향도 제법 은은하고, 독특하다. 이왕 줄 거 커피였음 더 좋았겠지만.

　손끝을 가지런히 모으고 다기에 차를 따르는 모양새도 어찌나 맵시가 있던지 규성의 입에서는 절로 감탄사가 터져 나왔다. 그녀가 다기를 그의 앞으로 얌전히 놓아주고, 마시기를 청했다. 그러나 한 모금 마셔본 규성의 인상은 묘하게 찌푸려졌다. 이게 무슨 맛일까? 은은하다 느꼈던 향도 가까이 맡아보니 정체 불명의 풀냄새다. 신기한 듯 다기 안을 들여다보고 있는 그에게 수은이 말을 걸었다.

　"일을 배우러 오셨다고요?"

　"예? 아…… 예. 딱히 일이라기보다는 개인적인 사정이 있어서 당분간만 신세를 지려는 것뿐이에요."

　"홍 아저씨 부탁이니 마음 푹 놓고 지내세요. 건넌방을 쓰시도록 치워놓았어요. 오늘은 너무 늦었으니 해야 할 일은 내일 아침에 말씀드리죠."

"예."

규성은 차를 마시는 척하면서 눈동자만 살짝 들어 수은을 살폈다. 한 손을 잔 밑에 받치고 소리없이 차를 마시고 있는 여자를 보자, 그 우아함에 가슴이 두근거렸다. 처음 망원경으로 별을 보았을 때의 느낌과 거의 흡사했다. 차는 마시는 둥 마는 둥 찻잔을 내려놓으며 그가 물었다.

"윤수은 씨라고 하셨죠?"

"예."

"듣기로는 저와 나이가 같다고 하던데……."

"그런가요? 전 몰랐네요. 실례가 안 된다면 이전에 무슨 일을 하셨는지 여쭤도 될까요?"

이 얘기를 해도 될까? 규성은 잠시 망설이다 대답했다.

"천문학을 공부했어요."

"아……!"

그녀의 입에서 경탄조의 탄성이 나오는 것을 보고 규성은 으쓱했다. 대부분의 여자들은 솔직하게 말해 주면 실망의 빛을 띠곤 하던데, 이 여자는 역시 다르다.

"힘든 일은 안 해보신 것 같은데 괜찮겠어요? 보기보다 일이 고될 터인데."

규성은 대수롭지 않게 대꾸했다.

"요리, 그거 재미있겠던데 이왕이면 주방으로 보내주세요."

"주방…… 에요?"

"예. 평소 요리에 관심이 많았거든요. 구경 삼아, 일 삼아 하고 싶어서요."

"어찌 보면 주방 일이 가장 힘들어요. 아무나 들어갈 수 있는 곳도 아니고요. 하지만 예외도 있는 법이니 내일 수석 조리사님께 말씀은 드려보죠."

"죄송한데……."

그가 난처해하며 부탁의 말을 이었다.

"혹시 남은 밥 있을까요?"

"예?"

"급히 오느라 저녁밥을 제대로 못 먹었더니 배가 고프네요."

"어머, 그렇군요. 잠시만 기다리세요."

그녀는 직접 가져올 모양인지 서둘러 밖으로 나갔다.

잠시 후, 부엌에서 돌아온 수은은 규성을 건넌방으로 안내했다. 건넌방은 마루를 사이에 두고 수은의 안방과 맞은편에 있었다. 방 크기는 안방에 비해 반 정도에 지나지 않았지만, 규성 혼자 묵기로는 적격이었다. 온통 고 가구인 것은 안방과 다를 바 없었다. 다만 규성이 한 가지 신경 쓰이는 것은 침대가 없다는 것이었다. 태어나 맨바닥에서 자본 적이라고는 단 한 번도 없어서 그는 막막한 표정으로 방바닥을 내려다보았다.

"군불을 때서 방은 뜨끈할 거예요. 상은 이 방으로 들여오라 일렀으니 드세요. 그럼."

"잠깐만요!"

돌아서 나가려는 수은을 급히 불러 세운 그가 미적 물었다.

“화장실은…… 어디 있어요?”

“화장실은 뒤채에 있어요.”

“뒤채? ……그럼 한밤중에 볼일 보러 밖으로 나가야 한단 말인가요?”

“필요하시면 요강을 준비해 드리죠.”

“…….”

요강을 들은 적은 있어 규성은 멀거니 수은을 바라보았다. 황당한 규성과는 달리 그녀는 무표정이었다. 규성은 허탈한 표정으로 겨우 입을 열었다.

“고마워요.”

“별말씀을. 그럼.”

수은이 물러난 뒤 규성은 그 자리에 털썩 주저앉고 말았다. 요강이라. 어이없어 헛웃음만 픽 터져 나왔다. 엉금엉금 기어 이부자리가 펴진 아랫목 쪽으로 내려가니 그녀의 말대로 방바닥이 절절 끓는다.

“와우, 끝내주네.”

그가 엉덩이가 다 델 것 같은 구들장에 한참 신기해하고 있을 때, 문밖에서 소리가 났다.

“식사 왔어요.”

“들어와요.”

상을 들고 들어온 이는 새롬이라는 그 아가씨였다. 상을 직접 들고 들어오기에 무거워 보여 규성은 무릎걸음으로 다가가 상을 받아 들었다.

상 위를 한번 훑어본 규성은 그나마 김과 달걀말이도 없이 순전히 나물 일색에 김치, 생선 한 토막, 허여멀건한 국 한 사발이 달랑이자 실망감을 감추지 못했다.

새롬이 그의 안색을 살피며 물었다.

"왜 안 먹어요? 시장하다면서."

규성이 숟가락을 들며 은근히 물었다.

"혹시 계란 프라이 같은 거 없을까?"

"왜요? 나물에 밥 비벼 먹게요? 진작 말하지. 잠깐만 기다려요. 제가 맛있게 비벼다 줄게요."

"아, 아니, 그게 아……."

그러나 말을 마치기도 전에 새롬은 방을 쪼르르 달려나갔다가 잠시 후, 큰 대접을 하나 들고 들어왔다. 대접을 그의 앞으로 놓아주는데, 보아하니 나물에 고추장 팍팍 넣은 비빔밥이다. 그녀가 밥을 싹싹 비벼주며 종알거렸다.

"참기름이랑 깨소금이랑 넉넉하게 넣어서 진짜 맛있거든요. 고추장 더 필요하면 얘기해요."

이미 벌건 고추장 색깔만으로도 입 안이 매워 죽을 판이라 규성은 황급히 손을 내저어 만류했다.

"아니, 아니! 됐어. 그냥 먹을게. 고마워."

실컷 비벼놓은 걸 안 먹는다 할 수도 없는 노릇이었다. 한 수저 떠먹어보았더니 매운 맛이 입 안에 감돌아 혀가 얼얼할 지경이다. 무슨 놈의 비빔밥이 이리도 맵단 말인가! 그가 재빨리 물을 찾았다.

“물 좀!”

“어머, 숭늉 가져오는 걸 깜박했네. 잠깐만요.”

그녀는 또 쪼르르 달려나간다. 고로 미치는 건 규성이었다. 하나 가지러 일일이 부엌까지 가야 하다니, 갔다 오는 동안 매워 돌아가시겠다.

“후우, 후우. 고추장이 매워서 그런가? 조금만 넣지. 색깔 봐라, 이거. 이걸 나더러 어떻게 먹으라는 거야?”

물이 올 때까지는 도저히 못 참겠기에 그는 국을 후루룩 떠먹었다.

“앗, 뜨거!”

매운 데다 뜨거운 것을 갑자기 들이키니 혀가 화끈거리고 난리가 났다.

“Shit!”

그가 손부채까지 동원하여 혀를 식히고 있을 때, 새롬이 이번에는 숭늉 대접을 들고 들어왔다. 차가운 물을 기대했건만, 그의 앞에 놓인 물은 뜨거운 김이 펄펄 올라오는 숭늉이었다. 규성은 눈물까지 찔끔 나왔다. 게다가 물 색깔이 뭐 이래? 밥알도 둥둥. 그가 눈물을 머금고 사정했다.

“찬물 없어? 냉장고 물.”

새롬이 눈을 깜박이며 대답했다.

“언니가 냉장고에 물 못 넣어놓게 해서 없는데.”

“그럼 그냥 물이라도…….”

“아마 있을걸요. 잠깐만요.”

또 일어서려는 그녀를 붙잡아 주저앉히고 규성이 급히 말했다.

"그냥 내가 가서 마실게. 어디 있어? 그것만 가르쳐 줘."

기어이 새롬이를 말리고 규성은 후닥닥 부엌으로 나왔다. 그 안에서 수은이 여기저기 바삐 다니며 지시를 하는 모습이 보였다. 그는 물 먹으러 나왔던 것도 잊은 채 그녀를 바라보았다. 자기도 모르게 문에 기대어 서서 보고 있자니 마침 돌아서던 그녀의 눈에 띄었다. 규성은 괜히 훔쳐보고 있었던 것 같아 머쓱하여 몸을 바로 세웠다. 그녀가 다가와 물었다.

"왜 나오셨어요? 식사는 어찌하고……."

그제야 규성은 자신이 직접 부엌으로 나온 까닭을 깨닫고 말했다.

"물 먹으러 나왔는데요."

"방금 전에 숭늉 들어가지 않았나요?"

"그냥 물, 찬물이요."

"아."

그녀는 국사발을 하나 들더니 부엌 밖으로 나왔다. 부엌 입구 쪽으로 나란히 놓인 독 중에서 하나를 열고 박으로 물을 떠 사발에 담아 그에게 내밀었다.

"약수물이에요. 시원할 거예요. 드세요."

규성은 얼떨결에 사발을 받아 마셨다. 물맛. 누군가가 얘기했다, 세상에서 물보다 맛있는 건 없다고. 그의 생각도 같았다. 별보다도 더 신기한 게 있다면 바로 이 물이라는 것이다. 그녀의 말대로 바깥에 내놓아 그런지 물은 속까지 확 뚫어지게 시원했고, 약수물이라 맛도 기찼다.

"찬물을 드시고 싶으면 이 독에 있는 물을 먹으면 돼요. 어떻게 찬은 입에 맞으세요?"

"예? 아, 예. 그럼요! 아주 맛있어요!"

"다행이군요. 그럼."

수은은 곧 부엌 안으로 사라졌다. 규성은 슬머시 머리만 기울여 부엌 안을 들여다보았다. 그녀는 좀 전의 모습으로 돌아가 있었다. 하나하나 꼼꼼히 살피고, 이르고, 맛을 보며 가만가만 다녔다. 그것이 몸에 배인 듯 무척 익숙해 보였고, 즐거워 보이기까지 했다.

규성은 문득 그녀와 아버지와의 관계가 궁금해졌다. 아버지가 자세한 이야기를 해주지 않아서 모르겠으나, 필시 특별한 사연이 있을 것이다. 그렇지 않고서야 아버지가 조리사를 회유하지 못할 바에 그녀라도 꼬드기라는 말 따위는 하지 않았을 테니까. 그게 농담이 아닌, 진담처럼 느껴지기는 듣는 순간이 아니라 지금이었다.

'아버지는 대체 저 여자와 무슨 관계일까?'

불현듯 솟구치는 의문이 수은의 등 뒤로 꼬리처럼 들러붙고 있었다.

제2장

아침 일곱 시 정각. 그가 왔다. 명경 앞에서 머리를 가다듬다가 수은은 서둘러 자리에서 일어났다. 생각보다 일찍 와서 당황했다. 밖으로 나갔더니 대한은 마당 중간에 뒷짐을 지고 서서 엉뚱한 곳을 쳐다보고 있었다. 수은이 마루 아래로 내려가 공손히 예를 차렸다.

"오셨어요?"

대한이 시선을 돌려 그녀를 바라보았다. 보는 순간 숨통이 탁 트이는 기분이었다. 밤새 보고 싶어 미치는 줄 알았다.

"험!"

괜한 헛기침 한번 해주고, 그는 대꾸도 없이 마루로 올라섰다. 그의 구두를 가지런히 돌려놓은 뒤, 수은도 그를 따라 방으로 들어갔다. 그는 이제 묻지도 않고 상석에 가서 앉았다. 수은도 그 앞에 마주 앉아 잠시 담소를 나누었다.

"생각보다 일찍 오셨네요. 식사는 아직 준비 중이라 조금 더 기다리셔야 해요. 시장하시면 그전에 죽이라도 올릴까요?"

"아니, 그냥 기다리지."

"예. 그럼 전 나가서 서둘라 이를게요."

"잠깐!"

수은이 일어나려다 말고 그를 바라보았다. 대한이 멀뚱히 그녀를 응시하기를 몇 초, 불쑥 말을 내뱉었다.

"나가봐요."

"……."

영문 모를 행동에 수은은 고개를 갸웃하고는 자리에서 일어났다. 그녀가 몇 발자국 뒤로 물러난 후 등을 돌리자 대한은 그제야 싱긋이 웃었다. 그녀를 보고 있으면 어둡던 마음이 언제 그랬냐싶게 맑아지고, 시원한 공기를 쐬듯 후련해졌다. 그는 밤새 그녀 생각에 잠 못 이루었다. 그래서 이렇게 부리나케 아침 일찍 '백궁'에 왔고, 이제 그 정체를 깨달았다. 단지 바라보는 것만으로 이렇듯 가슴이 묘하게 젖어들게 하는 윤수은, 그녀를 만난 것은 방대한 일생에 기적이라는 사실을.

수은이 부엌으로 나왔을 때, 규성은 바닥 한쪽에 쭈그리고 앉아 커다란 고무 다래에 가득 담긴 감자를 깎고 있었다. 수은이 그를 보고 놀라는데, 규성은 하얀 치아를 드러내며 씩 웃었다.

"뭘 하는 거예요?"

수은의 의아한 물음에 규성이 감자와 감자 칼을 들어 보이며 대답했다.

"감자 깎는데요."

"아직 말씀을 못 드렸는데……."

그때 반대편에서 한창 준비 중이던 수석 조리사 류민자가 큰 소리로 끼어들었다.

"아참! 그 친구, 사장님이 여기서 일하라고 했다면서요?"

규성이 수은을 향해 싱긋 웃었다. 수은은 선수를 친 그에게 어이없는 웃음을 던졌다. 어차피 이렇게 된 바에 어쩔 수 없는 일이지만, 그녀는 그래도 마음이 안 놓이는 눈치였다.

"정말 할 수 있겠어요?"

"그럼요. 걱정 말아요."

"그럼 어디 해보세요. 힘들면 언제든 얘기하구요. 정말 일을 배우러 온 거라면 호되게 가르치겠지만, 당분간이라 했으니 저에게는 손님이나 다를 바 없어요. 그러니 있는 동안은 편히 지내기를 바라요."

수은이 부엌 안쪽으로 들어가자 규성은 기분 좋은 웃음을 짓고는 열심히 감자를 깠다. 감자 까는 일이라면 캐나다 있을 때 몇 번 해본 적이 있었다. 원래 요리라면 질색이지만, 이런 일쯤이야.

그는 주방 안에서 일하는 사람의 서열부터 파악했다. 수석 조리사 류민자 아줌마를 비롯하여 조리사만 열 명이 넘었다. 그리고 그 밑으로 보조들만 수십이었다. 그 외, 밖에서 일하는 직원들까지 합치면 종업원만 백 명 가까이 된다는 얘긴데, 실로 대단한 한식집이 아닐 수 없었다. 어지간한 중소기업과 맞먹는 수준에 규성은 속으로 혀를 내둘렀다.

"뭐 해요?"

누군가 옆에 쪼그려 앉으며 묻기에 쳐다보았더니 새롬이었다.

"감자……."

"아유, 이게 뭐예요? 얇게 깎아야지."

새롬이 타박하고는 귓속말로 재빨리 속삭였다.

"이거 우리 엄마한테 걸리면 죽어요."

"엄마? 엄마가 누군데?"

새롬이 손끝으로 반대편을 가리켰다.

"조기…… 뚱뚱한 아줌마 보이죠? 수은 언니 옆에."

뚱뚱한 아줌마라면 수석 조리사 류민자다. 규성의 눈이 휘둥그레졌다.

"뭐? 저 아줌마가 너의 엄마라고?"

"예. 왜요?"

규성은 새롬이 달리 보였다. 그리고 순간 머리가 팽 돌아갔다.

"야아, 너 정말 반갑다. 앞으로 잘 지내보자. 아주 친하게."

새롬이 어깨를 으쓱하며 고개를 끄덕였다.

"그거야 당연하죠. 저도 오빠가 되게 마음에 드는데……."

"그럼 너도 여기서 일하는 거야?"

“예. 일 배우는 중이에요. 견습생인 셈이죠. 지금은 대학생이구
요.”
“그래?”
“오빠는 몇 살이에요?”
“나? 난 스물여덟 살. 저 언니랑 똑같을걸.”
“그러네. 난 더 어린 줄 알았는데.”
“후후. 내가 동안(童顏)이긴 하지.”
“어제 잠은 잘 잤어요? 화장실 때문에 불편하진 않았어요?”
“어? ……아니, 뭐…… 그러고 보니 화장실을 안 갔다 왔네.”
규성이 자리에서 일어나더니 부스럭 부스럭 고무장갑을 벗었
다. 그리고는 감자 칼을 새롬에게 덥석 쥐어주며 말했다.
“나 화장실 다녀올 동안 네가 좀 하고 있어라.”
그는 쏜살같이 방으로 들어가 요강을 들고 나왔다. 간밤에 누군
가가 방 앞에 놓아주고 갔기에 방 안으로 슬쩍 들고 와 이리저리
뜯어보았었다. 놋쇠로 만든 요강의 뚜껑을 열고 안을 들여다보니
정말이지 답이 안 나왔다. 그래서 결국 구석에 고이 모셔두고, 밤
새 참았다. 저녁에 물을 어찌나 많이 먹었던지 화장실 가고 싶어
죽을 뻔했다. 그래서 참고 참다가 새벽녘에 소변을 보긴 봤는데,
눈을 뜨자마자 부엌으로 나오느라 깜박하고 있었다.
어서 갖다 버려야지. 대신 누굴 시킬 수도 없는 노릇이고 하여
그는 요강을 들고 서둘러 뒤채로 돌아갔다. 화장실은 그래도 공중
화장실처럼 현대식으로 지어놓았다. 그중 한곳에 요강을 비우고
물로 깨끗이 부셨다. 도대체 매일같이 이 짓을 어떻게 하라는 건

지 암담하기 짝이 없었다. 깨끗이 부셔내도 냄새가 그대로 밴 듯해서 그는 찜찜한 얼굴로 요강의 물기를 탁탁 털었다.

그때 마침, 누군가가 화장실 안으로 쓱 들어왔다. 그 앞에서 요강을 털다가 물기가 그의 바지로 튀어버렸다. 깜짝 놀란 규성이 자기도 모르게 요강을 가슴에 덥석 끌어안았다. 물이 튄 바지를 내려다보고 서 있던 남자는 삐딱하게 시선을 들어 규성을 쳐다보았다. 짧은 머리카락 때문에 인상이 더 더러워 보였다.

'누구지?'

이렇게 아침 일찍 밥 손님이 있을 리 만무했다. 옷차림을 보아하니 일하는 사람은 아닐 테고, 규성은 의미심장한 눈으로 그를 바라보다가 사과의 말을 건넸다.

"죄송합니다."

대한은 시종일관 떨떠름한 표정이었다. 그나마 기분이 나아졌다 싶었더니 아침부터 웬 물벼락?

"카악! 퉤!"

그가 가래침을 탁 뱉고는 천천히 규성 쪽으로 다가가 섰다. 규성은 이제 본격적으로 야단을 치려나 싶어 겁을 먹었다. 대한이 목소리를 착 깔고 물었다.

"우리…… 어디서 본 적 있던가?"

규성이 재빨리 고개를 저었다.

"아니요, 없는데요."

있을 리가 없었다. 어려서부터 캐나다에서만 줄곧 산 덕에 친구라 해봐야 유학 시절 친구들뿐이었다. 더군다나 이렇게 인상 험악한 놈을 알 턱이 없었다.

상대도 잘못 보았다 싶었는지 금방 수긍하고 고개를 끄덕거렸다. 그러더니 규성의 어깨에 손을 턱 얹었다. 규성은 내심 겁을 먹었다. 대한이 한쪽 눈썹을 삐딱하게 세우고 은근한 말투로 타일렀다.

"없다니 하는 말인데, 앞으로 조심해라."

규성의 어깨를 몇 번 툭툭 쳐준 뒤, 대한은 화장실 안쪽으로 들어가 버렸다. 위협적인 언사에 규성은 기분이 상했지만, 아침부터 소란을 떨 수는 없어 속으로 꾹 내리 참았다. 생김새나 건들거리는 폼이 영락없이 깡패다. 아침 일찍부터 이런 곳을 드나드는 게 심히 꼬였다.

화장실 밖으로 털레털레 나온 그는 그제야 요강을 끌어안고 있다는 걸 알고 화닥닥 내렸다. 그리고 손에다 코를 대고 킁킁 냄새를 맡았다. 아무래도 찜찜하다. 그는 인상을 찌푸리며 요강을 들고 안채로 향했다. 괜스레 화장실 쪽을 힐끗힐끗 돌아보면서.

지난밤보다는 간소하나, 대한의 눈에는 여전히 잘 차려진 밥상이었다. 종류별로 담겨 있는 음식들은 정갈하고, 먹음직스러웠다. 그는 오늘도 어제와 같이 밥사발 뚜껑을 열어주는 수은의 작고 하얀 손을 쳐다보았다.

그녀는 뚜껑을 소반에 내려놓고, 자신의 밥사발 뚜껑도 열어 그 옆에 나란히 내려놓았다. 방금 푼 밥에는 따끈한 김이 모락모락 피어올랐다.

오랜만에 받아보는 아침상이었다. 순간 대한은 어머니 생각에 마음이 아련해졌다. 그가 싱긋 웃으며 혼잣말을 흘렸다.

"이런 아침상을 받아보는 것이 얼마 만인지 모르겠군."

수은은 대한을 물끄러미 바라보다 괜스레 마음 한구석이 저릿했다. 인생 자체가 험악하니 누가 곁에서 변변히 챙겨줄까. 물론 누구에게나 갖는 인간적인 연민이었겠지만, 수은은 그가 무척 외로운 사람이라는 생각이 들었다.

"드시지요."

국을 한 숟가락 떠먹다가 그가 말했다.

"설렁탕이군."

"예. 설렁탕 좋아하세요?"

"뭐, 음식이라면 대체로 가리는 건 없는 편이지."

"그렇군요. 다행이네요."

국을 떠먹다 말고 대한이 물었다.

"뭐가?"

"식성이 까다로운 분이 아니어서요. 그럴 거라 생각했어요."

대한이 피식 웃었다. 그래서 선뜻 제안에 응했다는 것처럼 들려서다.

"사람을 보기만 해도 식성을 알아맞히나 보지?"

그런데 수은은 거리낌없이 대답하는 것이 아닌가.

"예."

대한이 수저질을 멈칫하고 그녀를 건너다보았다. 수은은 조용히 그를 응시했다.

"정말?"

수은이 대답없이 고개만 끄덕댔다. 대한은 이번에도 픽 웃고 말 았다.

"신기하군. 그럼 내 식성은 어떨 거 같아?"

"맵고 짠 걸 좋아해요. 음식은 급히 먹는 편이며 소화기가 좋지 않아 자칫 방심하면 금방 살이 찔 체질이죠. 그나마 오래도록 운 동을 꾸준히 한 덕에 지금의 체격을 유지하는 거예요. 방대한 씨 같은 체질은 적당한 운동이 가장 좋아요. 그리고 혈압이 있으니 주의해야 하구요. 화를 잘 내고 참지 못하는 성격이므로 마음을 다스리는 수양이 필요해요. 책 좋아하세요?"

대한은 주저없이 대답했다.

"아니! 딱 질색이요."

수은은 당황한 듯했으나 담담히 말을 이어나갔다.

"그럼 적극 추천하고 싶군요. 책을 자꾸 접해보시면 자기도 모 르게 친숙하게 느껴질 날이 올 거예요. 책 종류도 여러 가지니, 자 신에게 맞는 책을 고른다면 더없이 유익하겠지요."

대한이 떠오르는 것이 있어 불쑥 대꾸했다.

"있다, 하나!"

수은이 얼굴색이 조금 펴지며 물었다.

"어떤 책이요?"

"PLAYBOY."

"그런 책이 있어요? 처음 들어보네요."

대한이 웃음을 참고 계속 엉뚱한 소리를 늘어놓았다.

"그 유명한 책을 모른단 말이요? 남자들이 제일 즐겨 보는 책인데. 아마 제일 많이 보기도 했을걸."

"그런가요?"

"뭐, 취향 나름이겠지만."

수은은 미소 짓고는 식사를 계속했다. 대한도 대화를 끊고 밥을 푸지게 퍼서 입에 넣었다. 수은은 조치를 떼어 그의 앞 접시에 놓아주었다.

대한은 그녀가 하는 모양을 가만 지켜보다가 발라진 고기를 젓가락으로 집어 입에 넣었다. 기분이 참 묘했다. 어렴풋한 기억으로는 아주 어렸을 적에 어머니가 이렇게 해주었었다. 지금은 가고 없는 어머니.

대한은 정체 모를 무언가가 가슴속을 한 바퀴 휘돌고 지나가는 느낌이 들어 목이 메었다. 그러나 그녀에게 관두라는 말은 하지 못했다. 그는 그녀가 발라주는 생선 살로 묵묵히 밥만 먹었다. 아침 식사를 거른 지가 어느덧 이십 년이다. 그날 아침은 그에게 어릴 적의 추억 단편과 함께, 배뿐만 아니라 가슴속에도 포만감을 안겨주었다. 그것을 단지 배만 부르다고 생각한 대한의 무지(無智)가 문제였지만.

식사를 마친 대한 앞에 수은이 뜨끈한 숭늉 그릇을 놓아주었다. 대한은 숭늉 그릇을 들어 소리 나게 들이마셨다. 다른 건 몰라도 숭늉 하나만은 구수한 맛이 입에 착 달라붙었다.

"좋군."

그의 말에 수은이 빙그레 미소를 머금고 말했다.

"부탁이 있어요."

"무슨 부탁?"

"오시기 전에 미리 전화를 주면 안 될까요? 그럼 기다리는 시간을 줄일 수 있을 텐데요."

"그러지."

"그리고……."

"또?"

"그 책 말이에요. 아까 말씀하셨던……."

"그런데?"

"그 책, 저도 한번 볼 수 있을까요? 어떤 책인지 궁금해서요."

"……."

그는 곤란한 눈치였다. 수은은 그가 망설이는 이유를 알 수 없어 쳐다보기만 했다.

"그건…… 좀 힘들겠는데."

"왜죠?"

"여자들이 보면 별로 재미없거든."

"아……!"

그가 난처한 듯해서 수은도 더 이상의 부탁은 하지 못했다. 대한은 대한민국에 'PLAYBOY'도 모르는 성인이 있나 싶어 신기할 따름이었다. 이런 고전적인 분위기에서 자란 여자이니 그럴 수도 있겠다. 그러나 대한의 눈에는 그런 그녀가 은근히 귀여워 보였다. 사는 자체가 PLAYBOY인 자신과는 천지 차이였으니까.

수은은 그가 빤히 쳐다보는 느낌이 들어 고개를 들었다. 은근슬쩍 눈길을 돌리는 그를 보다가 수은도 가만히 시선을 거두고 숭늉을 마셨다. 두 사람 사이에 잠시 고요한 정적이 깔렸다. 대한이 숭늉을 후후 불며 들이키는 소리만 간간이 정적을 깨고 있었다.

수은은 대한을 배웅하고 들어오다 마침 마당을 지나가는 규성을 만났다. 그냥 지나치려던 그녀가 그를 불러 세웠다. 규성은 비닐로 된 긴 앞치마를 하고 있었다. 키가 커서 싱거워 보이는 외모와는 달리 생각 외로 썩 잘 어울리는 차림이었다.

"저어……."

수은이 무언가 망설이는 눈치여서 규성은 짐짓 궁금한 눈빛을 했다.

"처음 들어보는 책이 있어서 그러는데, 혹시 알까 하구요. 남자들은 거의 대부분 읽은 책이라 하고, 즐겨 본다고 하더군요."

"예에. 뭔데요, 책 이름이?"

"PLAYBOY라고……."

"예? 뭐라고요?"

"PLAYBOY."

"……."

규성은 자기도 모르게 얼굴이 화끈거렸다. 분명 모르고 묻는 소리일 텐데, 대체 그런 책을 누가 얘기했단 말인가. 게다가 저리 진지한 얼굴이라니. 이거 뭐라 대답해야 하지? 그는 순간 난감하여 어쩔 줄 몰라 했다.

수은은 왜 그러나 하는 이상한 눈초리로 그를 쳐다보았다.

“그게…… 그게 뭐냐면…….”

“…….”

“그런데 누가 그 책을 알려줬어요?”

“손님이 알려주셨어요. 왜요?”

그는 순간 화장실에서 만났던 인상 더러운 놈을 떠올렸다. 분명 그 자식 짓일 것이다. 수은이 이제껏 그와 식사를 함께 하고 있음을 알고 있었으니까. 그가 뭐라고 대답해야 할지 몰라 진땀을 흘리고 있을 때, 새롬이 학교에 가려는지 가방을 메고 나왔다. 수은이 안 되겠는지 그녀를 붙잡고 부탁했다.

“새롬아, 너 학교 갔다 오는 길에 서점에 들렀다 와줄래?”

“책 살 거 있어요, 언니? 어떤 건데요?”

규성은 수은을 말리고 싶었으나 때는 이미 늦었다.

“PLAYBOY.”

새롬이 눈이 동그래져 기겁했다.

“에? PLAYBOY?”

“왜 그렇게 놀라니?”

“언니! 그게 무슨 책인 줄이나 알고 사 오라는 거예요, 지금?”

“무슨 책인지 모르니 사 오라는 거지.”

“그 책은 성인 잡지예요, 언니!”

“뭐?”

규성은 차라리 한쪽 손으로 얼굴을 가려 버렸다. 수은은 말문이 막히는지 아무 말도 못하고 규성의 눈치를 보았다. 그녀는 그제야 대한이 자기를 놀렸음을 깨닫고, 기가 막혔다. 얼굴까지 빨개지는 그녀를 보자 규성은 되레 자기가 더 화가 치밀어 올랐다. 감히 수은을 어떻게 보고 그런 장난질을 친단 말인가! 수은이 고개를 숙이고 마루로 올라서 안방으로 들어가는 것을 보며 규성은 속으로 별렀다. 반드시 놈의 정체를 밝혀 골탕을 먹여주겠다고.

✽

그날 아침, 대한이 '백궁'에서 나와 곧장 향한 곳은 초산 일당이 운영하고 있는 강남의 한 도박장이었다. 일명 '하우스'라 일컫는 그곳은 외관상으로는 평범한 주택이었지만, 24시간 운영하는 비밀 도박장이었다. 간밤에 그곳이 초산의 중간 보스 최치호가 운영하는 '하우스'라는 것을 알아낸 뒤, 그는 팔자 좋게도 '백궁'에 와서 아침 식사까지 한 것이다.

부하들 중, 키가 큰 두 놈이 다른 두 놈의 손바닥을 발판 삼아 담벼락을 쉽게 뛰어넘었다. 마당에서 망을 보던 놈들이 침입자를 보고 달려들어 툭탁거리는 소리가 나더니 이내 대문이 열렸다. 그 안으로 대한 패들이 우르르 몰려 들어갔다.

부하들이 모두 안으로 들어간 후, 맨 마지막으로 대한이 뒷짐을 진 채 어슬렁거리며 안으로 들어갔다. 작은 마당을 지나 현관으로 들어서자 거실에서부터 치고받는 소리가 요란했다. 대한은 그들 사이를 슬슬 피하며 송근우의 안내를 받아 안방 쪽으로 들어갔다. 안방에는 돈 무더기를 쌓아놓고 도박을 하던 년놈들이 얼굴을 가리고 구석에 머리를 처박고 있었다. 부하 두 명이 이미 최치호를 양팔로 붙잡아 꿇어앉힌 채였다.

대한이 화투장이 엎어져 있는 판 앞에 쭈그리고 앉아 돈 뭉치를 손으로 들어 올렸다. 그는 잇새를 '쯔읍' 소리 나게 빨더니 머리카락이 잡혀 고개가 들려져 있는 최치호를 힐끗 쳐다보았다.

"최치호."

최치호가 분하다는 듯 이를 악물었다.

"너, 자꾸 내 구역에 와서 깝죽대는데 말이야. 네 형님이 시켰냐?"

"아니, 나 혼자 한 짓이다."

"그러셔? 시팔놈이 간덩이만 부으셨군. 내가 어떤 인간인지 알텐데?"

"잘 알지, 방대한. 인간백정. 이 바닥에서 그 이름 모르면 간첩 아닌가?"

"호오. 그걸 아는 대가리가 감히 내 구역을 넘봤다 그 말이지?"

대한은 실소를 내뿜고, 돈 뭉치를 손바닥에 몇 번 툭툭 내려치고는 일어섰다. 그가 최치호 앞으로 걸어가더니 들고 있는 돈 뭉치로 얼굴을 가격했다.

"이런 좆만한 새끼가!"

말이 끝나기가 무섭게 대한이 구둣발로 놈의 면상을 깠다. '억!' 하는 소리와 함께 최치호가 바닥에 고꾸라졌다. 그 위를 대한의 발이 사정 두지 않고 내질러졌다. 그 바람에 그 모습을 지켜보던 도박꾼들이 기겁을 하여 전부 바깥으로 내빼 버리고, 부하들은 방문까지 닫아주고 자리를 피했다.

이제 방 안에는 송근우와 씨름 선수라 해도 무난할 평산, 그리고 열나게 패고 있는 대한과 열나게 맞고 있는 최치호만 남았다. 저러다 맞아 죽지 않을까 싶을 정도로 대한은 최치호를 개 패듯 구타했다. 주먹으로만 이십 년이다. 사람 패는 것에는 이골이 난 그였지만, 언제나 남다른 희열감이 있었다. 피를 보면 흥분하는 짐승처럼 그는 속에서부터 울려 나오는 비명과 툭툭 튀는 붉은 핏방울에 점점 이성을 잃어가는 자신을 느꼈다.

하지만 늘 그렇듯 상대가 완전히 널부러진 다음 한꺼번에 몰려드는 허무함은 감당하기 힘든 것이었다. 승리만으로 채워질 수 없는 그 무엇. 이십 년의 세월이 지나는 동안, 아직도 그 해답을 찾지 못했다. 가슴속에 꽉 차 있던 분노가 한꺼번에 썰물처럼 밀려가 버린 후, 혼자 빈 모래 바닥에 서 있는 기분, 과연 그것이 무엇일지.

어느새 그의 이마로도 땀이 송골송골 맺혀 있었다. 그는 가쁜 숨을 헐떡이며 완전히 대자로 뻗어버린 최치호에게 뇌까렸다.

"한 번만 더 내 구역 와서 오줌 지려라, 엉? 그때는 아주 남자 구실을 못하게 해줄 테니까."

그러면서 그는 부하들에게 잊지 않고 일렀다.

"돈 챙겨."

점심 시간이 훌쩍 지나서도 대한은 나타나지 않았다. 전화 한 통 없었다. 그리곤 저녁에야 나타났다. 수은의 안색은 좋지 않았다. 대한도 그걸 모를 리 없는 터라 긴한 호기심이 일었다. 무슨 기분 나쁜 일이 있었던가?

수은이 상 앞에 앉으며 먼저 말을 꺼냈다.

"절 놀리셨더군요."

그는 뜬금없다는 투로 물었다.

"놀려? 내가?"

"예. 그 책 말이에요."

"아, 그 책! 그게 뭐? 난 있는 사실대로 말했을 뿐인데."

그는 하나도 반성하는 기미가 보이지 않았다.

"그게 책이에요? 그건…… 그건…….."

수은이 딱히 할 말을 찾지 못하고 머뭇거리자 대한은 히죽 웃고 나서 이죽거렸다.

"고상한 분이라 그런 건 책 축에도 못 낀다, 이건가? 그런데 어쩌지? 난 세상 여자들이 다 거기서 거기로밖에 안 보이는걸."

그러면서 대한은 슬쩍 그녀의 하얀 목 언저리와 가슴께를 음흉스레 훑어 내렸다. 그의 능글맞은 시선을 모를 리 없는 터에 수은은 굉장한 불쾌감으로 얼굴이 새빨개졌다. 하지만 밥상 앞에서 실랑이를 하고 싶지 않아 급히 말을 돌렸다.

"그리고 점심때도 오지 못할 것 같으면 전화를 주시죠. 미리 연락하겠다고…….."

"올 때 전화한다고 했지, 안 오는데 전화하겠다고 한 적 없어."

"……."

수은은 마치 벽에다 대고 얘기하고 있는 것 같은 기분이 들어 더 이상 마주 앉아 있을 수가 없었다. 종일 가슴이 먹먹하고 답답하던 차에 이런 사람과 밥을 먹다가는 체하고 말 것 같았다.

"드세요. 전 이만 나갈게요."

대한이 그녀의 말을 재빨리 낚아챘다.

"어딜?"

"혼자 드세요. 전 먹지 않겠어요."

그녀의 목소리는 높낮이가 전혀 없이 딱딱하게만 들렸다.

"앉아!"

대한의 언성이 높아졌다. 수은이 놀란 눈으로 그를 응시했다. 대한도 그녀의 눈을 똑바로 쏘아보며 다시 한 번 뇌까렸다.

"앉으라고 했어!"

수은도 대번 날이 박힌 소리를 내질렀다.

"안 먹겠다고 하잖아요. 저 역시 같이 먹겠다고 약조한 적 없어요!"

"안 먹어도 앉아 있어!"

계속되는 억지에 수은의 안색이 파리해졌다.

"이것 보세요! 여기가 무슨 술집인 줄 아세요? 제가 기생으로라도 보이는 거예요?"

수은이 파르르 떨며 분개하는데, 대한은 피식 웃으며 아무렇지도 않게 대꾸했다.

"기생? 기생으로 보였다면 밥이나 같이 먹고 앉아 있진 않겠지?"

"뭐가 어째?"

철썩!

대한의 고개가 홱 꺾였다. 수은이 그의 뺨을 갈긴 것이다. 대한은 불같은 성질에 반격하려 몸을 팩 돌렸다가 움찔했다. 왜냐하면 수은의 깨끗하고 맑은 두 눈 가득 눈물이 고여 있어서다. 금방이라도 떨어뜨릴 것 같은 눈물에 대한은 순간 심장이 덜컥 내려앉았다. 자기도 모르게 꽉 움켜쥐었던 주먹도 스르르 풀렸다. 뺨을 맞은 사람은 자기인데, 어째서 큰 잘못을 저지른 것처럼 미안해지는지 모를 일이었다. 수은이 발딱 일어나 나가 버리는데도 그는 그녀를 붙잡지 못했다. 작은 고추가 맵다더니, 손맛이 제법 따갑다. 손등으로 맞은 뺨을 비스듬히 훑어 내리며 그가 혼잣말처럼 중얼거렸다.

"개새끼도 먹을 때는 안 건드린다는데……."

밖으로 나온 수은은 곧장 뒤뜰로 달려갔다. 장독대로 가 두근거리는 가슴을 손바닥으로 꼭 내리눌렀다. 그녀는 잠시 장독대를 짚고 서서 마음을 가다듬었다. 그리고 눈앞에 떠오르는 영상 속으로 서서히 빨려 들어갔다.

여덟 살의 수은은 마당에 서 있었다. 머리채를 사정없이 붙잡혀 툇마루에서 마당 밑으로 내동댕이쳐지는 사람은 어머니였다.

"나가거라, 이년! 이 집에서 썩 나가!"

무서운 할머니는 삼 일이 멀다 하고 어머니를 다잡았다. 그때마다 별 트집을 내세워 어머니를 괴롭히고는 했다. 수은이 네 살 때 아버지를 여의고, 어머니는 홀 시어머니를 모시고 살았다. 그 큰

살림을 혼자 도맡다시피 하고, 한식집까지 운영하고 있었다. 그러고도 군소리없이 그 많은 일을 묵묵히 감당해 내는 여인네였다.

그런 어머니에게 할머니는 지독한 시어머니였다. 걸핏하면 매질이었고, 구박이었다. 음식 타박에 온갖 몹쓸 욕들로 어머니를 괴롭혔다. 그중에서도 가장 모진 말은 서방질을 했다는 모욕이었다.

"아니에요, 어머니. 왜 자꾸 그런 말씀을 하세요? 아닌 거 아시잖아요."

맞으면서도 어머니는 그 말만 되풀이했다. 어린 수은은 어머니를 이해할 수 없었다. 그토록 모질게 대하는 할머니보다 더 이해할 수 없었다. 왜 그런 억측으로 어머니를 괴롭히는지 할머니가 너무나도 밉고 싫었다.

한 번은 마당에 쓰러진 어머니의 머리채를 휘어잡는 할머니의 손을 물어뜯은 적이 있었다. 할머니도, 어머니도, 지켜보고 있던 다른 이들도 놀라기는 매한가지였다.

"아니, 이년이……."

수은은 할머니를 향해 악을 썼다.

"나빠! 할머니, 나빠요! 왜 자꾸 우리 엄마 괴롭혀요? 이러고도 할머니가 무슨 독립군 아내야? 창피하지도 않아요?"

할머니는 그 이후로 어머니에게 손을 대지 않았다. 아마 할머니는 독립군 아내로서의 자신을 그렇게 되찾았는지도 모르겠다. 무엇이 그렇게 할머니와 어머니의 마음을 삭막하고 피폐하게 만들었는지는 몰라도 여전히 어머니는 착한 며느리로, 할머니는 무서운 시어머니로 살았다. 커가는 수은에게 두 여자의 이해 못할 관계는 그 후로도 지속되었다.

할머니가 돌아가시던 날을 추억하면, 그리 독한 성정을 가진 분이 삼 년 가까이 중풍과 치매에 시달리다가 끝내 어머니의 품 안에서 숨을 거두었다. 평생 어머니는 시어머니 그늘에서 고생만 했다. 그럼에도 할머니가 돌아가셨을 때, 사흘을 대성통곡하더니 오래도록 눈가에 눈물을 달고 살았다. 수은은 어머니에게 묻지 않았다. 대체 왜, 무엇이 그토록 어머니를 슬프게 하였던가. 그 해답은 어머니의 죽음 앞에서 비로소 얻었다. 어머니가 암으로 투병 끝에 돌아가시던 날, 그랬다.

"할머니를 미워하지 마라, 수은아. 할머니는 외로운 분이셨다. 평생을 외로웠단다. 나를 사랑하셨다. 단지 그 표현이 잘못되었다 뿐이지. 그런 사람이 있단다. 한식집이 아니더라도 어떤 직업을 갖든지, 혹 갖지 않더라도 사람을 잘 살필 줄 알아야 한다. 음식은 맛도 좋아야 하겠지만, 그 사람의 체질과 입맛에 따라 달라지는 법이란다. 그러니 사람을 먼저 살피거라. 절대 자신과 다르다 하여 틀린 사람이라 머리에 못 박지 마라. 그런 것만큼 위험한 일은 없단다."

수은은 억지로 눈물을 삼켰다. 그래, 그런 사람이겠거니 하면 될 것을. 그리고 그는 손님이 아니던가. 어떤 형태의 손님이든 내 집에서 밥을 먹는 이상 정성껏 모셔야 한다는 어머니의 가르침이 새삼 가슴에 사무친다. 어머니는 그렇게 어진 분이셨다. 자신이 맨발로 달려가도 도저히 따르지 못할 만큼. 그랬다. 어머니는 아름답게 살다 가신, 진정한 장사꾼이었다.

더구나 그는 자신을 위기에서 구해준 사람이 아니던가. 그가 아무리 무례하고 불한당 같은 사람이라 해도 은인은 은인이다. 또한 그의 말대로 어쩌면 적이 아닌 동업자가 될 수도 있다. 어떻게든 백 일간의 기간만 잘해낸다면 말이다. 그걸 생각해서라도 벌써부터 중심을 잃으면 곤란하다. 수은은 가까스로 마음을 가다듬으며 가슴을 크게 들썩여 심호흡을 했다.

그때 규성은 담벼락에 몸을 숨기고 지켜보고 있었다. 그녀가 뒤뜰로 뛰어가는 것을 보고 몰래 뒤를 밟았던 것이다. 분명 놈과 함께 방으로 들어가는 것을 보았는데, 어찌해서 금방 뛰어나온 건지 의문이었다. 두 사람 사이에 심상치 않은 일이 있었던 게 틀림없었다.

수은이 우는 듯 어깨를 몇 번 들썩이는 것을 보고, 규성은 수은보다 먼저 몸을 돌려 안채로 향했다. 그리고 곧장 마루로 달려 올라가 안방 문을 열어젖혔다. 애석하게도 방에는 상만 덩그러니 놓여 있을 뿐, 이미 비어 있었다. 그새 가버린 모양이었다. 그는 허탈한 기분에 맥이 빠졌다. 수은에게 몹쓸 짓이라도 한 것 같아 가만두지 않으려 했건만. 그가 입술을 깨무는데, 뒤에서 수은의 목소리가 들렸다.

"거기서 뭐 해요?"

규성이 돌아보았을 때, 그녀는 전혀 운 기색 없이 말간 얼굴이었다. 그랬으니 규성은 그만 할 말을 잃고 입만 벙긋거렸다. 수은은 그를 비껴 방 안을 들여다보았다. 방이 비어 있음을 알고, 그녀는 조용히 돌아섰다.

　하루 일이 끝나고 문단속까지 완벽하게 끝낸 후, 제일 마지막으로 남은 수은과 규성은 나란히 마루로 올라섰다. 마루 문을 꼼꼼하게 닫은 뒤, 수은이 규성에게 말을 붙였다.
　"오늘 많이 힘들었지요? 고생했어요."
　"힘들긴요. 재미있었어요."
　"그럼 쉬세요."
　"잠깐!"
　"……."
　규성은 방으로 들어가더니 책 두 권을 가지고 나왔다.
　"책 좋아한다면서요? 낮에 새롬이에게 부탁해서 사 온 거예요. 선물이에요."
　"선물?"
　"고마워서요."
　고맙다는 이유를 알 것 같아 수은이 기꺼운 마음으로 책을 받아 들었다.
　"고맙게 잘 읽을게요."
　"아, 그리고……."
　"예?"
　"괜찮으면 차 한 잔 어때요?"
　수은이 빙긋 웃고는 대꾸했다.
　"우선 씻기부터 하구요. 차 준비되면 부를 테니 들어가 먼저 쉬고 있어요."

"예."

수은이 규성의 방으로 찻상을 가지고 들어왔을 때, 그녀는 평상복 차림이었다. 항상 하나로 길게 땋아 내렸던 머리카락도 풀어서 가벼이 늘인 상태였다. 머리띠를 해서 매끄러운 이마는 여전히 단정해 보였다. 규성은 한복을 입었을 때와는 현저히 다른 그녀의 모습에 잠시 넋을 놓았다. 그저 고전적인 아름다움만 있는 줄 알았더니, 지금은 전혀 색다른 느낌이었다. 생경한 모습이 꽤 충격적으로 다가왔다. 이런 종류의 충격은 자주 받아도 좋겠다는 생각이 들었다. 그는 슬며시 미소를 입가에 끼고는 찻상 앞으로 다가가 앉았다.

그녀는 이부자리 밑으로 손을 넣어 방이 따뜻한지 확인해 보았다. 규성이 말했다.

"찜질방 같던데요, 어제 자보니까."

수은이 엷게 웃으며 다기에 차를 따랐다.

"혹시 커피는 없어요?"

"커피요?"

"예. 오늘 종일 못 마셨더니 진짜 당기네요."

"내일 새롬이에게 사다 달라 이를게요. 이런 차, 입맛에 안 맞지요?"

"그래도 수은 씨랑 같이 먹는 건 괜찮아요."

의미있는 말처럼 들려 수은은 다기를 입에 문 채 물끄러미 그를 바라보았다. 규성이 웃음으로 얼버무렸다. 수은도 그만 픽 웃고 말았다.

"그렇게 있으니 딴사람 같네요. 분위기가 완전히 달라 보여요."

수은은 쑥스러운 듯 머리를 매만졌다.

"그렇게 이상해요?"

"이상하다니…… 예쁘다는 소리였어요."

수은이 조금 소리 내어 웃었다. 그 웃음소리가 정겨워 규성은 그녀와 아주 오랜 시간 잘 알고 지낸 사이처럼 편안해졌다.

"참 대단해요. 어린 나이에 이렇게 큰 한식집을 운영하고 있다니."

"스물여덟이 어린 나이는 아니지요. 그리고 전 말을 알아듣기 시작하면서부터 부엌에서 살았으니, 경력으로 치자면 이십 년도 넘은 셈이네요."

규성이 깜짝 놀라 물었다.

"어린애한테 부엌일을 시켰단 말이에요?"

"할머니, 어머니가 종일 부엌에서 사셨으니까요. 전 부엌이 놀이터였고, 유치원이었고, 학교였어요. 조리 감각이 남보다 뛰어난 건 유전적인 요인도 있겠지만, 그것 외에는 해본 것이 없어서일 수도 있고요. 세상에 무지한 것도 그래서겠지요."

그 책에 관한 일을 마음에 담아두는 것 같아 규성은 궁금증을 풀어놓았다.

"그 사람, 대체 뭐 하는 사람이죠?"

그런데 그녀에게서 나오는 말이 참으로 기이했다.

"그냥 손님이에요. 외로운 손님."

"외로운…… 손님?"

규성은 가만히 차를 마시는 수은을 바라보았다. 외로운 손님이라는 그녀의 대답은 그의 마음에 아연한 그림자를 드리웠다. 그게 도통 무엇을 의미하는지 알 수 없었던 탓이다.

제 3장

다음날 아침, 대한은 차에 오르자마자 문득 떠오른 것이 있어 휴대폰을 꺼내 들었다. 그리고 1번을 꾹 눌렀다. 잠시 후, '백궁'의 전화 교환이 나왔다.

"윤수은 바꿔!"

[어디라고 전해 드릴까요?]

"방대한이라고 전해."

[감사합니다. 잠시만 기다리십시오. 연결해 드리겠습니다.]

대기 중 음악 소리가 들리자 대한이 구시렁댔다.

"제기랄. 직통 없나?"

그때 음악이 끊기며 수은의 맑은 목소리가 들렸다.

[여보세요.]

"나야. 지금 갈 거야."

자기 할 말만 하고 대한은 전화를 뚝 끊어버렸다.

얼마 지나지 않아 그는 수은의 안방에 앉아 있었다. 그는 자신 앞에 놓인 상을 내려다보았다. 어제와 다를 바 없이 수저는 한 벌, 밥사발, 국사발도 하나뿐이었다. 그녀의 것은 없었다. 아직도 화가 안 풀렸나?

그럼에도 그녀는 다른 때와 똑같이 밥사발 뚜껑을 직접 벗겨내어 상 옆에 놓아둔 소반에 내려놓아 주었다. 대한이 그 손을 덥석 잡은 것은 그때였다. 수은이 놀라 동그래진 눈으로 그를 쳐다보았다.

그는 한 손으로 그녀의 손을 잡은 채 다른 한 손으로 숟가락을 들어 밥을 퍼먹기 시작했다. 수은이 손을 빼내려 힘을 썼으나, 그럴수록 그의 손에도 힘이 실렸다. 수은은 어금니를 꾹 깨물고 다시 한 번 손을 빼내려 했다. 그런데 그도 절대 놓지 않을 것처럼 더욱 세게 움켜잡는 것이 아닌가. 밥상 아래로 두 사람 간의 들리지 않는 실랑이가 벌어지고 있었다. 그런 와중에도 대한은 묵묵히 밥을 퍼먹었다. 수은이 기가 막힌 것은 그러한 대한의 고집 때문이었다. 아무튼지 간에 이처럼 자기 멋대로인 남자는 처음 보았다. 어제 그렇게 가버린 후에 화가 단단히 났다고 생각했었다. 그래도 온다는 전화를 미리 넣어주는 걸 보면 자기도 느낀 바가 컸나 보다 했다. 하지만 그렇게 믿었던 자신이 바보였다.

가만 보니 그의 손은 온통 굳은살에 생채기투성이였다. 그것만으로도 그의 삶을 대변해 주는 듯해서 수은은 그만 손에서 힘이 빠졌다. 이렇듯 억지로 손을 잡고서 꾸역꾸역 밥을 먹고 있는 그가 왠지 측은했다. 겨우 이렇게밖에 자신을 표현할 줄 모르는 이 남자가 왠지 불쌍하게 느껴졌다. 추하기보다 안쓰러운 마음이 들었다. 그가 주먹패의 우두머리라는 것을 알아차린 그 순간에도 막연히 느꼈던 동정이다. 잡초 같은 인생을 사는 이 남자를 다루자면 일일이 역반응을 보이기보다 어린아이 달래듯 하는 것이 나으리라.

앙탈스럽게 뿌리치던 손을 더 이상 움직거리지 않자, 대한은 곁눈으로 그녀의 손을 흘끗 훔쳐보았다. 멈추었다. 어쩌면 더 깊이는 아직도 화가 도사리고 있을지 모르지만. 안도의 한숨이 자기도 모르게 흘러나왔다.

"체해요. 가지 않을 테니 편히 드세요."

전혀 화가 묻어나지 않는 목소리였다.

대한은 긴장했던 마음이 스르르 녹아드는 걸 느꼈다. 그리고 약간의 주저함 끝에 천천히 그녀의 손을 놓았다. 수은은 상 앞으로 다가가 앉더니 지난번처럼 생선을 발라 그의 앞 접시에 올려놓아주었다. 그가 생선을 집어먹으며 퉁명스레 말을 던졌다.

"밥 먹지."

이번에도 수은은 순순히 말을 들었다. 인터폰으로 밥과 수저를 가져다 달라 이르고 그녀는 다소곳이 상 앞으로 다가와 앉았다.

대한은 더욱더 그녀의 얼굴을 똑바로 쳐다보기 힘들어졌다. 이상스레 가슴속이 자꾸만 무언가로 들끓었다. 물을 마시면 좀 나아질까?

“찬물 좀 가져와.”

“예.”

그녀는 다시 인터폰으로 찬물도 같이 가져오라 시켰다. 가까이 다가와 앉는 그녀에게 대한이 물었다.

“왜지?”

“뭐가요?”

그의 시선이 삐딱하게 수은의 눈동자로 날아들었다. 맹렬하게 빛나는 그의 눈동자는 숱한 의문들로 꽉 차 있었다. 수은은 그 의문들을 일일이 헤아렸다. 그의 가슴 빈 구석으로도 채워지지 않는 그 무엇. 그가 갈구하는 것은 그 의문에 대한 해답이었다.

대한은 그녀의 측은한 눈빛을 마주하는 것이 불편했다. 차라리 두렵고, 무서워하는 눈빛이라면 이해가 쉬웠을 것이다. 그녀는 한낱 한식집을 하고 있는 여주인에 불과했다. 그것도 정확히 백 일 후에는 쫓겨나 오갈 데도 없어질. 그런데 저 눈빛은 대체 뭐란 말인가. 무슨 걸인에게 밥 동냥이라도 해주는 양 불쌍한 표정이라니!

“나와 밥 먹는 이유!”

수은은 어이없다는 투로 대꾸했다.

“같이 먹자고 하지 않았나요?”

“내 말은……”

방문이 열리며 종업원이 들어왔기 때문에 대한의 말은 거기에서 끊겼다. 수은은 종업원이 가져다 준 밥과 국을 나란히 상 위에 올리고, 찬물이 담긴 사발도 그의 앞에 놓아주었다. 속이 타던 차여서 대한은 물 한 사발을 그 자리에서 몽땅 들이켰다. 그의 입에서 채 들이키지 못한 물방울이 뚝뚝 떨어져 내렸다. 그새 수은은 조용히 밥을 먹고 있었다.

대한은 몇 번인가 말을 걸려 기회를 엿보았지만, 고개를 숙인 채 밥만 먹고 있는 그녀 때문에 매번 기회를 놓쳤다. 그녀를 보고 있노라니 뭔가 목구멍에 걸린 듯 껄끄럽기 이를 데 없었다. 그는 꾸중들은 어린애처럼 불퉁하여 다시 수저를 들었다. 그녀도 다소 화가 풀린 듯하니 더 이상의 시비는 무모하다. 또 밥 안 먹고 시위를 벌이면 그야말로 큰일이었다.

'내가 지금 뭐 하는 거지?'

이젠 그녀가 밥 안 먹는 것까지 겁이 나다니, 대한은 생각할수록 기가 막히고 자신이 한심스러워 죽을 지경이었다.

"또 설렁탕이군."

아차! 실수다. 지금 이런 시비조의 말을 던질 때가 아닌데.

"어제 보니 설렁탕을 좋아하시는 듯해서 아침이라 올렸어요. 싫으시면 물리고, 다른 것을 가져오라 이를게요."

"그런 뜻에서가 아니라 그냥…… 궁금해서."

"무엇이 말씀인가요?"

아, 진짜 수습 안 된다. 느닷없이 궁금하기는 뭐가 또 궁금하다는 말인가. 대한이 말문이 막혀 가만히 설렁탕을 내려다보다가 우격다짐으로 물었다.

"이름 말이야. 왜 설렁탕이라고 하는 거야?"

"아, 설렁탕의 유래에 대해서 알고 싶으신 거군요. 설렁탕은 원

래 조선시대 선농단(先農壇)과 적전(籍田:왕실 소유 토지)에서 거행
된 친경행사(親耕行事)에서 유래했죠. 선농단에서는 조선시대 성종
이 만조백관(萬朝百官)을 거느리고, 그해 풍년을 기원하는 제사를
지낸 후에 친히 소를 몰아 밭을 갈면 뒤따라서 신하들이 밭을 갈았
다고 해요. 이러한 농경 행사는 국가적 행사여서 국왕이 참여하였
는데, 이미 신라시대에는 한해 세 차례 농업 신인 곡신(穀神)에 대
한 제사를 지냈고요. 즉, 입춘이 지난 뒤 첫 해일(亥日:돼지날)에 선
농제(先農祭)를 지내고, 입하가 지난 뒤 첫 해일에 중농제(中農祭),
그리고 입추가 지난 뒤 첫 해일에 후농제(後農祭)를 지냈다고 하는
군요.”

그녀의 장황한 설명에 대한은 그저 아무 생각이 없어 보였다.
대체 이게 다 무슨 소리일까, 하는 표정이었다. 수은도 그가 이리
어려운 말을 못 알아들을 거라는 걸 알면서도 일부러 모른 척 설
명을 계속해 나갔다.

“이러한 풍속은 고려 시대를 거쳐 조선시대에까지 이어져 왔으
나, 점차 간소화하여 경칩이 지난 뒤 첫 해일에 동대문 밖 선농단
과 적전에서 제사와 밭갈이 행사를 했어요. 제사와 친경행사를 거
행할 때에는 선농악(先農樂) 또는 선농장(先農章)이라는 음악을 악
대가 공연했지요. 이 행사는 그해 첫 농사일을 개시하고 오곡이
풍성할 것을 기원하는 것이므로 선농제(先農祭)라 불렀죠.”

그의 표정이 점점 암담하게 변해갔다. 눈동자를 위로 고정시키
고 나름대로는 새겨들어 보려 하는 것 같았으나, 그 자체가 무리
였다. 그의 멍한 표정에 수은도 웃음이 나오려는 걸 억지로 참으

며 설명을 이어나갔다.

"제사를 지내고 나면 제사에 바친 쇠고기를 음식으로 만들어 참석한 백관(百官), 인근 지역 농민, 주민들에게 나누어 주었는데, 이것은 제사를 지낸 후 제사 참가자들이 술을 나누어 마시는 음복(飮福) 풍습과 유사한 거예요. 많은 사람에게 제사 고기를 골고루 나누어 줄 수 없었기 때문에, 쇠고기 국에 밥을 말아 넣어 많은 사람이 먹도록 한 것이 후에 설렁탕이라는 대중 음식으로 자리잡게 된 거죠. 지금의 설렁탕은 선농탕이 와전된 것이고, 선농탕이란 바로 선농단에서 끓인 국이라는 의미예요."

"……."

괜히 물어봤다. 수은의 설렁탕에 대한 설명이 끝났을 때는 자기도 모르게 긴 한숨이 새어나왔을 정도였다. 그래서 그는 굳게 다짐했다, 다시는 질문 같은 거 하지 않겠다고.

수은은 밥을 푸지게 먹고 있는 대한을 지켜보다 입가에 미소를 띠었다. 자고로 밥 먹는 모습이 복스러워야 한다던 어머니의 말이 떠올랐기 때문이다. 그런 면에서 대한은 음식 하나는 맛있게 잘 먹었다. 보는 사람이 군침 돌 정도로.

밥을 반쯤 먹었을까 한데 난데없이 밖에서 소란스러운 소리가 들려왔다. 대한과 수은이 동시에 수저질을 멈추고 고개를 들었다. 그리고 똑같이 문 쪽으로 시선을 돌렸다.

"이봐, 윤 사장! 나 좀 보자고! 그 안에 있는 거 아니까 나와봐!"

대번에 대한의 이마가 험상궂게 일그러졌다. 그가 숟가락을 밥상 위에 소리 나게 탁 내려놓는 것을 보고 수은이 말렸다.

"가만 계세요. 제가 알아서 할 일이에요."

"저 새끼 뭐야?"

"모른 척하세요. 방대한 씨가 관여할 일이 아니에요."

흔들림조차 없는 그녀의 눈동자에 대한의 속에서 불처럼 확 번져 일어나던 화가 주춤했다. 그녀는 가만히 일어나 방을 나갔다. 그사이에도 사내는 계속 시끄럽게 떠들고 있었다. 그 소리가 상당히 귀에 거슬려 대한은 수저를 들다 말고 상 위에 신경질적으로 내던졌다.

마루로 나온 수은은 마당에서 벼르듯 씨근덕대고 있는 사내와 마주했다. 안경을 끼고, 마른 체격의 사내는 이제 사십 남짓. 볼살이 없어 툭 불거진 광대뼈가 무척 예민한 인상을 주었다. 수은은 높낮이 없는 평범한 어조로 물었다.

"안채까지 무슨 일이시죠?"

사내는 대뜸 그녀를 향해 따지고 들었다.

"윤 사장, 너무하는 거 아냐? 내가 그렇게 밥 한 번 같이 먹자고 해도 눈 하나 깜짝 안 하더니 저 작자는 누구야? 누군데 조석으로 안방에까지 모셔서 따로 식사를 하는 거냐고? 사람 이렇게 무시해도 되는 거야? 엉?"

수은은 보일 듯 말 듯 짧게 한숨을 내짓고는 차분히 대꾸했다.

"이 사장님께서 뭔가 오해를 하신 모양이군요. 저는 이 사장님을 무시한 적 없어요. 그리고 아침부터 안채까지 들어와 이런 소리를 들을 이유도 없고요. 나가주세요."

수은의 정중한 요구에도 불구하고 이 사장이라는 사내는 펄펄

한 기세로 소리를 질렀다.

"그럼 누구냐고 대체? 어떤 작자인지 얼굴이나 한번 보자! 윤 사장 기둥서방이라도 돼?"

"저런 씹새끼가!"

발끈하여 자리를 박차고 일어나려던 대한이 멈칫한 것은 이어져 나온 수은의 말 때문이었다.

"제가 이 사장님께 제 손님이 누구인지 일일이 밝힐 이유 또한 없어요. 식사를 할 거면 식당으로 가시고, 아니라면 이만 돌아가시지요. 앞으로 다시 한 번 제 허락 없이 안채까지 난입하는 일이 생긴다면 저도 조치를 취하겠어요. 한 실장님, 손님 나가십니다."

"예, 사장님. 손님, 그만 나가주시죠."

"이, 이봐! 윤 사장! 윤 사장, 나하고 얘기 좀 해! 잠깐이면 된다니까!"

그러나 그 소리는 억지로 붙들려 나가는 듯 점점 멀어지고 있었다. 그사이 수은은 다시 방 안으로 들어왔고, 대한은 그녀를 일별하고는 밥을 먹는 척했다. 수은은 아무 일 없었다는 듯 상 앞으로 다가와 앉았다. 대한이 불쑥 물었다.

"이런 일 자주 있나?"

"아니요, 처음 있는 일이에요. 있을 리가 없지요. 안방에서 손님을 식사 대접하는 일은 없었으니까요."

"……그렇군."

그 말이 은근히 기분 좋았다. 대한은 혼자 히죽 웃고는 볼이 미어터지도록 밥을 입 안으로 쑤셔 넣었다. 우적우적 씹으며 그가 주절거렸다.

"낮에는 국이 뭐야?"

"뭐, 따로 드시고 싶은 게 있나요?"

"추어탕 되나? 갑자기 추어탕이 먹고 싶은데."

"준비해 놓을게요."

대한은 공손한 그녀의 대답에 비로소 마음의 흡족함을 느꼈다. 그러다 무심코 그의 시선이 상 위를 오르내리는 그녀의 손으로 향했다. 덥석 그녀의 손을 잡아 손바닥이 위로 오도록 돌린 그는 인상을 엷게 찌푸렸다. 지난번에는 몰랐는데, 이제 보니 그녀의 손도 만만치가 않다. 마디마다 박혀 있는 굳은살과 군데군데 벗겨진 허물이 눈 안에 또렷이 박혔다. 손등으로만 보아서는 그저 자그마하여 저 손으로 대체 무얼 할 수 있을까, 했더니 혹사시킨 흔적이 역력하다.

"손이 이게 뭐야?"

수은은 자신이 살아온 흔적을 고스란히 그에게 들킨 것 같아 민망했다. 그의 두툼한 손 안에서 제 손을 빼내며 그녀가 객쩍게 대답했다.

"그래도 방대한 씨 손보다는 나아요."

네 인생보다는 낫다는 말처럼 들려 대한은 쓸쓸하니 웃었다. 똑같은 사람 손인데 한 사람은 요리로, 또 한 사람은 싸움으로 낙인처럼 박혀 버린 손의 흉터들이 그의 가슴에 아스라한 아픔을 남기고 있었다. 손 하나만 보아도 이토록 천지 차이가 나니, 애당초 그녀의 마음을 얻는 것은 한낱 꿈에 지나지 않을지도 모르겠다는 생각이 들었다. 그런 상념은 곧 그의 가슴에 허한 바람으로 스며들었다.

'백궁'을 나서서 차에 오른 뒤, 대한이 운전을 하고 있는 송근우에게 물었다.

"아까 그놈 봐뒀지?"

"예, 형님."

"알아보고 보고 올려."

"알겠습니다."

"아, 그리고."

대한이 빠뜨린 게 있는지 명령을 추가했다.

"백궁 단골들 명단 뽑아와."

"단골들을 다 말씀이십니까?"

"그래, 싹 다 뽑아와!"

"알겠습니다, 형님."

대한은 창문에 팔을 괴고서 생각에 잠긴 얼굴이었다. 턱 끝을 매만지며 그가 빙긋 웃음을 지었다.

송근우는 백미러로 대한을 살피다 고개를 갸우뚱거렸다. 요즘 그는 뭔가 달라졌다. 자주 히죽거리는 것도 수상하다 여기던 차였다. 아무래도 이곳 '백궁'을 바로 접수하지 않고, 끼니 때마다 드나드는 것이 예삿일이 아니다. 뭔가 있다. 그리고 그 무언가는 필시 '백궁' 여주인 윤수은과 깊은 관련이 있는 것이 틀림없었다. 그렇지 않고서야 생전 웃는 얼굴이라고는 보기 힘든 방대한이 저리 시도 때도 없이 히죽대진 않을 것이다.

'혹시 그 여자를 마음에 두는 건가?'

하지만 아무리 하늘 같은 형님일지라도 아닌 것은 아니다. 이리저리 견주어보아도 방대한이라는 남자와 윤수은이라는 여자는 하늘과 땅 차이로 격이 졌다. 송근우는 괜스레 가슴이 철렁 내려앉았다. 그 여자 또한 만만치 않은 터에 만약 남다른 흑심이 있어 '백궁'을 드나드는 것이라면 그것이야말로 비상사태가 아닐 수 없었다. 왜냐하면 방대한이란 남자는 한 번 노린 것은 절대 남 주는 법이 없었으니까. 가졌다 버리는 한이 있어도 수중에 일단 넣어야 직성이 풀리는 사람이었으니까.

마당에서 소란을 피웠던 이 사장이라는 자도 며칠 못 가 그의 손에 절단이 날 것이다. 그리고 이제 알아보라는 단골들도 무사하지는 못하리라. 송근우는 노래까지 흥얼거리는 자신의 보스를 걱정스레 훔쳐보았다. 이젠 노래까지? 이래저래 안 하던 짓만 하는 그가 불안하기 짝이 없었다. 술집 년이라면 그냥 들이대면 그만이겠지만, 상대는 아직도 유교적 사상에서 벗어나지 못한 여자였다. 그런 여자가 호락호락 넘어와 줄 리도 없고, 앞으로 이 일을 어찌 감당할까 싶어 그는 지레 막막해졌다. 십수년간 그를 옆에서 모신 오른팔답게 방대한이라는 남자에 대해서는 줄줄 꿰고 있는 그였다. 그의 유년 시절부터 현재까지 모르는 게 없었다. 겉으로야 거칠고, 냉정하고, 안하무인격이긴 해도 그 속이야 어떻다는 것쯤 누구보다 잘 알았다. 이루지 못할 사랑이 될 게 분명하다. 제대로 사랑 한 번 못해본 남자이니 힘겨울 것 또한 불 보듯 뻔했다. 그렇다면 방법은 딱 하나뿐이다. 방대한이 바뀌는 것. 지금의 모습으로는 윤수은이라는 여자가 거들떠보지도 않을 게 분명했다.

송근우는 자기도 모르게 실소를 흘렸다. 방대한을 바꿀 생각을 하다니, 차라리 지나가는 개를 붙잡고 사람을 만드는 게 쉽겠다.

"근우야."

"예, 형님."

"너는 설농탕이 맞는다고 생각하냐, 설렁탕이 맞는다고 생각하냐?"

"설렁탕 아닙니까?"

"그럼 왜 설렁탕이라고 부르는지 아냐?"

"그것까지는 모르겠습니다, 형님."

"그게 인마…… 설렁설렁 끓인다 해서 설렁탕 아니냐."

"아, 그렇습니까? 형님은 그런 것도 아십니까? 대단하십니다!"

대한이 짐짓 우쭐해하며 혼잣말처럼 흘렸다.

"자식! 그 정도야 기본이지."

그날 밤, 사무실에서 송근우가 내민 명단을 들추며 대한은 제일 먼저 나이부터 죽 훑었다.

"우선 스물다섯부터 서른다섯 사이의 놈들부터 추려내."

"예?"

"분명히 윤수은에게 딴 맘 품고 있는 놈들이 틀림없어. 어떤 놈들인지 직접 봐야겠다."

　역시 그렇군. 대한의 비장감마저 실린 태도에 송근우는 막연히 짐작했던 일을 확신했다. 전쟁이다. '백궁'도 곧 초토화시키겠지. 명단이 꼭 지옥과 천국의 갈림길에 놓은 생명 장부처럼 느껴져서 송근우는 속으로 서글픈 미소를 지었다. 이 명단이 방대한 손안에 있는 한, 이들은 이제 죽은 목숨과 같다. 그래 봐야 기껏 열 손가락 안에 꼽겠지만.

　소파에서 몸을 일으켜 방으로 들어가다 대한이 문득 생각난 듯 돌아섰다. 그리고 손가락으로 송근우를 가리키며 마지막 지시를 내렸다.

　"그 이 사장인가 하는 새끼부터 조져!"

　부하들이 모두 몰려 나간 후, 대한은 침대에 드러누운 채 담배를 피워 물었다. 눈앞에 불현듯 떠오르는 얼굴. 낮에 있었던 그녀와의 일이 생각나서 그는 슬며시 미소를 지었다. 무어라 말을 해야 할까. 표현력 달리는 그로서는 그녀를 한마디로 일컫기에 딱히 적당한 말이 떠오르지 않았다. 그러나 차갑던 가슴으로는 확연히 알 수 있는 감정이었다. 심장뿐 아니라 가슴 전체를 확 옥죄어오는 그 느낌 말이다.

　그녀는 강하면서도 여리다. 단지 여린 심성을 강한 것처럼 포장했을 뿐이다. 그렇지 않고서야 낮에 그렇게 싸우고도 마주 앉아 밥을 먹지는 않았겠지. 그 측은해하던 눈빛이 대한의 가슴을 자꾸만 헤집어놓았다. 바윗돌처럼 굳어 있는 자신의 가슴에서 그녀는 그 틈새를 찾아 손을 더듬고 있었다. 간지럽고, 당혹스러운 감정이 온몸에 퍼져 나갔다. 그럼에도 불구하고 따스한 입김처럼 귓불을 간질이는 이 느낌. 볼이 달아오르는 것도 같아 그는 지금 혼자 있다는 사실에 안심했다. 누가 보면 방대한이 기어코 미쳤다 할 테니까.

그 생경한 느낌 뒤에 수은의 얼굴이 집요하게 따라붙고 있었다. 그는 아까부터 망설이는 듯 휴대폰을 들어 무의식 중에 플립을 열었다 닫기를 반복했다. 1번에 손을 갖다 대다가 그는 전화를 걸기보다 직접 가는 게 낫겠다고 결정했다. 일단 결정을 하고 나니 그 다음 일까지는 생각할 여력이 없었다. 그는 좀 전 아무렇게나 벗어났던 가죽 잠바를 낚아채듯 들고 부리나케 방을 나갔다. 밤새 또 그녀 생각에 잠 못 이루는 것보다야 이편이 훨씬 나을지도 모르겠다. 일단은 얼굴만 잠깐 보고 와도 살 것 같았으니 말이다.

＊

'백궁'의 부엌에는 마지막 정리가 한창이었다. 수은은 직접 팔을 걷어붙이고, 어질러져 있는 식기들을 정리하는 중이었다. 남은 야채 박스들을 한쪽에 위치한 대형 냉장고 안에 넣은 규성은 종일 뻐근했던 허리를 근근이 펴고 일어섰다. 그의 시선 끝에 재빠르게 몸을 움직이고 있는 수은이 잡혔다.

규성의 입가로 한 줌 햇살 같은 미소가 스며들었다. 그녀를 보고 있노라면 힘든 것도 말끔하게 가신다. 저리 작은 몸으로 '백궁'의 구석구석을 넘나들며 일일이 지시하고 손수 조리를 하고 미처 손이 가지 못한 곳까지 챙기는 모습은 거의 신기에 가까웠다. 여자의 몸으로는 힘든 일도 미소 한번 잃지 않고 해낸다. 그녀는 같은 나이지만 충분히 존경할 만했다. 덕분에 규성은 허리가 아픈 것쯤 아무것도 아니라는 인식을 갖게 되었다. 스물여덟 해 동안 힘든 일 한 번 안 해본 자신이 부끄러웠다면 실로 대단한 변화가 아닐 수 없었다.

그는 자신이 이곳에 온 첫 번째 목표도 까맣게 잊고 있을 때가 많았다. 일을 하다 보면 정식 취직을 한 사람처럼 여겨질 때가 한두 번이 아니었다. 차라리 그럴까 생각을 해본 적도 있었다. 그리고 이제는 요리 비책을 훔쳐 가는 일보다 그녀의 마음을 훔치는 일이 더 급박해졌다. 아버지 말대로 둘 중 하나만 성공하면 되는 일 아닌가. 이왕이면 법적으로 아무 하자 없는 후자를 택하는 것이 나으리라.

모든 정리가 끝나 직원들이 너도나도 고생했다는 인사를 나누며 돌아간 후, 규성과 수은은 덩그러니 또 둘만 남았다.

"힘들죠?"

친근감있는 물음에 수은도 그다지 기분 나쁜 표정은 아니었다.

"괜찮아요. 늘 하던 일인걸요. 규성 씨야말로 너무 무리하는 거 아닌가요? 종일 쉬지 않고 일하던데."

"다른 사람은 뭐 안 그런가요. 씻고 와요. 안마 해줄게요."

"아니에요. 규성 씨도 쉬어야지요."

"같이 쉬자고요. 잠깐이라도 좋으니 일 끝나면 차 한 잔 해요. 안채에 수은 씨와 나 단둘뿐인데, 너무 삭막한 건 싫거든요."

"후후. 기다려요, 그럼. 씻고 옷 갈아입고 올게요. 그새 잠들기 없기예요.”

“차는 제가 끓일게요. 커피는 안 마실 거죠?”

“예. 전 그냥 녹차 마실게요.”

“OK.”

하지만 수은이 씻고 방에서 나왔을 때, 규성은 외투를 입은 채로 마루에서 그녀를 기다리고 있었다. 외출하는 차림이어서 의아한 얼굴로 수은이 물었다.

“왜요? 어디 갈 데라도 있어요?”

“예. 수은 씨도 외투 입고 나와요.”

“지금 이 시간에 어디를……?”

“좋은 데요.”

수은은 영문 모를 그의 미소에 궁금증이 가득한 표정을 지어 보였다.

대한은 대문이 열리며 수은이 튀어나오는 것을 보고 차 문을 열려던 손을 멈칫했다. 그녀의 뒤를 이어 키 큰 한 남자가 대문 안에서 나왔다. 누구인지 자세히 봤더니 일전 화장실에서 만났던 청년이다. 머리는 노랗게 물들이고, 귀걸이까지 해서 ‘백궁’의 분위기와는 전혀 어울리지 않던 녀석.

시동을 이미 끈 상태라 두 사람은 대한의 차를 발견하지 못했다. 그들이 주차된 차에 나란히 오르는 것을 보며 대한의 이마가 불쾌하게 찌푸려졌다. 다들 퇴근을 했을 시간인데, 어째서 두 사람이 함께 집에서 나오는 것인지 알 수 없었다. 게다가 다 늦게 단

둘이서만 어디를 가는 것일까?

그는 두 사람이 탄 차가 어느 정도 멀어지자 조심스레 시동을 걸고 천천히 뒤따랐다. 차는 그리 멀지 않은 대형마트 주차장으로 들어갔다. 대한도 같은 층에 주차를 하고 두 사람을 몰래 쫓아갔다. 거의 폐점 시간이어서 손님들은 많이 없었다. 남자가 서두르는 듯 수은의 손을 잡아끌고 있었다. 그 바람에 길게 풀어헤친 그녀의 긴 머리가 찰랑거리며 흔들렸다.

엘리베이터 앞에서 돌아섰을 때, 대한의 눈에 수은의 얼굴이 비로소 또렷하게 보였다. 한복을 차려입었을 때와는 완전히 다른 분위기가 눈길을 확 사로잡았다. 그가 멍하니 수은을 쳐다보고 있는 사이, 엘리베이터가 도착을 했다. 그는 급히 엘리베이터를 지나 에스컬레이터 쪽으로 뛰었다. 에스컬레이터를 타고 내려가며 각 층마다 고개를 빼고 찾아보았으나, 한 번 시야에서 사라진 두 사람은 쉽게 나타나지 않았다.

그는 매장마다 뛰어다니며 두 사람을 찾아다녔다. 한 바퀴 빙 돌아 원래 자리로 되돌아왔을 때, 에스컬레이터를 타고 이층으로 내려가는 두 사람이 눈에 뜨였다. 그는 훌쩍 계단을 뛰어넘어 이층으로 달려 내려갔다. 두 사람을 발견한 곳은 이층, 가전제품 코너였다. 그중에서도 mp3을 파는 곳. 남자는 그녀의 귀에 이어폰을 끼어주며 무언가를 열심히 설명해 주고 있었다. 그녀도 간간이 고개를 끄덕이며 듣는 폼이 무척 즐거워 보였다. 그것을 사려는지 남자가 카드를 꺼내 계산을 했다.

대한은 겨우 저거 하나 사러 나온 두 사람을 열나게 쫓아왔던

자신이 허탈해졌다. 게다가 그녀는 평소의 진중한 모습과는 달리
몹시 해맑고 밝은 표정이었다. 또한 남자와는 아주 오랜 동안 잘
알던 사이처럼 가까워 보였다. 다정한 두 사람을 지켜보고 있자
니, 가슴속에서 울컥 하고 알 수 없는 무언가가 치받혀 올라왔다.
천천히 발길을 돌리는데 눈에 들어오는 물건이 있었다. 그는 무슨
생각이 들었는지 그냥 지나치지 않고 진열대로 다가갔다. 그리고
관심있게 물건들을 쭉 훑었다.

"특별히 찾으시는 모델이 있습니까, 손님?"

점원이 친절하게 물었다. 대한도 쭉 훑긴 했으나, 도통 뭐가 어
울리고 좋은 것인지 알 도리가 없다.

"제일 비싼 게 어떤 거요? 아무튼 좋은 걸로 하나 주쇼. 여자 걸
로!"

수은은 이부자리에 누워 규성이 사준 mp3에서 흘러나오는 음
악을 듣고 있었다. 규성은 직접 이어폰을 꽂아주며 말했었다.

"잘 때 들어요. 그럼 잠도 잘 올 거예요."

밤에 잠을 잘 못 이루는 것을 알고 있는 투여서 수은의 눈빛이
조금 굳어졌었다. 하지만 그는 찡긋 윙크를 하고는 점원에게 카드
를 내밀었다. 책 정도라면 모를까, 이런 선물을 받아도 되는 건지
망설여졌지만 수은은 결국 아무 말 없이 받았다. 거절하면 그가
무참해할 것 같기에 그랬다. 어쩌면 아무 사심 없는 선물일 수도
있을 텐데. 책처럼.

처음 듣는 음악들이 귀에 익지 않지만, 애절한 곡조와 다소 허

스키한 남자의 음색이 마음에 들었다. 수은은 가사를 음미하며 노래를 듣다가 불현듯 눈앞에 떠오르는 얼굴이 있어 미소를 거두었다. 느닷없이 손을 움켜잡고 밥을 퍼먹던 방대한. 손끝에서 느껴지던 까끌까끌하고 딱딱하던 그의 손. 험난한 인생 역정을 보여주듯 온갖 상처들로 뒤덮여진. 같이 밥 먹는 이유가 무엇이냐고 따져 물으며 맹렬하게 쏘아보던 그의 눈빛에서도 보았던 상처들. 정확히 그것이 무엇인지 알 수 없으나, 너무나도 또렷하게 보이던 흉터. 그것은 수은의 마음에도 아릿하게 남아 있었다.

외로운 사람이라는 건 알지만, 여전히 평행선처럼 가까워질 수 없을 것이다. 그런 남자에게 땅문서를 건네주었다는 김경복을 이해할 수 없었다. 또 다른 꿍꿍이가 있지 않고서야 그리 쉽게 내어줄 리가 만무했다. 아니, 방대한이라는 남자도 수월한 사람은 아니니 김경복이 손을 든 것일 수도 있겠다. 그러나 수은은 고개를 내저었다. 땅문서가 누구에게 있든 어차피 적이다. 김경복이든 방대한이든 그녀에겐 똑같은 존재일 뿐이었다.

깊은 심중에 저며드는 괴로움이 오늘밤도 그녀의 잠을 쫓고 있었다. 고민만 하고 있다고 해결될 일은 아니란 걸 알면서도 쉬이 잠이 오지 않았다. 방대한이라는 남자를 만난 후 생긴 불면증이었다. 이곳을 잃고 어찌 고개를 들고 살 수 있을까. 할머니, 어머니도 굳건히 지켜내었던 땅이다. 목숨과도 같은 이 땅을 빼앗기고는 조상들 뵐 낯이 없다. 수은은 시름에 젖은 한숨을 내쉬며 눈을 감았다. 눈을 감고도 방대한의 얼굴이 계속 어른거렸다.

설렁탕에 대한 유래를 그리 어렵게 일러준 것은 순전히 농이었다. 당황해하던 그의 얼굴을 생각하니 절로 웃음이 나왔다. 자기도 모르게 쿡 하고 웃음소리가 터져 나왔기에 그녀는 깜짝 놀라 눈을 뜨고 괜스레 방 안을 둘러보았다. 어둠이 자욱한 방 안에 누가 또 있을까마는.

다음날 아침상을 물리자마자 대한이 무언가를 수은의 치마폭에 툭 던졌다. 뭔가 하고 수은은 치마폭에서 그가 던진 물건을 집어 들었다. 그런데…….

"이건…….."

그녀가 묘연한 눈빛으로 건너다보았을 때, 그는 쳐다보지도 않은 채 말했다.

"전화하면 재깍 받아. 교환 통하고 어쩌고…… 답답해."

"……."

수은은 휴대폰을 물끄러미 내려다보았다. 대한이 주머니에서 주섬주섬 자기 휴대폰을 꺼내더니 단축키를 꾹 눌렀다. 들고 있던 휴대폰에서 갑자기 음악 소리가 들렸기에 그녀는 깜짝 놀라 하마터면 손에서 놓칠 뻔했다. 그래도 휴대폰만 내려다보고 있는 그녀에게 대한이 퉁명스레 말했다.

"받아! 벨 울리잖아."

수은은 그제야 조심스레 플립을 열고 귀에 갖다 대었다.

"여보세요."

그가 자기 휴대폰에다 대고 말한 것이 그대로 수은의 휴대폰으로 들렸다. 수은은 빤히 그를 응시했다. 아무 대답도 않는 그녀를 그가 힐끗 쳐다보며 재차 일렀다.

"대답해. 여보세요!"

"여보…… 세요."

"잘 들리네."

그 말을 끝으로 그는 전화를 뚝 끊어버렸다. 정말 이상한 사람. 수은이 어처구니없어 쳐다보고만 있는데, 그가 불쑥 물었다.

"그 자식은 누구야?"

"누구요?"

"그 멀대 같은 녀석 말이야."

규성에 대해 묻는 것임을 알고, 수은이 걱정스러운 기색을 띠었다.

"왜요?"

"누구냐고?"

"글쎄, 왜 그러시냐고요?"

대한이 벌컥 신경질을 냈다.

"거참, 안 따질 수 없나? 그냥 궁금해서!"

"제가 잘 아는 분의 친척 돼요. 저와는 친구이기도 하구요."

"친구?"

그가 피식 웃고는 말을 이었다.

"남자랑 여자랑 친구가 돼?"

"예."

"안 되지. 애인이라면 모를까."

"방대한 씨에게는 그게 불가능할지 몰라도 저에게는 돼요."

"……."

그리 우긴다면 또 할 말 없다. 그는 두 번째로 궁금하던 것을 질문했다.

"혹시…… 여기 살아?"

"예."

설마 했더니 역시!

"정말 여기서 산단 말이야?"

그는 내심 놀라 묻는데, 그녀는 아무렇지도 않게 대꾸하는 것이었다.

"예. 사정이 있어 당분간 와 있는 거예요. 일을 배우는 중이기도 하구요."

"그래?"

그는 더 생각할 것도 없이 송근우에게 전화를 걸었다. 그리고는 다짜고짜, '근우야, 사무실 방에 가서 내 짐 챙겨와라. 오늘부터 여기서 살 거야' 하는 것이다. 수은이 눈이 동그래져 따지듯 물었다.

"지금 뭐라 하셨어요? 여기서 산다 했어요?"

"응. 나도 여기서 살겠어. 이렇게 큰집에 나 하나 묵을 방이 없진 않겠지?"

수은이 하도 기가 막혀 입이 벌어졌다가 냉큼 반박했다.

"그럴 순 없어요! 어떻게 여기서 살겠다는 거예요?"

"왜 안 돼? 여긴 엄연한 내 땅이야!"

"제 집이기도 해요."

　"방도 하나 못 내주겠다면 마당에서 텐트라도 치고 잘 테니 그리 알아."

　"방대한 씨!"

　"짐 올 때까지 한잠 자야겠으니 그전에 깨우지 마."

　그러면서 그는 보료 위로 등을 돌리고 드러눕는 것이 아닌가.

　이젠 안방까지 차지하고 누운 그를 보자 수은은 마음이 다급해졌다. 그를 부르고자 입을 막 여는데 하필 그때 인터폰이 울렸다. 하는 수 없이 그녀는 인터폰부터 받았다. 류민자의 호출이다. 급한 일임을 아는 터라 지체할 시간이 없었다. 그녀는 꼼짝 않고 누워 있는 대한의 등을 원망스레 쏘아보다 바삐 방을 나갔다. 일단 급한 불부터 끄고 올 요량으로.

　방문 소리가 들리자 대한은 슬그머니 고개만 들어 뒤를 돌아보았다. 그리고 반대편으로 돌아눕다가 바닥에 수은의 휴대폰이 떨어져 있음을 발견했다. 그는 가만히 휴대폰을 손에 쥐었다. 그녀의 온기가 고스란히 묻어나는 듯해서 그의 입가로 빙그레 미소가 감돌았다.

　수은이 다시 방으로 돌아왔을 때, 그는 이미 잠이 든 상태였다.

　아까 못다 한 말을 따지러 부랴부랴 들어왔다가 정작 잠든 모습에 그녀는 맥이 빠졌다. 그렇게 막무가내로 사람을 곤란하게 만들어놓고, 태평스레 잠이 오다니. 그 자리에 우두커니 서서 그의 얼굴을 내려다보고 있자니 그녀는 어떤 말로도 그를 설득할 수 없음을 느낀다. 남 생각할 줄은 눈곱만큼도 모르는 사람이다. 이런 남자에게 아무리 얘기를 해본들 소귀에 경 읽기이리라. 이 일을 어쩌면 좋을까? 그녀는 체념한 표정으로 장 안에서 이불 한 채를 꺼내와 그에게 덮어주었다. 혹시 깰까 저어하며.

그때 누군가가 노크도 없이 방문을 열고 들어왔다.

"쉿!"

그녀는 순간적으로 검지를 입술에 모로 세우며 들어온 사람에게 주의를 시켰다. 들어서던 사람도 주춤했다. 그리고 조심조심 이불을 덮어주고 있는 그녀를 이해 못할 눈으로 쳐다보았다. 그녀는 자리에서 일어나려다 말고 그의 손끝에서 떨어진 휴대폰을 주워 들었다. 방 밖으로 나와서도 행여 소리라도 날까 살며시 문을 닫았다.

규성은 기분이 묘해졌다. 대체 그가 누구기에 이토록 챙기는지 괜한 질투심마저 일었다.

"준비 다 됐다고 빨리 나오래요."

"예."

수은은 서둘러 마루를 내려섰고, 규성은 뚱한 얼굴로 안방 문을 노려보았다.

앞마당에서는 한참 천막을 치고, 음식 준비에 여념이 없었다. 수은도 하얀 앞치마를 두르고 팔을 걷어붙였다. 아직 점심때가 되려면 한참 이른 시각이었지만, 줄을 빨리 서기 위한 사람들로 마당은 빈틈없이 북적거렸다.

그날은 토요일이었고, '백궁'에서는 점심때면 무료 급식을 해주었다. 어머니 때부터 내려온 전통이라 수은도 그 맥을 이어가고 있었다. 단 한 번도 거르지 않았다. 그걸 잘 아는 터에 이 시간이면 무료 급식을 받기 위해 몰려드는 사람들로 '백궁' 의 앞마당은 장사진을 이루었다. 규성도 한쪽에서 사람들을 단속하느라 분주했다.

그러느라 어느덧 점심 해가 훌쩍 넘었다. 어느 정도 사람들이 빠져나가고, 이제 마무리 단계에 접어든 시간이었다.

수은의 얼굴은 다소 지쳐 보였다. 잠시 한숨 돌리는데, 그녀의 몸 어디선가 휴대폰 벨소리가 들렸다. 그녀는 앞섶 고름 뒤에 가려져 있던 휴대폰을 들었다. 한복의 구조상 마땅히 넣어둘 곳이 없어 휴대폰 줄을 노리개처럼 달고 있었던 것이다.

"예."

[지금 어디 있어?]

방금 일어났는지 대한의 목소리가 깔깔하게 들렸다.

"앞마당에요."

[거긴 왜?]

"거의 끝나가요. 곧 들어갈 거예요."

[거기서 뭐 하냐니까!]

"들어가서 설명할 테니 기다리세요. 끊을게요."

대한은 끊긴 전화를 들고 그만 멍해졌다. 자기 전화를 받고 먼저 끊은 인간은 윤수은 단 한 명뿐일 것이다. 그러고도 살아남을 인간 역시. 간만에 곤한 잠이 들었던 터라 입 안이 텁텁했다. 시원한 물 한 사발 들이켰으면 좋겠다는 생각이 간절했다. 휑하니 큰

방 안에 혼자 앉아 그는 이제나저제나 그녀가 오기만을 기다렸다.
그러나 그녀는 좀체 나타날 기미가 보이지 않았다. 그래 봐야 겨
우 십 분여가 지났을 뿐인데 말이다.

갈증도 나고 다 끝나간다던 그녀도 들어올 생각을 않자, 그는
급한 성질답게 또다시 휴대폰을 들었다. 대체 앞마당에서 무얼 하
기에!

그때 방문이 열리며 작은 소반을 하나 들고 그녀가 들어왔다.

대한이 플립을 소리 나게 닫으며 한마디 하려다가 입속으로 말
을 삼켰다. 그녀의 앞섶에 걸려 있는 휴대폰이 눈에 띄었기 때문
이다. 한복에 대롱대롱 매달려 있는 휴대폰을 보자 어찌나 안 어
울리던지.

그녀는 다소곳이 대한의 앞에 앉더니 소반을 내려놓고 공손히
사발을 그에게 내밀었다. 물이었다. 대한은 그녀가 자신의 갈증까
지 머리 속에 가늠하고 있음에 속으로 놀랐다. 물을 한 번에 쉼없
이 들이킨 뒤, 빈 사발을 그녀에게 도로 내밀며 그가 물었다.

"뭘 하다 온 거야?"

사발을 소반에 내려놓으며 그녀가 대답했다.

"토요일 점심마다 무료 급식이 있어요."

"무료 급식이라니? 공짜로 밥 퍼주는 거?"

"예."

"그런 걸 왜 하는 거야?"

"예?"

"새벽부터 오밤중까지 힘들게 벌어서 공짜로 밥 퍼주는 짓을

왜 하냐고? 자금난을 왜 겪나 했더니 그만한 이유가 있었군.”

“아뇨. 일주일에 한 끼 공짜로 밥 퍼준다 해서 자금난을 겪는 건 아니에요.”

“그럼 무엇 때문이지?”

“그건 말씀드릴 수가 없군요.”

“……..”

“그리고 앞으로도 토요일 점심에는 직접 식사 대접을 하지 못할 것 같아요. 미처 말씀을 드리지 못해서 죄송해요.”

“그래. 땅 주인보다 그런 비렁뱅이들이 더 중요하다 이거지?”

그의 말에 돋친 가시를 느끼고도 수은의 얼굴엔 아무런 표정이 없었다. 대한은 비밀투성이인 그녀가 이래저래 마음에 안 들었다. 백 일 후면 쫓겨날 게 뻔한 처지에 무료 급식이 웬 말인가. 윤수은에게 집적댈 만한 단골 놈들을 솎아내는 일쯤이야 큰 어려움이 없다손 쳐도 무료 급식이라면 구름 떼처럼 몰려들 인원일 텐데, 그 많은 사람들을 모두 쫓아낼 수는 없는 노릇이다. 단골들 입막음은 할 수 있을지라도 무료 급식을 받을 정도의 형편이면 안 봐도 뻔했다. 오히려 다루기는 그런 놈들이 악질인 경우가 허다했으니까. 밑바닥 인생들이야 자존심보다는 밥 한 끼에 목숨 거는 것들이 태반이었다. 그런 까닭에 마침 들여오는 상을 받으면서도 대한은 떨떠름한 표정을 풀지 못했다.

“황기백숙이에요. 원기 회복에 좋은 것이니 남기지 말고 드세요. 아까 주무실 때 몹시 피곤해 보이더군요. 사람이 입을 벌리고 자는 것은 몸에 있는 원기가 빠져나가 좋지 못해요. 몸이 많이 축

나신 것 같아요.”

“알았어.”

만성피로야 늘 느끼고 있었다지만, 그 정도까지는 아니었는데……. 대한은 손으로 닭다리를 잡아 뜯었다. 폭 익은 다리는 쉽게 쏙 빠졌다. 소금에 찍어 게걸스럽게 뜯어먹던 그는 무슨 생각에서인지 다른 한쪽 다리를 뚝 떼내어 앞 접시에 담아 그녀 앞으로 놓아주었다.

“원기 회복은 내가 아니라 당신이 해야겠군. 종일 부엌에서 일하는 것도 모자라 수백 명이나 되는 비렁뱅이들까지 거둬 먹이려니 얼마나 힘들겠어.”

분명 빈정대는 말투였다. 수은은 마음이 아스라하니 아파오는 걸 느끼며 정중히 사양했다.

“전 무료 급식 때 먹었어요. 신경 쓰지 말고 드세요.”

“백 일이야. 그 안에는 무조건 나하고 같이 먹어. 그런 비렁뱅이들 속에서…….”

“방대한 씨.”

“내가 말할 때 가로막지 마.”

“죄송해요. 하지만…….”

“무조건이라 했어.”

수은은 그가 왜 화를 내는지 알 수 없었다. 그는 또다시 식사하는 데만 열중했지만, 그녀의 눈에는 음식의 맛을 느끼기보다 허기진 배를 채우기 위한 본능으로밖에 안 보였다. 천천히 맛을 음미하며 먹어도 좋으련만.

그녀가 동치미 그릇을 그의 앞으로 밀어 놔주었다. 그리고 방긋이 웃으며 부드럽게 말을 건넸다.

"천천히 드세요. 동치미가 한창 잘 익어 시원하고 맛이 좋아요. 입에 맞으실 거예요."

동치미는 살얼음이 언 그대로 퍼온 것이라 시원하고 개운한 맛이 일품이었다. 대한은 동치미 국물을 얼음째 몇 번 떠먹어보다가 무까지 우적우적 소리 나게 씹어 먹었다. 차디찬 국물이 열이 가득 찬 가슴을 훑어 내리며 속이 확 뚫리는 기분이었다.

"어떠세요?"

"내 입에서 맛있다는 말 나오게 자꾸 유도하지 마."

수은이 당황하여 목소리가 약간 기울어졌다.

"아니에요, 그런 거……."

울상을 짓는 그녀가 귀여웠던지 대한의 눈가에 슬쩍 웃음이 비쳤다. 수은이 뾰로통해서 말했다.

"놀리지 좀 마세요."

"왜? 또 뺨 때리려고?"

눈을 쓱 내리까는 그녀의 얼굴에 홍조가 띠었다. 새치름한 그녀의 모습에 대한은 닭다리를 뜯다 말고 눈길을 떼지 못했다. 가슴이 두근거렸다. 예기치 않은 두 방망이질에 갑자기 아랫도리가 불끈 일어섰다. 입에서도 곤혹스러운 신음이 터져 나왔다.

"끙……."

수은이 걱정스런 눈초리로 물었다.

"어디 아프세요?"

“아니. 아냐, 아무것도.”

어렵사리 대답한 뒤, 그는 속으로 심호흡을 가다듬으며 불끈한 아랫도리를 진정시키고자 애썼다.

“휴대폰은 백 일 동안만 쓸게요. 그리 아세요.”

백 일 동안만이라는 말에 뜨겁던 가슴이 찬물을 끼얹은 듯 일순 싸늘하게 식어버렸다. 심지어 수그러들 것 같지 않던 아랫도리까지 서서히 힘이 빠졌다.

“맘대로.”

그 말을 내뱉는 목소리도 시무룩해졌다. 그의 얼굴빛이 심란한 걸로 보아 원기 회복에는 황기백숙도 별 효과가 없을 듯하다. 차라리 그녀를 품에 안는다면 모를까.

제4장

대한은 기어이 마루 위까지 자기 짐을 들여놓았다. 수은의 얼굴에는 낭패감이 서리는데, 정작 그는 빚쟁이처럼 짐 옆에 주저앉아 있었다.

"정말 왜 이러세요? 제발 억지 좀 그만 부려요."

때아닌 실랑이에 직원들까지 죄다 나와 마루를 기웃거렸다. 수은은 창피하기도 하고, 이런 후안무치를 어찌해야 할지 몰라 곤욕스러운 표정이었다.

"저 방으로 가면 되지?"

그는 수은의 대답은 듣지도 않고 일어나 건넌방으로 가더니 문을 열어젖혔다. 그리고 짐을 들여갔다.

부엌에 있다가 직원들이 쑥덕이는 소리에 무슨 일인가 하고 내다보았던 규성도 마루 위에서 짐 가방을 붙들고 옥신각신하는 두 사람을 발견했다. 그는 앞뒤 잴 것도 없이 단숨에 마당을 가로질러 마루 위로 올라섰다. 또 그놈이다! 단박에 눈빛이 굳어진 규성이 대한의 가방을 빼앗았다.

"당신 뭐야? 이 짐들은 다 뭐고?"

대한이 가소롭다는 듯 피식 웃었다. 일이 커지는 것을 막기 위해 수은은 얼른 규성의 팔을 붙들었다.

"규성 씨는 나가 있어요."

"저 자식 대체 뭐예요? 뭔데 자꾸 수은 씨한테 이래요? 수은 씨가 왜 이런 자식 앞에서 쩔쩔매는 거냐고요?"

"이런 씹새끼가!"

대한의 입에서 거친 욕설이 터져 나오는 동시에 발로 그의 배를 걷어찼다. 그 바람에 규성이 저만치 나가떨어졌다.

"규성 씨!"

수은이 쓰러진 규성에게 달려갔다. 아픈 배를 움켜잡고 규성이 겨우 일어나 앉았다.

"괜찮아요? 어쩜 좋아."

규성을 부축하며 수은은 어쩔 줄 몰라 했다. 그 위로 대한의 욕설이 퍼부어졌다.

"내 앞에서 조심하라고 경고했지, 엉? 어디 또 기어올라 봐, 이 새끼야!"

그가 또 발길질을 하려는 모양으로 다리를 번쩍 치켜들었다. 수은이 재빨리 그의 다리에 매달리며 사정했다.

“그만 하세요! 들어가서 얘기해요. 더 이상 소란 피우지 말아
요!”

옴짝달싹 못하도록 다리를 붙들고 있는 그녀를 내려다보다 대
한이 차갑게 쏘아붙였다.

“놔, 이거!”

매몰차게 그녀를 떨어뜨리고 그는 짐 가방을 마저 방 안에다 들
여놓았다.

“나쁜 자식!”

또다시 달려드는 규성을 수은이 말렸다. 눈물은 글썽이지 않았
지만, 가슴속에 찬 그녀의 눈물이 보이는 것 같아 규성은 울컥했
다. 그가 급히 그녀의 손을 잡아끌어 안방으로 데리고 들어갔다.

수은은 그 자리에 무너지듯 주저앉았다.

“대체 이유가 뭐예요? 저도 좀 알자고요. 이유나 알고 당해야
할 거 아닙니까. 뭐 하는 인간이에요?”

“땅 주인이요.”

“예?”

“여기 땅문서를 가지고 있는 사람이에요.”

“그게 무슨 말이에요? 그럼 땅 주인이 따로 있다는 말인가요?”

수은은 깊은 한숨을 내쉬고는 힘없이 고개를 끄덕였다. 규성도
허탈하여 그 자리에 털썩 주저앉고 말았다.

“그래서 수은 씨더러 나가라고 시위 벌이는 거예요?”

“백 일의 시간을 주겠대요.”

“백 일이라뇨?”

"백 일 동안 여기 음식을 먹어보고 쫓아낼지 아닐지 결정하겠
다는군요."
　규성은 수은이 왜 그토록 저따위 깡패 같은 놈을 극진히 대접했
는지 이제야 알아차렸다.
　"미안해요. 괜히 나 때문에……."
　규성이 고개를 가로저었다.
　"그런 말 말아요. 그리고 수은 씨가 당하도록 보고만 있진 않을
테니 두고 봐요. 내가 이 땅 꼭 찾게 해줄 거예요!"
　"규성 씨……."
　감동이라도 받은 것일까. 비로소 그녀의 두 눈이 글썽해졌다.
규성은 안쓰러운 마음에 그녀의 머리를 당겨 기댈 수 있게 해주었
다. 어깨에 기댄 채 그녀가 부탁했다.
　"백 일만…… 저 사람이랑 함께 있으면 안 될까요? 저 사람 마
음 바뀌게…… 저 좀 도와줘요."

　수은이 건넌방으로 왔을 때, 대한은 방바닥에 드러누워 담배를
피우고 있었다. 자욱한 연기에 수은의 눈살이 찌푸려졌다. 그녀는
누워 있는 그의 옆에 한쪽 무릎을 세우고 앉더니 좀 전과는 달리
차분한 어투로 말했다.
　"규성 씨에게는 양해를 부탁했으니 이 방에서 함께 지내도록
하세요. 대신 제 집에 있는 동안, 더 이상의 소란은 벌이지 말아주
시구요. 규성 씨 또한 저에게는 귀한 손님이에요. 그 점을 유념하
고, 방 안에서 담배를 피우는 일은 삼가주세요. 담배는 뒤뜰로 나

가 피우되 꽁초를 아무 데나 버리는 일은 없도록 하세요. 만일 꽁초가 제 눈에 띄는 날에는 금연 조치를 내리겠어요. 제가 방대한 씨를 이 집에 들이는 것은 매 끼니 때마다 식사를 하기로 했으니, 어찌 보면 이 편이 시간 절약도 되고 훨씬 나으리라는 생각 때문이에요. 제 쪽에서 편의를 봐드렸으니 방대한 씨도 예의를 지켜주시고, 규칙도 따라주어야 합니다. 지금 하는 제 말을 하나라도 어길 시에는 이 집에서 당장 나가야 한다는 것을 명심하세요.”

대한은 듣는 둥 마는 둥 화장지를 뜯어 담배를 비벼 끄고는 입을 크게 벌리고 하품을 했다. 수은은 엄격하게 이르는데도 그 모양이자 복창이 터질 지경이었다.

“방대한 씨, 사람이 말을 할 때는 경청을 하는 것이 예의예요.”

대한은 그녀의 말을 무시하고 아예 반대쪽으로 돌아누웠다.

안 그래도 속이 상해 가슴이 터질 것 같은 데다 화가 목구멍까지 차 있는 수은에게 그의 작태는 화를 부추기는 꼴밖에 되지 않았다.

“이보세요, 방대한 씨! 제가 그리도 우습게 보여요?”

갑자기 획 일어나 앉은 대한 때문에 수은은 놀란 가슴을 쓸어내려야 했다.

“알았다고! 알았으니 잔소리 좀 그만 해!”

“……”

그녀가 빤히 쳐다볼 때마다 대한은 솔직히 어떻게 해야 좋을지 모르겠다. 더욱이 한심스러운 눈초리는 몸서리쳐지도록 싫었다. 게다가 지금은 슬픈 눈빛까지. 그의 목소리에 서서히 힘이 빠졌다.

"알아들었으니까 그만 해."

그 말이 왜 그리도 먹먹하게 들리던지 수은은 가슴속에 소리 없이 고여드는 안타까움을 느꼈다.

"그럼…… 쉬세요."

대한은 무슨 말인가를 해야 한다는 걸 알지만, 마땅히 떠오르지 않았다. 빈방에 혼자 남아서야 그녀에게 또 화를 벌컥 낸 것에 후회했다. 이로써 그녀의 마음은 더욱 멀어졌을 것이다. 땅을 빼앗는 것만으로도 모자라 이젠 방까지 차지하고 들어왔으니 얼마나 미울 것인가.

그것이 반성의 기미였는지 어땠는지는 몰라도 그는 그 시간 이후로 밤이 되도록 방에서 나오지 않았다. 나중에는 되레 수은이 방 안을 들여다봤을 정도였다. 방바닥에 누워 한결같은 자세로 천장만 올려다보고 있는 그의 모습은 수은에게도 묘하게 비춰졌다.

어느새 저녁 식사 때가 되었기에 그녀는 방문을 연 김에 물었다.

"저녁 식사 올릴까요?"

"아까 점심을 늦게 먹었더니 별로 생각이 없네."

그답지 않게 의기소침해 있기에 수은은 방 안까지 들어와 그의 옆에 앉았다.

"왜 그러세요? 어디 불편한 데라도……."

"아니."

"그런데 왜 식사를 거르세요? 정식이 싫으시면 간단한 다과상이라도 올릴까요?”

“다과상? 그건 또 뭐야?”

“떡과 식혜가 있어요. 수정과도 있고요.”

“됐어. 생각없어.”

“알겠어요. 이부자리는 벽장에 있으니 쓰세요. 그럼 전 나가볼
게요.”

그녀가 나간 후에도 오랫동안 그는 깊은 생각으로 쉽사리 잠을
이루지 못했다. 대한에게 ‘백궁’에서의 첫날밤은 그렇게 시작되
었다.

아예 세수까지 하고 방으로 들어온 규성이 그때까지 방바닥에
누워 있다 일어나 앉는 대한을 흘끗 쳐다보았다. 대한이 주섬주섬
양말을 벗었다. 그 꼴을 보자 규성은 속에서 울화통이 터져 견딜
수가 없었다. 그가 그 앞에 마주 엉덩이를 붙이며 따지듯 물었다.

“댁이 여기 땅문서 갖고 있다면서요?”

“그런데?”

“도대체 어쩔 셈이에요?”

“네 알 바가 아니다.”

“무슨 생각으로 이제 집까지 쳐들어오냐고?”

대한은 하라는 대답은 않고 양말을 규성의 얼굴에다 휙 내던졌
다.

“으~! 퉤퉤! 이게 뭐야? 아우, 꼬랑내!”

규성이 코를 움켜잡고 몸서리를 치는 사이, 대한은 일어나 방을

나갔다. 그리고 곧장 안방으로 가 문을 열었다.

"어머나!"

방 안에서 옷을 갈아입는 중이던 수은이 비명을 내지르며 돌아섰다. 바닥에는 벗어놓은 치마와 저고리가 있었고, 그녀는 속치마 바람이었다. 덕분에 대한은 고스란히 드러난 그녀의 맨 어깨를 볼 수 있었다. 눈이 부시도록 하얀 속살을 보고 그는 자기도 모르게 침을 꿀꺽 삼켰다. 흥분하자 맥박이 급격히 뛰어오르기 시작했다.

"이게 무슨 짓이에요? 어서 나가세요!"

당혹스러움이 가득한 그녀의 항의에도 대한은 음흉스런 시선으로 그녀의 몸을 훑어 내렸다. 그녀는 대한이 나갈 기미가 안 보이자 손에 들고 있던 티를 서둘러 껴입었다.

"나가라는 소리 안 들려요? 노크도 없이 그렇게 문을 여는 법이 어디 있어요?"

이루 말할 수 없는 불쾌감에 정수리까지 싸늘해지는데 대한은 기껏 한다는 말이, '베개가 없어'였다. 너무나도 어처구니가 없어 수은은 고개를 팩 돌려 그를 노려보았다.

"나가 계셔요. 내줄 터이니!"

대한은 느긋하게 한 발 뒤로 쓱 물러나더니 문을 닫고 눈앞에서 사라졌다.

수은은 치받쳐 오르는 화를 억지로 누르며 껴입었던 티에서 양손만 빼내어 속치마를 벗었다. 마음이 급해 옷을 벗자니 더 허둥거리게 되어 치마는 치마대로, 티는 티대로 두서없이 엉키고 말았다. 정말이지 통제가 안 되는 남자다. 어쩜 저리 뻔뻔스러울까.

그녀가 다시 방문을 열었을 때, 대한은 문 앞에 서 있었다. 짐짓 딴전을 피우고 있는 그에게 그녀는 미운 눈초리를 보내고는 베개를 던지듯 그의 품에 안겨주었다. 대한은 베개를 끌어안고 곧바로 돌아섰다.

“방대한 씨!”

대한이 돌아보았다. 날이 뾰족 서 있는 그녀의 부름에도 여전히 안색 하나 흐트러지지 않은 채.

“그렇게 예의없이 문을 열어놓고 미안하다는 말도 안 해요?”

“미안해야 할 쪽은 당신이지.”

“뭐라고요?”

“적어도 옷을 갈아입으려면 문 정도는 잠가야 하는 거 아냐? 집 안에 남자가 둘씩이나 있는데 당신이야말로 뭐 하는 짓이야?”

“이보세요, 방대한 씨!”

“난 남자고, 당신은 여자야. 그리고 저 녀석도 남자고. 문 잠가!”

그때 규성이 방에서 나왔다. 그는 두 사람의 대치를 불안스레 살피며 물었다.

“왜 그래요, 수은 씨? 무슨 일이에요?”

그런데 수은은 규성이 안에서 듣던 것과는 달리 대수롭지 않게 대답하는 것이었다.

“아니에요. 베개가 없다 그래서…… . 들어가요.”

“그럼 잘 자요. 내일 아침에 봐요.”

수은은 곱지 않은 시선으로 대한을 한번 흘긴 뒤 방 안으로 횡

사라졌다. 대한도 느물느물 웃음을 흘리며 건넌방으로 들어갔다. 마루에 혼자 남은 규성만 심란한 눈으로 두 사람을 번갈아 쳐다보았다.

잘 준비를 마치고 이부자리 안에 누워 수은은 이어폰을 찾아 귀에 꽂았다. 그녀는 음악을 들으며 은근히 몸을 훑던 대한의 시선을 떠올렸고, 아직도 따라붙는 것처럼 소름이 돋았다. 괜스레 얼굴도 화끈거렸다. 마치 알몸이라도 보인 듯 창피했다. 그의 능글맞은 얼굴을 지우기라도 하듯 그녀는 이불을 머리끝까지 폭 뒤집어썼다.

수은의 복잡한 심경과는 달리, 그 시각 자리에 누운 대한은 여유있는 미소를 입가에 담고 있었다. 우윳빛이 감돌던 그녀의 하얀 어깨가 자꾸만 눈에 밟혔다. 그런데 한 가지 희한한 일은 그녀의 맨살이 성적 욕구가 아닌 색다른 느낌으로 다가왔다는 점이다. 아름답다. 어떤 대상에 대하여 단 한 번도 떠올려 보거나 일컬어본 적이 없는 형용사. 그러나 대한의 입 안에서 맴도는 그 말은 분명 '그녀는 아름답다' 였다.

"드르렁! 드르렁! 푸우…… 드르렁!"
대한의 코 고는 소리에 규성은 도저히 참을 수가 없어 자리에서 벌떡 일어나 앉았다. 그는 머리가 지끈거리는 듯 곤혹스러운 표정을 짓고는 안 되겠는지 이불째 들고 마루로 나왔다. 그때 안방 문이 열리며 동시에 수은이 나왔다. 이불째 들고 나오는 규성을 보고, 수은이 물었다.

"왜요?"

"코 고는 소리 때문에 잘 수가 있어야죠."

규성이 볼멘소리를 내었다.

"저런, 그럼 어째요? 빈방은 많지만 군불을 때지 않아 추울 테고, 안 되겠어요. 이리 들어와요."

안방으로 들어간 수은이 중간 미닫이문을 사이에 두고, 이편에 자리를 폈다.

"여기서 자요. 마루보다야 나을 거예요."

"정말 여기서 자도 돼요?"

"그럼 어쩌겠어요. 마루에서 자다가는 감기 걸릴 테고, 불편해도 이렇게 하는 수밖에요."

"나야 상관없지만……."

그런데 수은은 중간 미닫이문을 닫으며 생긋 웃어 보였다.

"잘 자요."

규성은 미처 중간 미닫이문이 있었다는 것을 깨닫지 못하고, 괜스레 좋아했던 자신이 우스워졌다. 그가 혼자 싱긋 웃고는 이부자리 속으로 들어갔다. 이제야 살 것 같다. 비로소 편히 눈을 감고 쏟아지는 잠을 청했다. 수은이 밤새 엷은 불빛을 의지해 책을 읽고 있는 것도 모른 채.

대한은 잠결에 옆에서 자고 있어야 할 규성이 없어졌음을 알고 밖으로 나왔다. 마루 문까지 잠겨 있는 걸로 봐서는 바깥에 나간 것은 아닌 듯하다. 이불째로 없어졌으니 그렇담 다른 어딘가에서

자고 있다는 뜻인데……. 그가 불안한 눈길로 안방 쪽을 바라보았
다. 그리고 발소리를 죽여 안방 문 앞으로 다가갔다. 소리가 나지
않도록 신경 쓰며 문을 살짝 열어보았더니 예상했던 대로 규성은
그곳에서 자고 있었다. 닫힌 중간 미닫이문의 창호지로 불빛이 엷
게 스미어 있는 것을 보고 대한은 그제야 안심을 했는지 살며시
문을 닫았다.

입고 잤던 티 위에 가죽 잠바만 하나 걸쳐 입고 밖으로 나온 대
한은 마루를 내려서며 크게 기지개를 켰다. 한참 부산스러울 시간
에 어째 집 안이 조용하다. 의아해하며 집 안을 둘레둘레 둘러보
자니, 부엌에서 수은이 나왔다.
"일어나셨어요?"
"집 안이 왜 이렇게 조용해? 장사 안 해?"
"오늘은 휴일이에요."
"휴일?"
"저희 식당은 일요일에 쉬어요."
그가 퉁명스레 말했다.
"배가 불렀군. 일요일에는 밥 안 사 먹나? 일요일 하루 매상이
어딘데."
"과한 것이 모자람만 못하다 했어요. 하루 매상 올리는 것보다
하루 쉬어주는 것이 더 큰 유익이 될 수 있는 거죠."
"욕심이 없군."
"이제껏 못 먹고, 헐벗은 적은 없으니 이 정도로 충분해요. 잠깐

계세요. 새로 떠온 약수 드릴게요.”

수은은 부엌에 가서 소반에 사발을 가져와 독에서 물을 퍼 담았
다. 대한은 마루 끝에 앉아 그녀가 가져다 주는 물을 받아 마셨다.
물맛이 얼음장처럼 차고 달았다.

“약수는 어디서 났어? 직접 떠온 건가?”

“제가 떠오는 것은 아니고, 직원들 중에 운동 삼아 물 떠오는 분
들이 많아요.”

“쓸 만한 직원들 뒀어서 좋겠군.”

그는 혼잣말처럼 중얼거리더니 부드럽게 목을 돌렸다. 그나마
멀대 같은 녀석도 눈에 보이지 않기에 그가 물었다.

“멀대는 어디 갔어?”

“아침 일찍 볼일이 있어 나갔어요.”

“그럼 집 안에 당신과 나 둘뿐인가?”

“한 실장님이 계실 거예요.”

“한 실장은 또 누구야?”

“관리인이에요.”

그는 고개를 몇 번 주억거리더니 자리를 떨치고 일어났다. 그리
고 그녀의 손에서 소반을 낚아채어 마루에 내려놓고 다짜고짜 손
을 잡아끌었다. 수은이 당황하여 물었다.

“어딜 가는 거예요?”

“따라와 보면 알아.”

그는 수은의 손을 잡고 곧장 대문을 나섰다. 차에다 그녀를 억
지로 태우고는 그도 운전석에 올라탔다. 그렇게 간 곳은 대한의

사무실이었다. 건물의 삼층에 있는 사무실로 들어가자, 그는 수은의 손을 끌어 방 안으로 데리고 들어갔다.

그녀는 여전히 불안한 눈길로 방 안을 둘러보았다.

"잠깐 앉아 있어. 물건 몇 개만 챙기면 되니까."

그가 방에 딸린 화장실로 들어간 뒤, 수은은 조심스레 침대 끝에 엉덩이를 붙이고 앉았다. 크게 가구랄 것도 없이 큰 침대 하나, 옷장 하나, 그리고 화장대처럼 생긴 가구 하나, 그게 다인 방이었다. 초라하고, 아무렇게나 산 흔적이 배어 있었다. 어쩌면 방도 제 주인을 그렇게 빼닮았던지.

소피를 봤는지 물 내리는 소리와 함께 그가 밖으로 나왔다. 그는 옷장 서랍을 열어 뒤적거리더니 속옷과 양말을 그녀가 앉아 있는 침대 위로 툭툭 던졌다. 그리고 무엇을 찾는지 화장대 서랍을 열어 부스럭거렸다. 서랍 안에서 찾던 물건을 발견하고, 대한은 수은을 향해 던져 주었다.

얼결에 두 손으로 받아 든 그녀는 그것이 손 전용 크림이라는 것을 알고 묘연한 눈길로 그를 바라보았다. 그는 쳐다보지도 않고 화장대 위에 놓여 있던 스킨과 로션을 챙기며 말했다.

"근우 새끼가 나더러 바르라고 얼마 전에 사다 준 건데, 바를 일이 있어야지. 당신이나 써. 여자 손이 그래서야 되겠어?"

"……."

대한은 눈만 살짝 들어 화장대 거울을 통해 그녀를 훔쳐보았다. 그녀는 약간 고개를 숙인 채 손 안에서 화장품을 만지작대고 있었다. 그제야 그는 그녀가 얇은 티만 입고 있음을 발견했다. 어깨가 무척 시려 보였다.

수은은 무심코 고개를 들었다가 거울을 통해 자신을 뚫어져라 쳐다보고 있는 그의 눈과 마주쳤다. 그러다가 순간적으로 몸을 움츠렸다. 그가 갑자기 가죽 잠바를 벗으며 성큼 다가왔기 때문이다. 그녀는 가슴이 확 오그라들고 말았다.

겁을 집어먹은 게 분명한 그녀의 눈동자를 내려다보다가 대한은 심장이 뻑뻑해졌다. 이미 경계의 눈빛으로 변해 버린 그녀의 눈동자가 가슴을 아프게 파고들었다. 옷을 걸쳐 주려던 것뿐인데…….

수은은 그가 멈칫했던 손을 들어 가죽 잠바를 어깨에 걸쳐 주자, 그제야 속으로 안도의 한숨을 내쉬었다. 천천히 시선을 들어 그를 올려다보았을 때, 그는 무표정한 얼굴이었다. 하지만 그가 마음이 상했다는 것을 느낄 수 있었다.

대한은 그녀 옆에 던져 놓은 물건들을 한쪽에 놓인 작은 가방 안에 마구잡이로 집어넣었다. 수은은 그의 손을 저지시키고, 차분히 가방 안을 정돈했다. 가방에서 손을 거두고, 대한은 화장실로 다시 들어갔다. 그리고 세면대에서 물을 틀어 얼굴을 씻었다. 그녀가 두려워하던 이유를 알고 있다. 사심없는 호의조차 두려움으로 받아들이는 그녀를 어찌할까. 숙여진 그의 얼굴에서 물이 뚝뚝 떨어져 내렸다. 가슴 한편이 녹신하게 아파 그것이 마치 눈물이라도 되는 양.

"빨리 따라와."

쭈뼛거리며 걸음을 더디게 하는 그녀의 손을 억지로 잡아끌어 대한은 백화점 안으로 들어갔다.

"어디 가는 건데요?"

수은은 난감하여 총총걸음으로 따라가며 물었다.

"땅문서 일로 어디 갈 데가 있어 그래."

땅문서에 관한 일이라는 말에 수은은 속으로 의구심을 품으며 그를 따라갔다.

이층 여성복 매장을 돌며 대한은 그녀에게 마땅한 옷이 있을까, 주의 깊게 매장마다 걸린 디스플레이용 옷들을 살폈다. 그의 손에 끌려가며 수은은 갑자기 여긴 또 왜 온 것일까, 불만조로 캐물었다.

"여긴 대체 왜 온 거예요?"

그녀의 말이 떨어지기가 무섭게 대한의 시선에 마네킹에게 입혀진 한 벌의 옷이 걸렸다. 그는 무작정 수은의 손을 끌어 그곳으로 들어갔다.

"어서 오십시오, 손님."

상냥한 점원의 인사에 대한은 대뜸 마네킹이 입은 옷을 가리켰다.

"저걸로 보여주쇼."

"예."

수은이 자유로운 한 손으로 그의 팔을 잡으며 물었다.

"저 옷은 왜요?"

대한은 그녀의 물음에 대꾸도 않고, 그녀의 등을 점원 쪽으로 떠밀고는 한쪽에 놓인 의자로 가서 털썩 주저앉았다. 그리고 테이블 위에 있는 신문을 집어 들었다.

수은은 미간을 찌푸려 그를 쏘아보다가 매장을 나가기 위해 몸을 돌렸다. 어느 틈엔가 대한이 그녀의 허리를 잡아채었다. 뒤로 딸려 들어가며 수은이 짧게 비명을 내질렀다.

"좋은 말로 할 때 들어가 입어."

"방대한 씨!"

"일단 입어. 어차피 입을 거 이렇게 서로 기운 빼서 좋을 거 뭐 있나?"

수은이 기가 막혀 그를 노려보는데, 대한은 말 잘 들으라는 식으로 그녀의 엉덩이를 한번 툭 쳐줬다. 수은이 당황하여 매장 안의 사람들을 빙 둘러보았다.

"무슨 짓이에요?"

목소리까지 낮춰 곤혹스러워하는 그녀에게 대한은 인상을 팍 쓰며 말했다.

"이런 곳에서 망신당하고 싶지 않으면 시키는 대로 해."

그냥 해보는 말이 아님을 알기에 수은은 입술을 꼭 깨물고는 옷을 들고 기다리고 있는 점원에게로 걸음을 옮겼다.

대한은 버릇처럼 잇새로 '쯔읍' 소리를 내고는 신문을 펼쳐 들었다. 그래 봐야 보는 것이라고는 TV 프로그램이 다였지만. 잠시 후에 옷을 갈아입고 나온 수은을 보고 그는 순간 정신이 멍해졌다. 한복을 입었을 때도 예쁘고 곱지만, 옷의 라인을 따라 짙은 보라색 털이 달린 투피스는 전혀 색다른 느낌을 주었다. 그는 그녀가 낮은 단화를 신고 있음을 알고 점원에게 물었다.

"저 옷에 맞는 구두 주쇼."

"잠시만 기다리십시오."

점원이 디스플레이 되어 있는 곳으로 가서 옷 색깔과 똑같은 부츠를 하나 들고 왔다. 수은은 점원이 건네주는 부츠로 갈아 신었고, 그제야 만족스러운 미소를 띠고 대한이 자리에서 일어났다.

"입고 갈 거요."

그렇게 말하며 그는 지갑에서 카드를 꺼내어 점원에게 내밀었다. 다른 점원이 다가와 옷에 붙은 가격표를 떼어내고, 그녀가 벗어놓았던 옷과 신발이 담긴 쇼핑백을 챙겨주었다. 대한은 쇼핑백과 카드를 받아 들고는 올 때와 다름없이 그녀의 손을 낚아채듯 잡아 매장을 나섰다.

그런데 그것만이 다가 아니었다. 그가 다음으로 간 곳은 백화점 안에 있던 미용실이었다. 그곳에서 수은의 머리 손질과 화장까지 맡긴 뒤, 그는 그 뒤편에 놓인 소파로 가서 잡지책을 뒤적거렸다. 이따금 잡지책에서 시선을 떼어 그녀를 바라보면 점차 변해가는 그녀의 모습을 거울을 통해 고스란히 볼 수 있었다. 머리는 부드럽게 세팅드라이를 하고, 화장은 옷 색깔에 맞춰 보라 톤으로 해 우아한 맛을 더해주었다. 드디어 그녀가 자리에서 일어났을 때는 완전히 딴사람으로 바뀌어 있었다.

수은은 변해 버린 자신의 모습이 어색하여 울상이었다지만, 대한은 지금까지 살아오면서 이렇게 예쁘고 아름다운 여자는 처음 보았다. 그의 얼굴도 순간적으로 경직되어 뻣뻣해졌다. 그는 아귀를 돌려 자꾸만 당겨지는 얼굴 근육을 풀었다.

미용실을 나서며 대한이 또 어딘가를 두리번거리는 것을 보고 수은이 불안스레 물었다.

"또 어디 가려는 거예요? 이제 그만 하세요."

"아……!"

그는 손가락을 딱 튕기더니 무작정 수은의 손을 잡아끌었다. 그런 다음, 백화점 일층의 한쪽에 위치한 보석 갤러리에 들어가 또다시 점원에게 의뢰했다. 어울릴 만한 보석을 보여달라고.

가격대가 만만치 않을 터에 수은은 이번에야말로 아주 기겁했다. 하지만 대한은 기어이 점원이 권해주는 보석을 세트로 사서 그녀의 목과 귀와 손가락에 끼어주었다. 그 외에 핸드백까지.

나중에는 지친 듯 수은도 그가 하는 대로 내버려 두었다. 다시 차에 올랐을 때, 그녀는 우울한 얼굴이었다. 대한이 차에 시동을 걸며 퉁명스레 말했다.

"인상 펴. 옷발 안 살아."

"대체 이런 것들을 제게 왜 사주는 거지요?"

"갈 데 있어."

"어디를요?"

"거, 되게 꼬치꼬치 캐묻네. 가보면 알 것 아냐."

그렇게 간 곳은 백화점과 그리 멀지 않은 곳에 있는 한 호텔이었다. 호텔인 것에 수은의 가슴이 쿵 내려앉았다.

"이보세요, 방대한 씨!"

대한은 이번에도 대꾸없이 먼저 차에서 내리더니 보조석 문을 열어 억지로 수은을 끌어 내렸다.

"이보세요, 방대한 씨!"

똑같은 말로 그를 불러보지만, 그는 묵묵히 손만 잡아끌 뿐이었다. 엘리베이터 앞에 와서야 수은은 사람들의 시선을 의식하여 입을 다물었다. 아무리 손을 빼내려 해보아도 그는 굳건히 붙잡은 채 놓아주지를 않고, 그녀는 사람들 틈에 휩쓸려 도착한 엘리베이터 안으로 올라탔다. 대부분이 십층에서 내렸다. 대한도 마찬가지였다.

입구에 세워져 있는 안내문을 보고 나서야 수은은 이곳이 재경협회 모임이라는 것을 알았다. 대한이 입구에 놓여 있는 탁자 앞으로 가더니 가죽 잠바 안에서 초대장을 꺼내어 안내원에게 내밀었다. 안내원인 남자는 대한의 행색을 한번 쓱 훑더니 초대장을 들여다보았다.

"방대한 사장님, 맞으십니까?"

"주민등록증도 보여야 하나?"

대한의 투박한 언사에 안내원은 급히 손을 뻗어 홀 안쪽을 가리켰다.

"죄송합니다. 들어가시지요."

홀 안은 다과 음식들과 함께 이미 수많은 사람들로 꽉 차 있었다. 보아하니 간단한 리셉션인 듯한데, 그가 이런 곳에 온 이유는 알 수 없었다. 초대장을 받은 것을 보면 못 올 곳은 아니겠지만 말이다. 그를 알아보고 여기저기서 눈길을 주었다. 하지만 선뜻 알은체를 하는 사람은 없었다. 다들 약간의 경계 어린 눈빛으로 그와 수은을 쳐다보았다.

그가 한 손은 수은의 손을 잡고, 다른 한 손은 청바지 주머니에 꽂은 채 사람들 틈을 유유히 걸어갔다. 수은은 바짝 긴장하여 그의 옆을 총총걸음으로 따랐다. 그리하여 마침내 그의 걸음이 멈춘 곳은 가장 안쪽에 위치한 한 테이블 앞에서였다.

"안녕하십니까?"

정중하기보다는 거들먹거리는 목소리로 그가 인사를 하자 등을 보이고 섰던 누군가가 돌아보았다. 그리고 수은의 얼굴도 차갑게 굳어졌다. 그녀를 발견하고 그 누군가의 얼굴도 안색이 착 가라앉았다.

"자네…… 방 사장…….."

더듬거리는 말투에 대한이 히죽 웃었다. 그리고 수은의 어깨를 한 팔로 감싸 안더니 자기 쪽으로 억세게 끌어당기며 큰 소리로 소개했다.

"인사하시죠. 회장님도 잘 아시는 백궁의 여주인 윤수은입니다."

수은이 자신의 어깨를 끌어안은 대한의 팔을 뿌리친 것은 그 순간이었다. 그녀는 싸늘한 눈길로 그를 노려보고는 돌아섰다.

대한은 돌아서는 그녀의 팔을 잽싸게 낚아채어 돌려 세웠다. 그리고는 조용히 뇌까렸다.

"투자한 값은 해야지. 그렇게 가버리면 옷이며 머리며 돈 들인 게 아깝잖아."

수은이 차갑게 대꾸했다.

"가겠어요. 놔주세요."

"도망가지 마. 피하지도 마. 그래 봐야 상대는 당신 집에서 대대로 종살이하던 원수일 뿐이잖아. 안 그래?"

수은의 눈빛이 더욱 냉랭해졌다. 그녀는 입술을 파르르 떨며 그에게 나지막이 질문했다.

"대체 절 왜 여기에 데려온 거예요?"

대한이 싸늘하게 웃고는 그 질문에 대답했다.

"당신이 영감이라고 부르는 김경복 회장이 왜 내게 그 땅을 선뜻 내주었을까, 그게 항상 궁금했었거든. 고래 싸움에 새우 등 터진다고, 내가 그 새우 꼴은 아닌가 싶어서."

"그렇게 궁금하면 직접 물어보시죠!"

수은은 얼음장 같은 시선을 돌려 김경복 회장을 한 번 노려본 뒤 몸을 홱 돌렸다.

찬바람을 일으키며 가버리는 수은의 등을 멀거니 쳐다보다가 대한은 욕지기를 툭 내뱉었다.

"제기랄!"

저토록 상종도 안 하려는 것을 보면 원수도 보통 원수가 아닌 모양이다. 그가 수은을 잡기 위해 급히 발걸음을 옮기며 김 회장을 향해 소리쳤다.

"조만간 찾아뵙죠!"

뛰어나가는 그를 보고 김 회장의 안색이 어둡게 가라앉았다. 그의 뒤편에 서 있던 미모의 아가씨가 옆의 남자에게 머리를 약간 기울여 은근슬쩍 물었다.

"누구야?"

"이번에 김 회장님께 땅을 산 사람. 고리대금업자라는데, 깡패 나 다름없어."

"그래?"

여자는 달려나가는 대한의 등을 의미심장한 눈빛으로 바라보았다.

걸음걸이에도 화가 잔뜩 실려 있었다. 그녀의 뒤를 빠른 걸음으로 쫓아가며 대한은 손을 잡으려 했다.

수은은 매정하게 그 손을 뿌리쳐 버리고 뛰다시피 리셉션장을 빠져나갔다. 그런 실랑이는 엘리베이터 앞까지 몇 번이고 이어졌다. 엘리베이터 앞에 다다랐을 때, 그녀는 그가 더 이상 손을 잡지 못하도록 아예 팔짱을 끼었다. 대한이 피식 웃고는 도착한 엘리베이터 안으로 그녀의 어깨를 붙잡아 밀어 넣었다. 그 안에서도 수은은 어깨를 흔들어 그의 손을 떨어냈다. 그리고 그와 등진 채 엘리베이터 구석으로 가서 섰다.

엘리베이터가 일층에 도착하여 수은이 문 앞으로 한 발자국 옮겼을 때였다. 대한이 그녀의 어깨를 한 손으로 잡아챘다. 그가 어깨를 잡고 놓아주지 않았기 때문에 그녀는 그 상태로 지하 주차장까지 내려가야 했다. 문이 열리자 대한은 그녀를 억세게 끌어 내렸고 곧장 주차된 차로 가서 태웠다.

차에 올라타서도 그녀는 팔짱을 낀 채 앞만 보고 앉아 있었다. 대한은 안전벨트를 하며 흘끗 그녀를 쳐다보았다. 그때 그녀의 표정은 화도 화지만, 슬픔이 뚝뚝 떨어졌다. 온몸으로 터져 나오는 울분이 느껴져 그는 안전벨트를 하던 손길을 멈추고, 그녀를 물끄러미 응시했다.

하지만 끝내 그녀는 대한과 눈을 마주치지 않았다. 더 이상 입도 열지 않았다. 대한이 '백궁'이 아닌 외곽으로 차를 몰아가도 어디를 가느냐고 묻지 않았다. 백화점에서처럼 채근하거나 따져 묻지 않았다. 대한은 그것이 은근히 염려되었다. 그래서 그도 그만 입을 다물었다. 차가 외곽의 한 바닷가에 위치한 횟집 앞에서 멈춰 섰을 때까지도 말이다. 그곳에서도 그녀는 내릴 생각이 없는지 그 모양 그대로였다.

"내려."

그러자 수은은 대꾸없이 차에서 내려섰다.

순순히 내리는 그녀를 보고 대한은 불길한 생각이 들었으나, 아무런 내색 없이 일단 차에서 내렸다. 그가 먼저 횟집 안으로 들어갔고, 그 뒤를 수은이 따랐다. 횟집은 워낙 외진 곳이기도 했지만, 이른 시각이어서 그런지 손님이 없었다. 두 사람은 창가 쪽 테이블에 마주 앉았다.

그녀는 아무 말 없이 창밖을 내다보았다. 종업원이 주문판과 물수건을 들고 다가왔다. 대한은 그녀의 의견은 묻지 않고 포장된 비닐 안에서 물수건을 꺼내어 손을 닦으며 우럭과 술 한 병을 주문했다. 그제야 수은이 종업원에게 일렀다.

"술은 놔두세요."

대한이 냉큼 그 말을 가로챘다.

"가져오쇼. 술잔 두 개랑."

수은이 짧게 그를 흘기고는 창밖으로 시선을 돌렸다. 종업원이 주문판을 들고 사라진 후에 그가 물수건을 테이블 위에 툭 던지며 말했다.

"그래도 죽기는 싫은가 보지? 음주운전을 걱정하는 걸 보니."

"……."

"회 먹을 때는 그래도 술을 먹어줘야 제 맛이지. 걱정 마. 금방 갈 거 아니니까."

그 말이 더 무섭다. 그럼 대체 언제 돌아가겠다는 말인가. 수은은 제멋대로인 남자를 상대도 하기 싫어 계속 외면했다. 마주 앉아 있으나, 남보다도 못한 사이. 그녀는 리셉션장에서 만난 김경복보다 이제 방대한이라는 남자 때문에 더 역정이 났다. 겨우 그런 사람을 만나러 가기 위해 옷에, 보석에, 어울리지도 않는 치장에…… 생각할수록 화가 났다.

전채 요리가 차례로 나오고, 잠시 후 싱싱하여 회를 뜨고도 펄떡대는 우럭이 상 위에 대령되었다. 대한은 그녀가 먹을 생각도 없이 창밖만 보고 앉아 있자, 손수 초장과 겨자 장을 만들어 그녀 앞으로 놓아주었다.

"먹어, 남기고 가기 싫으면."

젓가락까지 억지로 그녀의 손에 쥐어주고, 대한은 우럭 회를 몇 점 같이 집어 초장에 푹 찍어 입에 넣었다. 입가에 묻은 시뻘건 초장을 혀끝으로 훔쳐 내는 그를 가만히 지켜보다가 수은도 회를 집어 들었다. 회는 싱싱하고 감칠맛이 있어 입 안에서 절로 사르르 녹아들었다. 하지만 마음이 그러하니 그다지 당기지 않았다. 먹기는 먹되, 그녀는 다른 생각에 빠져 있는 얼굴이었다. 대한은 무의식 중에 회를 먹고 앉아 있는 그녀를 물끄러미 건너다보았다. 그 앞으로 술을 따라주며 그가 말했다.

"한잔해."

그리고는 자기 잔에도 가득 술을 붓고 단숨에 들이켰다. 그러나 수은은 술잔에 손을 대지 않았다. 한 점도 먹지 않을 것처럼 앉아만 있던 그녀는 아무 의미 없이 회만 집어먹고 있었다. 그녀가 다시 회에 젓가락을 갖다 대었을 때, 대한이 그녀의 손을 저지시켰다. 수은은 눈만 들어 그를 건너다보았다.

"나보고는 맛을 음미하면서 먹으라더니……."

수은은 차갑게 눈을 내리깔았다. 이러고 마주 앉아 있는 것이 너무나도 껄끄럽고, 삭막하다. 아무리 호화로운 밥상을 받는다 해도 이처럼 대하기조차 싫은 사람과 함께라면 무슨 소용일까. 자신의 처지가 가련하고 처량맞아 그녀는 목구멍으로 올라오는 눈물을 억지로 삼켰다. 그사이 그는 연거푸 술잔을 비워냈다. 이렇게 야들야들한 생선 살을 먹으면서도 돌멩이를 씹는 것 같은 자신에 비하면 게걸스러울 정도로 맛있게 먹고 있는 그가 미웠다.

"사람을 먼저 살피어라. 절대 자신과 다르다 하여 틀린 사람이라 머리에 못 박지 말거라. 그런 것만큼 위험한 일은 없단다."

어머니가 생전 하시던 말씀이 귀에 또렷이 들려왔다.

'어머니, 어떻게 해야 좋을지 모르겠어요. 제게 지혜를 주세요. 그토록 수많은 사람을 대해왔건만, 이 단 한 사람 어쩌지 못해 쩔쩔매게 되네요. 아직도 전 어머니 같은 장사꾼이 되기는 멀었나 봐요. 어머니였음 어떻게 했을까……. 그 어떤 사람이라도 나중에는 모두 어머니 편으로 만들곤 하셨지요. 하지만 어머니, 이 세상에는 절대 한편이 될 수 없는 사람도 있잖아요. 김경복 같은 사람처럼 말이에요.'

그녀가 낮게 한숨을 내쉬는 것을 보고 대한이 종업원에게 큰 소리로 사이다를 달라 일렀다. 종업원이 가져다 준 사이다를 잔에 채워 그녀 앞에 놓아주며 대한이 무뚝뚝하게 말했다.

"이것도 대접이라고 생각해. 이를테면 야외 학습 정도로."

그의 말에 수은은 픽 웃음이 터져 나왔다. 겨우 웃음을 비치는 그녀를 보고 대한도 마음이 한결 놓였다.

"웃으니 좋군. 그러고 보니 단 한 번도 소리 내서 웃는 걸 못 본 것 같은데, 원래 웃음이 없나?"

수은이 담담하게 대꾸했다.

"그래도 방대한 씨 인상보다는 훨씬 나아요."

어이없다는 투로 대한이 허허 웃었다. 그나마 뾰로통해서 말도 안 하는 것보다야 쫑쫑거려도 이편이 낫다.

"아침도 안 먹었더니 배고프네. 다 먹고 바다나 보러 가자. 운전하고 가려면 술기운 날려 보내야지."

수은은 크게 쌈을 싸서 입 안에 넣고 우적우적 씹어 먹는 그를 물끄러미 바라보았다. 확실히 음식 하나는 맛있게 잘 먹는다. 보

고 있는 것만으로도 절로 군침이 돌 정도로. 그녀의 시선을 느끼
고 대한이 연신 우적거리며 싱긋 웃었다. 그러나 웃는 모습도 얄
미운 건 어쩔 수 없다. 수은은 새치름하게 눈을 흘기고는 회를 겨
자 장에 조금 찍어 입에 넣었다.

제5장

겨울 바다는 바람이 제법 세찼다. 수은은 그새 콧등이 빨개
져 있었다. 공들여 해놓은 그녀의 머리가 바닷바람에 휘날려 어지
럽게 엉켰다. 자꾸만 얼굴 위로 흘러내려 오는 머리카락 때문에
그녀는 눈을 가느다랗게 뜨고 있었다. 긴 부츠를 신고 있다 해도
깡 바람은 피할 수 없어 어깨를 웅송그리며 추위에 떨었다.

대한은 담배를 입가로 옮겨 물고 가죽 잠바를 벗어 그녀의 어깨
에 덮어주었다. 얇은 티 하나 차림의 그는 그 바람에 엄청스레 추
워 보였다. 수은이 걱정스런 눈빛으로 말했다.

"감기 걸려요. 입으세요."

"오 분만. 그 정도로는 감기 안 걸려."

바람이 거세어 담배는 몇 모금 빨지도 않았는데 쉽게 닳아 없어

졌다. 그가 손가락 끝을 툭 튕겨 꽁초를 바다 쪽으로 날려 보냈다.

"가끔 오는 곳이야. 가슴 답답할 때, 뭔가 안 풀릴 때, 화날 때, 속상할 때. 그냥 뭐, 여러 가지로 복잡할 때. 김경복 회장이 백궁 땅을 내게 내주었을 때 나도 눈치는 챘었어. 그전부터 욕심을 내던 땅이긴 했지만 놀랐지. 내게 달라고 조르긴 했어도 눈 하나 깜짝 않던 양반이 왜 갑자기 마음이 바뀌었을까. 후후. 그런데 오늘 당신을 보니까 알 것 같더라고."

"......"

"날 골탕 먹이려 했다는 거. 당신이 포기하지 않으면 내가 포기해야 해."

"방대한 씨는 꼭 그 땅이 아니라도 되지만, 전…… 그 땅이 아니면 안 돼요."

"나도 안 돼. 왜냐하면 내 전 재산을 거기에 투자했거든. 빌어먹을 자식이 엄청 비싸게 부르더군. 그래도 샀어. 왜냐, 욕심났으니까. 만약 내가 그 땅을 포기하면 난 종이 쪼가리 하나만 들고 거지 신세가 돼. 그러니 방법은 한 가지뿐이야. 당신이 그 땅을 포기해."

"방대한 씨."

"그래, 좋아. 어차피 백 일 시간은 준 거니까 해보자."

"좋아요. 대신 방대한 씨도 어젯밤에 했던 말, 지켜주셔야 해요."

"뭐?"

전혀 모르는 반문에 수은이 어이없다는 투로 말했다.

"어제 방 안에서 제가 말했던 거 말이에요. 방 안에서 담배 피우지 말고, 사람들에게 예의 지키고……."

"아, 그거! 당신 하는 거 봐서."

"방대한 씨!"

"난 말이지. 여자가 잔소리 많고, 떽떽거리고, 쓸데없이 고집 피우는 거 아주 질색이거든."

"왜 저한테만 지키라는 거죠?"

"왜라니? 백궁 땅이 내 손안에 있으니까. 이럴 땐 아쉬운 쪽에서 고개를 숙이고 들어오는 게 당연한 거잖아. 억울하면 나처럼 땅 사든지."

"그 땅은 분명히 빼앗긴 거라고……."

"그거야 내 알 바 아니라고 분명히 말했을 텐데. 아, 그리고! 또 한 가지."

"……."

"오늘부터 내가 그 방에서 잘 거야."

"어느 방, 말이에요?"

"어제 그 멀대가 자던 방. 안방."

수은의 입이 쩍 벌어졌다.

"제, 제정신이 아니군요. 그걸 지금 말이라고 하는 거예요?"

"그 녀석은 되고, 난 왜 안 돼?"

"규성 씨는 친구지만, 당신은……."

"적이다?"

"어, 어쨌든…… 당신 입으로도 그랬지 않았던가요? 당신은 남자고, 나는 여자다. 그런데 어떻게……."

"내 눈에는 멀대도 남자야."

"차라리 다른 빈방을 내드릴게요. 규성 씨와 따로 방을 쓸 수 있도록."

그런데 대한은 일언반구에 거절이었다.

"싫어!"

수은이 원망의 눈초리로 그를 쏘아보았다. 대한은 그녀의 어깨에서 가죽 잠바를 훌떡 벗겨내더니 얄밉게 말을 덧붙였다.

"오 분 됐어!"

그가 가죽 잠바를 껴입으며 돌아서서 모래사장을 앞서 걷기 시작했다. 수은이 재빨리 그의 뒤를 쫓아갔다. 여기서 말을 확실히 해놓지 않으면 그는 오늘밤부터 당장 안방으로 건너올 게 뻔하다. 그렇게 되기 전에 어떻게든 그를 말려야 했다.

"방대한 씨, 그냥 가면 어떡해요? 방대한 씨! 제 얘기 아직 안 끝났다고요!"

부츠가 모래사장에 푹푹 빠져 뛰기가 여의치 않았다. 게다가 강한 바람 때문에 수은은 중심을 잡지 못해 휘청거렸다.

그사이, 대한은 그녀 쪽으로 돌아서더니 뒷걸음질쳤다. 코앞에서 약까지 올리는 그를 보자, 수은도 이를 악물고 힘차게 모래사장을 뛰었다. 하지만 그는 잡힐 듯 말 듯 한 발자국 차이로 앞서 갔다. 수은이 턱 끝까지 숨이 차 올라 결국에는 모래사장을 반도 못 벗어나서 그 자리에 허리를 꺾고 멈춰 섰다.

대한도 양쪽 바지 주머니가 불룩하도록 두 손을 꽂아 넣고 한발

한발 뒤로 물러나다 우뚝 걸음을 멈추었다. 그는 그 자리에 선 채 잠시 숨을 헐떡이고 있는 그녀를 바라보았다. 볼까지 발갛게 익어 버린 그녀의 얼굴엔 추위뿐 아니라 다급한 마음이 역력히 내비쳐졌다. 대한은 급하게 다가가 버린 자신의 실수를 깨닫고, 마음이 주저되었다. 그러다 주저되는 자신의 마음 역시 어처구니없었다. 방대한에게 주저라니. 다른 건 다 몰라도 나폴레옹이 했다던 그 말만큼은 평생에 좌우명으로 삼았었다. '내 사전에 불가능이란 없다'.

불가능이란 주저되는 마음에서 비롯되는 것이다. 아마도 그의 사전에 불가능이란 윤수은이 아닐까 싶어 그는 지레 가슴이 저려왔다. 저토록 밉고 원망스런 눈초리로 바라보는 여자. 저 여자를 갖고 싶은데…… 그래서 마음 놓고 안고 싶은데……. 그것만큼은 불가능하다고 그녀의 눈이 외치는 것 같아서 마음이 쓰라렸다.

그가 한 발 앞으로 나섰다. 그리고 주머니에서 한 손을 꺼내어 그녀 앞으로 내밀었다. 다소 숨이 가라앉은 그녀는 눈을 깔아 손을 쳐다보았다. 잡을까 말까 망설이는 것 같은 눈초리였다. 손 안으로 천천히 자신의 손을 가두기까지 그 망설임은 계속되었다.

대한은 얼어버린 그녀의 손을 꼭 잡았다. 파도처럼 몰아치는 감정을 느끼며. 감당하기 힘들어 가슴이 터질 것 같은 감정을 느끼며.

"방대한 씨, 제발 부탁인데 다른 방에서 주무세요. 방대한 씨가 거기서 잔다는 걸 다른 사람이 알아봐요. 절 어떻게 생각하겠어요? 제발 제 입장도……."

갑자기 확 끌어당겨 품에 안은 대한 때문에 수은은 말을 채 끝내지도 못하고 비명조차 내지르지 못했다. 이 사람, 왜 이래? 오로지 그 생각밖에는 머리 속에 맴돌지 않았다.

"바, 방대한 씨!"

수은이 그의 품에서 빠져나가려 몸을 뒤채었다. 하지만 그는 그녀가 그럴수록 더욱 세게 끌어안았다.

"오 분만…… 오 분만……."

그의 목소리가 파도 소리에 잠겼다. 수은이 엉겁결에 그의 품에 안겨 느낀 것은 아득한 슬픔의 자국이었다. 그의 눈빛에서 느꼈던 그 상처, 그 애잔한 그림자가 고스란히 자신의 가슴에도 전달되어져 왔다. 그래서였는지도 모르겠다. 이 남자, 정말 외로운 사람이로구나 하고 느낀 것은. 순간 수은의 마음에도 잔물결이 일듯 싸한 기운이 스쳐 지나갔다.

그는 열려 있는 가죽 잠바 앞섶을 펼치더니 그녀의 몸을 감싸안고 완전히 밀착시켰다. 얇은 티 때문에 딱딱하게 각이 서 있는 그의 몸 또한 고스란히 느낄 수 있었다. 그 몸에서 내뿜어지는 열기 또한. 따뜻해. 무심결에 흘러나오는 그 말이 수은의 혀끝을 맴돌았다. 아무리 그렇더라도 그가 하자는 대로 가만히만 있을 수는 없는 일이었다. 그녀는 끝내 그의 가슴팍을 밀어내며 억지로 몸을 빼냈다. 그리고는 먼저 그의 앞에서 돌아섰다.

거기까지만 했으면 좋았을 것을. 대한은 냉정하게 돌아서는 그녀의 팔을 억세게 잡아당겨 입을 맞추었고, 그것이 치명적인 실수였음을 금방 깨달을 수 있었다. 그녀의 입술을 제대로 느끼기도 전에 그녀가 뺨을 후려쳤던 것이다. 이것으로 두 번째다, 뺨 맞은 게. 그리고 더럽게 아프기도 했다. 작은 고추는 여전히 매웠다. 젠장맞을!

"당신이란 사람은 정말이지……!"

말을 채 끝내지 못하고, 그녀는 획 돌아서 가버렸다. 맞아서 한쪽으로 기울어진 고개를 다시 원상태로 돌려놓으며 대한은 자신의 급한 성격을 한탄했다. 그가 그 자리에 서서 반성 아닌 반성을 하고 있을 때, 거의 허우적대다시피 모래사장을 벗어난 그녀는 길 위로 올라섰고 마침 지나가는 택시를 불러 세웠다.

뒤늦게 그 장면을 발견한 대한이 급히 달려와 보지만, 그녀는 이미 택시를 타고 멀어져 가고 있었다.

"이런 제길!"

땅을 차보아도 택시는 이미 떠난 뒤였다. 완전히 헛물 켰다. 나름대로는 데이트랍시고 비싼 옷에 비싼 장신구에 여기까지 끌고 와, 회 잘 먹고 근사하게 집까지 모셔다 주려던 참이었건만. 키스만 안 했어도 좋았는데!

그렇게 땅을 치고 후회해 봤자, 그녀를 태운 택시는 점처럼 멀어져 곧 시야에서 사라졌다. 그 자리에 멍하니 서 있던 대한도 털레털레 주차장으로 향했다. 한 발 가까이 다가가려다 완전히 바닥에 내동댕이쳐진 기분이었다. 차에 올라타 시동을 걸고 서서히 주차장을 빠져나가면서도 아쉬운 마음이 가득했다.

한 팔을 창문 턱에 괴고 그는 손끝으로 입술을 만지작대었다. 겨우 스치듯 했을 뿐이지만, 그녀의 입술이 어렴풋이 남아 있었

다. 비록 뺨은 맞았다손 쳐도 여전히 가슴에 아려오는 그 느낌, 그
것만으로 위안을 삼아야 할까. 서울로 돌아오는 내내 조용히 가슴
을 저며 오는 슬픔에 그의 눈빛마저 아스라이 가라앉았다.

　'백궁' 앞에서 택시를 세운 수은이 택시 기사에게 말했다.
　"여기서 잠깐만 기다려 주시겠어요? 택시비 가지고 나올게요."
　그녀가 택시에서 내렸을 때, 기다리고 있었던 것처럼 규성이 다
가왔다. 그는 몹시 걱정하고 있었던 듯 그녀를 보자마자 물었다.
　"어디 갔다 와요?"
　그녀의 행색이 평소와는 완전히 달라 규성은 종일 걱정하고 있
었던 마음이 더했다. 게다가 진한 화장까지. 택시가 금방 가지 않
고 서 있자 규성이 다시 물었다.
　"왜요? 택시비 없어요?"
　"예. 아침에 빈손으로 나와서……."
　핸드백도 들고 있으면서 빈손으로 나왔다니 점점 알아듣지 못
할 소리만…….
　규성은 바지 주머니에서 지갑을 꺼내 대신 택시비를 지불했다.
기사가 택시를 돌려 되돌아가는 것을 지켜보다 수은이 대문 쪽으
로 돌아섰다. 몹시 지친 듯 기운이 없어 보여 규성이 그녀의 어깨
를 다정히 안으며 물었다.
　"괜찮아요? 아파 보이는데."
　"아니에요. 그냥 좀 피곤해서요."
　규성을 뒤로하고, 수은은 핸드백을 축 늘인 채 대문 안으로 먼

저 들어섰다. 그리고 뜰을 지나 안채로 터벅터벅 걸어갔다.

규성은 아침에 그녀가 아무 소리도 없이 사라졌다는 것을 한 실장에게 듣고 하루 종일 걱정했다. 그럴 리야 없겠지만, 대한도 식사 때가 지나도 얼굴 한 번 비치지 않는 걸로 봐서 같이 있는 것은 아닐까, 그런 생각까지 했었다. 다행히 그녀 혼자 나타났으니 그런 추측일랑 기우였음을 알게 되었지만, 그녀의 행색이 아무래도 마음에 걸렸다. 대체 어딜 갔다 온 걸까.

옷을 갈아입고, 화장도 말끔히 지우고 나서야 수은은 보료 위에 몸을 뉘었다. 방은 따뜻하여 추위에 종일 얼었던 몸을 녹이는 데는 그만이었다. 하지만 마음까지 녹여주기에는 역부족이었다. 그녀는 언뜻 스쳤던 그의 입술을 느끼며 무너지는 가슴에 끝내 눈을 감고 말았다. 불처럼 뜨겁던 그의 품이 아직도 가슴에 느껴졌다.

아직도 그때를 생각하면 가슴이 덜덜 떨려서 수은은 다시는 그의 얼굴을 마주 볼 수 없을 것 같았다. 낯뜨거워 어찌 보누. 그녀는 귓불까지 빨갛게 물이 들어버렸다. 몸을 돌아눕다가 휴대폰이 그녀의 눈에 뜨였다. 손을 내밀어 휴대폰을 가만히 쥐자, 문득 그가 잡아주던 손의 느낌이 되살아났다. 그녀의 잇새로 깊은 한숨이 새어나왔다.

✳

"형님, 무슨 일 있으십니까? 시간 꽤 됐는데, 백궁 안 가십니까?"

송근우의 물음에도 대한은 말이 없었다. 그는 시름에 잠긴 얼굴로 소파에 푹 기대어 앉아 있었다. 무언가 골똘히 생각을 하고 있는 것도 같고, 어찌 보면 아무 생각이 없는 것도 같았다.

송근우는 대한이 평소 기백이라고는 찾아볼 수도 없이 맥없이 앉아만 있자, 문득 짚이는 것이 있어 물었다.

"형님, 혹시 윤수은하고 무슨 일 있었습니까?"

"윤수은이 네 친구야, 인마? 함부로 이름 부르고 지랄이게."

그럼 그렇지! 송근우가 우악스런 대한의 언사에도 가벼이 고개를 끄덕였다.

"잘못했습니다, 형님. 싸우셨습니까?"

더욱 심란해지는 표정을 보고 송근우는 자신의 추측을 확신했다. 안 그래도 종일 보이지 않고 연락도 없다 했더니 그 여자와 함께 있었던 게 틀림없다. 그나저나 왜 싸운 거지? 송근우는 자신의 보스가 어울리지도 않게 사랑에 빠져 허우적대는 것도 모자라, 사랑싸움까지 하다니 그저 재미있어 죽을 표정이었다.

"뭐 실수하셨습니까?"

실수? 정확히 아픈 곳을 건드리고 나오는 송근우를 대한은 눈동자만 돌려 뚱하게 쳐다보았다.

송근우는 이번에도 추측이 맞아떨어졌음을 알고 빙긋 웃었다. 대한이 대번 골을 내었다.

"왜 웃어?"

"무슨 실수 하셨는데요?"

대한은 입 끝으로만 구시렁거리더니 머리를 벅벅 긁어대었다.

쪽팔리게 뽀뽀했다가 뺨 맞았다고 부하 녀석에게 어찌 말할 것인
가. 그래도 이 바닥에서 방대한 하면 아— 할 정도인데, 체면이 있
지.

"근우야."

"예, 형님."

"넌 네 애인이랑 얼마 만에 뽀뽀했냐?"

"글쎄요. 한…… 삼 개월?"

대한의 눈이 조금 커졌다.

"삼 개월씩이나? 그럼 잠은?"

"형님도 참, 그런 걸 어떻게…… 그로부터 정확히 육 개월 후였
죠."

"젠장. 여자 하나 자빠뜨리는 데 뭐가 그렇게 오래 걸려?"

"형님, 그게 말입니다. 진짜 사랑을 하니까요, 함부로 손도 못
잡겠더라고요. 형님은 안 그러십니까?"

"손이야 뭐……."

"그럼 뽀뽀하다 걸린 겁니까?"

"아무튼 자식이 눈치 하나는…… 어."

그런데 송근우는 정색을 하며 말하는 것이었다.

"형님, 이제 큰일났습니다."

"왜?"

"상대도 봐가면서 뽀뽀를 해야죠. 그리고 여자들은 억지로 막
들이대는 거 무지하게 싫어합니다."

"그럼 뽀뽀를 물어보고 하냐?"

“그 여자한테는 그래야 할 것 같은데요.”

그건 맞는 말이었다. 대한 같은 성격에 그게 안 맞아 그렇지. 그가 진지하게 물었다.

“진짜 물어보고 해야 하는 거냐?”

“꼭 물어보지 않더라도 분위기 봐서 정중하고 매너 좋게 대해야죠. 그렇게 해도 우리 같은 사람들은 먹혀 들어가기 힘든 여잡니다.”

“……”

“아마 지금쯤 화 많이 났을걸요.”

그것도 맞는 말일 것이다. 대한은 시무룩해서 물었다.

“그럼…… 내가 어떻게 해야 돼?”

“사과해야죠.”

“그러니까 사과를 어떻게 하는 거냐고?”

“솔직하게 잘못을 시인하는 거죠.”

대한의 낯빛이 확 굳어졌다. 눈빛도 매섭게 변했다.

“그러니까 나더러 지금 잘못했다고 빌라는 얘기냐?”

“잘못한 건 맞지 않습니까?”

“이 새끼가 죽으려고!”

“화부터 내시면 전 앞으로 형님 일에 개입치 않겠습니다. 형님께서 알아서 하십시오.”

단호하게 나오는 송근우를 향해 대한도 고래고래 소리를 질렀다.

“그래, 새끼야! 안 해! 나도 안 해!”

방 안에 이미 어둠이 찾아들은 지 오래인데, 수은은 아까 돌아와 누운 그 상태로 뒤척거리기만 했다. 대한이 오늘밤은 들어오지 않으리란 걸 알면서도 왠지 걱정이 되었다. 아직까지 아무 연락도 없는 걸로 봐서 무슨 일이 생긴 것은 아닐까 싶기도 하고. 휴대폰을 계속 손 안에 들고 만지작거리고는 있으나, 그녀는 선뜻 전화하기가 망설여졌다. 이럴 때 전화라도 먼저 해주면 좀 좋아서.

그때 울린 것은 휴대폰이 아니라 인터폰이었다. 그녀는 부스스 일어나 수화기를 들었다.

[자요?]

규성이었다.

"아니요. 어딘데 전화를?"

[저 지금 뒷동산에 와 있어요.]

"거긴 왜요?"

[잠깐 나올래요? 보여줄 거 있는데.]

"무엇을요?"

[꼭 보여주고 싶은 거였어요. 이거 보여주려고 오늘 종일 기다렸거든요.]

"알았어요. 금방 나갈게요."

그녀가 두꺼운 외투를 껴입고 방을 나선 뒤 얼마 안 있어 보료 위에 놓여 있던 휴대폰 벨이 울렸다. 벨소리는 길게 울리다가 끊겼고, 그 후로도 여러 번 반복되었다.

“대체 왜 안 받는 거야?”

전화를 끊으며 대한이 역정을 벌컥 냈다. 기껏 마음먹고 전화했더니 받지를 않는 것이다. 재깍 받으라고 휴대폰까지 사줬건만, 일부러 안 받는 것 같아 속에서 더욱 열불이 일었다.

“이 여자가 진짜! 지금 나랑 해보겠다는 거야, 뭐야!”

불같이 성질을 내는 그와는 달리 송근우는 걱정스런 기색이었다.

“형님, 그러지 말고 백궁으로 전화해 보십시오. 아직 안 들어왔을 수도 있지 않습니까.”

“지금이 몇 신데 안 들어와? 아까 간 지가 언젠데.”

“그러니까 하는 말 아닙니까. 비관해서 중간에 어디로 샜을 수도 있지 않습니까.”

“이런 썩을 놈의 자식이! 내가 뽀뽀 좀 했기로서니 비관?”

“헤헤. 일단 전화부터 해보십시오.”

대한은 하는 수 없이 ‘백궁’으로 전화를 걸었다. 그런데 그 한 실장인가 뭔가 하는 관리인까지도 전화를 안 받는 것이었다. 이도 저도 전화를 안 받으니 대한이 속이 터져서 휴대폰을 소파에다 내동댕이치며 욕설을 퍼부어댔다.

“썅! 이것들이 짜고 일부러 내 전화 안 받는 거지? 내 이것들을 다……!”

말은 그렇게 했지만, 대한도 속으로는 은근히 걱정이 몰려왔다. 택시를 타고 간 것을 마지막으로 보았으니 중간에 잘못되기라도 한 건 아닐까 하는 생각이 들었던 것이다. 이럴 줄 알았으면 진작 전화를 해보는 건데 잘못했다. 그는 자리에서 벌떡 일어나 옷걸이에 걸려 있는 가죽 잠바를 들고 황급히 문으로 향했다.

"형님, 휴대폰 가져가십시오!"

송근우가 소파에 떨어진 휴대폰을 주워 얼른 그의 손에 쥐어주었다. 대한은 불안한 기색이 역력하여 휴대폰을 힘 주어 잡고는 이내 방을 뛰쳐나갔다.

수은은 규성을 찾아 뒷동산에 올랐다. 어두컴컴하여 지척도 가늠하기 힘들 지경이었다.

"규성 씨! 어디 있어요?"

"수은 씨, 여기예요!"

수은이 언덕을 오르다 위쪽에서 달려 내려오는 규성을 발견했다. 주르륵 미끄러지듯 내려온 규성은 털로 만든 귀마개를 하고 있었다. 그 모습이 꼬마처럼 귀여워 수은의 얼굴이 환하게 펴졌다. 규성이 그녀의 손을 꼭 잡고는 언덕 위를 오르기 시작했다. 발밑이 어두워 수은은 자꾸만 발을 헛디뎠다.

"조심. 제 손 꼭 잡아요."

규성의 말대로 손을 꼭 잡은 채 언덕 위를 올랐을 때, 그곳에는 커다란 천체 망원경이 설치되어 있었다. 수은이 처음 보는 그것에 의구심을 감추지 못했다.

"이게 뭐지요?"

규성이 망원경 앞으로 그녀를 세워놓으며 말했다.

"자아, 잘 봐요. 이게 천체 망원경이라는 거예요. 제가 말했죠?

원래 내가 천문학도였다고."

"그럼 아침에 이걸 가지러 갔던 거였나요?"

"예. 오늘 날씨를 보니까 별 관측하기 좋은 날이라 그래서요. 수은 씨한테 보여주고 싶었어요. 제가 보는 하늘, 수은 씨도 똑같이."

수은은 규성이 일러주는 대로 망원경 렌즈에 눈을 갖다 대었다. 그 안에서 검은 휘장에 알알이 보석을 박아 넣은 듯 휘황찬란한 밤하늘이 펼쳐졌다. 길게 또는 짧게 휘광(輝光)을 늘이며 반짝이는 수많은 별들. 별천지란 바로 이런 것을 두고 한 말이리라.

"와아! 진짜 예뻐요. 너무 근사해요. 멋있어요!"

수은은 쉴 새 없이 탄성을 내질렀다. 규성이 그녀의 어깨를 감싸며 귀 가까이 속삭였다.

"약간 오른쪽으로 보면 별 세 개가 나란히 있는 거 보이죠?"

"어디요? ……아, 보여요."

"그게 오리온이에요. 왼쪽부터 차례로 보면 작은 개, 큰 개, 토끼, 마차부, 오리온, 에리다누스. 모두 겨울에 볼 수 있는 별자리죠."

"그렇군요. 선명해서 그런지 그냥 볼 때와는 느낌이 또 다르네요. 어쩜 저렇게 하나같이 보석 같을까요? 보고 있으니까 가슴이 막 설레는걸요."

설레기는 그녀를 거의 안다시피 하고 있는 규성의 가슴도 마찬가지였다. 정신없이 망원경을 들여다보고 있는 그녀가 얼마나 사랑스러운지 두근대는 가슴을 억제하기가 힘들 정도였다.

"어때요? 스트레스 확 풀리죠?"

수은은 망원경에서 눈을 떼고 그를 쳐다보았다. 그의 말은 사실이었다. 울적했던 기분이 단숨에 달아났다. 신기하게도, 정말 신기하게도. 한순간 모든 것을 잊고 오로지 밤하늘의 별 속에 파묻혀 버린 기분이었다. 처음 보는 광경에 정신을 완전히 빼앗겨서 가슴을 짓누르는 근심일랑 까마득하게 날아가 버렸다. 땅도, 김경복도, 그리고 방대한도. 거의 맞닿아 있는 그의 얼굴을 똑바로 마주 바라보며 수은이 말했다.

"예. 덕분에."

"와우! 그럼 오늘의 이벤트는 대성공이네. 앞으로 또 스트레스 쌓이거나 별 보고 싶으면 얘기해요. 기꺼이 별천지를 구경시켜 줄 테니까."

"근데 이거 무거워서 여기까지 옮겨오려면 무척 힘들 것 같은데요."

"그런 건 걱정 마십시오, 아가씨. 이 한 몸 부서지는 한이 있어도 아가씨를 위해서라면 기꺼이 바쳐 드리지요."

그의 호언장담도 수은에겐 우스갯소리처럼 들려 크게 웃어 젖혔다. 그렇게 큰 소리로 웃는 것은 처음 보았던지라 규성도 더욱 유쾌해졌다. 이렇게까지 좋아할 줄은 몰랐다. 아버지 몰래 빼내오느라 힘은 좀 들었지만, 이로써 그녀의 마음을 얻는 작전은 성공한 셈이다. 그는 귀마개를 벗어 그녀에게 씌워주었다. 수은은 또다시 밤하늘을 보느라 시간 가는 줄도 모르고 망원경 앞을 떠날 줄 몰랐다.

마루에는 불이 켜진 상태였지만, 집 안은 고요하기 짝이 없었다. 단숨에 마루 위로 뛰어올라 가 안방 문을 벌컥 열어젖히며 대한이 소리쳤다.

"윤수은! 어디 있어? 윤수은!"

안방에도 불이 꺼져 있고, 그녀는 없었다. 그는 휴대폰을 들어 그녀에게 전화를 걸어보았다. 그런데 벨은 방 안 보료 위에서 울렸다. 휴대폰이 그냥 방에 있는 것으로 보아 그녀는 아직 안 들어온 게 확실하다. 그는 전화를 끊고 건넌방으로 갔다. 건넌방도 비어 있기는 마찬가지. 그 멀대 같은 놈하고 어딜 갔나?

이런저런 추측만 난무한 가운데 두 사람 다 들어올 생각은 않고, 마루에 걸터앉아 무작정 기다리고만 있던 대한이 도저히 참을 수가 없어 자리에서 벌떡 일어났다. 그리고 마루 문을 소리 나게 닫고는 씩씩거리며 곧장 '백궁'을 나섰다. 그가 차에 올라타자마자 횡 가버린 후, 담벼락 끝에서 규성과 수은이 나란히 나타났다.

마루로 올라서며 수은은 괜스레 주변을 살폈다. 나가기 전과 다를 바 없는 집 안인데, 누군가가 다녀간 기분이 들었다. 한 실장님인가? 그도 저녁 외출이 있어 지금은 없을 터인데…….

고개를 갸웃하며 안방으로 건너가 외투를 벗어 제자리에 걸어 놓고, 이부자리 속으로 들어가려다 보니 휴대폰이 손에 걸렸다. 혹시나 싶어 플립을 열었다가 그녀는 부재중 전화가 온통 대한에게서 걸려왔음을 알고 놀랐다. 그렇게 무례히 굴어놓고 전화도 안 한다면 사람도 아니다 했는데, 정말로 전화가 온 것이다. 여태 안 들어왔기에 그런 후안무치에게도 창피함은 있구나, 했다.

그녀는 약간의 망설임 끝에 통화 버튼을 눌렀다. 벨이 울리기가 무섭게 벼락같은 호통이 터져 나왔다.

[어디야? 뭐 하고 이제 들어와? 어디 쏘다니다 이제야 들어오는 거냐고!]

귀가 멍멍할 지경이었다. 너무나도 놀란 나머지 수은은 자기도 모르게 플립을 닫고 말았다.

"어쭈! 이젠 끊어? 미안하니까 먼저 전화해 놓고, 끊어?"

대한은 운전을 하다 말고 울화통이 머리끝까지 뻗쳐 재차 통화 버튼을 눌렀다.

[여보…… 세요.]

"윤수은! 당신! 너! 대체 뭐 하는 여자야? 내가 얼마나……."

갑자기 말문이 턱 막혀 버렸다. 그 다음 말을 잇기에는 사나이 존심상 도저히 입이 떨어지지 않았다.

"……빌어먹을."

[예?]

"대체…… 어디 갔다가 이제 오는 거야?"

[집에 계속 있었어요.]

"그런데 왜 전화 안 받아? 내가 전화하면 재깍 받으라 그랬지!"

[방대한 씨야말로 왜 아직 밖이죠? 오늘 안 들어올 건가요?]

"내가 안 들어가니까 신경 쓰여?"

[당연히 신경 쓰이지요. 마루 문을 잠가야 하니까요.]

쳇! 이제 봤더니 사람 걱정이 아니라 대문 걱정이다.

[어쩌실 거예요? 안 들어올 것 같으면 지금 문 잠그고요.]

"아냐! 지금 가. 가고 있는 중이야. 기다려."

[그럼 전 먼저 잘 테니 들어오거든 마루 문은 직접 잠그세요. 이만 끊을게요.]

또 먼저 끊는다. 대한은 휴대폰을 본 채 기가 막힌 표정을 풀지 못했다. 그러나 급히 핸들을 꺾어 방향을 틀었다. 그런 뒤 쏜살같이 방금 왔던 길을 되돌아갔다.

집에 도착했을 때, 안방도 건넌방도 불이 꺼진 상태로 고요했다. 그는 안방 앞으로 가 조심스레 문을 열었다. 아니나 다를까, 중간 미닫이문은 닫힌 채로 어제 규성이 누웠던 자리에 이부자리가 펴져 있었다. 살금살금 발소리를 죽여 중간 문 앞으로 다가가 문을 열려 했으나, 예상했던 대로 문은 굳게 잠겨 있었다. 잠이 들었는지 아니면 자는 척을 하는 것인지 문 건너편은 쥐 죽은 듯 조용했다. 대한은 심통맞게도 그냥 잘 생각은 전혀 없었던 모양이다. 곧장 휴대폰을 드는 폼이 예사롭지 않았다. 이윽고 중간 문 건너편에서 휴대폰 벨소리가 울렸다. 그리고 이내 그녀의 목소리가 들려왔다.

[여보세요.]

"나야."

[알아요.]

"나 지금……."

[들어왔으니 됐어요. 주무세요.]

"……아까…… 말인데…….."

[……]

"아냐. 자."

대한은 전화를 뚝 끊고, 이불 속으로 파고들어 갔다. 하지만 뭔가가 자꾸 마음에 걸려서 금방 잠을 이루지는 못했다. 방 안의 모든 어두움이 무겁게 자기만 내리누르고 있는 것처럼 눈 뜨고 가위에 눌린 기분이었다. 그는 망설이고 망설이다 또다시 휴대폰을 들었다.

선물 왔어요!

갑작스런 소리에 수은은 잠을 청하다가 깜짝 놀라 눈을 떴다. 앙증맞은 아기 소리는 휴대폰에서 들렸다. 얼른 플립을 열고 메시지를 확인했더니 액정에 파란 불이 반짝이며 들어온 메시지는 이러했다.

『아까바닷가에서뽀뽀한거슨내 실수여써하지만내뽀뽀를안바다준당신도실수야엄청난실수!』

수은은 받침까지 틀린 메시지를 보고 하도 어이가 없어 휴대폰 배터리를 아예 빼버렸다. 그때 문 저편에서 괴상한 소리가 들렸다. 그것이 방귀 소리라는 걸 알고 수은은 눈을 질끈 감고 말았다. 적반하장에 설상가상, 아주 가지가지 한다.

'뭐 저런 사람이 다 있담!'

속으로 울분을 토해봐도 그의 요란한 방귀 소리는 연신 터져 나왔다. 수은은 듣다못해 mp3을 귀에 꽂고 음악 볼륨을 높였다. 듣는 세상이 음악에 모두 잠겨서야 비로소 그녀에게도 평화가 찾아왔다. 확실한 대책을 마련하기까지는 일단 그가 하자는 대로 해주라는 규성의 말이 그나마 위안이 되어주었다. 수은은 뒷동산에서 보았던 밤하늘과 영롱한 별들과 귓가로 속삭이던 규성의 목소리와 그 언덕을 오르며 손을 잡아주던 순간을 떠올렸다. 그리고 이내 기분 좋은 회상과 함께 곤한 잠에 빠져들었다.

새벽 여섯 시. 날은 아직 어두웠으나 장사 준비를 하려면 일어나야 할 시간이었다. 수은은 이불을 차곡차곡 개켜 장 속에 넣고, 잠가놓았던 중간 문의 고리를 끌렀다. 소리없이 문을 열었을 때, 대한은 두 팔을 아무렇게나 위로 내뻗은 채 곤한 잠에 빠져 있었다. 그녀는 대한의 잠든 얼굴을 물끄러미 내려다보았다. 누구나 잠잘 때만큼은 순수하다 했던가. 한창 깊은 잠에 곯아떨어져 있는 지금의 그도 그랬다. 사납기 그지없던 눈매도, 걸핏하면 욕설을 내뱉던 입매도, 날카롭게 내리뻗은 콧날도 지극히 선해 보였다면 지나친 착각이었을까. 고르게 숨을 쉬는 모습까지 평안해 보여 빙그레 미소를 짓기까지 했다. 평소에도 저런 모습이면 얼마나 좋을까 싶을 만큼 오히려 안타깝고 안쓰러운 마음마저 들었다. 그녀는 깊은 한숨을 내쉬며 그를 비껴 조용히 방을 나갔다.

곧장 부엌으로 가 쌀부터 씻어 앉혔다. 거기서 받은 쌀뜨물로 세수를 하고 다시 방으로 돌아왔을 때, 대한은 여전히 같은 자세로 자고 있었다. 그녀는 조심조심 걸음을 옮겨 중간 문을 닫고 옷을 갈아입었다. 명경 앞에서 머리도 단정히 빗어 땋아 내리고, 마지막으로 입술에 엷은 립스틱을 살짝 발라주었다. 피부가 곱고 투명하여 굳이 화장을 하지 않더라도 까만 눈매는 더욱 까맣고, 입술은 입술대로 촉촉하고 선명했다.

마지막으로 옷고름이 단정히 매였나 점검한 뒤 명경을 닫고 일어났다. 아! 깜박 잊을 뻔했다. 휴대폰. 그가 일어난 뒤 자신이 안 보이면 전화부터 해댈 게 뻔해서 재빨리 휴대폰을 옷고름 옆에 걸었다. 노리개처럼 매달린 휴대폰은 배터리를 다시 끼웠지만, 켜는 법을 몰랐던 그녀는 그대로 방을 나갔다.

시간이 한참 지난 후에도 대한이 일어날 생각을 않기에 수은은 방으로 다시 들어가 보았다. 대한은 그때까지 자리에 누워 있었다. 아무래도 깨우는 게 좋을 듯싶어 수은이 그의 곁으로 다가가 앉았다. 그리고 그의 어깨를 흔들려 손을 뻗었을 때, 그가 먼저 손을 잡아챘다. 기절할 만큼 놀란 것은 수은뿐, 대한은 슬며시 눈을 뜨더니 방금 깬 사람치고는 또렷한 눈동자로 올려다보았다.

"뭐 하는 거예요?"

수은은 사색이 되어 그를 곱지 않은 시선으로 흘겼다.

대한은 그녀의 손을 가만히 제 심장 부위에 올려놓더니 그대로 정지시켰다. 쿵쿵. 가볍게 뛰는 심장 박동이 수은의 손바닥으로도 확연히 감지되었다. 대한은 스르르 눈을 감고, 그 느낌을 깊이 느껴보았다. 마루로 걸어오는 그녀의 발자국 소리가 들렸을 때부터 뛰기 시작한 심장이다. 그냥 이대로 시간이 멈추어서 서로의 가슴에 손을 얹고 이런 기이한 느낌을 두고두고 느낄 수 있었으면 좋겠다고 그는 속으로 바랐다.

"방대한 씨."

"오 분만…… 오 분만 이대로 있자."

"저 지금 바빠요. 이러고 있을 시간 없어요."

"당신 안고 싶은데 참고 있는 거니까 오 분만 이대로 있어."

"방대한 씨!"

"나 방금 일어났어. 태어나서 지난밤처럼 편하게 자본 적이 없었던 것 같아. 아주 기분 좋게 잘 잤어. 그러니까 기분 깨지 마."

수은은 못 말리는 고집불통 대한을 원망스레 쏘아보긴 했으나, 그가 하자는 대로 손을 내맡긴 채 앉아 있을 수밖에 없었다. 하지만 아침마다 이러고 있어야 한다는 건 크나큰 고역이다. 그녀는 그를 방까지 들인 것이 못내 실수 같기만 하다.

"사장님, 뭐 하세요? 얼른 나오시라는데요."

마루 밑에서 누군가 부르는 소리에 수은은 화들짝 놀라 손부터 뺐다. 그런데 대한은 손을 붙잡고 놓아주질 않았다. 수은이 다급하여 밖에다 대고 소리쳤다.

"금방 나가요! 조금만 기다리라 그러세요!"

그리고는 상체를 숙여 조그맣게 뇌까렸다.

"빨리 놓으세요!"

대한은 마냥 느긋한 표정으로 검지를 제 볼에 척 갖다 댔다. 뽀뽀하라는 시늉에 수은이 기겁했다. 그녀가 어금니를 꾹 깨물고는 나무라듯 그의 이름을 불렀다.

"방대한 씨!"

"소리 지를까?"

아주 협박까지!

"정말 왜 이러는 거예요?"

"그럼 입에다 할래?"

"……"

말은 장난처럼 하고 있지만, 적어도 그의 눈빛에서 진심을 읽었다면 이 또한 착각이었을까. 수은은 아침부터 자기 손을 붙잡고 억지를 부리고 있는 이 남자를 어떻게 해야 좋을지 몰라 난감했다. 그는 자기 말대로 해주지 않으면 이 손을 절대 놔주지 않을 것이다. 수은은 속이 상해 가슴이 벌렁거리는데, 그는 오히려 진지한 눈빛으로 기다리고 있었다. 결코 내키지 않았지만 그녀는 별수 없이 상체를 숙여 그의 볼에 입술을 콕 찍고는 도망치듯 방을 나갔다.

그제야 대한의 얼굴에 온통 흐뭇한 웃음이 번졌다. 그는 누운 채로 크게 기지개를 켜고는 자리에서 벌떡 일어났다. 담배를 찾아 입에 물었다가 방에서는 피우지 말라던 수은의 말이 떠올라 가죽 잠바를 껴입은 채 밖으로 어슬렁거리며 나왔다. 그리고 뒤뜰로 난 마루 문을 열고 그리로 나갔다.

살갗에 와 닿는 겨울 공기가 제법 차가웠다. 뒤뜰에 쭈그리고 앉아 담배를 피우고 있으려니 바구니에 새로 뽑은 파를 가득 담아 들고 오는 조그만 아가씨가 보였다. 그녀는 대한을 경계 어린 눈빛으로 곁눈질을 하며 지나쳤다. 그녀의 눈에는 방금 일어나 짧은 머리는 두서없이 뻗쳐서 눌렸고, 영락없는 백수 꼴로 쭈그리고 앉아 담배를 피우고 있는 그가 기이하게 보였을 일이다.

대한이 담배를 든 손의 엄지로 까칠하게 돋은 턱수염을 쓱쓱 문지르며 말을 걸었다.

"어이, 꼬마야!"

꼬마라는 호칭에 새롬이 발끈했다. 슬금슬금 그 옆을 지나쳐 가던 그녀는 대뜸 몸을 돌려 표독스레 그를 노려보았다.

"아저씨! 제가 어디로 봐서 꼬마예요? 스무 살 넘은 꼬마도 봤어요?"

"스무 살 아니라 육십이 되어도 키가 고만하면 꼬마지 뭐. 너, 이름이 뭐냐?"

"남의 이름은 왜 물어봐요?"

새롬이 퉁명스레 쏘아붙이는데도 대한은 담배를 피우며 연신 싱글거렸다.

"나, 이 집에 살아."

"핏. 저도 얘기 다 들었어요. 아저씨가 억지로 들어와 사는 거라면서요?"

"그럴 이유가 있어서."

"무슨 이유요?"

"너 같은 꼬맹이가 알 필요까지는 없고."

"그럼 도대체 저는 왜 부른 거예요?"

"그냥 추워서. 가봐."

그는 땅바닥에 담배를 비벼 끄고 일어나다가 문득 떠오르는 것
이 있어 꽁초를 주워 들었다. 그런 다음 입으로 후후 불어 재를 완
전히 떨어낸 후 건들건들 마루로 올라갔다.

새롬이 기가 막혀 투덜댔다.

"뭐 저런 게 다 있어? 내가 지 심심풀이 땅콩이야, 뭐야!"

씩씩거리며 부엌으로 들어오는 새롬을 보고 규성이 감자를 깎
다가 아는 체를 했다.

"왜? 무슨 일 있어?"

새롬이 그 옆에서 파를 다듬을 요량으로 쪼그려 앉으며 대답했
다.

"그 깡패 아저씨 말이에요."

깡패 아저씨라 함은 대한을 일컫는 것이리라. 규성이 촉각을 곤
두세우고 물었다.

"그 사람이 왜?"

"참내, 기가 막혀서. 나를 언제 봤다고 꼬마라고 부르질 않나.
아무 용건도 없이 사람을 불러놓고선 나중에 지가 추워서 그랬다
나? 아유, 재수없어! 언니는 왜 저런 사람을 집 안에 들인 건지 모
르겠다니까!"

규성은 직원들에게도 말 못할 사정을 안고 사는 수은이 딱하기
만 했다. 그녀는 그때 대한에게 들여갈 조반상을 준비 중이었다.
일일이 꼼꼼하게 점검을 하며 상을 차리는 그녀를 보고 있노라니
규성은 마음이 아팠다. 내키지도 않는 사람과 끼니 때마다 마주
앉아 식사를 하는 것이 얼마나 고역일까 싶어서. 아버지에게 이

땅을 사자고 한다면 순순히 들어줄까. 수은에게 이 땅을 꼭 찾게
해주겠다고 자신있게 말했지만, 답답하기는 규성의 심정도 똑같
았다. 엄마를 구워 삶는 일이야 식은 죽 먹기지만, 아버지는…….
아버지 말대로 수은의 마음을 얻는다면 또 모를까, 그전에는 어림
반 푼어치도 없는 일일 것이다.

　고로 이 모든 사건을 종결짓는 것은 수은과 결혼하는 길밖에 없
었다. 만일 방대한이 주고 산 이 땅값의 두 배를 쳐준다면 그도 계
산 속이 훤할 터에 이 땅을 포기할지 몰랐다. 수은이 자신에게 어
느 정도 호감은 갖고 있다는 건 알지만, 사랑이라는 감정을 심어
주기란 그리 쉽지 않을 것이었다. 그는 감자를 깎으며 생각에 골
몰했다. 어떻게 하면 수은의 마음을 확실히 잡을 수 있을 것인가
에 대해.

제6장

상을 들여가기 전, 수은은 잠시 식당으로 나왔다. 이상하기
는 요 며칠 단골들의 발길이 뜸했다. 꼭 아침이면 오던 단골들까
지 보이지를 않았다. 그녀는 궁금하던 차에 마침 잘 아는 얼굴이
보이기에 그리로 다가갔다. 말쑥한 생김새의 중년 신사는 정형외
과 의사인 추민태였다.

"선생님, 오랜만에 오셨네요."

수은이 친절하게 먼저 인사를 건네었다. 혼자 밥을 먹고 있던
그는 수은을 보고 심히 반가운 화색을 띠었다.

"그러게 말이오. 내가 며칠 바빴더니만, 이 집 음식이 먹고 싶어
아주 혼났지 뭐야. 허허허."

"저도 무슨 일이 있으신가 했어요. 그러고 보니 이상하게 요 며

칠 새 단골 분들 얼굴이 통 뵈질 않는군요. 모두 짜고 안 오시기로 했나 하는 중이었어요."

"허허허. 그럴 리가 있나. 다른 건 몰라도 윤 사장님 음식 솜씨야 중독처럼 뗄 수가 없는 것을."

"아침부터 칭찬을 이리 들으니 기분이 좋긴 합니다만, 그래서 여쭈러 왔어요. 혹 무슨 이야기 들으신 게 있나 하구요."

추민태라면 단골들과도 친분이 두터운 터라 뭔가 알고 있으리라 수은은 생각했다. 그녀의 예상대로 추민태는 이마를 구기며 고개를 갸웃거렸다.

"왜 그러세요? 제가 모르는 새 무슨 일이 있었나요?"

추민태는 약간 머뭇대다 입을 열었다.

"안 그래도 요즘 이상한 일이 연달아 일어났어. 며칠 전에는 이영준 사장이 갑자기 우리 병원에 입원하더니 그 이후로 몇 사람이 더 들어왔지. 모두 이곳 백궁의 단골들이었어."

수은이 놀라 눈이 휘둥그레졌다.

"예? 그게 무슨 말씀이세요? 갑자기 왜요? 어디를 다쳤대요?"

"이 사장은 누구한테 맞았는지 온통 멍에 갈비뼈에 금까지 갔더라고. 그 외의 사람들도 별반 다를 바 없이 비슷한 증세야. 안 그래도 기이하던 참에 왜 그렇게 되었느냐 물어도 누구 하나 입을 안 열어. 그게 더 수상해."

그러나 수은도 마땅히 짚이는 것이 없었다. 단체로 협의한 것도 아니고 한꺼번에 다쳐 입원을 하다니, 이게 대체 무슨 조화 속이란 말인가. 참으로 황당하고 기막힌 일이 아닐 수 없었다. 그녀가 그 사건에 대해서 아무런 추측도 못하고 있을 때, 추민태가 넌지시 그녀에게 귓속말로 무어라 일렀다. 추민태의 말을 들으며 수은의 안색이 점점 파리해져 갔다.

대한 앞으로 조반상을 들여가 그 앞에 마주 앉았을 때, 수은의 얼굴은 경직되어 있었다. 대한이 그녀의 어두운 낯빛을 가늠하고는 수저를 들며 물었다.

"얼굴이 왜 그래?"

"……."

수은은 화가 잔뜩 오른 얼굴로 그를 묵묵히 쳐다만 보았다. 심상치 않은 기운을 느끼고 대한은 속으로 뜨끔했다. 분명 무언가 따지려 드는 폼이었으니 말이다. 그는 슬쩍 눈길을 돌리며 수저를 들었다. 수은도 아무 말 없이 수저를 들어 밥을 먹기 시작했다. 뜸을 들이는 폼이 더욱 수상쩍었다. 일단 밥부터 먹고 보자는 심산이 훤히 보였다.

대한은 수은을 건너다보다가 수저로 뚝배기에서 보글보글 끓고 있는 된장찌개 국물을 한술 떠먹어보았다. 된장은 기가 막히게 맛있었다. 풋고추와 버섯의 향, 그리고 모시조개의 독특한 맛이 어우러져 얼큰하면서도 속이 확 풀렸다.

"와! 진짜 맛있네."

자기도 모르게 감탄사를 내뱉고는 대한이 그녀를 흘끗 쳐다보았다. 첫 칭찬 말이다. 아마 그녀도 이 말을 기다렸을 터였다. 그러나 수은은 대꾸조차 없었다. 고로 조바심이 이는 쪽은 대한이었다. 그가 밥을 먹다 말고 투덜거렸다.

"그렇게 인상만 쓰고 있지 말고, 말을 해봐. 어디 무서워서 같이 밥 먹겠어?"

"밥부터 드시는 게 좋을 거예요. 안 그러면 그나마 조반상도 못 먹게 될 테니."

냉랭하기가 얼음장 같아 대한은 팔뚝에 소름이 오소소 돋을 정도였다. 아침의 일 때문에 그런가? 그는 머리를 굴려 그녀가 갑자기 무섭게 변한 원인을 찾아보려 애썼다. 역시 그녀에게 뽀뽀는 무리였던 것일까? 무서운 얼굴로 고개를 숙인 채 조용히 밥만 먹고 있는 그녀 때문에 대한은 그토록 맛있는 된장찌개가 입으로 들어가는지 코로 들어가는지도 모를 지경이었다.

밥을 다 먹고 났을 때, 그녀가 가만히 수저를 상 위에 내려놓고는 대한을 건너다보았다. 대한도 긴장한 채 그녀를 마주 응시했다. 그렇게 몇 초가 흘러갔다. 그 몇 초가 몇 분은 되는 양 어찌나 길고 긴박감이 쫄쫄 흐르던지 대한은 표정 관리를 하느라 아주 애를 먹었다. 마침내 떨어질 것 같지 않던 그녀의 입이 열렸다.

"방대한 씨, 이제는 사람 패는 일 따위 진력날 때도 되지 않았나요?"

빌어먹을! 그녀의 그 한마디에 대한은 언뜻 짚이는 구석이 있어 눈앞이 아득해졌다. 그렇게 뒤탈없도록 입조심을 시켰건만, 대체 어찌 알았단 말인가. 그러나 일단 그는 안면몰수하고 딱 잡아떼는 쪽을 택했다.

"무슨 말이야?"

　수은은 이제 거짓말까지 서슴지 않는 그를 한심스러운 눈초리로 쳐다보았다. 하기야 딱 잡아떼는 것이야말로 방대한 같은 남자에게는 직업병일 수도 있겠다. 그녀는 입가로 보일 듯 말 듯 웃음을 비치고는 말했다.

　“제 단골들을 건드리셨더군요. 일전에 안채까지 들어와 소란을 피웠던 이영준 사장님이 입원을 했어요. 방대한 씨, 당신 짓 아닌가요?”

　대한은 그 이 사장인지 개뼈다귀인지가 입원을 했다는 소리보다 그녀의 말투가 더 귀에 거슬렸다. 그가 인상을 팍 쓰고는 그녀의 말에 반박했다.

　“그래서? 그 자식이 지 입으로 그러던가, 내가 자기를 팼다고?”

　“그 외에 거의 하루도 거르지 않고 오시는 제 단골들이 차례로 입원을 했어요. 그 일에 대해서 모른다 할 건가요? 이렇게 다 알고 묻는데도?”

　그녀는 꼿꼿하게 고개를 들고 서슬 퍼런 눈으로 그를 다그쳤다.

　대한은 그보다 아직 남아 있는 단골 놈들의 명수를 머리 속으로 헤아리기에 더 바빴다.

　“이보세요, 방대한 씨. 당신이란 남자, 정말 정신이 어떻게 된 거 아니에요? 어떻게…… 사람을 그 지경으로 만들 수 있죠? 분명히 제 일이라고 나서지 말라 일렀어요. 아무 상관도 없는 방대한 씨가 왜 끼어드는 거예요? 왜요?”

　대한은 더 이상 발뺌을 하기도 글렀다는 것을 감지하고, 검지로 애꿎은 이마만 긁어대었다. 수은은 너무나 속이 상해서 눈시울이

젖어들었다. 할 수만 있다면 엉엉 소리 내어 울고 싶은 심정이었
다.

"무슨 말로 협박하고 어떻게 입을 막았는지는 모르겠으나, 당
장 여기서 그만두세요. 안 그럼 나라도 경찰에 신고해 버릴 테니
까."

경찰에 신고해 버리겠다는 말에 대한도 발끈했다. 그는 인상을
무섭게 일그러뜨리고는 버럭 소리를 내질렀다.

"그래, 해! 어디 해봐! 어떤 자식이라도 당신이라는 여자에 대해
서 함부로 구는 거 나는 안 봐! 못 봐! 그러니까 어디 신고해 봐.
다른 사람이 아닌 당신 손으로 신고하는 것도 나쁘진 않겠지. 그
럼 오죽 좋겠어? 그렇담 나 같은 인간, 당분간은 안 봐도 될 테
고!"

"이보세요, 방대한 씨!"

"뭘 보세요, 윤수은 씨!"

"지금 말로 장난할 기분 아니에요!"

"난 사람 패는 게 장난인 줄 아나? 내가 왜 그랬을까는 생각 안
해봤어?"

"……."

"관심도 없겠지. 나 같은 건 당신 안중에 없을 테니까!"

그 말을 끝으로 대한은 자리에서 벌떡 일어나 가죽 잠바를 들고
나가 버렸다. 여종업원이 마침 승늉을 소반에 받쳐 들어오다 문
앞에서 그와 맞닥뜨리자 소스라쳐 놀랐다.

"비켜!"

대한이 눈을 부라리며 심술궂게 여종업원을 탁 밀치는 바람에 숭늉이 담겨 있던 소반이 바닥으로 굴러 떨어졌다. 뜨거운 숭늉이 바닥을 흥건하게 적시고, 여종업원이 어쩔 줄 모르며 서 있다가 걸레를 가지러 후닥닥 뛰어나갔다. 그런 소란이 뒤에서 일어나는데도 수은은 상 앞에서 일어설 줄 모르고 꼿꼿한 자세로 앉아 있기만 했다.

"난 사람 패는 게 장난인 줄 아나? 내가 왜 그랬을까는 생각 안 해봤어?"

그의 말이 자꾸만 가슴속에서 거센 폭풍처럼 몰아쳤다. 수은은 떨리는 가슴을 가다듬느라 어금니를 악물었다. 하지만 한 번 뛰어오르기 시작한 가슴은 좀체 가라앉을 줄 모르고, 현기증까지 일으켰다. 그녀는 어지러워 가만히 눈을 감고, 정신을 차리려 애썼다.

'난 사람 패는 게 장난인 줄 아나? 내가 왜 그랬을까는 생각 안 해봤어?'

'난 사람 패는 게 장난인 줄 아나? 내가 왜 그랬을까는 생각 안 해봤어?'

'난 사람 패는 게 장난인 줄 아나? 내가 왜 그랬을까는 생각 안 해봤어?'

그 소리가 어지럽게 그녀의 주위를 맴돌았다. 아프도록 눈을 감아보아도 자꾸만 그 소리가 뇌리에서 떠나지 않고 목덜미를 조여왔다. 꼭 감긴 그녀의 두 눈에서 한줄기 눈물이 흘러내렸다. 서러움에 복받친 눈물을 더 이상은 참을 길이 없었다. 수은은 뼈가 하얗게 변하도록 주먹을 꼭 쥐었고, 어느 틈인가 다시 들어와 쏟아진 숭늉을 닦고 있는 여종업원을 돌아보지도 않은 채 차분하게 일렀다.

"상 내가세요. 그리고 전 잠시 외출을 해야겠으니 한 실장님께 그리 말해 주세요."

"예, 사장님."

수은은 옷고름으로 흘러내린 눈물을 닦고 자리에서 발딱 일어났다. 그런 다음, 중간 문을 닫고 옷을 갈아입기 시작했다.

수은은 병원 앞에 있는 과일 가게에서 산 과일 바구니를 들고 이영준 사장이 입원한 병실로 들어갔다. 이영준은 침대에 누워 있다가 그녀를 보고 흠칫 놀란 표정을 지었다. 그러나 곧바로 고개를 팩 돌렸다.

그녀는 가만히 과일 바구니를 한쪽에 내려놓고 침대로 가까이 다가갔다. 그의 냉담한 반응을 이미 예상하고 왔으니, 그리 당황한 기색은 없었다.

"죄송해요, 이 사장님. 정말 유감스럽게…… 생각합니다. 좀 어떠세요?"

"뭐 하러 왔소? 어찌 되었나 구경 왔소?"

그의 핀잔 섞인 말에도 수은은 고개만 숙일 뿐이었다.

"용서하세요."

"용서? 윤 사장이 왜?"

"제 집에서 일어난 일로 이렇게 됐으니 당연히 제 책임도 있어요. 제 얼굴을 봐서라도……."

"웃기지 말고 가쇼. 난 이제 당신하고 말 섞기도 싫소. 그러니 모른 척하고 가쇼. 다른 사람들도 돌아볼 거 없소. 우리 모두 당신 얼굴 마주 보기도 껄끄러우니까."

"노여움을 푸세요. 그리고 몸조리 잘하시구요. 퇴원하면 꼭 들러주시구요. 제가 한번 대접할게요."

"어허, 거참!"

이영준이 신경질적으로 말을 내뱉으며 휙 돌아눕다가 신음과 함께 갈비뼈에 손을 갖다 대었다. 수은이 깜짝 놀라 그를 부축했지만, 그는 매몰차게 손을 떨쳐 냈다.

"글쎄, 이제 거긴 안 간다니까! 갔다가 또 무슨 변을 당하라고? 됐으니 그만 가란 말이오. 내가 신고라도 할까 봐 그래? 내가 이리 부탁하리다. 다시는 나 찾아오지 마쇼. 당신이 여기 찾아온 거 알면…… 여하튼 절대, 절대 여기 왔단 말, 어디 가서 하지 말아주시오. 알았소?"

수은은 억장이 무너져 내렸다. 그는 분명 방대한이 이 사실을 알게 될까 봐 겁을 내고 있다. 그의 말처럼 다른 사람들 반응 또한 한결같을 터에 그녀는 목이 메어서 달리 할 말을 잃고 말았다.

"다시 한 번…… 죄송하다는 말씀 드립니다, 이 사장님. 그리고 부탁드려요. 한 번만 용서해 주세요. 이 말씀 드리고자 왔습니다. 다른 분들께는 가지 않겠어요. 그분들께도 이 사장님께서 후에 제가 그리 부탁하더라고 전해주세요. 그럼 믿고 이만 돌아갈게요.

아무쪼록 쾌차하세요.”

수은은 곱게 고개를 숙여 인사한 뒤 무거운 발걸음을 돌렸다. 그녀가 병실을 나가기 전, 이영준이 들으라는 투로 하는 소리가 그녀의 가슴을 아프게 파고들었다.

“기둥서방 하나는 잘 뒀군 그래. 뒤로 호박씨나 까고 있을 줄 어찌 알았겠나. 어디 가서 말도 못하겠고……. 내참, 분통 터져서.”

수은의 눈가로 눈물이 어렸다. 목구멍까지 차 오르는 눈물을 삼키느라 그녀는 아랫입술을 꼭 깨물고는 병실을 빠져나왔다.

대한의 사무실에는 때아닌 냉기가 감돌았다. 대한이 종일 심사가 뒤틀려 걸핏하면 부하들에게 성질을 부렸기 때문이다. 그래서 모두들 눈치만 보고 있는데, 방에 들어가 한동안 소리가 없던 대한이 방문을 벌컥 열고 나왔다. 그 바람에 부하들이 너도나도 뻣뻣하게 굳어버렸다. 대한이 인상을 푹푹 쓰며 말했다.

“백궁 단골 명단 가져와.”

“예, 형님.”

송근우가 재빠르게 명단 용지를 찾아 그의 손에 쥐어주었다. 그런데 대한은 용지를 북북 찢어버리는 게 아닌가.

“형님, 왜 이러십니까?”

깜짝 놀라 외치는 송근우 앞으로 대한이 찢은 용지를 흩뿌리며 소리를 버럭 내질렀다.

“이 일은 없었던 걸로 한다!”

그가 문을 소리 나게 쾅 닫고 들어간 후에도 부하들은 모두 어리벙벙한 얼굴로 서로를 쳐다보았다. 그때 다시 문이 벌컥 열리며 대한이 귀찮은 어투로 일렀다.

"니들도 가. 빨랑 가. 그리고 내가 부를 때까지 한 놈도 얼씬거리지 마. 알았어?"

"……."

부하들은 여전히 멀뚱멀뚱 서로 눈치만 보고 서 있었다. 대한이 급기야 손에 잡히는 대로 아무거나 집어 들고는 부하들을 향해 휘둘렀다.

"안 가, 이 자식들아!"

더 이상 지체하다가는 그가 든 몽둥이에 사정없이 얻어맞을 것이 뻔해서 송근우를 비롯한 부하들이 한꺼번에 입구 쪽으로 뛰었다. 부하들이 허겁지겁 내뺀 후에야 빈 사무실에 혼자 서서 대한은 화를 삭였다. 손에 들었던 몽둥이를 바닥에 툭 떨어뜨리고, 그는 주머니를 이리저리 뒤져 담배를 찾아내어 한 개비를 물었다. 그리고는 막 소파에 가서 다리를 길게 늘이고 앉는데, 문 두드리는 소리가 났다. 불을 붙여 한 모금 빨다가 그가 신경질적으로 미간을 찌푸렸다.

"야, 이 새끼들아! 가라니까 왜 안 가고 지랄이야!"

그런데 문을 열고 들어온 것은 부하들이 아니었다. 웬 미모의 아가씨였다. 그녀는 머리만 배꼼 안으로 들이밀고는 대한의 눈치를 보았다. 대한도 부하들이라 여겼다가 전혀 아닌 사람의 얼굴이자 순간 당황했다.

'저 화상은 또 뭐야?'

속으로 성질을 부리며 그가 퉁명스레 말을 툭 던졌다.

"뭐요?"

"잠깐 들어가도 될까요, 방대한 사장님?"

이름을 정확히 아는 걸 보니 알고 찾아온 것 같아 대한은 그제 야 누군가 하고 눈여겨보았다. 지금 사람을 만난다는 것은 위험한 일이긴 했지만, 그는 일단 미모의 아가씨라는 점에 흥미를 느끼고 손을 까닥거려 들어오길 청했다. 안으로 들어온 아가씨는 생각보 다 키가 컸다. 그리고 늘씬하게 잘 빠진 몸매를 갖고 있었다. 짧은 미니스커트에 착 달라붙는 긴 부츠, 세미 정장 차림의 그녀는 외 견상으로도 상당히 활달한 성격인 것처럼 비춰졌다. 대한이 소파 에 기댄 채 그녀를 올려다보며 건방지게 물었다.

"누구쇼?"

여자는 생긋 미소를 짓더니 핸드백 안에서 명함 한 장을 꺼내 그의 앞으로 내밀었다. 손끝으로 명함을 받아 든 대한의 얼굴이 묘하게 찌푸려졌다. 그도 그럴 것이 명함은 '정세령'이라는 한글 이름 석 자 외에는 모두 영어로 쓰여 있었다. 대한이 시큰둥한 표 정으로 명함을 들여다보고 있는데, 그녀가 그의 앞으로 이번에는 손을 쑥 내밀며 인사했다.

"STAR IN HOUSE의 정세령이라고 해요. 건축 설계사예요."

대한이 그녀의 손을 덥석 잡아 흔들며 마주 인사했다.

"안녕하쇼."

그리곤 말이 없었다. 세령은 그가 의자를 권하거나 자세를 바로 하거나 할 줄 알았다가 아무 반응이 없어 황당함을 감추지 못했다. 꽤 거친 남자로군. 그녀는 입가로 빙긋 조소를 머금고 정중히 물었다.

"앉아도 될까요?"

"맘대로 하쇼."

대한은 기분이 언짢아 있었으므로 사실 아무리 미모의 아가씨라도 눈에 들어올 턱이 없었다. 그냥 뭐랄까. 누군가에게 이 화풀이를 했으면 좋겠는데, 적당한 상대를 찾지 못했다고나 할까. 그런 의미에서 하필 지금 찾아온 정세령이라는 아가씨는 운이 썩 좋지 않았다.

세령은 대한의 맞은편에 사뿐히 내려앉았다. 그런데도 대한은 테이블 위에 길게 뻗은 다리를 내리지 않고 있었다. 무언가 상당히 언짢아 보이기는 했지만, 처음 보는 손님을 앉혀놓고도 여전히 딴생각에 빠져 있는 것 같았다. 세령은 시기를 잘못 맞췄음을 느끼면서도 한편으로는 괜한 오기가 생겨났다. 그리고 무엇보다 눈앞에 있는 남자가 흥미로웠다. 리셉션장에서 보았을 때의 모습이 지금과 그대로 오버랩되어, 생각했던 이미지와 그다지 다를 게 없음에 그녀는 빙그레 미소 지었다.

그는 명함을 손끝에 낀 채로 팔짱을 끼고 소파에 머리를 푹 기대어 있었다. 비스듬히 허공을 가로지르는 눈빛에서 야생마 같은 기운이 느껴졌다. 세령은 아무렇게나 흐트러져 있는 남자의 모습에 잠시 마음을 빼앗겼다.

대한은 여자가 아무 말 없이 쳐다보고만 있자, 눈만 쓱 내리깔아 건너다보았다. 그리고 여자를 뚫어져라 쳐다보았다. 그의 시선이 그녀의 드러난 허벅지 쪽으로 서서히 내려갔다가 다시 올라왔다.

"당신, 나 유혹하러 온 거지?"

대뜸 던지는 말에 비로소 세령의 안색이 굳어졌다. 이처럼 무례한 남자는 처음이다. 하지만 그녀는 그저 묘한 웃음을 머금고는 아무렇지도 않게 대꾸했다.

"만약 그렇담…… 넘어와 줄 건가요?"

"당신 하는 거 봐서."

그의 자신만만하고도 용감무쌍한 언사에 세령은 결국 참았던 웃음을 터뜨렸다. 그래, 이런 남자일 줄 알았어. 마치 그런 생각을 내포하고 있는 듯한 웃음이었다. 그녀가 당당하게 대꾸했다.

"그럼 어디서 우리 얘기를 본격적으로 시작해 볼까요? 여기? 아니면 침대?"

대한도 세게 나오는 그녀를 보고 히죽 웃었다. 그가 테이블에서 다리를 훌쩍 내리고 벌떡 몸을 일으켰다.

"이왕이면 침대가 낫겠지. 그냥 해본 말이 아니라면."

여자가 순순히 소파에서 몸을 일으켰다. 그리고 여전히 웃음 띤 얼굴로 말했다.

"서로 조건만 잘 맞는다면야 얼마든지."

대한은 여자의 자신만만한 태도가 별로 마음에 안 들었다. 여기까지 일부러 찾아온 것만 봐도 특별한 일임은 확실할 것이고, 과연 이렇게 몸을 아끼지 않을 정도로 덤벼드는 이유가 무엇일까 궁금했다.

　그는 세령의 팔을 잡아채더니 방으로 데려갔다. 그리고는 문을 닫자마자 품에 끌어당겨 안았다. 억센 행동이었음에도 불구하고 그녀는 하나도 불쾌해하는 기색이 없었다. 오히려 더욱 노골적인 눈빛이 되어 유혹의 시선을 그의 눈동자에 꽂고 있었다.

　대한이 망설였던 것은 그런 그녀의 대범함 때문이었다. 윤수은과는 또 다른 눈빛. 강하지만 부드러운 수은의 눈빛과는 전혀 다르게 이 여자는 강한 정도가 지나쳐 강렬하다. 그는 서서히 얼굴을 가까이 가져가 세령의 입술에 입맞춤을 시도했다. 세령은 능동적이지도 수동적이지도 않은 자세로 그의 입술을 받아들이고 있었다. 대한은 더 깊이 그녀의 입 안을 파고들었다. 그녀의 잘록한 허리와 군살 하나 없는 등을 훑어 내리며 제법 통통하게 살이 오른 엉덩이까지 힘 주어 움켜쥐었다. 엉덩이를 강하게 끌어당겨 그의 아랫도리와 완전히 밀착되었을 때에야 세령은 옅은 신음 소리를 내뱉었다.

　대한이 세령을 안은 채 그대로 침대 위로 쓰러졌다. 그가 급히 세령의 셔츠 속으로 손을 밀어 넣었다. 뜨거운 여자의 몸을 거칠게 쓸어 올리며 그는 손끝에 걸리는 가슴을 우악스럽게 움켜잡았다.

　"흐윽……."

　키스를 하는 세령의 입속에서 숨을 토해내는 소리가 비어져 나왔다. 두 사람의 거친 키스와 애무로 인해 침대가 심하게 울렁거렸다.

　"으음……!"

　세령의 입에서 견디지 못한 희열의 탄성이 터져 나왔다. 대한도 세차게 빨아들이는 여자의 입술 때문에 그만 머리 속이 아득해졌다. 아무 생각도 떠오르지 않고 오로지 굶주린 성욕을 갈구하는 짐승처럼 신음 소리만 흘렸다.

　한참 동안을 여자의 입 안에서 허우적대었다. 정확히 무엇이라고 할 수 없는 아픔이 그의 가슴에 몰아치며 어느 순간 그의 몸이 정지되었다. 정신없이 흔들리던 육체가, 완전히 멈춰 서버렸던 정신이, 혼돈 속에서 이루어지던 키스가 그렇게 끝이 났다.

　세령은 한창 짙은 키스에 몰입해 있다가 갑자기 멈추어 버린 그를 의아한 눈으로 올려다보았다. 그리고 그녀는 놀랐다. 그의 눈에서 한 방울의 눈물이 톡, 하고 자신의 얼굴 위로 떨어졌던 것이다.

　한밤중, 규성은 잠이 오지 않아 밖으로 나왔다. 부엌 쪽에서 엷은 불빛이 새어나왔다. 조심스레 문을 열고 안으로 들어가니 구석에 누군가의 옷자락이 살짝 비어져 나온 것이 보였다. 바닥에 쭈그리고 앉아 있기에 그는 의아한 생각이 들어 다가가 보았다. 그런데 조리대에 기대어 앉아 술을 마시고 있는 사람이 수은이었다. 이미 많이 마신 듯 그녀의 얼굴은 발그스름하게 익었고, 몸은 축 늘어져 기운이 하나도 없어 보였다.

　"수은 씨."

규성이 그 앞에 같이 쭈그리고 앉았다. 수은은 머리를 조리대 다리에 기대고 있다가 눈동자만 돌려 그를 쳐다보았다. 눈물이 가득 고여 있는 눈 안에서 술기운이 내뿜어지고 있었다. 규성은 심장이 옥죄어와 눈시울이 뜨거워졌다.

"왜 이러고 있어요? 방에 가서 마시지. 춥지 않아요?"

수은은 말없이 사발에 곡주를 따라 입으로 가져갔다. 곡주가 담긴 항아리는 거의 바닥을 보이고 있었다. 그녀 앞에 놓인 안주라고는 김치가 다였다. 그나마 김치마저도 먹지 않았나 보다. 가져온 그대로 김치는 모양 하나 흐트러지지 않은 채였다.

규성이 주위를 돌아보고 앉은뱅이 의자를 그녀의 엉덩이 밑에 깔아주었다. 그리고 자신도 의자 위에 걸터앉았다. 그녀가 먹던 잔에 술을 따르고 그도 한 잔을 들이켰다. 집에서 담근 곡주는 온몸이 짜릿하도록 맛이 진했다. 그가 몸서리를 치며 김치를 손으로 집어 입에 넣었다. 그 모습을 보고 수은이 배시시 웃었다. 금방이라도 눈물을 떨어뜨릴 것 같은 표정으로.

"술 마시고 싶으면 부르죠. 나도 잠이 안 와서 나온 건데."

그녀는 또다시 한 잔을 죽 들이켰다. 규성이 손으로 김치를 집어 그녀의 입에 넣어주었다. 수은은 규성이 주는 김치를 받아 아삭거리며 씹어 먹었다.

"다음부터는 혼자만 마시지 말고, 저도 좀 불러요."

일부러 쾌활하게 목소리를 높이는 그에게 수은이 고개만 까닥대었다. 규성은 너무나 우울해 보이는 그녀가 안쓰러워 어깨를 꼭 잡아주었다.

“수은 씨 이렇게 혼자 술 먹고 있는 거 마음 아파요. 속으로만 삭이려 하지 말고 털어놔요. 속 시원하게. 그러고 나면 마음이 한결 가벼워질 거예요.”

“전…… 이 집이 좋아요. 일제 강점기 때에는 수많은 독립군들이 드나들었던 곳이지요. 지금은 모두 사라진 영웅들이지만, 전 언제나 이 집을 자부심으로 여겨왔어요. 독립군이셨던 할아버지, 그 맥을 이어 할머니, 어머니도 그 후손들의 일이라면 발 벗고 나서서 도와주셨어요. 이젠 제가 그 일을 해야 해요. 쉽지 않은 일이었지만, 제 힘으로 여기까지 왔어요. 그런데…… 자꾸만 절 주저앉혀요. 제 마음을, 제 몸을 주저앉혀요.”

그녀의 눈에서 맺혀 있던 눈물이 흘러내렸다. 규성은 조리대에 기대어 있는 그녀의 머리를 조심스레 당겨 품에 안았다. 그녀는 그의 어깨에 머리를 기댄 채 소리 죽여 울었다.

“힘내요, 수은 씨. 수은 씨 이렇게 약한 여자 아니잖아요. 수은 씨는 잘할 수 있을 거예요. 그건 제가 장담해요. 울어도 앞으로는 내 앞에서만…… 제가 언제든지 이렇게 어깨 빌려줄게요. 수은 씨도 가끔은 이렇게 기대어 쉴 수 있게. 그래서 주저앉고 싶을 때마다 다시 일어날 수 있게. 제가 도와줄게요, 수은 씨.”

수은은 가만히 머리를 들어 그를 올려다보았다. 마음을 기댈 수 있는 곳. 이제껏 그것을 찾고 있었는지도 모르겠다. 혼자 이 모든 짐을 등에 업고 가기 힘들었는데, 같이 갈 사람을 찾고 있었는지도 모른다.

규성은 청초한 그녀의 두 눈에 흠뻑 빠져 그녀에게로 서서히 다가가고 있는 자신조차 느끼지 못했다. 그녀의 입술에 닿았을 때야 정신이 말개지며 아무 소리도 들리지 않았다. 온 우주에 수은과 단둘이 떠 있는 기분이었다. 규성은 수은의 상체를 좀 더 가까이 끌어안으며 입을 맞추었다. 달콤하고 짜릿하다. 그러나 그러기도 잠시, 수은이 얼른 얼굴을 떼어내었기 때문에 그의 입맞춤도 거기 서 끝이었다.

수은은 흐트러졌던 마음을 추스르며 서둘러 말했다.

"미안해요."

그녀가 자리에서 일어나 부엌을 나갔다. 규성은 다가가 위태하 게 비틀거리는 그녀의 몸을 부축했다. 수은이 그 자리에 멈춰 서 서 부탁조로 말했다.

"전 괜찮으니 미안하지만, 저것 좀 치워주겠어요? 누가 보면 그 렇잖아요."

"그래요. 제가 치워놓을 테니 걱정 말고 들어가요."

"고마워요. 그럼 전 먼저 들어갈 테니 마루 문도 잠가줘요. 그 사람…… 오늘은 안 들어오려나 봐요."

규성은 그녀의 팔을 잡았던 손을 스르르 놓았다. 그녀는 외로워 하고 있다. 그 외로움의 대상이 순간, 그가 아닐까 하는 생각에 규 성은 가슴이 섬뜩했다. 그사이, 수은은 그에게서 한발한발 멀어져 곧 부엌 밖으로 사라졌다.

그날 새벽에 대한은 술이 떡이 된 채 '백궁'으로 왔다. 수은은 그가 오지 않을 줄 알았기에 내심 반가운 생각이 들었다. 이렇게라도 제 발로 들어왔으니 되었다 싶었다. 마루 문을 열어주자, 대한은 심하게 비틀거리며 마루 위로 올라섰다. 수은이 그를 부축하여 방으로 들어갔다. 그리고 마루 문을 잠그기 위해 한 걸음을 떼었을 때였다. 대한이 그녀의 팔을 억세게 잡아끌어 벽으로 밀어붙였다. 쿵 소리가 나며 그녀의 가냘픈 몸이 벽에 부딪쳤다.

그러나 등으로 전해져 오는 아픔보다 목덜미를 파고드는 그의 입술 때문에 수은은 심장이 얼어붙는 느낌이었다. 그녀를 양팔 안에 가두고 목덜미에 얼굴을 묻은 채 그가 술에 취한 목소리로 말을 흘렸다.

"윤수은…… 당신을…… 갖고 싶어."

수은은 꼼짝도 할 수가 없었다. 그 말은 단지 성욕에 들끓는 목소리가 아니라, 그 밑바탕에 애절함이 담겨져 있었기 때문이다. 그녀는 자기도 모르게 침을 꿀꺽 삼키고는 떨리는 입술로 대꾸했다.

"비키세요. 술에 많이 취했어요."

"당신을 갖고 싶다고…… 당신을 갖고 싶어…… 당신을…… 당신을 갖고 싶어…… 윤수은! 당신을 갖고 싶다!"

"비키라는 말 안 들려요!"

그의 목소리에 울분이 섞여 있듯이 수은의 목소리도 마찬가지였다. 그녀는 한순간 얼어붙었던 심장이 끓는 물처럼 뜨거워졌고, 숨조차 헐떡거렸다. 왜 이렇게 심장이 뜨거운 것일까. 왜 이렇게 가슴이 뛰는 것일까. 왜 이다지도 가슴이 아픈 것일까. 마음 같아서는 그를 마주 안고 달래주고 싶었다. 제발 아무렇게나 살지 말라고 호소하고 싶었다. 하지만 그녀는 그렇게 하지 못했다. 자신도 모르던 감정이 가슴을 적시고 있다는 것에 그저 당혹스럽고, 두려웠다.

“수은 씨!”

방 안으로 들어서며 외치는 규성 때문에 수은은 순간적으로 대한을 확 밀치고 말았다. 그 바람에 대한이 휘청하며 바닥으로 쓰러졌다. 몸을 가누지 못하고 버둥거리는 대한의 멱살을 단숨에 잡아 주먹을 날린 건 규성이었다.

“짐승만도 못한 새끼! 죽여 버릴 테다!”

규성은 쓰러진 대한에게 주먹으로 미친 듯이 때리기 시작했다. 수은을 농락하는 그를 가만히 둘 수 없었다. 그리고 정말로 죽여 버리고 싶을 정도로 화가 났다. 대한도 주먹을 날려보았으나, 술에 너무 취해서 헛손질만 할 뿐이었다. 그는 또다시 규성에게 한 방 얻어맞고는 방바닥을 허우적대며 고래고래 소리를 질렀다.

“이 자식, 감히 날 쳐? 내가 누군지 알고 까불어! 나는 방대한이란 말이다. 천하를 호령하는 인간백정 방대한이란 말이야! 너 같은 건 내 이 한주먹이면 끝이야, 알아? 앞으로 윤수은 집적대는 놈들은 내가 가만히 안 둬. 너도 마찬가지야! 윤수은이 아무리 널 감싸고 돈다 해도…… 넌 나한테 안 돼. 그러니 까불지 말란 말이야. 까불지 말라고…….”

규성은 그의 멱살을 잡아 일으켜 밖으로 끌고 나갔다. 그 커다란 덩치가 술에 취하니 파김치처럼 축축 늘어졌다. 마루 밑으로 그를 밀어내 놓고 규성은 마루 위에 서서 버럭 소리를 질렀다.

"나가! 다시는 수은 씨 앞에 나타나지 마! 더 이상 괴롭히지 말
란 말이야!"

수은은 아직도 벽에 기대어 선 채 떨리는 가슴을 가다듬었다.
이내 마루 문이 닫히고 잠그는 소리가 들렸고, 엉겨 붙어 난동을
부릴 줄 알았던 대한은 어쩐 일인지 잠잠했다.

방 안으로 다시 들어온 규성이 잔뜩 움츠린 채 서 있는 수은을
걱정스레 바라보았다.

"괜찮아요? 어디 다친 데 없어요?"

수은은 가만히 고개를 아래위로 끄덕이고는 조용히 말했다.

"미안해요. 자꾸 이런 몹쓸 모습만 보여서……. 그 사람은?"

"갔어요."

"가…… 요?"

"예. 정말 저런 불한당이 없군요. 다시는 집에 들이지 말아요.
이러다 진짜 큰일나겠어요."

"……."

그 밤을 하얗게 새며 수은은 곰곰이 생각에 잠겼다. 머리 속에
는 온통 대한 생각뿐이었다. 만취한 상태로 규성에게 얻어맞던 그
의 모습이 머리 속에서 떠나지 않았다. 술에 그렇게 취했는데 제
대로 가기나 한 건지 염려스러웠다. 어디 한 데서 자고 있는 건 아
닌지. 그리고 이제 다시는 돌아올 것 같지 않은 두려움에 빠졌다.
만일 그렇게 된다면 '백궁'은?

"후우."

그녀의 시름 섞인 한숨 소리는 밤새 가실 줄을 모르고, 고요한

방 안을 무겁게 떠돌았다.

*

　수은이 대한의 사무실을 찾아온 것은 그로부터 며칠 후였다. 밤 열한 시가 거의 다 되어가는 시각이었다. 그래서인지 수은은 한복 대신 평상복을 입고 있었다. 그녀가 사무실 문을 열었을 때, 대한은 소파에 앉아 자장면을 먹고 있었다. 그 옆에 소주 한 병과 음료수 잔도 놓여 있었다. 소주병은 이미 반쯤 비워진 상태였고, 그의 몰골은 깎지 않은 수염과 감지 않은 머리 때문에 무척 초췌해 보였다. 오늘따라 옴폭 들어가 보이는 볼 살까지 며칠 새 그가 얼마나 힘들었던가를 여실히 보여주고 있었다.

　그는 자장면을 먹다가 수은이 들어서는 것을 한 번 흘끗 쳐다보았다. 그러나 그뿐, 이내 젓가락질을 계속했다. 자장면은 보기에도 불어 터져 맛이 없어 보였다. 그래도 그는 억지로 입 안에 쑤셔 넣고 있었다. 목이 메면 소주를 물 삼아 마셨다.

　수은은 소파로 다가가 그의 건너편에 앉았다. 대한은 쳐다보지 않았다. 그가 또다시 잔에 손을 가져갔기에 수은이 재빨리 그의 손을 잡았다. 불쾌한 듯 대한의 미간이 찌푸려졌다. 그가 불퉁하게 물었다.

　"왜 왔어?"

　날 박힌 그의 목소리에 수은이 잔에서 천천히 손을 떼었다. 그는 수은의 손이 채 떨어지기도 전에 거칠게 술을 들이켰다. 물처

럼 거침없이 꿀꺽대는 것도 모자라 한 방울도 남김없이 마시는 그
를 수은은 불안한 눈으로 지켜보았다. 잔을 소리 나게 테이블 위
에 내려놓고, 그가 언성을 높였다.

"왜 왔냐고 묻잖아!"

수은은 차마 입이 떨어지지 않는 듯 겨우 목소리를 내었다.

"며칠째 안 들어와서…… 그래서 왔어요."

"흥! 약속한 백 일에서 날짜만 자꾸 빼앗기니 불안했나 보지?"

"들어오세요."

"언제는 들어간다고 난리를 치더니, 이제는 들어오라고?"

"제게 약속하잖아요. 백 일 동안의 기간을 준다 한 거 잊었어
요? 시간이 아까우냐고 했나요? 예, 아까워요. 방대한 씨에게는
아무 의미가 없을는지 몰라도 제게는 하루하루가 피를 말리는 시
간인걸요. 왜 자꾸 약속을 어기는 거예요?"

"제기랄. 내가 무슨 약속을 어겨? 들어가든 안 들어가든 그건
내 맘이야!"

"제가 어떻게 하기를 바라요? 정말 제게 바라는 게 뭐죠? 절 갖
고 싶다 했나요? 그럼 되는 건가요? 그럼…… 백궁 땅, 포기할 건
가요? 말해 보세요. 그러길 바라는 거예요?"

대한은 그녀의 두 눈에 가득 차 오르는 눈물을 볼 수가 없다. 화
가 나서, 도저히 분이 올라서 더 이상은 볼 수가 없다.

"이런 시팔! 차라리 날 유혹해라. 그래서 나한테서 그 땅문서 빼
앗아가면 될 거 아냐! 옷을 벗어? 윤수은이가 내 앞에서 스스로 옷
을 벗어? 그따위 땅덩어리가 네 자존심이나 네 몸뚱어리보다 중요

해? 겨우 내 앞에서 옷 벗겠다는 말하려고 여기까지 찾아왔어?
엉?”

“그래요, 중요해요. 그 무엇보다 중요해요! 그 땅은 내 목숨이니
까!”

목숨? 대한은 맥이 빠지는 듯 소파에서 일어나 비틀거리며 방
으로 향했다.

“방대한 씨.”

그가 돌아보지도 않은 채 손을 휘휘 내저으며 말했다.

“돌아가.”

“방대한 씨!”

“들어가도 내가 들어가고 싶을 때. 그러니까 지금 당장 가. 안
그럼…… 진짜 안아버릴지도 몰라.”

그가 비칠거리며 방으로 들어가 문을 닫았다. 문을 닫자마자 주
르륵 내려앉아 방문에 기대었다. 곧 그녀가 나가는 문소리가 들려
왔다.

대한이 갑자기 자리를 박차고 일어난 것은 그로부터 몇 분 후였
다. 그는 옷걸이에서 가죽 잠바를 낚아채어 그대로 방을 뛰어나갔
다. 사방을 이리저리 둘러보다가 막연히 한 방향을 정해 달렸다.
그러나 수은은 그 어디에서도 보이지 않았다. 길 위를 달리는 택
시들을 보았을 때에야 대한은 그녀가 금세 택시를 잡아타고 갔을
가능성을 헤아리고 서둘러 휴대폰으로 전화를 걸었다. 애석하게
도 그녀는 휴대폰을 받지 않았다. 그도 택시를 잡아타기 위해 택
시 정류장 쪽으로 성큼성큼 걸어가다가 그 건너편에서 군밤 장사

를 발견했다. 그리고 무슨 생각이 들었는지 군밤 한 봉지를 샀다.

수은은 부엌에서 나오다가 마루 앞에 서 있는 대한을 보고 자기
도 모르게 화색이 돌았다. 대한은 그녀를 일별하고는 구두를 벗었
다. 마루 위로 올라가기 전, 그는 다가선 그녀의 품에 군밤 봉지를
덥석 안겨주었다. 얼결에 봉지를 받아 들고, 수은은 황망한 표정
이었다. 그가 마루 위로 올라서자 아무렇게나 벗어놓은 구두를 가
지런히 한 다음, 수은이 따라 올라갔다. 마루 문을 잠그고 방으로
들어갔더니 그는 그새 맨바닥에 드러누워 있었다.
수은이 군밤 봉지를 방바닥에 내려놓고, 장 속에서 서둘러 이불
과 요를 꺼내어 펴주었다.
"올라와 주무세요."
대한은 가까스로 몸을 일으켜 가죽 잠바를 벗고는 이불 위에 누
웠다.
수은은 가죽 잠바를 옷걸이에 반듯하게 걸어 옷장 안에 넣었다.
돌아섰을 때, 그는 한 팔을 이마 위에 갖다 대고 눈을 감고 있었
다. 수염을 깎지 않아 거뭇한 턱으로 인해 피로함이 더해 보였다.
이렇게 금방 따라올 거 왜 그리 가라고 소리를 쳤는지…… 정말
이상한 사람.
그러나 그가 돌아왔다는 것에 수은은 졸였던 마음을 이제야 거
둘 수 있게 되었다. 그가 행여 당장 '백궁'에서 나가라고 땅 주인
행세를 하기라도 할까 봐, 얼마나 노심초사했던가. 그의 사무실로
찾아갔던 것 역시 자존심을 접어두고 한 일이었다. 그저 한낱 객

기가 아닌 진심으로 한 말이었다. 옷을 벗는 한이 있어도 '백궁'을, 이 땅을 되찾을 수만 있다면 그렇게라도 하고 싶은 심정이었다. 그토록 급박했다. 끝내 그가 오지 않으면 어쩌나, 돌아오면서도 그 걱정뿐이었다. 그가 힘들어하는 일이 자신 때문이라는 사실은 조금도 염두에 두지 않고, 당장은 오로지 땅 생각뿐이었다. 어떻게든 그를 설득해서 땅을 되찾아야 한다, 그 일념뿐이었다. 그러나 수은은 지금 그의 초췌한 얼굴을 보며 지금까지 해왔던 근심 걱정보다 더 많은 생각이 머리 속에 오갔다. 어째서 그는 저리도 아픈 표정일까. 농지거리 같은 그의 행위들이 남자들의 본능적인 수작에 지나지 않다고 여겼었는데, 왜 자꾸 그의 얼굴에서 진심을 읽는 것일까. 수은은 가슴이 답답해졌다. 사무실에서 방으로 들어가며 그가 마지막으로 내뱉던 말이 자꾸만 가슴에 사무쳤다.

　　"지금 당장 가. 안 그럼…… 진짜 안아버릴지도 몰라."

　얼마든지 안을 수 있었다. 억지로라도. 수은은 그제야 가슴이 쿵쿵 뛰기 시작했다. 그 당시에는 보지 못했던 그의 아픔이 지금에 와서야 또렷하게 눈에 보였다. 하지만 그녀는 그에게서 돌아서서 중간 문을 닫고 문고리로 걸어 잠갔다. 보료로 돌아와 누우려 하다가 장 앞에 두었던 봉지가 눈에 뜨였다. 그녀는 엉금엉금 기어가 봉지를 들고 보료로 돌아와 앉았다.
　소리가 나지 않도록 조심하며 봉지를 열었을 때, 그 안에는 군밤이 들어 있었다. 직접 군밤을 깠던가 보다. 까진 군밤이 안 까진 군밤 속에 섞여 있었다. 그녀는 깐 군밤 한 알을 꺼내어 입에 넣었다. 군밤은 아직 따뜻하고, 고소했다. 오물오물 씹어 먹는 그녀의 입가로 어느새 엷은 미소가 스며들었다.

"혼자 먹으니 맛있나?"

문 건너편에서 퉁명스레 들려오는 대한의 말이었다. 수은은 자리끼를 가져다 놓은 소반에다 깐 군밤을 몇 개 올린 후에 문을 따고 열었다. 그 안으로 소반만 밀어 넣고 문을 닫은 뒤, 얼른 걸어 잠갔다. 이상스레 가슴이 뛰었다. 그녀는 괜히 생뚱맞은 기분이 들었다. 보료로 돌아와 군밤 봉지를 열자니 조심을 해도 부스럭부스럭 소리가 났다. 방 안이 조용해서 더 크게 들렸을지도 모를 일이다. 그녀는 한알한알 야금야금 씹어 먹다가 목이 메어 물을 마셨다. 그러고 보니 그가 올 줄도 모르고, 자리끼를 미처 마련해 놓지 못한 것을 깨달았다. 그도 군밤을 먹고 있다면 분명 목이 멜 텐데……. 그녀는 물을 한 잔 따라서 문 앞으로 가 목소리를 약간 낮추어 물었다.

"물…… 드릴까요?"

건너편에서 그가 나직이 대답했다.

"응."

다시 문을 열고 수은은 물 잔만 안으로 들이밀었다. 바닥에 내려놓는 순간, 그의 손이 와 닿았다. 순간 수은의 가슴이 철렁 내려앉았다. 하지만 우려했던 일은 벌어지지 않았다. 그가 물 잔만 가져갔기 때문이다. 그녀는 천천히 손을 거두어들였다.

"나, 내일 아침에 일찍 나가봐야 해. 그러니까 아침상 따로 안 차려도 돼."

"……예."

문을 닫았으나, 잠그지는 않았다. 수은은 방문 앞에 두 무릎을 끌어안고 웅크리고 앉아 있기만 했다. 그 건너편에서는 대한이 드러누운 채 군밤을 씹으며 또한 깊은 생각에 잠긴 모습이었다. 두 사람은 문 하나를 사이에 두고, 그렇게 뜬눈으로 밤을 지새웠다.

제7장

간밤에 했던 말대로 그는 아침 일찍 방을 나섰다. 마당에는 송근우와 또 한 명의 부하가 대기해 있었다. 부엌에서 나온 수은이 분홍빛의 보자기로 싼 무언가를 그의 앞으로 내밀었다.

"뭐야?"

"맨 위에 있는 것은 주먹밥이에요. 그 아래로는 김밥이구요. 나눠 드세요."

그녀는 따로 보온병까지 준비해 건네주었다.

"물이에요."

그가 빤히 쳐다보고만 있어 수은이 송근우에게 찬합 보따리를 안겨주었다. 송근우가 대한의 눈치를 한번 보고는 냉큼 보따리를 안아 들었다.

"잘 먹겠습니다."

싹싹한 그의 인사에 수은이 빙그레 미소 짓고는 대한에게 시선을 주었다. 대한은 무표정하게 그녀를 응시하다가 이내 돌아섰다. 그 뒤를 송근우와 족히 100kg은 넘는 덩치의 평산이 따라갔다.

수은은 멀어져 가는 그의 등을 바라보다가 돌아섰다. 그때 공교롭게도 언제부터 보고 있었는지 모를 규성과 눈이 마주쳤다. 무언가 들킨 기분에 수은은 그의 시선을 급히 피하고 말았다.

"형님, 지금 드시겠습니까?"

차에 오른 뒤, 보조석에 앉은 송근우가 뒤를 돌아보고 물었다.

"그래, 먹자."

대한의 말이 떨어지기가 무섭게 송근우는 보자기를 끌러 찬합 뚜껑을 열었다. 색색 가지 야채로 만들어진 주먹밥은 앙증맞게도 중간에 김 띠까지 둘렀다. 송근우의 입에서 절로 경탄사가 터져 나왔다.

"진짜 맛있겠다! 이거 형수님이 직접 만드신 거 맞겠죠?"

거침없이 형수님이라고 부르는 것을 보고 운전을 하며 평산이 한마디 거들었다.

"벌써 형수님 되셨습니까? 와! 우리 큰 형님, 작업 실력은 그 누구도 따라갈 자가 없습니다."

"평산아."

"예, 큰 형님."

"아가리 닥치고, 주먹밥이나 처먹어라."

"아가리 닥치면 어떻게 주먹밥을 먹습니까?"

송근우가 눈치없이 농담을 하고 있는 평산을 한 대 쥐어박았다. 그리고는 주먹밥이 들어 있는 찬합과 나무젓가락을 대한에게 넘겨주었다. 물까지 알뜰하게 챙겨주며 그가 말했다.

"주먹밥은 형님이 드십시오. 저희는 김밥 먹겠습니다."

대한은 대꾸없이 주먹밥을 하나 들어 입 안에 넣었다. 창밖을 바라보며 주먹밥을 먹다가 그의 입가로 슬며시 미소가 비쳤다. 그제야 송근우도 자세를 똑바로 하여 앉고는 김밥을 자기 입에 하나 넣고, 평산의 입에도 하나 넣어주었다.

얼마 후, 대한을 위시한 송근우와 평산이 들어간 곳은 강남에 있는 한 사우나였다. 세 사람이 나란히 들어서자, 손님들의 시선이 한꺼번에 따라붙었다. 어느 누가 보아도 티가 나는지, 인상파 세 명은 사우나실을 단숨에 고요 속으로 몰아넣었다. 더욱이 옷을 벗고 나타났을 때는 그 위압감이 말 그대로 사우나실 전체에 쫙 퍼졌다.

세 사람 모두 한 덩치씩 하는 데다 온몸에 그려진 용 문신이 근육의 움직임으로 인해 꿈틀대고 있었다. 씨름 선수 저리 가라 할 만한 평산의 거구(巨軀)도 그렇고, 약간 마르긴 했으나 단단하게 균형 잡혀 미끈하게 빠진 송근우의 체격도 그렇고, 무엇보다 대한의 떡 벌어진 어깨와 우락부락한 몸은 가만히 서 있어도 저절로 근육이 꿈틀거렸다. 게다가 대한의 몸을 더 자세히 봤다면 용 문신 때문에 잘 안 보여 그렇지, 군데군데 난 흉터들로 온통 뒤덮여 있다는 사실을 눈치챘을 것이다.

문신이 없는 앞판도 크게 다를 바 없었다. 가슴에서부터 배꼽 부위까지 털이 뒤덮여져 있었고, 왼쪽 어깨부터 딱딱하게 각이 진 가슴을 가로지르는 20㎝가량의 칼자국과 왼쪽 옆구리에서부터 왕(王) 자가 생겨진 배의 배꼽 부근까지 10㎝가량의 칼자국이 보였다. 그 외에도 큼직큼직한 흉터들로 그의 몸은 성한 데가 없었다. 그러니 보통 사람들의 눈에 위화감을 불러일으킨 것은 당연지사였다. 그나마 미남형인 송근우와는 달리 인상 험악하기로도 세 명 중 대한이 으뜸이었다. 그의 예사롭지 않은 눈빛만 보아도 사람들은 시선 한 번 맞추기조차 두려워했다.

그러한 현상은 사우나탕에 들어가서도 마찬가지였다. 그 안에 있던 사람들이 세 사람을 보고 구석 쪽으로 죄다 비켜났다. 사우나탕 한가운데 대한이 떡하니 버티고 앉고, 그 양옆으로 송근우와 평산이 앉았다. 손님들은 척 보기에도 조폭 냄새가 물씬 풍기는 이 세 사람을 피해 슬금슬금 꽁무니를 뺐다. 그리고 결국 사우나탕에는 세 사람만 남았다.

한동안 눈을 감고 사우나를 즐기고 있던 대한이 입을 열었다.

"근우야."

"예, 형님."

"넌 돈과 사랑, 둘 중에 하나만 가지라면 어느 쪽을 택할 것 같으냐?"

"전 세상에서 그 질문이 제일 어렵습니다. 솔직히 일이억도 아니고, 몇 십억이 눈앞에 당장 떨어진다면 저도 사랑을 택하겠다고 장담은 못할 것 같거든요. 우리 같은 인생들이야 돈 없으면 그나마 어디 가서 대접도 못 받습니다. 여자는 있어도 없어도 그만이지만, 돈은…… 죄송합니다, 형님. 우리 같은 인생 속에 형님도 포함시켜서요.”

“틀린 말 아니다.”

“어쩌실 겁니까? 형님께서 백궁 밀어버리고, 새로 지을 쇼핑센터 계속 추진하고 있는 거 알면 형수님이 가만있진 않을 것 같은데요.”

“어떻게든 설득해 봐야지.”

“김 회장 그놈한테 비싸게 백궁 땅 살 때부터 불안했습니다. 형님만 아주 곤란하게 됐지 않았습니까? 형수님을 사랑하지만 않았어도 아무 문제 없을 텐데 말입니다.”

“……”

뜨거운 물속에 잠겨 대한은 깊은 생각에 빠져 있었다. 백 일의 보류 기간을 주어놓고, 이렇게 뒤로 계속 일을 추진하고 있다는 걸 알면 그녀와의 갈등은 더욱 심해질 것이다. 사실 백 일 동안 시간을 주겠노라 한 것은 ‘백궁’ 땅 때문이 아니었다. 윤수은, 그녀 때문이었지. 그 땅에 쇼핑센터를 세우기로 한 계획은 애초부터 변함이 없는 것이었다. 단지 수은과 함께하고픈 욕심이 하나 더 늘었다 뿐.

하지만 대한은 백 일이 아니라 천 일, 그보다 더 많은 시간을 준다 해도 그녀의 생각이 번복될 리 없음을 이미 알고 있었다. 그녀의 입으로 목숨이라 했던 땅. 마치 자신이 그녀의 목을 거머쥐고 숨통을 조이는 것 같아 가슴이 아팠다. 쇼핑센터는 근우가 말한 몇 십억만 좌지우지하는 것이 아니었다. 몇 백억이 눈앞에 있었다. 그것만 손안에 들어온다면 그가 이제껏 목숨까지 아까워하지 않고 덤벼들었던 부귀영화를 잡을 수 있게 되는 것이다. 그 부귀영화를 수은과 함께하고 싶은 마음이 허황되다고 생각지 않는다. 왜냐하면 그녀를 사랑하니까. 다만 둘 중에 하나를 결정해야 할 순간이 온다면 과연 어느 쪽을 택할 수 있을지, 그 역시 속 시원한 결정을 할 수 없어 답답했다. 정녕 두 가지 다 잡을 수는 없는 것일까. 대한은 이제껏 살아온 인생 가운데, 가장 큰 난관에 부딪쳐 있었다. 어쩌면 숱하게 목숨을 잃을 뻔했던 순간들보다도 훨씬 복잡한 심경이었으리라.

오래도록 사우나를 즐기고 나온 세 사람이 이내 나란히 들어간 곳은 스포츠 마사지실이었다. 그 안에 들어간 그는 낯익은 한 남자의 옆 침대에 가서 엎드렸다. 한참 느긋한 얼굴로 마사지를 받고 있는 남자는 바로 김경복 회장이었다.

"팍팍 좀 해라. 지난번처럼 계집애 젖 주무르듯 조몰락거리지 말고."

귀에 익은 목소리에 김 회장이 슬며시 눈을 떠서 대한 쪽으로 고개를 돌렸다.

"안녕하십니까, 회장님?"

"왔나?"

마사지사가 힘있게 대한의 등에 먼저 경락을 실시했다. 그 바람에 그의 등을 온통 차지하고 있는 용 문신이 살아 움직이는 듯 세차게 꿈틀거렸다.

"아침 일찍 웬일인가?"

"부탁드릴 말씀이 있어 왔습니다."

김 회장은 부탁이라는 말에 기이한 표정을 지었다. 일전 리셉션 장에 수은을 데리고 왔던 이유를 짐작하고, 은근히 긴장을 하고 있던 참이었다. 그런데 미리 연락도 없이 이곳에 오는 시간까지 파악하고 나타난 대한이 그는 두려웠다.

"부탁을? 일단 들어봄세."

"백궁 땅 말입니다."

'백궁' 땅? 김 회장의 눈빛이 날카롭게 빛났다.

"제가 말씀드렸던가요? 거기에 쇼핑센터를 세울 계획이라고."

"응. 들었던 기억이 나는군. 그런데 왜?"

"건축 설계사를 구했습니다."

"그래?"

"이제 투자가들을 구할 차례입니다만, 가장 먼저 회장님께서 나서주셨으면 합니다."

김 회장은 미간을 찌푸렸다. 결국 물귀신 작전을 쓰기로 했다는 것을 눈치채서다.

"투자를?"

"절 뒤에서 도와주실 분이 회장님밖에 더 있습니까? 만약 회장 님께서 적극 나서만 주신다면 다른 투자가들을 구하는 일이 훨씬 수월해질 겁니다."

"끙……."

김 회장 입에서 앓는 소리가 절로 흘러나왔다. 대한은 그가 곤란해하고 있다는 것을 알면서도 계속 자기 얘기만 주절거렸다.

"이왕 봐주신 거 한 번만 더 도와주십시오, 회장님. 그럼 그 은혜는 잊지 않겠습니다."

"그, 글쎄…… 내 자네 일이라면야 발 벗고 도와줘야 마땅하네만, 일단 생각해 봄세."

"그렇게 나오시면 섭섭합니다. 제가 그동안 회장님을 위해서 뒤로 처리해 준 일이 어디 한두 건입니까. 그 일 때문에 제 목숨까지 내놓아야 했던 적이 어디 한두 번이었습니까. 이제 연세가 있으셔서 기억력이 감퇴되었다면 모를까, 그걸 잊는다면 사람도 아니죠."

김 회장은 대한의 불손한 태도에 불쾌함을 감추지 못했다. 하지만 대놓고 나무라지는 못했다. 왜냐하면 그의 말이 다 사실이었으니까.

"알았네. 내 노력해 보지."

김 회장은 마지못해 그리 대답을 하고는 마사지가 끝나지도 않았는데 침대에서 일어났다.

"벌써 가십니까?"

"응. 조찬 약속이 있었는데, 깜박하고 있었구먼. 내 먼저 감세. 다음에 또 보세나."

"그럼 살펴가십시오. 멀리 안 나가겠습니다, 회장님."

느물거리는 그의 말을 뒤로하고, 김 회장은 서둘러 마사지실을 빠져나갔다. 대한은 회심에 찬 미소를 입가에 흘리며 눈을 감았다.

이발소에 가서 이발과 면도까지 깔끔하게 하고 나온 대한이 옷을 갈아입고 거울 앞에 다시 섰을 때, 그 옆으로 다가온 평산이 뜬금없이 말했다.

"형님은 가만 보면 누구 꼭 닮았습니다."

"누구?"

"배우 닮았습니다."

대한이 배우 닮았다는 말에 귀가 솔깃해졌다.

"배우 누구?"

"김종국 닮았습니다, 형님."

그러자 송근우가 평산의 뒤통수를 후려갈기며 말을 정정했다.

"김종국은 가수지, 인마! 그리고 우리 형님은 김종국보다 눈은 크다."

"아, TV 나오면 다 배우죠 뭐."

평산이 투덜대는데, 대한이 그사이로 목소리를 깔았다.

"평산아."

"예, 큰 형님."

"몸에 용 문신만 새긴다고 조폭 아니듯이 TV만 나온다고 다 배우는 아니다."

"옳은 말씀이십니다, 형님. 아! 드디어 생각났습니다. 그 장군의 아들에 나오던 배우 닮았습니다."

"장군의 아들? 박상민 말이냐?"

"예! 어떻게 보면 인상 더러운데요. 가만 보면 남자답게 잘생겼지 않습니까. 귀엽기도 하구요."

송근우가 대한의 눈치를 보며 평산을 윽박질렀다.

"형님한테 귀엽다가 뭐야, 인마?"

평산은 또 말실수를 했다는 걸 알고 몸이 경직됐다.

하지만 대한은 거울로 비친 자신의 얼굴을 한 번 쓱 살피더니 은근히 기분 좋은 미소를 머금었다.

"내가 진짜 그 장군의 아들이랑 닮았어?"

대한이 내비치는 미소에 평산이 한술 더 떴다.

"지금이야 한물갔지만, 장군의 아들 나올 때만 해도 인기 좋았지 않습니까. 전 그 영화 보면서 큰 형님이 나온 줄 알았다니까요."

김종국과 박상민의 공통점을 찾아낼 길은 없었지만, 일단 '장군의 아들'을 닮았다는 데 대한은 우쭐했다. 역시나 그도 '장군의 아들'이라면 원, 투, 쓰리에 비디오까지 빌려다 재차 보았던 '장군의 아들' 마니아였던 것. 그가 유일하게 봤던 영화라면 '장군의 아들' 시리즈와 '친구'가 다였다. 송근우도 그 말에는 동조하듯 고개를 끄덕였다.

대한이 어깨를 으쓱하며 진지하게 물었다.

"박상민보다는 그래도 장동건을 더 닮지 않았나?"

그 말에는 송근우도 평산도 함구하고 말았다. 분위기상 유오성 쪽이라면 또 모를까.

*

　수은은 습관처럼 휴대폰이 켜져 있는지 확인했다. 일전에는 꺼진 것도 모르고, 내내 걸고 다녔었다. 대한이 집에 들어오지를 않아 휴대폰을 열어보았다가 꺼져 있다는 것을 알고, 급히 새롬이를 불러 도로 켜놓았었다. 그때 켜는 방법과 메시지를 보내는 방법까지 설명을 들었다. 메시지를 보내려 몇 번을 시도해 보았지만 결국 실패했던 기억이 났다. 이렇게 작은 기계가 뭐 그리 복잡하던지.

　혹시 먼저 전화를 하지 않을까 틈만 나면 휴대폰을 확인해 보곤 했던 자신이 이제와 생각해 보니 우스웠다. 그럼에도 불구하고 수은은 이번에도 습관처럼 휴대폰이 제대로 켜져 있는지 들여다보다가 갑자기 울린 전화 벨소리에 까무러치게 놀랐다. 마치 뭐 훔쳐 먹다 들킨 사람처럼.

　[나야.]

　"예."

　[점심때, 식당에서 먹을 거야. 손님이랑 같이 갈 거니까 미리 준비해 놔.]

　"몇 시쯤 오시는데요?"

　[한 시.]

　"특별히 주문하실 음식이라도……."

　[없어. 그냥 알아서.]

　"예."

전화를 끊고서야 그녀는 '후우' 하고 작게 숨을 토해내었다. 아무튼 좋아할래야 좋아할 수가 없는 사람이다. 하필 그때 전화를 할 게 뭐람. 수은은 애먼 휴대폰을 흘겨대었다. 그나저나 한 시면 겨우 삼십 분 남았다. 그녀는 화급히 부엌으로 뛰어들어 가 점심 준비를 하기 시작했다. 근래 들어 가장 화사해 보이는 그녀를 종업원들까지 의아한 눈초리로 쳐다보았다. 그러니 규성이야 말하나 마나였다.

식당에 따로 마련된 방에서 대한은 세령과 함께였다. 수은이 직접 쟁반에 찬들을 가져왔다. 대한의 인상이 대번에 우그러졌다. 그가 물수건으로 손을 닦으며 화가 실린 어투로 말했다.

"놔두고 나가."

수은이 찬을 내려놓다 말고 그를 멀거니 쳐다보았다.

"종업원 보내!"

수은은 그가 화내는 이유를 알 수 없어 얼굴이 빨개졌다. 그것도 여자 손님과 함께한 자리에서 이토록 무안을 주다니. 기껏 생각해서 직접 대접을 하는 것도 모르고, 화만 내는 그가 원망스러울 따름이었다. 그녀는 얼굴이 경직된 채로 쟁반을 그대로 놓아둔 채 자리에서 일어났다.

세령이 두 사람 사이에 오가는 야릇한 기운을 느끼고, 대한의 표정을 쓱 살폈다. 그는 불쾌한 얼굴로 물수건으로 마저 손을 닦고 있었다.

"탐낼 만하군요."

대한이 지레 찔려 그녀를 흘끗 건너다보며 물었다.

"뭐가?"

세령이 빙긋 웃더니 대답했다.

"여기 말이에요. 말로만 듣다가 직접 와보니 좋네요. 음식 맛도 기가 막히다 하던데. 방금 나간 여자가 윤수은 사장님 맞죠?"

"어때? 투자가들 반응 일으키겠어?"

"물론이죠. 이 정도 금싸라기 땅에 목도 좋고, 무엇보다 제 실력이 알아주거든요."

"홋. 자신만만해서 좋군."

"화끈한 거죠. 성격도, 일도."

그때 다른 종업원이 들어왔다. 그리고 테이블 위에 상이 다 차려질 무렵이었다. 느닷없이 바깥에서 비명이 들렸다. 여기저기서 산발적으로 터지는 것으로 보아 심상치 않은 일이 벌어진 것이 틀림없었다.

"무슨 소리죠?"

세령이 뜨악해서 물었고, 대한은 본능적으로 위험을 감지하고 급히 몸을 일으키며 주의를 주었다.

"나오지 말고 여기 있어."

종업원이 먼저 밖으로 뛰어나갔다가 무언가를 발견하고는 뒤로 주춤 물러났다. 대한도 구두를 신고 일어서다가 시야에 잡히는 것이 있어 일순 몸이 굳어졌다. 심장이 덩어리째 뚝 떨어져 사정없이 짓밟힌 느낌이었다. 입 안이 일시에 확 타 들어가는데, 어찌 된 일인지 몸을 움직일 수가 없었다.

"시팔, 모두 앉아! 조용히 하고 움직이지 마! 한 놈이라도 움직이면…… 그어버리겠어!"

검은 야전 잠바를 입고, 야구모자를 깊이 눌러쓴 남자 둘이었다. 그리고 한 남자의 팔 안에 갇혀 있는 여자는 수은이었다. 그녀의 목에 칼을 들이대고, 여차하면 그어버릴 참으로 남자는 단단히 벼르고 있었다.

멀리 두려움에 떨고 있는 그녀가 보였다. 대한은 더 큰 두려움을 느끼고 제멋대로 뛰노는 심호흡을 골라야 했다. 심장이 파열될 것처럼 통증은 점점 더 거세어지고 있었다.

또 한 명의 남자가 카운터를 지키던 종업원에게 작은 가방을 던졌다.

"다 넣어. 빨리!"

강도? 대한의 미간이 심하게 일그러졌다. 그나마 구석진 방에 있었던 탓에 그들의 눈에 띄지 않았던 것이 불행 중 다행이었다. 그는 재빨리 몸을 낮춰 칸막이에 바싹 몸을 붙이고, 방금 전의 여종업원에게 조용히 지시했다.

"내가 뒤로 돌아갈 테니 시선을 끌어."

한 발 앞에 서 있던 여종업원이 대한의 말을 듣고는 고개를 주억거렸다. 하지만 겁에 질려 있어서 제대로 말귀를 알아들은 건지는 알 수 없었다. 대한은 어쨌거나 칸막이 뒤편으로 조금씩 물러났다.

"수은 씨!"

식당 안으로 뛰어들어 오며 그녀의 이름을 크게 부른 사람은 규

성이었다. 그는 부엌에 있다가 수은이 강도들에게 인질로 잡혔다
는 말을 듣고, 곧장 식당으로 달려왔다. 대한이 있던 장소와 정 반
대편의 입구에 위치해 있었기 때문에 강도는 수은을 끌어안은 채
그쪽으로 완전히 몸을 틀었다. 강도의 품에 가둬진 그녀를 보고
규성의 안색이 새파랗게 질렸다. 그가 갑자기 들이닥치는 바람에
강도도 놀랐는지, 칼을 수은의 목에 더욱 가까이 들이댔다. 그리
고는 규성을 향해 고함을 질렀다.

"움직이지 마! 움직이면 이 여자는 죽는다!"

수은의 눈동자가 불안하게 흔들렸다. 규성을 바라보는 그 순간
에도 그녀는 두려움으로 입술이 바싹 말라왔다. 숨조차 쉴 수 없
을 만치 무서웠다. 바로 눈 아래서 번뜩이는 칼로 인해 그녀는 심
장이 오그라드는 느낌이었다.

대한은 여종업원보다 규성이 먼저 들이닥쳐 강도들의 시선을
끈 것에 안도했다. 그는 재빨리 칸막이 뒤로 돌아가 이제 등을 보
이고 서 있는 강도를 노렸다. 그러나 아쉽게도 그가 몸을 움직이
기에 앞서 강도가 한 발 빨랐다. 강도가 다시 돌아섰기에 대한도
그 자리에 우뚝 멈춰 설 수밖에 없었다. 몇 발자국 앞에서 강도에
게 잡혀 있는 수은을 뻔히 보고도 속수무책이어야 한다는 사실에
대한은 이를 악물었다.

강도는 대한과 눈이 마주치자 칼로 수은의 목을 지그시 내리눌
렀다. 야구모자 앞 챙에 가려 눈 밑이 더욱 어둡게 그늘이 졌다.
그럼에도 눈빛만큼은 고양이 눈알처럼 차갑게 반짝였다. 대한의
눈동자가 강도에게서 비껴 천천히 수은의 눈동자와 부딪쳤다. 수

은은 하얗게 변색된 입술을 파르르 떨고 있었다. 사시나무 떨듯 떨고 있는 그녀를 대한도 안타깝게 바라보았다.

"한 발자국만 움직여 봐."

강도가 무섭게 뇌까리는 말이 대한의 발목을 움켜잡고 옴짝달싹 못하게 만들었다. 그는 서서히 허리를 펴며 마른침을 꼴깍 삼키고 입을 열었다.

"돈만 가져가면 되잖아. 그 여자를 놔줘."

"움직이지 말라고 경고했어!"

대한이 얼른 손바닥을 펴 앞으로 내뻗으며 그를 진정시켰다.

"알았어. 알았으니 진정해. 아무 짓도 안 할 테니…… 그 여자를 풀어줘."

다른 한 명의 강도는 대한을 경계하면서도 돈을 제대로 담고 있는지 곁눈으로 확인했다.

"그냥 보내줄 테니…… 놔주세요."

수은이 애절하게 말을 흘리자 강도의 팔에 힘이 실렸다. 수은은 살갗에 와 닿은 차디찬 쇠 느낌에 진저리를 쳤다. 그런데 그녀가 뭔가 이상하다고 느낀 것은 그 순간이었다. 칼로 이리 깊이 내리누르는데도 어째서 베이지 않는 것일까. 이 정도면 얼마든지 목이 베여서 피를 흘렸을 터인데. 혹시……?

수은의 추측은 적중했다. 그 순간 대한도 수은의 목을 겨누고 있는 쪽이 칼날이 아니라 칼등이라는 사실을 눈치챘으니 말이다. 그의 눈빛이 예리하게 빛났던 것도 그 순간이었다. 돈 가방을 챙긴 강도와 서로 눈짓을 주고받느라 수은을 잡고 있던 강도의 시선이 돌아간 찰나, 대한이 번개같이 달려들었다. 칼을 쥔 팔목을 잡아채며 한 손으로는 수은을 강도의 품에서 빼내는 데 성공했다. 상대의 손에서 칼을 빼앗기 위해 잠시 실랑이가 벌어진 틈에 또 다른 강도가 성큼 다가왔다. 그리고 뒤에서 사정없이 대한의 옆구리를 찔렀다.

일순 대한의 옷 위로 시뻘건 피가 배어나왔다. 그사이, 강도들은 돈 가방을 들고 밖으로 튀었다. 대한이 한 손으로 옆구리를 짓누르고 그 자리에 무릎을 꿇으며 털썩 주저앉았다. 순식간에 그의 얼굴로 진땀이 배어나오기 시작했고, 숨을 쉬기도 힘든지 가슴이 심하게 벌렁거렸다.

바닥에 쓰러지다시피 팽개쳐졌던 수은이 그의 앞으로 기어왔다. 어지간히 놀랐던지 그녀의 안색이 창백했다. 그녀는 그의 가슴에서 하염없이 솟구치는 피를 보고 그만 눈물이 그렁해졌다.

"이, 이봐요. 괜…… 찮아요? 괜찮은 거죠?"

그녀가 말을 더듬으며 그의 몸을 살폈다. 대한은 그녀가 상처 하나 없이 무사하다는 것에 안심을 하고 비로소 빙긋 웃어 보였다. 그리고는 옆으로 스르르 넘어갔다. 그 바람에 수은이 두 손으로 입을 막으며 단말마의 비명을 내질렀다.

"방대한 씨! 이봐요, 정신 차리세요! 방대한 씨! 방대한 씨!"

그의 몸을 흔들어보지만, 그는 이미 정신을 잃은 뒤라 아무런 대답도 할 수가 없었다. 규성이 급히 그를 들쳐 업었다. 수은도 정신없이 그 뒤를 쫓았다. 규성은 차 뒷좌석에 그를 눕히고, 운전석에 올라탔다. 수은이 재빨리 대한의 머리를 무릎 위에 올리고 앉았다. 계속 솟구쳐 오르는 피 때문에 수은은 차 안에 있는 화장지를 모조리 찾아내어 그의 옆구리를 지혈했다. 그러나 그것만으로는 턱없이 부족했다. 그녀는 생각 끝에 자신의 한복 치마를 걷어 올리고 속치마를 찢었다. 제대로 찢어지지를 않아 이로 물어뜯기까지 했다. 길게 찢어낸 속치마를 몇 겹으로 포개어 그의 상처 부위에 올리고, 옷고름까지 뜯어내어 그 위를 동여맸다. 그러고도 모자라 손을 그 위에 얹고 지혈을 해보려 애썼다. 하지만 출혈이 심하여 그녀의 손은 금세 피로 빨갛게 젖었다.

"제발요…… 제발…… 제발……."

그녀의 입 끝에서 간절하게 쏟아지는 그 말을 대한은 듣지 못했지만, 자신이 희생하여 그녀를 구해내었다는 것에 얼굴은 평화로웠다. 아마도 그는 그때 컴컴한 우주에 갇혀서도 행복하지 않았을까. 피 흘리는 고통도, 그동안의 고뇌도 모두 잊지 않았을까. 그 순간만큼은, 그 순간만큼은 진정코.

대한은 곧장 수술실로 들어갔고, 수술을 받았다. 그사이, 수은과 규성은 수술실 밖에서 수술이 끝나기만을 애타게 기다렸다. 수은은 걱정이 되어 한시도 가만히 앉아 있지 못하고 두 손을 맞잡은 채 불안하게 복도를 서성였다. 규성이 수은의 손을 잡아 의자에 앉혔다.

수은은 규성을 붙잡고 넋 나간 사람처럼 중얼거렸다.

"괜찮겠죠? 저 사람, 죽는 거 아니겠지요?"

"괜찮을 거예요. 너무 걱정하지 말아요."

"어떡해요? 저 사람 죽으면 어떡해요? 어떡해······."

수은은 규성의 어깨에 머리를 기대고 힘겹게 숨을 토해내었다.

규성은 가만히 그녀의 등을 토닥여 주었다. 그도 마음이 무겁기
한량없었다. 얼토당토않게 칼에 맞은 대한도, 그가 걱정되어 이렇
게 무너질 것처럼 흔들리는 수은도 불안하기는 매일반이었다. 그
의 가슴을 아프게 짓눌렀던 것은 수은 대신 칼을 맞은 대한도 대
한이지만, 이렇게 자신의 품속에서 다른 남자를 걱정하고 있는 그
녀일 것이었다.

그로부터 세 시간 후, 대한은 다행히 깊은 내상을 입지 않아 봉
합 수술만으로 일반 병실에 옮겨질 수 있었다. 덕분에 수은과 규
성도 한시름 덜 수 있게 되었다. 그가 무사하다는 것을 확인하고
나서야 수은은 맥이 풀려 힘없이 의자에 쓰러지듯 주저앉았다. 규
성 역시 얼굴이 환하게 밝아졌다.

규성이 담당 의사를 만나러 간 사이, 수은은 혼자 병실로 들어
갔다. 대한은 깨어나 있었다. 수은이 다가가 그를 내려다보았다.
요 며칠 수척해진 얼굴이 갑작스레 당한 일로 인해 더욱 거칠해져
있었다.

"괜찮아요?"

"당신은?"

"전 괜찮아요."

"다행이군. 많이 놀랐을 텐데."

"저보다······ 대한 씨가······."

"지금 성 빼고 내 이름 불렀다."

“……”

자기도 몰랐던 일이라 수은이 당황하는데, 문이 열리며 송근우
와 평산이 후닥닥 뛰어들어 왔다. 수은은 어색했던 기운을 떨칠
수 있어서 속으로 안도했다. 두 사람이 득달같이 침대로 달려들며
외쳤다.

“형님! 괜찮으십니까?”

“도대체 어떤 새낍니까, 큰 형님? 잡아서 완전히 짓이겨 놓겠습
니다!”

두 사람의 시끌벅적한 목소리에 병실 안이 단숨에 소란스러워
졌다. 그사이로 대한의 굵직하고 낮은 음성이 깔렸다.

“평산아.”

“예, 큰 형님. 분부만 내리십시오!”

“제발 아가리 닥치고 있어라. 시끄러우니까.”

대한의 투박한 언사에 평산이 그제야 입을 꾹 다물었다.

“그럼 전 이만 가볼게요.”

수은의 말에 송근우가 물었다.

“또 안 오실 겁니까?”

“옷을 갈아입고 올 테니 그동안 잘 보살펴 드리세요. 두 분 저녁
도 같이 싸 올게요.”

“아이고, 그렇게만 해주신다면 저희야 좋지요.”

송근우가 반색하는데, 대한이 끼어들었다.

“됐어. 오늘은 더 이상 안 와도 돼. 힘들게 뭐 하러 왔다 갔다
해. 강도 들었다는 소문나면 골치 아프니까 가서 직원들 입조심이

나 잘 시켜.”

수은은 그의 말을 속으로 새기며 밖으로 나왔다. 복도에서 규성이 기다리고 있었다. 피투성이의 대한을 업고 오느라 옷이 벌겋게 물이 들어 엉망이었다. 그러기는 수은도 다를 바가 없었지만.

“가서 옷부터 갈아입어야겠군요. 우리 둘 다 전쟁터에서 방금 나온 사람 같아요.”

규성이 웃으며 대꾸했다.

“전쟁터 맞죠.”

수은도 따라 미소 지었다. 그리고 진심을 담아 말했다.

“고마워요.”

“고맙긴요. 그보다 수은 씨는 괜찮은 거예요? 수은 씨야말로 검진 받아봐야 되는 거 아니에요?”

“다친 데도 없는걸요 뭐. 전 괜찮아요. 그리고 강도 든 거 이번이 처음 아니에요.”

규성이 놀라 물었다.

“처음이 아니라고요?”

“예. 제가 어렸을 때 오늘 저처럼 어머니가 당했던 적이 있었어요. 그때 어머니는 칼 든 강도랑 죽기 살기로 싸웠었지요. 그러다 칼에 찔려서 거의 죽을 뻔했다 살아나셨어요.”

“세상에!”

수은의 담담한 어투와는 달리 규성은 기가 질린 표정이었다.

“거기에 비하면 전 운이 좋았어요. 강도가 칼을 거꾸로 잡고 있었거든요.”

"거꾸로 잡다니, 그게 무슨 말이에요?"

"칼등이 제 목으로 오게 잡았다는 거지요. 그러니 애초부터 절 해칠 생각은 없었던 거예요."

"그랬군요. 그런데 방대한 그 사람은 왜……?"

수은의 눈빛이 아스라이 가라앉았다.

"자기가 다칠 줄 알면서 그랬어요. 딴에는 강도를 잡을 생각이었는지도 모르죠. 그냥 돈만 훔쳐 갈 강도였는데 말이에요."

복도를 지나며 수은이 규성과 그런 얘기를 주고받을 때, 병실 안에서는 대한 역시 수상쩍은 그때의 일을 회상하고 있었다.

"아무래도 수상해."

뜬금없는 그의 말에 송근우가 의아해 하며 물었다.

"뭐가 말씀이십니까, 형님?"

"그 강도 새끼 말이야. 칼을 수은이 목에 들이댔는데, 칼등이 오게끔 들었더라고."

"칼등이요? 그거야 겁만 주려고 한 짓이겠죠."

"그렇담 왜 굳이 대낮을 택했을까? 겁만 줄 정도라면 밤이 훨씬 나았을 텐데. 그리고 그렇게 사람 많은 데서 굳이 강도짓을 한 이유가 뭘까?"

송근우가 동조하듯 고개를 주억거리더니 심각하게 말했다.

"듣고 보니 그러네. 왜 그랬을까요? 돈이 목적이었다면 겨우 식당에서 음식 판 돈이 전부는 아니었을 텐데 말입니다. 어차피 형수님을 위협할 거였으면 통장이나 금고를 노렸을 가능성이 높았을 텐데요. 간덩이가 부은 새끼 아닙니까? 일부러 장사 초치려고 하는 짓도 아니고……."

돌연 대한의 눈이 번쩍 빛을 발했다.

"바로 그거야! 돈이 아닌 또 다른 이유로 백궁을 노리는 자의 짓이다. 틀림없어!"

그 순간 그의 뇌리로 번뜩 떠오르는 얼굴이 하나 있었다.

'혹시 김 회장이?'

＊

수은과 규성이 돌아온 것을 보고, 백궁의 직원들이 주변에 우르르 몰려들었다. 그중에서도 류민자가 가장 먼저 달려와 수은의 손을 잡았다.

"괜찮으세요, 사장님?"

"예. 많이 놀라셨죠?"

"아무리 놀랐기로 사장님 만하겠어요? 에구머니, 이 피 좀 봐!"

수은과 규성의 옷에 묻은 피를 보고 류민자가 호들갑스레 진저리를 쳤다. 그러더니 냉큼 물었다.

"어떻게 됐어요? 그 인간은 살았어요, 죽었어요?"

"살았어요."

살았다는 소식에도 류민자는 하나도 기쁜 얼굴이 아니었다. 오히려 아깝다는 듯 외쳤다.

"귀신은 뭐 하고 자빠졌대? 이럴 때 기회다 하고 잡아가지!"

"박하게 왜 그런 말씀을 하세요. 그래도 절 구해준 사람인데요."

그러자 류민자가 자기 입을 때리며 조잘거렸다.

"그렇지. 아이고, 이놈의 주둥어리! 그래도 이왕 나왔으니 하는 말인데, 아무리 사장님을 구해줬어도 마음에 안 드는 건 안 드는 거여. 살았으면…… 다행이고."

류민자의 넋두리에 수은은 곱게 미소를 짓고는 부탁했다.

"도시락 좀 싸주세요. 삼 인분 정도로 넉넉하게. 다시 병원에 가 봐야 해요."

"다시? 왜요?"

"병원에 그 사람 직원들이 또 있어요. 저녁 먹여야지요."

류민자가 혀를 탁탁 찼다.

"이젠 식당 일도 모자라 병수발에 그 직원들 밥까지 챙기게 생 겼네. 아무튼 우리 사장님이 일복 하나는 타고났다니까."

"죄송해요, 바쁜데 이런 것까지 시켜서."

"아니에요. 나야 사장님 보기 안쓰러워 그러지. 주방 일은 걱정 말고 댕겨와요. 참! 그러지 말고 사장님도 병원 간 김에 영양제 좀 맞고 오면 쓰겠네. 그저 이 작은 몸으로 이리 뛰고 저리 뛰고, 이 러다 쓰러지는 건 아닐까 항상 그게 걱정이라니까."

"고마워요. 저야 믿고 의지하는 사람이 조리사님밖에 더 있어 요. 제가 일일이 못 챙기더라도 당분간은 알아서 해주세요."

"그건 염려 마세요. 근데 그 병원은 싹수없는 인간은 못 고치 나?"

"조리사님……."

류민자의 막말에 수은도 결국에는 소리 죽여 웃고 말았다.

다 늦게 와서 사건 정황을 듣고 경찰들이 돌아갔다. 신고를 했으니 왔겠지만, 사건이 끝나고도 한참이 지나 어슬렁거리며 나타난 경찰들을 보고 수은도 나름대로 짐작되는 바가 있어 건성으로 사건을 요약해 주었다.

저녁에 송근우가 데리러 왔기에 류민자가 챙겨준 도시락을 들고 수은은 다시 병원으로 갔다. 송근우와 평산은 두 사람만 있도록 자신들 몫의 도시락을 챙겨 자리를 피해주었다. 수은은 침대 높이를 조절해 주고, 미역국에 밥을 조금 말아 대한의 입에 떠먹여 주었다. 행여 뜨거울까 입으로 후후 불어가며 먹여주는 모습이 무척 정감있어 보였다. 밥을 받아먹다가 대한이 불쑥 물었다.

"누구 짓일 거라고 생각해?"

"제게 악의를 품은 사람이야 세상에 단 한 명뿐이겠지요."

대한은 그녀 역시 같은 사람을 지목하고 있었다는 것에 속으로 고개를 끄덕였다.

"대체 그 정도까지 할 이유가 뭐야?"

"그 작자 속셈이야 단 한 가지 아니겠어요. 백궁을 망하게 하려는 것이지요."

"덕분에 땅값까지 떨어지게 생겼군. 비싸게 사서 똥값으로 떨어지면 그 돈 다 어디 가서 찾나."

투덜대는 대한에게 수은은 기다렸다는 듯이 타박했다.

"그러게 뭐 하러 강도에게 달려들어요? 어차피 돈만 가지고 갈 사람이었는데."

대한이 참았던 분통을 터뜨렸다.

"잡아 죽이려고! 개새끼! 나도 함부로 못 안는 여자를 끌어안고……."

수은은 어이가 없어 눈을 흘겼다. 겨우 그런 이유로 다칠 걸 뻔히 알면서 달려들었다니 기가 막혔다. 자칫 죽기라도 했음 어쩔 뻔했는가!

"지금 그걸 말이라고 해요?"

"당신 귀에야 내 말은 개소리로나 들리겠지."

"밥이나 드시죠."

수은의 면박에도 대한은 짐짓 심각한 투로 말했다.

"그런 놈 하나도 안 무서워."

"칼 든 사람이 안 무서워요?"

"각목, 방망이, 철퇴, 생선회 칼, 심지어 도끼를 들고 설치는 놈들을 봐도 안 무서워. 그래, 너 아니면 나 죽겠지 싶어 겁 하나도 안 나. 그런데…… 당신이 옷 벗겠다 하니까 그건 무섭더라."

"……."

"여자가 스스로 옷 벗겠다고 나오는데 무서웠던 건 당신이 처음이었어."

그는 제법 진지한 투였다. 그래서 수은도 그의 사무실에 찾아갔던 그날 이후로 가슴에 담고 있던 말을 꺼내기에 이르렀다.

"그날 무례하게 굴었던 거…… 용서하세요. 저도 그때, 제정신이 아니었나 봐요. 겨우 옷이나 벗겠다고 나오고, 저도 어쩔 수 없는 속물이라는 생각했어요. 돌아와 반성도 많이 했고요."

대한은 곱게 내리깐 그녀의 속눈썹을 바라보았다. 길고 가지런
하게 내뻗은 속눈썹은 가슴을 설레게 하는 마술 같다. 하얀 얼굴
때문에 까만 속눈썹은 더욱 짙어 보여 그 위에 가만히 입맞추고
싶은 마음이 일었다. 그가 손을 들어 그녀의 볼을 감싸고 물끄러
미 바라보았다. 수은은 또 밥 먹다 말고 딴짓이자 나무라는 눈초
리를 그의 눈동자에 박았다. 그가 다소 풀죽은 목소리로 말했다.
　"후회된다."
　"무엇이요?"
　"그때 그냥 안아버릴 걸. 제기랄."
　농담이 아니라 정말로 아쉬운 얼굴이어서 수은은 결국 밥을 떠
먹여 주는 것도 포기했다. 그녀가 미역국이 담긴 보온 그릇을 그
의 품에 안겨주고 자리에서 일어나려 하자 대한이 다급히 말렸다.
　"알았어. 얌전히 밥 먹을게."
　수은이 가벼이 눈을 흘기고 다시 밥을 떠먹여 주었다.
　"당신, 그거 알아? 당신 처음 봤을 때, 한눈에 반한 거."
　수은이 슬며시 미소를 입가에 끼었다. 대한이 손을 뻗어 그녀의
손을 가만히 감싸 쥐었다. 수은은 왠지 모르게 가슴이 두근거려
고개를 숙인 채 가만히 있었다. 참 두툼한 손이다. 그녀는 불현듯
그 손을 마주 잡아주고 싶다는 생각이 들었다. 그러다 속으로 화
들짝 놀랐다. 왜 자꾸 이런 망측한 생각을……. 그녀가 얼굴을 살
짝 붉히는 걸 보고 대한이 손으로 그녀의 턱을 들어 올렸다. 그녀
의 맑은 눈이 자신을 바라보고 있었다. 약간의 당혹감이 서려 있
는 그녀의 눈빛을 대하는 순간, 대한은 어떤 안도감이 가슴에 스

며드는 걸 느꼈다.

두 사람은 잠시 그렇게 서로를 응시했다. 두 사람 간에 흐르는 묘한 기운을 깬 것은 문을 노크하는 소리였다. 들어선 이가 일전 식당에서 대한과 함께 있던 여자라는 것을 알고 수은은 엉거주춤 몸을 일으켰다. 대한과 특별한 관계일 것 같은 예감에 그만 자리를 피해주는 것이 낫겠다고 생각했다. 그녀가 다시 그의 손에서 보온 그릇을 받아 밥통 안에 챙겨 넣으며 말했다.

"그릇은 두고 갈게요. 나중에라도 시장하면 드세요."

"……."

수은은 여자를 향해 고개를 숙여 보이고는 병실을 나섰다. 대한의 시선이 수은의 뒷모습을 따라붙었다. 세령이 그 모습을 의미 깊게 지켜보는 것도 모른 채.

그녀가 주위를 환기시키고자 헛기침을 가볍게 한 번 내뱉고는 인사치레를 했다.

"좀 어때요? 그래도 심하게 다치질 않아서 다행이네요."

"끄윽!"

대한이 대답은커녕 거하게 트림을 했고, 세령은 황당한 표정으로 말을 이었다.

"어떻게 만날 때마다 일이 생기네요. 이번까지 세 번짼데, 세 번 중에 두 번이 윤수은 씨와 함께 있는 자리구요. 내 생각엔 나머지 한 번도 윤수은 씨와 무관하진 않을 듯싶고요. 맞나요?"

"그쪽이야 건축 분야만 연구하면 되는 거 아닌가? 백궁 사장까지 연구해 달라는 조건은 없었는데."

대한이 대놓고 핀잔을 주어도 세령은 절대 누그러질 기미가 보이지 않았다.

"후훗. 이왕이면 방 사장님과 일 대 일이었으면 해서요. 다른 사람이 우리 둘 사이에 끼어드는 거, 기분 별로거든요. 일 관계든 인간관계든."

"한쪽만 하지. 난 대가리가 나빠서 동시에 두 가지는 못하는 인간이라."

"그럼 생각 좀 해봐야겠는데요, 일 관계를 택할지 인간관계를 택할지."

"난 인간관계 더러운 놈이니까 그냥 일 관계 쪽으로 택하는 게 신상에 좋을 거야. 오늘은 쉬고 싶으니 그나마 일 얘기도 관두자고."

"그러죠. 몸조리 잘하세요. 연락 주시구요."

"잘 가. 멀리 안 나가."

"후훗. 방 사장님, 참 재미있는 사람이에요. 안녕히 계세요."

그녀는 엉덩이를 살랑살랑 흔들며 병실을 나갔고, 대한은 시큰둥하게 그 모습을 지켜보다가 혼잣말처럼 구시렁거렸다.

"젠장맞을. 멋있는 사람도 아니고, 재미있는 사람? 웃기기는 지가 더 웃기게 생겼으면서."

같은 시각, 김경복 회장의 사무실로 그의 비서 노홍세가 급한

걸음으로 들어왔다. 그는 들어서자마자 김 회장에게 반가운 소식을 전했다.

"회장님, 방대한이 입원을 했습니다."

김 회장이 기다렸다는 듯이 물었다.

"그래? 많이 다쳤대?"

"내상까지는 아닌 것 같고, 외상도 그리 깊지는 않답니다."

"미친놈! 가만둬도 될 놈을 왜 건드려 사서 고생이야?"

"무식한 게 용감하다는 말도 있지 않습니까. 자업자득이지요. 그 땅에 욕심만 안 냈어도 애당초 그런 일은 겪지도 않았을 텐데 말입니다. 크크크."

"그놈들 입은 잘 막았겠지?"

노홍세가 어깨를 들썩이며 웃다가 정색하여 대답했다.

"그럼요, 회장님. 그런 것은 또 제가 확실하지 않습니까?"

"어떻게든 백궁 땅, 똥값으로 떨어뜨려 놔야 해. 그쪽이 그린벨트로 묶이면 그것만큼 좋을 게 없을 텐데 말이야."

"권 의원님에게는 아직 소식 없습니까?"

"요즘 의원들도 몸을 사려서 예전 같지가 않아."

"그래도 해처먹는 놈들은 다……."

"거, 말 좀…… 쯧쯧."

노홍세가 얼른 머리를 조아렸다.

"죄송합니다, 회장님. 조심한다면서 그만……."

"남 무식한 거 욕하기 전에 당신 입이나 잘 간수해. 어디 같이 가도 말실수할까 봐 내가 가슴이 다 조마조마해."

"알겠습니다, 회장님. 주의하겠습니다."

노홍세를 외면하고 심란한 낯빛으로 김 회장이 중얼거렸다.

"규성이 놈이 이번 일만 잘해줘도 좋겠건만……."

*

수은은 피로에 지쳐 이불을 파고들었다. 정신이 하나도 없었던 하루였다. 어찌나 긴장하고 조바심을 내고 초조해했던지 어깨가 뻐근하게 아렸다. 그녀는 노곤한 몸을 뜨끈한 보료 위에 누이며 끙 하고 옅은 신음 소리를 내었다. 몸살이 오려는지 이곳저곳 삭신이 쑤셨다. 벌써 처지면 안 되는데…….

그녀가 마음을 다잡고 있을 때, 머리맡에 놓아둔 휴대폰이 울렸다. 그녀는 이불 속을 더욱 깊이 파고들며 전화를 받았다. 확인해 보나마나 방대한일 것이다.

"예."

[잔 거 아니지?]

그의 목소리가 늘어지는 것 같아 그녀는 가슴이 덜컥 내려앉았다.

"예, 안 잤어요. 왜요? 아파요?"

[아니, 그냥.]

기운이 하나도 없게 들렸다. 수은은 안 그래도 처지는 데다 그까지 기운없는 목소리이자 기분까지 착 가라앉았다.

"식사는요?"

[가져온 거 다 먹었어.]

"잘했어요."

수은의 입가로 엷은 미소가 스며들었다.

[언제 또 올 거야?]

"내일 아침에요. 약 먹어야 하니까 시간 맞춰서 갈게요."

[그래.]

"그럼 주무세요."

[수은아.]

"왜요? 더 할 말 있어요?"

그가 조금 머뭇대는 듯하다. 수은은 그가 하고자 하는 말이 무엇일까 가만히 귀 기울였다.

[지금 오라 그러면 싫다고 할 거지?]

"……."

[아니다. 그냥 해본 소리였어. 자.]

전화는 끊었지만 수은은 금세 잠을 이루지 못했다. 낮에 강도에게 인질로 붙잡혔을 때, 안타깝게 바라보던 그의 눈동자가 자꾸만 되살아났다. 자칫 크게 다칠 수도 있는 상황이었는데, 어째서 그리도 무모한 짓을 했단 말인가. 문득 병실에서 그가 했던 말이 떠올랐다.

"잡아 죽이려고! 개새끼! 나도 함부로 못 안는 여자를 끌어안고……."

어처구니없었지만, 왠지 그 말이 진심처럼 느껴지는 건 또 무슨 조화 속인지 모를 일이었다. 그녀는 그런 말을 진심일지도 모른다고 생각하는 자신이 더 기괴했다. 그는 불쌍하고 외로운 사람이다. 그에 대한 정의는 이미 그렇게 정해진 것이었다. 그런데 요즘 따라 왜 자꾸만 마음이 혼란스러운지 모를 일이었다.

그녀는 급히 마음의 도리질을 쳤다. 그리고 자꾸만 흔들리는 자신의 마음을 억제했다. 그가 아무리 진심으로 사랑한다 쳐도 그럴 수 없는 남자다. 어느 것 하나 정확하게 맞아떨어지는 게 없는 남자다. 와일드 독처럼 먹이의 목덜미를 물기 위하여 기회만 엿보는 김경복과 전혀 다를 바 없는 남자다. 단 한 번도 그런 남자를 사랑하리라는 생각, 가져 본 적 없었다. 게다가 그는 이 땅을 호시탐탐 노리고 있는 남자가 아닌가. 언제고 한 번은 크게 맞부딪쳐야 할 적! 그는 방대한인 것을.

제8장

또다시 며칠이 흘렀다. 여느 날과 다를 바 없이 병실에 갔더니 대한이 퇴원을 하겠다고 고집을 부렸다. 도저히 지루하고 갑갑하여 있을 수가 없다 했다. 수은도 다른 사람 말은 듣지도 않고 막무가내로 나오는 대한을 설득하다 끝내 두 손을 들고 말았다. 의사에게 의논했더니 깊은 내상이 아니어서 위험할 지경은 아니니 통원 치료 쪽으로 바꿔주겠다며 호의적으로 나왔다. 만약 의사가 강력하게 반대를 하고 나왔더라면 수은도 대한의 말을 끝내 들어주지 않았을 것이다. 하지만 식당도 바쁜 터에 매일같이 병원으로 출타하기도 만만치 않아서 그녀도 그의 결정을 받아들였다.

그날 오후에 송근우와 평산이 대한을 '백궁' 으로 데려왔다. 수은이 부축하여 대한을 안방으로 데려가는 것을 구경하고 있던 직원들이 웅성거렸다. 그사이로 류민자의 불퉁한 목소리가 들려왔다.

"아주 유세를 떠는구먼. 상전도 저런 상전이 없다. 그냥 병원에 자빠져 있지, 누구 고생시키려고 집으로 와, 오길."

"그러게 말이야! 우리 언니만 더 힘들게 생겼네. 병원에 있을 때도 오라 가라 귀찮게 하더니."

"대체 저 인간이 뭐기에 우리 사장님이 저렇게 꼼짝을 못하는 거야? 새롬이 넌 들은 소리 없어?"

"있으면 벌써 얘기했지."

새롬은 속이 상해 눈이 새치름해졌고, 그 옆에 서 있던 규성도 무거운 표정으로 일관했다.

대한을 방 안에 눕혀놓고, '백궁'을 한 바퀴 돌아보려 수은은 식당으로 나왔다. 마침 한쪽 구석에서 혼자 저녁을 먹고 있는 추민태를 발견하고 수은이 다가갔다.

"선생님."

"오! 안 그래도 기다리던 참이었어요."

"하실 말씀이라도……?"

"강도 들었다면서?"

결국 그 얘기다. 하지만 수은은 평범한 어조로 대답했다.

"예."

"큰일날 뻔했군 그래. 어디 다친 데는 없고?"

"전 괜찮아요."

"듣자 하니 그 방대한이란 자가 크게 다쳤다던데. 윤 사장님까지 병원에 쫓아다닌다 하기에 얼마나 다쳤나 궁금하던 참이었어.
그래, 상태는 좀 어때요?"

"오늘 퇴원했어요."

"그렇게 빨리? 크게 다친 건 아니었던 모양이로군."

"예."

"자업자득이야. 그러게 칼로 흥한 사람은 칼로 망한다 했거늘.
쯧쯧."

비난하는 소리에 수은이 슬쩍 말을 돌렸다.

"이 사장님과 그 외의 분들은 좀 어떠세요?"

"다 그만그만해. 그날 이후로 더 이상 입원하는 단골들이 없는
걸 보면 내 생각이 주효했어. 어때요? 방대한 짓이 맞죠?"

수은이 얼굴을 붉히며 말했다.

"여러모로 뵐 낯이 없습니다, 선생님."

"정확히 무슨 일인지는 모르겠지만, 도움이 필요하면 언제든지
연락해요. 내 윤 사장님 일이라면 얼마든지 도와줄 테니."

"고맙습니다. 저희 집에 강도 들었다는 얘기, 다른 데서는 말아
주세요."

"무슨 말인지 알아요. 그런 일이라면 걱정 말아요. 백궁을 시기
하는 무리들 외에는 다 알아서 쉬쉬하고 있으니까. 모두들 윤 사
장님이 무사해서 안도하고 있는걸."

수은은 거기에서 그치지 않고, 식당 전체를 돌며 안부를 묻는
손님들에게 일일이 인사하고, 강도 사건에 대해 크게 소문이 나가
지 않도록 당부하며 서비스로 떡까지 돌렸다.

　그렇게 오후 시간을 훌쩍 보내고 안방으로 돌아왔을 때, 대한은 곤히 잠들어 있었다. 그러나 정작 열이 오르기 시작한 건 한밤중이었다. 식은땀을 흘리고, 숨도 가빠져서 수은은 물수건만으로 역부족이라는 생각을 했다. 역시 무리하게 퇴원을 했던 것이 탈이 난 모양이다. 그녀가 걱정스러운 마음에 물었다.

　"많이 아파요? 다시 병원 갈까요?"

　대한은 힘겹게 숨을 토해내며 대답했다.

　"싫어."

　"아무래도 상태가……."

　"오늘밤만 지나면 괜찮아질 테니 염려 마. 이렇게 한 번 땀 쭉 빼고 나면 거뜬해져. 지금 낫느라 그래."

　단순한 감기 몸살도 아니고 그리 억지를 부리는 통에 수은도 꼼짝없이 그의 곁을 지켰다. 밤새 끙끙 앓는 그를 두고 태평하게 잠을 잘 수는 없는 노릇이었다. 자신 때문에 엉뚱한 사람이 화를 입은 꼴이니 이 또한 당연히 감내해야 할 몫이라 여겼다. 그래서 수은은 자기 몸이 극도로 쇠약해져 있다는 사실을 미처 깨닫지 못했다. 큰 고통을 보고 있어 작은 고통은 느끼지 못하듯이 말이다.

　새벽녘에 대한이 오랜 열병을 떨치고 눈을 떴을 때; 수은은 두 무릎을 끌어안고 앉은 자세로 자고 있었다. 단정하게 빗겨져 있던 머리도 볼과 이마로 흘러내려 얼굴을 반쯤 덮은 채였다. 그렇게 불편한 자세로 자고 있는 그녀를 보자 대한도 가슴이 뭉클했다. 잠도 못 자고 간호했을 것이 뻔했기에.

　대한이 가만히 그녀의 손을 잡았다. 그 바람에 수은이 화들짝 놀라 잠에서 깨어났다.

"아파요?"

비몽사몽 간에도 그녀는 그것부터 묻고 있었다. 대한이 애틋한 마음이 들어 그녀를 물끄러미 바라보았다. 눈빛이 어색하고 부담스러워 그녀는 급히 탁상시계로 시선을 돌렸다. 다섯 시 삼십 분. 삼십 분 후면 일어나야 할 시간이었다.

"쌀 앉히고 올게요."

대한은 일어나려는 수은의 손을 끌어당겼다. 수은이 바닥에 거의 드러누울 형편에 이르러 그가 말했다.

"오 분만…… 오 분만 누워 있어."

"하지만……."

"말 들어. 잠깐이라도 누웠다 가."

수은도 눕고 싶은 마음이 간절하던 차여서 이번만큼은 그의 말을 들었다. 따끈따끈한 구들장에 몸을 붙이니 온몸이 자글자글 끓는 것처럼 아렸다. 대한이 계속 손을 놓지 않고 있어 수은이 말했다.

"안 갈 테니 이 손 놓아주세요."

손을 놓고 대한은 손끝으로 그녀의 얼굴을 몇 번 쓰다듬어 주었다. 그리고 이불도 어깨까지 덮어주었다. 모처럼 친근감있고 다정한 배려에 수은도 마음 놓고 스르르 눈을 감았다. 피로에 절을 대로 절은 몸은 금세 꿈나라로 순간이동 하듯 빠져들었다.

그렇게 내리 잔 것이 깨어났을 때는 어처구니없게도 아홉 시를 훨씬 넘어서 있었다. 깜짝 놀라 일어났더니 대한은 자리에 없었다. 마루로 나왔을 때, 뒤뜰로 난 문에서 담배꽁초를 손에 들고 대한이 들어왔다. 그는 황망히 서 있는 수은에게 싱긋 웃으며 말을 건넸다.

"일어났어?"

"어떻게 된 거예요? 왜 깨우지 않았어요?"

"곤히 자길래 직원들에게 얘기해 뒀어, 좀 늦게 나올 거라고."

"맙소사!"

단 한 번도 늦잠을 자거나 직원들보다 늦게 나가본 적이 없었던 수은으로서는 참으로 면구한 일이 아닐 수 없었다. 그녀는 서둘러 밖으로 나가 세수부터 하고, 옷을 갈아입느라 분주했다. 부엌으로 들어서자 류민자가 제일 먼저 알은척을 해왔다.

"아이고, 우리 사장님 힘들긴 힘들었나 보다."

"죄송해요."

"그럴 거 없어요, 사장님. 이가 없으면 잇몸으로, 알죠? 우리 잇몸들끼리 열심히 하고 있어요. 그나저나 너무 피곤해 보여요. 들어가 더 쉬다 나와요."

"아니에요."

그때였다, 수은이 조리대 쪽으로 몸을 돌리다 비틀한 것은.

류민자가 소스라쳐 외쳤다.

"에구머니! 사장님, 괜찮으세요? 이것 보라지. 내 이럴 줄 알았다니까."

수은이 눈앞이 빙글빙글 돌아 한 손으로 조리대를 붙들고 또 한 손으로는 이마를 짚고서 꼼짝없이 서 있기만 했다. 그래도 어지럼

증은 쉬이 가시질 않았다. 눈은 빠질 듯 아프고 머리는 쇳덩이가 들어앉은 듯 천근만근으로 무거웠다.

"왜 그래요, 수은 씨?"

다가와 걱정스레 묻는 규성에게 류민자가 말했다.

"그렇게 무리하니 한 줌도 안 되는 몸이 견뎌내겠어. 규성이 총각, 사장님 어서 방으로 모시고 들어가."

"괜찮아요."

"안 돼요! 이러다 진짜 큰일나겠어요."

규성이 억지로 그녀를 부축해 부엌을 나갔다. 수은도 눈을 뜰 수 없을 정도로 현기증이 일자 더 버티기는 어렵다는 판단을 내리고 방으로 들어갔다.

보료에 앉아 있던 대한이 규성에게 부축까지 당하여 들어오는 그녀를 보고 놀라 물었다.

"왜 그래?"

규성은 쳐다보지도 않고 대꾸했다.

"몸이 완전히 녹초났어요."

"건넌방으로 가요, 여긴……."

가까스로 말을 흘리는 수은에게 대한은 아픈 몸을 일으키며 자리를 양보했다.

"아냐, 여기 누워. 내가 건넌방으로 가면 돼."

"아니에요. 그냥 누워 계세요."

대한이 억지로 그녀를 눕혔기 때문에 수은도 마지못해 응했다. 그녀는 몸 자체가 혼을 두고 깊은 나락으로 하염없이 떨어지는 것 같은 기분이 들었다. 끝이 없는 수렁으로 빠져들어 가면서도 비명조차 내지르지 못할 만큼 기운이 없었다. 그냥 이대로 잠들고 싶다는 생각밖에 들지 않았다. 그리고 얼마 못 가 소망대로 깊은 잠에 빠져 버렸다. 이따금 잠결일지 모를 손길을 느끼고 눈을 떠보면, 어렴풋이 사람 형체는 보이는데 정확히 누구의 얼굴인지는 알수 없었다. 그 손길이 한량없이 따스하고 친근감있게만 느껴질뿐.

한나절이 지났을 때에야 수은은 잠을 떨치고 일어났다. 벌써 해가 어둑해져 오는 시간이었다. 잠이 약이었던지 머리가 한결 맑아졌다. 문득 대한이 혼자 어쩌고 있을까 걱정이 되어 그녀는 머리와 옷매무새부터 가다듬고는 건넌방으로 가보았다. 대한은 그나마 눕지도 않고 베개를 허리에 고인 채 앉아 있었다. 그녀가 들어서자 대한이 다정히 물었다.

"괜찮아?"

"예. 왜 앉아 있어요? 식사는요?"

"아직."

수은의 이마가 살포시 구겨졌다.

"아직이라니요? 점심이요, 저녁이요?"

"종일."

"예? 그럼 아침부터 지금까지 아무것도 못 먹었던 말인가요?"

"응."

수은이 단숨에 자리를 박차고 일어났다.

"수은아."

대한의 부름을 뒤로하고, 그녀는 부리나케 방을 나갔다. 그리고 곧장 부엌으로 향했다.

부엌은 저녁 손님들로 한창 바쁜 시간이었다. 모두들 자기 일을 하느라 수은이 들어온 것도 모르고 있었다. 수은이 주먹을 쥐고 문을 두어 번 쾅쾅 두드렸다. 하던 일손을 모두 멈추고 주목하기를 기다려 그녀가 소리쳤다.

"모두 마당에 모이세요! 당장!"

화가 잔뜩 실린 명령에 하나같이 어리둥절한 표정이었다. 좀체 볼 수 없던 모습이라 더욱 그러했을지도 모를 일이었다.

모두들 마당에 집결해 섰을 때, 수은은 평소 인자하고 곱던 인상은 온데간데없이 충혈된 눈을 부릅뜨고 직원들을 하나하나 훑었다. 그렇게 쳐다보는 것만으로도 권위감이 느껴져 직원들은 가슴을 조이며 서로 눈치만 보았다. 이리 단체로 야단맞을 일이 무얼까 상당히 고민하는 눈치들이었다. 그중에는 규성도 끼어 있었다.

"어찌 이럴 수 있어요? 내 여러분들을 믿고 편히 쉬었건만, 누구 하나 저 대신 환자를 돌보는 사람이 없다니요. 바깥채 직원들이야 이 안채 사정까지 알 길 없으니 그렇다 쳐도, 뻔히 환자가 있고 제 사정을 아는 터에 이리 무심할 수가 있는 거예요?"

그제야 직원들이 어깨를 움츠리며 목이 자라목처럼 기어들어갔다. 수은의 호통은 계속되었다.

"전쟁터에 나가 부상을 입은 환자가 발생한다 하여도 아군, 적

군을 가리지 않고 고쳐 주는 게 인도적인 행동이에요. 걸식자들을 위해 무료 급식을 해주는 일 또한 같은 이치의 선행이었어요. 더구나 제 목숨을 구해준 분한테 이런 대접을 하다니요! 그게 절 무시하는 게 아니고 뭐예요!"

맨 앞에 서 있던 류민자가 황급히 앞으로 나섰다.

"아이고, 사장님, 저희가 사장님을 무시하다니요! 당치도 않습니다. 오늘 더군다나 무료 급식까지 있는 날이라 너무 바빠서 미처 생각을 못했던 것뿐인데……."

"일부러 그런 건 아니고요?"

"이, 일부러라니…… 절대 아니에요! 하늘에 맹세코, 제 이름과 이 백궁을 걸고 맹세해요. 그럼요! 다 제 불찰이에요. 제가 알아서 챙겼어야 했는데, 정말 잘못했어요. 몸도 안 좋은데 노여움을 푸세요, 사장님."

그 옆에 섰던 새롬이도 기어들어 가는 목소리로 어머니인 류민자를 거들었다.

"언니, 미안해요. 그건 제가 마땅히 챙겼어야 하는 일인데……."

그래도 수은은 쉬이 화가 가라앉지를 않는 듯 치받치는 숨을 겨우겨우 삼키고 있었다. 모든 직원들이 그 앞에서 머리를 조아리며 쩔쩔매고 있자 보다 못한 규성이 나섰다.

"그만 하죠, 모두들 이렇게 사죄하는데."

"규성 씨는 나서지 말아요!"

수은이 따끔하게 일침을 놓고 모두를 향해 말을 이었다.

“누구든 제 집 안에 들어온 이상, 끼니를 거르는 일은 없어야 해요. 밥집에서 끼니를 거른다는 것이 말이나 돼요? 게다가 방대한 씨는 제게 특별한 손님인걸요. 그가 여러분들에게 무례하게 군다 해서 맞대응할 생각이라면 당장 옷 벗으세요! 전 손님이 무례한 건 참아도 직원들이 무례하게 구는 것은 봐줄 수가 없어요. 아시겠어요?”

“……”

수은은 무섭게 좌중을 훑고는 류민자에게 명했다.

“조리사님은 다른 거 다 접어두고, 지금 당장 환자가 먹을 수 있도록 음식 준비하세요.”

“예, 사장님.”

“제 말 명심하고, 모두들 돌아가 일하세요!”

그 말을 끝으로 수은은 치맛자락을 휘날리며 돌아서서 마루로 올라가 버렸다.

직원들은 수은의 서슬에 혀를 내두르고는 하나둘 부엌으로 돌아갔다. 부엌으로 들어오며 류민자가 고개를 설레설레 내저었다.

“우리 사장님이 왜 저러신대? 저렇게 화내는 거 처음 보네. 아이구야!”

새롬이 툴툴거렸다.

“아유, 그깟 깡패 아저씨 밥 좀 안 줬기로 죄다 불러 모아 야단까지 칠 건 또 뭐 있담.”

새롬의 그 말에는 류민자도 거슬렸던지 대번에 나무랐다.

“이런 싹수없는 계집애! 사장님 말씀 하나 그른 것 없어. 생각

자체가 우리랑은 차원이 다른 분이다 그 말이지. 이렇게 큰 식당
을 이끌어가기가 아무나 할 수 있는 건 줄 알아? 우리 사장님, 참
대단하신 분이야. 저 어린 나이에, 저 작은 몸으로, 저 꼿꼿한 성
품. 어디 하나 흠잡을 데가 있나. 진짜 좋은 배필만 있으면 시집이
나 보내 드렸으면 딱 좋겠다니까.”

그러다 류민자는 팔꿈치로 규성의 팔을 툭 치며 넌지시 운을 띄
웠다.

“규성이 총각, 총각은 어때? 우리 사장님하고 잘해볼 생각 없
어? 보아하니 아주 가깝게 지내는 것 같던데.”

규성도 그러고 싶은 마음이 다분했으니 절로 입가에 미소가 번
져 나왔다. 그런데 새롬은 괜스레 심통을 부렸다.

“엄마는! 난 안 보여?”

류민자가 황당한 얼굴로 물었다.

“너도 규성이 총각 좋아했더냐? 아이고, 참. 이거 어느 쪽을 밀
어줘야 하나 그래? 사장님을 밀자니 딸내미가 울게 생겼고, 딸내
미를 밀자니 사장님이 걸리고. 어째야쓰까?”

규성이 그 방책을 내렸다.

“뭘 어째요? 그거야 제 맘에 맡기면 되죠.”

“그렇지! 떡 줄 놈은 생각도 않는데 우리끼리 김칫국 마셨네그
랴. 미안해, 규성이 총각.”

줏대없이 왔다 갔다 하는 류민자를 보고 새롬이 입술을 비틀었
다.

“엄마! 아무리 그렇더라도 딸이 우선이지.”

하지만 류민자는 새롬의 말은 새겨듣지도 않고 딴소리였다.

"에구, 내 정신 좀 봐. 우리 사장님 또 날벼락 떨어지기 전에 얼른 환자식 만들어야 할 텐데 이러고 있네."

류민자가 서둘러 조리대로 자리를 옮겼다. 새롬은 입이 더 불퉁해져서 구시렁댔다.

"도대체 누가 친딸인지 모르겠어. 어쩔 때 보면 수은 언니한테 엄마를 빼앗긴 기분까지 든다니까!"

새롬의 기분을 모르는 바 아니었지만, 규성은 수은의 엄격한 지도력에 속으로 감탄하고 있는 중이었다. 어떻게 그리 딱딱 부러지게 자신의 소신을 밝히던지. 하지만 '규성 씨는 나서지 말아요!' 하며 냉정히 타이르던 목소리에는 약간의 서운함이 들었다. 정식 직원이 아니기에 얼마든지 그럴 수 있겠다지만, 당연하게 받아들일 말 역시 그녀의 입에서 나온 것이기에 아프고 쓰라렸다.

특별한 손님. 그 말 역시 정확하다 할지라도 가슴에 비수를 꽂듯 섬뜩해지는 건 어쩔 수 없었다. 규성이 알고 있는 방대한은 수은에게 특별한 손님이기 이전에 적이어야 맞다. 물론 직원들 앞에서는 특별한 손님이라고밖에 표현할 길이 없었겠지만, 어째서 그 말속에 함축된 의미가 적이 아니라 말 그대로 이해가 되었을까. 그럴 리 없다 하면서도 규성은 수은이 과하게 대한을 감싸고도는 것이 못내 불안하기만 했다.

마당에서 난 소리가 안까지 들려 대한도 그녀가 직원들에게 한 말을 본의 아니게 듣고 말았다. 다시 방으로 들어와 앉는 그녀에게 대한이 물었다.

"왜 그랬어?"

질문의 의도를 알고 수은이 딱 부러지게 대답했다.

"방대한 씨를 위해서가 아니에요."

대한이 실망의 빛을 띠고 재차 물었다.

"그럼?"

"직원들 기강 때문이었어요. 그러니 괜한 오해는 말아주세요."

대한은 잇새를 '쯔읍' 빨고는 씁쓸한 표정을 지었다.

"안방으로 가요. 여기 있으면 규성 씨가 불편해해요."

대한은 그녀의 말대로 안방으로 옮겨갔다. 수은은 그가 앉기 편하도록 베개 몇 개를 꺼내어 등받이 쿠션처럼 만들어주었다. 불편하지 않도록 꼼꼼히 챙기는 그녀를 보고 대한의 마음도 흐뭇했다. 적이든 특별한 손님이든 그녀의 호의와 선행은 충분히 감동받을 만한 것이었으므로.

잠시 후에 새롬이 상을 들여왔다. 간단한 상차림이었으나 환자식으로 준비한 거라 씹기 편하고 소화가 쉬운 음식들 일색이었다.

새롬이 나간 뒤, 수은은 먼저 죽이 담긴 그릇을 들어 한술 떴다. 입 끝으로 후후 불어 식힌 다음, 벽에 기대어 앉은 대한에게 먹여주며 그녀가 덧붙였다.

"전복죽이에요. 뜨거우면 말씀하세요."

"응."

대한은 전복죽을 받아먹으며 눈빛이 게슴츠레해졌다. 호호 부는 그 입술에 입을 맞추고픈 마음이 또 불쑥 솟았기 때문이다. 낮에 그녀가 곤히 자는 모습을 지켜보면서 그런 유혹이 없지 않았다. 하지만 그냥 자는 것도 아니요, 아파서 자고 있는 사람에게 그럴 수는 없었다. 자신이 생각해도 이토록 긴 인내를 필요로 한 적은 없었던 것 같다. 그렇게 잘 참았건만 지금은 손도, 가슴도 살살 간지러워 오는 게 거의 미칠 지경이었다. 괜한 수작을 넣다가는 또 죽사발만 안겨주고 나가 버릴지도 모를 일이다. 그것이 무서워서 그는 말도 못하고 가슴만 태웠다.

"엉뚱한 생각일랑 마세요."

수은이 수저로 죽을 뜨며 그렇게 말했기에 대한은 속으로 뜨끔했다. 어떻게 알았지? 눈도 약간 커졌다. 다시 한 번 죽을 먹여주려다 말고 수은은 그를 나무라듯 빤히 쳐다보았다. 내가 네 속을 모를 줄 알고? 그런 눈빛이었다. 대한은 심통맞은 표정을 지으며 대꾸했다.

"젠장. 이제 아주 도가 텄군."

수은은 여전히 무표정하게 죽을 떠먹여 주며 오금을 박았다.

"그러니 제 앞에서 엉뚱한 짓 할 생각 자체를 버리세요."

대한이 신경질을 벌컥 냈다.

"아, 생각도 못해?"

"아무리 그렇다 해도 그 대상에게는 싫을 수 있어요. 그리고 그런 엉큼한 생각 하려거든 앞으로 시중은 딴사람에게 하라고 시킬 테예요."

"……"

걸핏하면 협박이다. 대한은 어째 주객이 전도된 기분이 들었다.

그가 찜찜하면서도 불평, 불만이 가득한 얼굴로 쳐다보고만 있자 수은이 냉정하게 물었다.

"다른 사람 오라 그럴까요?"

"그래! 딴사람 보내!"

수은이 냉큼 죽사발을 내려놓고 일어서려 하자, 대한이 잽싸게 치맛자락을 부여잡았다. 수은이 곁눈으로 차갑게 보고 있노라니 그는 무척 애달픈 얼굴로 바라보고 있었다.

"알았어. 방금 한 말 취소."

그 모습이 전혀 어울리지도 않게 어머니 치맛자락 부여잡고 투정하는 어린애 같아 수은은 자기도 모르게 웃음이 터져 나왔다. 하지만 억지로 웃음을 감추고 그녀는 밥투정하는 어린애를 따끔하게 야단치듯 말했다.

"그럼 앞으로 제게 엉뚱한 소리, 엉큼한 짓 안 하겠다고 약속하세요."

그녀의 으름장에 대한이 볼멘소리를 흘렸다.

"빌어먹을……."

"뭐라고요? 안 들려요. 크게 말하세요."

"알았다고……."

대답은 했으나 소리로는 크게 다를 바가 없어 수은이 그의 팔을 쌀쌀맞게 떨쳐 냈다. 그때서야 그의 입에서 큰 소리가 튀어나왔다.

"알았어, 알았다고!"

수은은 못 미더운 듯 다시 한 번 말을 새겼다.

"정말 약속하는 거예요."

"나 지금 되게 아프거든. 그러니까 그만 괴롭혀."

수은이 피식 웃었다. 지금 괴롭히는 게 누군데.

"약속하는 겁니다!"

눈을 동그랗게 뜨고 윽박지르는 통에 대한은 눈을 질끈 내리감고 말았다. 그리고는 한숨을 크게 내쉬고는 가까스로 대꾸했다.

"차라리 날 죽여라."

"규성 씨, 안에 있어요?"

규성이 방문을 열었을 때, 문 앞에는 수은이 작은 차상을 들고 서 있었다. 그는 보던 책을 바닥에 내려놓고 차상을 받아 들며 말했다.

"어서 와요. 아무 소리 없기에 오늘도 그냥 자려나 했는데……."

그의 말속에 서운함이 담겨 있는 듯해서 수은은 배시시 미소를 머금었다. 차상을 중간에 두고 아랫목에 마주 앉은 두 사람은 오랜만에 함께한 자리가 훈훈하기만 했다. 커피에 뜨거운 물을 부어 저어주며 수은이 저녁때 있었던 일을 꺼내었다.

"아까는 미안했어요. 많이 섭섭했죠?"

규성이 커피를 들다가 빙긋 웃었다. 하지만 그는 거짓으로 대답하지 않고 솔직해지기로 했다. 그 편이 더 그녀와의 사이를 돈독하게 이어줄 거라 믿었기 때문이다.

"조금. 하지만 제가 잘못한 게 맞아요. 제가 끼어들 자리가 아니었어요."

"그렇게 이해해 주니 고마워요. 앞으로도 그래 줬으면 좋겠군요."

앞으로도. 그 말이 되레 서운하게 다가오는 규성이다. 그녀와의 사이에 보이지 않는 벽이 느껴져서. 그는 대답없이 고개만 끄덕였다. 차분히 녹차를 마시고 있는 그녀를 바라보다가 규성이 어렵사리 입을 열었다.

"저 사람 언제까지 저렇게 둘 거죠?"

그녀의 맑은 눈동자가 규성을 향했다. 그녀의 눈동자 속에 수많은 생각이 얽혀 있다고 느낀 것은 비단 규성만의 착각이었을까. 그녀는 조용히 찻잔을 입에서 떼고 대답했다.

"말했잖아요, 백 일이라고. 규성 씨가 걱정하는 게 무언지 알아요. 하지만 방대한 씨와 저, 규성 씨도 알다시피 적인걸요."

"알기 때문에 더 걱정돼서 하는 소리예요."

규성은 짐짓 심각해지는데, 수은은 예쁘게 미소 지으며 그를 안심시켰다.

"걱정 말아요. 제가 저 사람을 극진히 대접하는 거, 다 그만한 이유가 있어 그래요."

"이유? 무슨 이유요?"

"모두들 지나치다 생각하는 거 알아요. 그런데 그렇게 하지 않으면 안 될 사람이에요. 제가 언젠가 말했지요? 외로운 손님이라

고. 그의 마음을 돌이키는 방법은 이것뿐인걸요. 그를 외롭지 않
게 하는 것.”

규성은 그녀의 말뜻을 정확히 이해하기 어려웠다. 그리고 불안
했다. 세상에 사람 마음만큼 알 수 없는 게 없다 했으니, 어쩌면
그녀 역시 방대한에게 마음을 빼앗기고 있는 것은 아닐까 우려를
갖지 않을 수 없었다. 외로운 사람에게 외로움에서 벗어나게 해주
는 일. 그게 사랑이라는 감정이라면 그야말로 큰일이니까.

규성은 노파심에 다시 한 번 물었다.

“정말 염려 안 해도 되는 거죠?”

수은은 눈가에 웃음을 잔뜩 묻히고 대답했다.

“왜요? 제가 저 사람하고 사랑이라도 빠질까 봐요?”

“……”

규성이 말이 없어 수은은 소리 내어 웃고는 말을 이었다.

“저도 여자예요. 솔직히 저렇게 속 썩이는 남자는 너무 힘들어
서 싫군요.”

규성은 반색하여 물었다.

“정말요?”

“전 제가 존경할 만한 사람이 좋아요. 저와 생각도, 이상도, 성
격도 잘 맞고, 무엇보다 제 일을 적극 도와줄 수 있는 사람. 제 힘
이 되어줄 수 있는 사람 말이에요.”

“그렇군요.”

“욕심이 너무 과한가요?”

“절대 그렇지 않아요. 그보다 더한 조건들을 내세우는 사람들

도 많은데요 뭐. 그런 거에 비하면 오히려 너무 소박하다고도 볼 수 있죠."

"그런데 지나치게 이상적이라 현실감이 없다는 데 문제가 있는 거지요."

규성이 더욱 진지해져 자신의 마음을 내비쳤다.

"그거…… 제가 수은 씨의 현실이 되어주면 안 될까요?"

수은은 찻잔을 손에 준 채 멀거니 그를 바라보았다. 저리 진지한 얼굴로 봐서 농담은 아닐진대, 지난번 부엌에서 입맞춤을 하던 때가 떠올라 그녀는 덩달아 심각해졌다. 그때도 술기운이나 분위기 때문이 아닌 그의 진심을 헤아릴 수 있었다. 수은은 퍼뜩 그런 생각도 가늠해 보았다. 이 남자라면 얼마든지 가능할지도 모른다고. 독립군 후손이라는 점도 마음에 들고, 따뜻하고 배려 깊은 성품도 좋고, 무엇보다 한 길을 가기에는 이보다 적합한 남자는 없겠다 싶었다.

그러나 입맞춤을 할 때도 느꼈던 거지만, 가슴의 작은 두근거림조차 없이 무슨 사랑을 할 수 있을까. 그는 그저 친구로서가 가장 적합한 사람일 것 같다. 그것이 수은이 내린 마음의 결정이었다. 그녀는 마침내 엷게 미소 지으며 자신의 마음을 전달했다.

"지금 당장 대답할 수 있는 문제는 아닌 것 같군요. 사랑에도 종류나 그 형태가 많아서 굳이 골라야 한다면 규성 씨는 제게 친구라는 말이 가장 먼저 떠오르거든요."

"친구가 애인이 되는 경우도 많아요."

"후후. 그렇긴 하지요."

"그럼 저도 가능성있는 거죠?"

"대답하기 무서워지는군요. 만약 그렇다고 대답했다가 총각 귀신 만드는 거면 어째요?"

"하하. 전 절대 혼자는 안 살 거니까 걱정 말아요."

"그나마 다행이군요. 제가 퇴짜 놓아도 다른 여자와 결혼은 할 거란 소리니까."

"아뇨. 무슨 일이 있어도 수은 씨와 결혼하겠다는 뜻이에요. 다른 여자는 무슨……."

"그렇게 자신있어요?"

"예."

한 치의 주저함도 없이 대답하는 그를 보고 수은은 눈이 동그래졌다. 규성은 그녀의 대답을 듣기라도 한 듯 짐짓 자신만만해했다. 사랑하는 사람 앞에서 눈을 샛별같이 빛내는 이는 행복하리라고 그때 규성을 보며 수은은 생각했다. 하지만 꼭 빛나는 것만이 별은 아니다. 암흑의 혹성처럼 빛을 발하지 못하는 별도 있다. 이를테면 방대한 같은 남자 말이다. 그는 소유욕이 많은 사람이어서 실은 그 사랑이 진짜인지 아닌지도 헷갈렸다. 수은은 새삼 그가 불쌍한 사람이라는 생각이 들었다. 적어도 그가 하고 있는 사랑이 별이라면, 단 한 번의 강렬한 빛이라도 발해야 옳을 것을…….

일요일이었던 다음날은 새벽부터 비가 내리기 시작하더니 종일이었다. 쉽게 그칠 비가 아니어서 수은은 잠시 대청마루에 나와 앉아 바깥을 내다보았다. 처마 끝으로 떨어져 내리는 빗방울을 가

만 보고 있던 그녀의 눈시울이 붉게 젖어들었다. 어릴 적 마당에
서 뛰어놀던 자신의 모습이 떠올라서다. 부엌에서 수도 없이 내가
고 들여가던 상들. 그리 바쁜 와중에 놀다가 누군가와 부딪혀 상
과 함께 나뒹굴라치면, 어느 틈인가 달려와 일으켜 세워주던 어머
니. 할머니는 어린것이 꼭 바쁜데 마당에서 논다고 호통을 쳤었
지.

　넘어진 것도 서러운데 할머니까지 고래고래 악을 쓰며 야단을
치면, 그때서야 참았던 울음이 터져 나왔다. 그러면 어머니는 치
맛춤에 숨겨 앞치마로 눈물을 쓱쓱 닦아주며 달래주곤 했다. 물방
개 드나들듯 부엌에 들어갈 때마다 어머니는 무언가를 하나씩 손
에 쥐어주었고, 덕분에 동네에서는 식탐 많은 아이들의 부러움을
한 몸에 살 수 있었다. 그때만 해도 배를 곯는 아이들이 많아 수은
은 자신의 손에 쥔 음식을 기꺼이 나눠 주고는 했었다. 그래서 '백
궁' 앞에는 손님들만 들끓는 것이 아니라 배곯는 동네 아이들의
천국이기도 했다. 지금 그 아이들은 다 어디에 있는지…….

　어릴 적 함께 컸던 아이들은 하나둘 동네를 떠나 수해가 지난
후에 나타나는 경우도 있었다. 그럴 때면 수은은 옛정이 있어 그
들을 동무처럼 반겨 안방까지 들였다. 한 해에 극히 드문 일이기
는 했으나, 그런 날이면 지난날의 회포를 풀며 곡주와 함께 밤을
보내기 일쑤였다. 그나마 이제는 그런 친구들까지 소식이 끊긴 지
오래였다. '백궁'이 그 자리에 건재해 있음에도 쉽게 찾아오지 못
하는 걸 보면, 필시 어려운 곤경에 처해 있을 것 같은 생각이 들기
도 했다. 이렇게 비가 오는 날이면 수은은 그네들 생각에 아스라

한 옛 추억과 함께 그리움이 사무친다.

안방 문이 열리기에 돌아보았더니 대한이 나왔다. 그새 담배 생각이 난 모양이다. 마루 문까지 열어놓고 앉아 있는 수은을 보고 그가 나오다 말을 걸었다.

"왜 그러고 앉아 있어?"

"비가 와서요. 비 구경하고 있어요."

대한이 곁으로 다가와 앉았다. 그리고 바지 주머니에서 담배를 꺼내 입에 물었다. 수은의 미간이 짧게 찌푸려졌다.

"담배 많이 피우는 거 몸에 안 좋아요. 그리고 지금은……."

그가 불을 붙이며 말허리를 잘랐다.

"환자에게 잔소리도 안 좋아."

억지 쓰는 걸 누가 말리랴 싶어 수은이 그만 입을 다무는데, 이번에는 건넌방에서 규성이 나왔다. 아마도 둘이 얘기하는 소리를 듣고서였을 것이다.

"안 추워요? 마루 문이라도 닫고 앉아 있지. 하도 조용해서 나와 있는지도 몰랐네."

"빗소리가 잘 안 들려서……."

말은 그러면서 그녀는 마루 문을 닫았다. 자신이야 괜찮지만 두 남자가 추워할 것이 뻔했으므로. 수은이 쏟아지는 비를 마루 창밖으로 바라보며 혼잣말처럼 말했다.

"이런 날은 부침개를 해먹어야 제격인데……."

그러자 규성이 크게 기지개를 켜다가 맞장구를 쳤다.

"그럴까요?"

“규성 씨는 부침개 그런 거 싫어하지 않았던가요?”

규성이 처음 듣는 소리라는 듯 딴전을 피우며 대답했다.

“누가 그래요? 내가 그런 거 얼마나 좋아하는데.”

수은은 의외라는 눈빛으로 그를 올려다봤다.

“그런가요? 새롬이 말로는 한국 전통 음식은 별로라고 했다던데요.”

“무슨 소리! 이래 뵈도 일전에 수석 조리사님한테 직접 부침개 만드는 것도 전수받은 솜씨라고요.”

“어머, 그래요? 그럼 오늘은 규성 씨 솜씨를 봐야겠군요.”

“좋아요! 오늘 제 실력을 확실히 보여줄게요.”

규성은 자신만만해했다.

서로 주고받는 말을 듣다가 대한이 퉁하게 끼어들었다.

“환자는 밀가루 음식 먹으면 안 돼.”

규성이 그 말을 고깝게 받아쳤다.

“쳇! 누가 주기나 한댔나. 수은 씨하고 저만 먹을 거예요.”

“그럴 수야 없지. 난 입이 아니고 주둥이냐?”

대한이 먼저 일어섰다. 그리고 마루 문을 열더니 앞서 비를 피해 부엌 쪽으로 뛰었다. 규성은 어처구니가 없어 그를 쳐다본 채로 중얼거렸다.

“아무튼 끼는 데 안 끼는 데 구분을 못하냐, 저 인간은.”

빗속을 저리 뛰어도 되려나, 걱정이 되어 수은은 방 안으로 들어가 대한의 가죽 잠바를 들고 나왔다. 꼭 밥 먹을 때만 되면 다 죽어가는 양 당연히 먹여줘야 하는 것처럼 굴더니 아무래도 꾀병

이 아닐까 싶다.

"규성 씨도 뭐 하나 걸치고 나와요. 감기 걸려요."

수은은 규성까지 챙기고 나서야 마루를 내려섰다. 수은이 대한만 챙기다가 자신까지 챙겨주자 규성은 입가에 하나 가득 웃음을 머금고는 방으로 들어가 스웨터를 껴입고 나왔다. 그사이 수은은 비를 피해 처마 끝을 돌아 오른편에 위치한 부엌으로 들어가고 있었다.

"자아, 어떤 부침개를 먹고 싶은가요?"

규성이 앞치마를 두르고 서서 두 사람에게 물었다. 대한과 수은은 잠시 생각에 빠진 듯 눈알을 이리저리 굴렸다. 규성이 의견을 꺼냈다.

"파전은 거의 매일 보니까 그렇고, 김치전 어때요? 김치가 아주 맛있던데."

수은이 대한의 의견도 구했다.

"어때요? 김치전 괜찮겠어요?"

"좋지. 거기다 술 한 잔 하면 아주 딱이겠다!"

수은이 기절할 듯 눈을 흘겼다.

"환자가 술까지는 곤란하지요. 큰일날 소리 마세요."

규성은 김치 냉장고에서 신 김치 한 포기를 꺼내어 속을 가볍게 털어 다진 다음, 볼 안에 넣었다. 닭 가슴살은 다져서 소금 후추로 간을 하고, 부침 가루에 얼음물을 넣어 잘 섞은 후, 거기에 다진 신 김치와 닭 가슴살과 청양 고추를 넣어서 약간 되직하게 반죽했다.

순식간에 만들어진 반죽을 옆에 놓고, 그는 불 위에다 커다란 솥뚜껑을 거꾸로 올렸다. 어느 정도 솥뚜껑이 뜨겁게 달궈지자 기름을 적당히 두르고, 김치전 반죽을 그 위에 둥글넓적한 모양으로 얹었다. 지지직 하고 김치전 익는 소리가 부엌 가득 퍼지는데, 그 냄새 또한 구수하고 향긋해서 지켜보고 있는 대한과 수은은 절로 침이 꼴깍 넘어갔다.

"부치는 건 제가 할게요. 규성 씨는 이제 쉬어요."

"아니에요. 수은 씨는 꼼짝 말고 지켜보기나 해요."

앞으로 나서는 수은을 말리고 규성은 뒤집개를 찾아 불 앞에 섰다. 수은도 그가 하는 대로 맡기고, 뒤로 물러나 앉은뱅이 의자에 주저앉았다. 그리고 또 하나를 대한이 앉도록 놓아주었다. 그 앞에 작은 상이 하나 놓여 있었는데, 규성이 미리 가져다 놓은 곡주 항아리와 술잔 두 개와 김치전을 찍어 먹을 장과 젓가락 세 벌이 있었다.

대한은 조그마한 의자에 엉덩이를 겨우 걸치고 앉아 곡주 항아리 안을 슬쩍 들여다보았다. 보기에도 먹음직스러운 곡주는 그의 가슴에 불을 지르기에 충분했다. 게다가 향긋한 냄새까지 오감을 자극했다. 규성이 잘 부쳐진 김치전 하나를 접시 위에 담아 상 위에 내려놓았다. 처음에는 감자 깎는 것도 어색하더니, 이젠 제법 조리하는 태가 나서 규성을 바라보는 수은의 마음은 뿌듯하기 그지없었다.

"이젠 정말 조리사 수업을 받아도 될 것 같은데요."

수은의 칭찬에 규성이 어깨를 으쓱했다. 그는 항아리에서 술을 퍼 수은의 잔 안에 채워주고 자신의 잔에도 채운 다음 대한에게 보란 듯이 잔을 부딪쳤다. 대한은 젓가락만 입에 물고 부러운 눈초리로 두 사람 목구멍으로 넘어가는 술을 쳐다만 보았다. 꿀꺽꿀꺽 넘어가는 소리까지 맛있어 못 견딜 표정이었다. 한 잔을 남김없이 들이킨 두 사람이 동시에 잔을 내려놓았다. 안주로 방금 익힌 김치전을 죽 찢어 입에 넣으며 규성이 감탄사를 내뱉었다.

"음, 맛있다. 술이랑 같이 먹으니까 진짜 죽인다!"

그 말을 들으니 대한은 술 생각이 더욱 간절해졌다. 고문이 따로 없었다. 그가 입맛을 쩝쩝 다시다가 슬쩍 말을 흘렸다.

"나도 딱 한 잔만 하면 안 될까?"

"안 되죠!"

"안 되죠!"

두 사람이 동시에 대답을 해놓고 까르르 웃어 젖혔다. 그러면서 죽이 잘 맞는다는 뜻으로 서로의 잔에 술을 채워주고 다시 한 번 건배를 하더니 단숨에 들이켰다. 보기 드물게 화기애애한 분위기가 한창 계속되어도 어느 한 사람 어색함을 느끼지 못했다. 아주 오랜 세월 잘 알고 지내던 사람들처럼 농담까지 주고받으며 웃고 마셨다.

그때 수은은 대한에게까지 적이라는 관념은 까마득하게 잊고 있는 듯 보였다. 그녀는 한껏 흥이 나 있었고, 그것은 대한이나 규성도 마찬가지였다. 그렇게 크게 웃고 즐거워하는 그녀를 처음 보았던지라 두 남자는 더 더욱 서로의 경계심을 잃었던 것인지도 모른다.

　대한의 가죽 잠바 안에서 휴대폰이 울린 것은 수은과 규성이 항아리 하나를 거의 비웠을 즈음이었다. 대한은 술은커녕 김치전도 그다지 많이 먹지 못하고, 두 사람을 구경하고 앉아 있다시피 하다가 전화를 받았다. 비록 서로 술잔을 주고받지는 못했더라도 이런 술자리가 정겨워 그 역시 한껏 흥이 올라 있던 참이었다. 그래서 전화를 받는 그의 목소리는 약간 들떠 있었다. 전화를 걸어온 이는 평산이었다.

　[큰 형님, 큰일났습니다!]

　대뜸 터져 나오는 목소리에 대한의 얼굴에서 핏기가 싹 가셨다. 전화 속은 뭔가 때려 부수는 소리와 거친 욕설들로 왁자한 분위기였다. 얼핏 들어도 싸움이 난 것 같은데, 그것이 부하들끼리의 소소한 싸움치고는 상당히 격렬했다.

　"무슨 일이야?"

　[지금 초산 놈들이 사무실로 쳐들어왔는데 말입니다. 근우 형님이 잡혔습니다!]

　송근우가 잡혔다는 말에 대한은 가슴이 싸늘해졌다. 눈알이 급격히 충혈되며 그가 소리를 버럭 질렀다.

　"그 지경이 되도록 다른 놈들은 뭐 했어?"

　[모두 외근 나갔다 오는 길이었습니다. 사무실에 근우 형님이 가장 먼저 도착했는데, 문을 따고 미리 잠입해 있더라고요. 큰 형님 안 모셔오면 근우 형님을 죽이겠다고…….]

　"이런, 쌍!"

평산의 울먹이는 소리를 채 듣지도 않고 전화를 거칠게 끊은 대한이 자리에서 벌떡 일어났다. 갑자기 혈압이 오르니 아물지도 않은 상처 부위가 눅신하게 아파왔다. 그가 일어나다가 호흡을 한 번 가다듬었다. 이미 전화상으로 오가는 심상치 않은 기운을 느낀 터라 수은과 규성은 덩달아 심각해졌다.

"무슨 일이에요? 왜 그러세요?"

수은이 물어도 대한은 얼굴이 시뻘게진 채 이를 악물고 서 있기만 했다. 통증이 오는 것이 틀림없어 수은은 걱정하는 낯빛이 되었다. 대한이 그녀 쪽은 쳐다보지도 않고 몸을 돌렸다. 수은이 벌떡 몸을 일으키며 물었다.

"어디 가세요?"

대한은 멈칫 몸을 세웠다가 뒤도 돌아보지 않고 뛰다시피 부엌을 나갔다.

"방대한 씨! 방대한 씨! 이봐요!"

수은이 뒤쫓아 나가며 불러대도 그는 그대로 빗속을 뛰어갔다. 그 뒤를 쫓아 수은도 대문 밖까지 따라 나가 차에 올라타려는 그의 허리춤을 움켜잡았다.

"이 몸으로 어디 가려고요?"

대한이 하는 수 없이 뒤를 돌아보았다. 그리고 쏟아지는 비를 고스란히 맞고 서서 자신을 붙잡고 있는 수은을 내려다보았다. 거센 빗줄기로 눈도 제대로 뜨지 못하고 그녀는 사정하듯 그렇게 바라보고 있었다. 허리춤에서 그녀의 손을 가만히 떼어내며 대한이 약간의 머뭇거림 끝에 말을 꺼냈다.

"근우가 잡혔어. 날 데려오라나 봐."

"하지만……."

"안 그럼 근우가 죽어."

수은은 안색이 더욱 창백해지며 자기도 모르게 불쑥 말이 튀어
나왔다.

"그럼 당신은요?"

"……."

짧은 몇 초간이었지만, 대한과 수은의 눈빛이 빗속에서 강렬히
엉켰다. 그는 그녀의 볼을 한 번 쓸어주더니 확신을 담아 대답해
주었다.

"난 안 죽어."

수은이 이번에는 그의 앞섶을 붙잡고 불안한 얼굴로 말했다.

"사람 목숨이 자기 마음대로 되는 건가요? 지금 이 몸으로 갔다
가는 정말 큰일날지도 모르잖아요! 차라리 경찰을 불러요. 혼자
가지 말고요."

진심 어린 걱정에 대한이 슬쩍 미소를 비추었다.

"경찰이 중재할 일이 아냐. 내가 아니면 해결될 일이 아니라고.
당신은 이해 못해."

수은은 그의 앞섶을 움켜잡았던 손을 스르르 놓았다. 이해 못한
다는 말이 허탈함으로 되돌아왔다. 잠시잠깐의 평화도 이로써 끝
이런가. 그와는 역시 서로가 이해하지 못할 사이밖에는 안 되는
모양이다.

대한은 수은을 두고 급히 차에 올라탔다. 그리고 시동을 걸자마

자 '백궁' 앞마당을 한 바퀴 돌아 차를 돌렸다. 수은은 빗속에 선 채 멀어져 가는 차를 바라만 보았다. 어느 틈인가 우산을 챙겨 다가온 규성이 수은의 어깨를 감싸 안으며 돌려 세웠다. 수은은 말없이 그를 따라 대문으로 한발한발 향했다. 대문 안으로 들어서기 전, 뒤를 돌아보니 마침 골목 끝으로 사라지는 차가 보였다. 수은의 눈 끝에 맺혀 있던 빗물이 눈물방울처럼 흘러내렸다.

제9장

사무실 건물 밖으로 도망쳐 나와 있던 평산이 대한의 차가 요란한 굉음을 내며 멈춰 서는 것을 보고 달려왔다. 그는 몇몇 부하들과 함께였다. 대한이 차에서 뛰어내리며 물었다.

"어떻게 됐어?"

"근우 형님하고 나머지는 모두 사무실 안에 잡혀 있습니다."

"저쪽은 모두 몇 놈이야?"

"스무 명가량 됩니다."

대한이 신중히 생각에 골몰했다. 그때 뒤늦게 소식을 듣고 달려온 대한의 패거리들이 도착했고, 다섯 대의 차가 일렬로 건물 앞에 멈춰 섰다. 개중에는 이웃 신 구라파의 무리들도 함께였다. 차에서 내려서는 그들을 보고 대한이 미간을 짧게 찌푸리며 옆에 서 있던 평산에게 물었다.

"네가 불렀어?"

"예, 큰 형님. 아무래도 수적으로 불리할 것 같아서……."

그러나 대한은 그리 반가운 낯빛이 아니었다. 그가 평산을 나무라듯 말했다.

"야, 이 자식아. 이만한 일에 도움은 뭐 하러 요청해? 쪽팔리게……."

그의 앞으로 키가 크고 평산보다 배는 되는 거구의 남자가 빗속을 뚫고 코트 자락 휘날리며 건물 안으로 뛰어들어 왔다. 족히 이 미터는 됨직한 키였다. 그것만으로도 중압감이 넘치는 사내를 보고 대한이 이를 드러내며 씩 웃었다. 사내도 따라 히죽 웃고는 굵직한 목소리로 말을 걸었다.

"칼 맞았다더니 살아 있었군 그래."

대한이 머리에 묻은 빗물을 손으로 털털 떨어내며 퉁명스럽게 말을 받았다.

"살았는지 죽었는지 그거 구경 왔수?"

사내가 흐흐 하고 웃음을 흘렸다.

"이런 일이 있음 나부터 불렀어야지. 어때, 상황은?"

"근우가 잡혔수. 다른 녀석들도 마찬가지고."

"병원부터 미리 잡아놔야겠군."

"어느 병원인지 오늘 땡잡았네. 제기랄."

"클클. 그럼 어디 작전이나 짜보자고."

신 구라파의 보스 차재구는 대한과 밑바닥 때부터 호형호제하

는 사이였다. 대한이 고리대금으로 돈을 벌었다면 그는 술장사로
돈을 벌었다. 시내에 그가 운영하는 큰 술집만 해도 다섯 군데였
고, 지방마다 체인점이 있었다. 술 공장까지 가지고 있어 조직 안
에 연계된 술집이라면 거의 그에게 술을 받았다.

또한 이 바닥에서 누가 먼저 성공하나 경쟁의식도 대단해서 어
지간해서는 서로의 도움도 꺼리는 입장이었다. 그러니 대한이 그
가 때맞춰 와준 것이 내심 고마우면서도 겉으로는 떨떠름하게 반
응했던 것도 그런 이유 때문이었다. 대한의 자존심 강한 성격을
잘 아는 터에 차재구는 그의 어깨를 한번 툭 쳐주고는 가죽 장갑
을 낀 손가락 끝으로 부하들을 그러모았다. 일층 건물 안으로 집
결되어 있던 부하들이 벌써부터 살벌한 눈빛이 되어 보스의 명령
을 기다렸다.

"그런데 뭔가 이상하지 않수?"

대한이 비 내리는 바깥을 살피며 차재구에게 은근슬쩍 물었다.

"뭐가?"

"최치호 위에 있는 보스가 장표수라고 들었는데, 소문에 의하
면 아주 교활한 놈이라 했거든."

"그렇지. 최치호 같은 놈이 그 밑에 있다는 것이 아까울 지경이
지. 그런데 왜?"

"형님이 오리라는 것을 예측했을 성싶은데, 근우를 붙잡아놨다
해도 사무실 안에만 죄다 들어가 있는 게 수상해."

"자네 자존심을 아니 내가 안 올 수도 있다 생각했을지 모르
지."

"장표수가 그런 것까지 예상 못했을 리가 없수. 아무래도 뭔가 찜찜해. 덫을 놓고 기다리고 있는 느낌이 들어."

바로 그때였다. 대한의 가죽 잠바에서 휴대폰이 울렸다. 대한은 주머니에서 휴대폰을 꺼내어 번호를 확인해 보다가 사무실 번호이자 비장한 각오로 전화를 받았다.

[나 최치호다.]

"안다, 이 개새끼야!"

[칼 맞아 뒈진 줄 알았더니 용케 살아나셨군. 겨우 이만한 일에 차재구까지 끌어들이다니 간담이 많이 약해지셨어.]

칼 맞았다는 건 또 어찌 알았누? 소문 한번 빠르군. 비아냥거리는 소리에 대한이 잇새로 침을 찍 뱉고는 심드렁하게 대꾸했다.

"내 부하들 한 명이라도 건드리면 이번에는 지난번처럼 안 끝날 테니 그리 알아."

[후후. 과연 그럴 수 있을까? 나도 당하고는 못사는 성질이라서. 혼자 올라와라. 허튼수작 하면 네 오른팔부터 완전히 잘라주겠어.]

으름장과 함께 송근우의 찢어지는 비명 소리가 전파를 타고 흘러나왔다. 무슨 짓을 했을지 알 수 없으나 소리만 들어도 온몸의 털이 쭈뼛 일어설 지경이었다. 대한은 가슴이 뜨거워짐을 느끼고 이를 악물고 억지로 신음을 삼켰다. 전화를 끊는 그의 눈에 핏발이 벌겋게 일어섰다.

"혼자 오라지?"

차재구가 예상한 듯 물었고, 대한이 고개만 끄덕여 대답했다.

"그럼 올라가."

"뭐요?"

아무렇지도 않게 올라가라고 이르는 차재구를 씹어 삼킬 듯 대한이 눈을 부릅떴다.

"혼자 올라오라잖아."

태연히 대꾸하는 차재구에게 대한이 성질을 버럭 냈다.

"아, 진짜! 형님 대체 왜 온 거요? 구경 온 거 맞네!"

차재구가 코트 안주머니에서 시가를 하나 꺼내 물었다. 그 옆에 서 있던 부하가 기다렸다는 듯이 불을 붙였다. 그는 느긋하게 한 모금 빨며 말했다.

"죽기 전에 구해줄 테니 걱정 마. 다친 데만 또 다치지 말고."

"이래서 내가 될 수 있으면 형님을 안 부르는 거요. 재미있어 죽겠지?"

"클클클, 나는 자네에 비하면 평화주의자지. 근우 죽기 전에 빨리 올라가 봐. 더 지체했다가는 자네 부하들만 고달파져."

"젠장. 늦게 오면 알아서 하슈. 병원비, 형님한테 청구할 거요."

대한이 성질을 부리며 툴툴거려도 차재구는 하나도 기분 나쁜 얼굴이 아니었다. 되레 평상시 농지거리를 하는 것처럼 편해 보였다. 대한의 말도 안 되는 으름장에 차재구가 커다란 몸을 들썩이며 웃는 것만 보아도 알 수 있었다. 대한은 계단을 올라가기에 앞서 평산과 다른 부하들에게 일렀다.

"형님 잘 보호해. 그리고 들이닥치는 즉시 근우부터 병원으로 옮겨."

"예, 알겠습니다!"

부하들이 이구동성으로 대답하는 소리를 뒤로한 채 대한은 계단 위를 성큼 뛰어올랐다.

사무실 앞에 다다른 대한은 힘있게 문을 주먹으로 두어 번 내려쳤다. 문이 열리며 안으로 쓱 들어서자, 정면 자신의 책상 위에 삐딱하게 엉덩이만 걸치고 앉아 있는 최치호가 보였다. 부하들은 그 앞으로 꿇어앉은 상태였고, 그 주위로 최치호 패들이 둘러싸고 있었다. 대한의 뒤로 문이 철컥 잠기는 소리가 들렸다.

대한은 우선 부하들 가운데서 근우부터 찾았다. 꿇어앉은 부하들 사이로 바닥에 쓰러져 있는 근우의 맨발이 보였다. 피멍이 든 발을 보자 대한은 또다시 뒷골이 싸늘해졌다. 완전히 기절한 듯 움직임이 없는 것으로 봐서 그의 상태를 미뤄 짐작할 수 있었다. 대한은 마른 입술을 혀로 살짝 축이며 최치호에게 분노의 시선을 가져갔다. 최치호가 손에 든 몽둥이를 가랑이 사이로 넣어 책상을 짚으며 히죽 웃었다. 그 낯짝을 보는 순간, 대한의 얼굴 근육이 눈에 띄게 떨렸다. 그는 주먹을 불끈 거머쥐고 조용히 입을 열었다.

"왔으니 이제 내 부하들은 풀어줘."

"이러니 내가 꼭 인질극 벌이는 놈 같잖아. 용감함이 지나쳐 무식한 방대한, 부하들 앞에서 실력 발휘 좀 하셔야지. 그래야 내가 또 한 수 배울 거 아닌가."

최치호가 빈정거렸고, 대한은 놈의 모가지부터 비틀어주겠노라 속으로 다짐했다.

"그래? 그럼 뭐부터 보여줄까? 네놈 모가지 비트는 거? 그게 내 전문인데, 오늘 네 부하들 앞에서도 본의 아니게 강의까지 하게 생겼네. 이 시팔놈아!"

대한이 유유하게 내뱉는 욕지거리에 최치호의 안면이 일순 얼었다가 스르르 풀렸다. 그의 눈동자가 순간적으로 흠칫 떤 것을 감지했던 대한은 입가로 비릿한 미소를 흘렸다. 두 사람 간에 맹렬한 눈싸움이 벌어진 것도 잠시, 대한이 한 발 뒤편에 서 있던 최치호 부하의 손에서 몽둥이를 단숨에 빼앗아 들었다. 그리고 잠겼던 문부터 열었다.

번개 같은 동작에 모두들 주춤했다. 문을 열자 기다렸다는 듯이 평산과 부하들이 들이닥쳤다. 하지만 어느 틈인가 최치호의 손에는 몽둥이가 아닌 장도(長刀)가 들려 있었다. 바닥에 무릎을 꿇은 자세였던 다른 부하들이 길을 열듯 한쪽으로 비켜났다. 최치호가 들고 있던 장도의 끝은 정확하게 송근우의 목을 향해 있었다.

송근우는 팬티 하나만 달랑 입은 채로 바닥에 널브러져 있었다. 그의 매끈하게 잘 빠졌던 몸은 피멍으로 물들었고, 그 잘생겼던 얼굴도 엉망으로 망가졌다. 눈은 부엉이 눈처럼 튀어나왔으며 여기저기서 흘러나온 피는 검게 말라붙어 있었다. 얼굴이 퉁퉁 부어서 건드리기만 해도 터질 지경이었다.

대한이 한 손을 척 들어 부하들을 저지시켰다. 모두들 긴장감이 흐르는 가운데, 꼼짝 않고 대치하는 상황이 한동안 벌어졌다.

"씹새끼들, 한 발자국만 움직여라. 방대한, 네 눈앞에서 가장 아끼는 부하가 참혹하게 죽는 장면을 보게 해줄 테니."

최치호가 이를 갈며 무섭게 대한을 노려보았다. 최치호의 눈짓에 문 앞을 지키던 놈 하나가 문을 걸어 잠갔다. 그리고 대한의 뒤에 서 있던 부하들을 다른 이들처럼 일렬로 바닥에 꿇어앉혔다. 그 다음 기다리고 있는 것은 대한에게 날아오는 무차별 공격이었다. 야구 방망이와 몽둥이가 사정없이 날아들었다. 퍽퍽 소리를 내며 공기를 가르는 소리가 난타성으로 계속 이어졌다. 칼끝이 여전히 송근우의 목을 겨누고 있었기 때문에 대한은 꼼짝없이 당할 수밖에 없었는데, 최치호는 마치 스포츠를 즐기는 표정으로 실실 웃고 있었다.

보다 못한 부하들이 일어나 덤비려 하면 대한은 맞으면서도 그들을 말렸다.

"가만있어! 움직이지 마, 새끼들아!"

보스가 맞는 것을 눈앞에서 뻔히 보고 있는 터에 하나 같이 이를 악물고 쏟아지는 눈물을 삼켰다. 여기저기서 어지럽게 날아오는 몽둥이세례를 흠씬 얻어맞고 대한이 몇 번이고 그 자리에 한쪽 무릎을 풀썩 꿇었다. 그렇게 다시 일어나기를 몇 번, 이번에 날아온 몽둥이가 그의 옆구리를 사정없이 후려갈겼다. 그 바람에 봉합했던 자리가 터지며 피가 팍 솟구쳤다.

"억!"

짧은 비명과 함께 대한이 손으로 옆구리를 짓누르며 그 자리에 풀썩 쓰러졌다.

"형님!"

평산이 대한 위로 거구의 몸을 날려 보호했다. 그 위로 쏟아지는 뭇매를 마다 않고 대한의 몸을 있는 힘껏 감쌌다. 최치호의 바로 앞에 있던 누군가가 틈을 노리고 있다가 최치호의 다리를 거둬 올리며 그대로 돌진했다. 그 바람에 최치호가 칼을 놓치고 반대편 책상 너머로 나가떨어졌다. 그러자 그때까지만 해도 어쩔 줄 모르고 지켜보고만 있던 대한의 부하들이 한꺼번에 우 일어나 가장 가까이 있는 놈들에게 덤벼들었다. 일대 격돌이 벌어졌고, 평산이 그제야 덮쳤던 몸을 일으키며 대한에게 물었다.

"괜찮으십니까?"

대한이 그의 거구에 깔려 낑낑거리며 대답했다.

"숨 막혀 죽을 뻔했다, 이놈아!"

평산이 얼굴이 벌게져 더듬거렸다.

"죄, 죄송합니다."

대한이 피 묻은 손으로 그의 볼을 툭툭 쳐주며 웃었다. 평산이 그제야 눈물이 글썽해져서 울먹거렸다.

"형님, 사랑합니다!"

덥석 안기는 녀석이 징그러워 대한은 진저리를 쳤다.

"윽! 내가 다 봐줘도 남자 새끼가 안기는 건 못 참는다! 저리 가, 자식아!"

평산의 얼굴을 억지로 밀어내고, 대한이 끙 소리를 내며 일어났다. 옆구리로 슬하게 피는 흘러내리는데, 아픈 것도 잊고 그는 여전히 쓰러져 일어날 줄 모르는 송근우에게로 다가갔다. 손끝을 목에 가져다 대어본 후, 그가 평산에게 일렀다.

"숨이 약하다. 얼른 업고 나가."

“형님은……?”

“난 괜찮아. 그나저나 재구 형님은 어떻게 된 거야? 왜 안 와? 초상 다 치르고 나타날 셈인가?”

평산이 송근우를 들쳐 업고 부하 두 명의 엄호를 받으며 밖으로 나갔고, 서로 엇갈려 차재구의 부하 몇 명이 우르르 뛰어들어 왔다. 그중 한 명이 피를 철철 흘리며 앉아 있는 대한을 보고 그 앞으로 다가와 말했다.

“장표수가 애들을 더 풀었습니다. 밖에 진치고 있다가 들이닥치는 바람에 늦었습니다.”

그럴 줄 알았다. 장표수처럼 영악한 놈이 소수의 인원만 보낼 리 없었다. 대한은 고개를 끄덕이고 자리에서 일어나려다 그만 풀썩 주저앉았다.

“괜찮으십니까?”

부축을 했기에 대한은 손을 들어 괜찮음을 표시했다. 그런 중에 있는 대로 악에 받쳐 있던 대한의 부하들은 최치호 일당을 일망타진하기에 이르렀다. 대한은 바닥에 떨어져 있는 장도를 집어 들고, 이번에는 정반대 상황으로 무릎을 꿇고 있는 최치호의 앞으로 다가갔다. 그가 장도를 천천히 그의 목에 겨누었다.

최치호는 이미 입술이 터져 피가 흐르고 있었지만, 눈빛만큼은 크게 다를 바 없이 대한을 마주 노려보았다. 대한은 칼끝을 목에서 위로 서서히 올렸다. 닿을락 말락 한 거리에서 칼끝은 아슬아슬하게 최치호의 턱을 지나 코를 살짝 건드리며 올라갔고, 정확히 왼쪽 눈에서 멈췄다. 칼끝이 눈앞에서 똑바로 겨눠지자 그제야 최치호는 두려움에 젖어들었다. 더군다나 대한의 두 눈이 무표정해서 두려움을 가중시켰다. 칼끝이 크게 흔들리는 순간, 최치호는 보았다. 대한의 눈빛이 돌연 잔인하게 일그러지는 것을.

"아악!"

처참한 비명이 사무실 안을 울렸고, 최치호가 왼쪽 눈을 감싸며 그 자리에서 고꾸라졌다. 대한이 피가 줄줄 흐르는 칼을 거두어 옆에 서 있던 부하에게 건넸다. 부하는 책상 위에 있던 화장지를 몇 장 톡톡 빼내어 그 피를 닦아냈다.

*

"계속 전화 안 받는데요, 큰 형님."

병실 침대에 누워 있는 대한에게 평산이 조심스레 말했다. 터진 수술 부위를 다시 꿰매고, 의사의 강력한 권고로 재입원을 하게 된 그였다. 죽기로 작정했냐고 나이 든 의사가 된통 야단을 치는 바람에 그는 꼼짝없이 병원 침대행이 되고 말았다. 그런 데다 수은까지 계속 전화를 받지 않는다 하니 더할 나위 없이 침통해져 있었다. 그가 가만 뜸을 들이다가 불퉁하게 물었다.

"백궁으로 전화해 봤어?"

"예. 한 실장인가 하는 관리인 말로는 형수님이 안 받겠다고……."

"……."

그는 초조한 듯 입술을 잘근잘근 씹다가 불쑥 손을 내밀었다.

“휴대폰 줘봐.”

평산에게 건네받은 휴대폰으로 그는 문자를 보냈다. 전화를 걸어봤자 안 받을 게 뻔했으니 이 수밖에는 없었다.

『나지금무지아파죽을지도몰라그러니마지막으로목소리라도듣게
해조.』

이 정도면 전화를 하겠지 싶은 마음에 대한은 초조하게 기다렸으나, 전화는커녕 문자도 한 자 안 오는 것이다. 슬슬 열이 받기 시작하던 차에 그는 또 가만히 누워 이런저런 생각을 해보는 것 같더니, 평산에게로 시선을 주고는 말했다.

“평산이 네가 좀 다녀와야겠다.”

“가서 뭐라고 합니까?”

“나 다 죽게 생겼다고 해.”

“형수님이 그 말을 곧이곧대로 들을까요?”

“그럼…… 아예 죽었다고 해.”

“예?”

평산이 황당하여 되묻자, 대한은 몹시도 심란한 표정으로 울상을 지었다.

“아무튼 무슨 수를 쓰든 데려와. 보쌈을 해오는 한이 있어도!”

그제야 제대로 말을 알아듣고 평산이 고개를 숙였다.

“예, 알겠습니다. 걱정 말고 계십시오, 큰 형님.”

화가 단단히 난 것이 틀림없는데, 대한은 또 어떻게 풀어줘야 하나 걱정이었다. 빗속을 뛰어오면서까지 붙잡았던 그녀가 아니었던가. 이리 또 재수술을 받고 병원 신세를 지고 있는 걸 알았을 테니 그 꼬장꼬장한 성격에 화가 날 만도 하리라. 평산을 보내었지만 실상 그녀를 데려올 수 있을지는 미지수였다. 아마 그녀 성격이라면 진짜로 죽었다 해도 안 올 가능성이 높았으니까. 하물며 적대 관계에 있는 사람을 무슨 정이 있어 알뜰살뜰 챙겨주겠는가 말이다.

대한은 더없이 시무룩해졌다. 그러면서 혼자 많은 생각을 했다. 그녀에게 굳이 이해를 해달라 강요하고 싶지도 않고, 외면하지만 말았으면 하는 마음이 간절했다.

"그럼 당신은요?"

낭랑하던 그녀의 음성이 아직도 귓전에 맴돌았다. 그 순간 그녀의 눈빛에서 진심을 읽었던 것 같은데, 대한은 어쩐지 자신이 없다. 죽을지 모르는 상황에서도 냉정하고 잔인무도하던 성정은 오간 데 없이 그는 일 저질러 놓고 어머니에게 혼날 걱정을 하고 있는 어린아이처럼 초조하기만 했다. 정말 다시는 오지 않겠다고 하면 어쩌나. 그래서 정말 다 나을 때까지 그녀의 얼굴도, 목소리도 듣지 못하게 된다면 어쩌나. 다시 '백궁'에 찾아가도 쌀쌀맞게 외면해 버리면 어쩌나.

그가 혼자 병실에 누워 노심초사해 있는 동안, 평산은 '백궁'으로 곧장 달려가 수은을 찾기에 이르렀다. 수은은 방 안에서 무거운 머리를 손으로 괸 채 고민에 잠겨 있다가 밖에서 나는 소리에 고개를 들었다.

"형수님, 저 평산입니다. 잠시만 나와주십시오."

형수님이라 대놓고 부르는 통에 수은은 억장이 무너질 지경이었다. 어디 와서 감히 형수님이라 불러댄단 말인가. 저리 사람을 보낸 것도 다 그의 짓이리라. 나가볼 생각조차 없이 다시 이마에 손을 가져다 대는데, 평산이 밖에서 재차 부르는 소리가 들렸다.

"형수님! 큰 형님이 모셔오랍니다. 잠깐만 나와보세요. 안 모셔가면 제가 죽습니다."

오로지 죽는 타령이로군. 수은은 발끈 화가 치밀다가 가만히 자리에서 일어나 밖으로 나갔다. 비를 맞고 뛰어왔던지 평산은 머리 끝부터 발끝까지 젖어 있었다. 하지만 수은은 냉정히 그에게 말했다.

"갈 일 없으니 가서 치료나 제대로 받으라고 하세요."

평산이 우거지상이 되어 애달피 부탁했다.

"형수님, 저 한 번만 봐주세요. 진짜 혼자 가면 맞아 죽습니다. 우리 큰 형님 성질을 몰라 이러십니까?"

수은이 불같이 호통을 쳤다.

"이것 보세요! 누구더러 감히 형수라 부르는 거예요? 제가 그 사람 마누라라도 된답니까? 자꾸 사람 이리 모욕할 참인가요?"

그녀의 불호령에 평산이 작은 눈을 크게 뒤집어 까고는 기겁했다.

"아이고, 형수님! 왜 이러십니까? 왜 저한테 화를……."

그때 건넌방에서 규성이 나왔다. 간신히 화를 삼키고 서 있는 수은 대신 그가 평산에게 일렀다.

"그냥 돌아가요. 수은 씨는 더 이상 병원에 가지 않을 거예요. 정말 해도 해도 너무하는군요. 수은 씨가 무슨 그 사람 시종이라도 되냐고요?"

평산이 그제야 당황하여 두 사람을 번갈아 쳐다보았다.

"이 친구 말대로예요. 저는 더 이상 방대한 씨를 상대하고 싶지 않군요."

수은이 그리 못 박고 나오자, 평산은 무슨 생각이 들었는지 비 내리는 마당으로 훌쩍 내려서더니 무릎을 딱 꿇어앉았다. 깜짝 놀란 수은이 다급히 외쳤다.

"뭐 하는 짓이에요? 당장 일어나세요!"

머리 위로 쏟아져 내리는 비를 맞으며 평산은 비장하게 대꾸했다.

"그냥은 못 갑니다! 차라리 절 죽이십시오."

수은이 기도 안 차서 입이 벌어졌고, 규성이 차갑게 말을 쏘아붙였다.

"아무리 그래도 수은 씨는 안 가! 안 가니까 당신 맘대로 해! 들어가요."

규성은 수은의 팔을 끌어 안방으로 데려갔고, 평산은 묵묵히 고개를 숙이고 앉아 있었다. 수은은 사장이나 직원이나 어쩜 저리 고집불통에 앞뒤가 꽉꽉 막힌 무대포 인간들인지 너무나도 기가 찬 나머지 입이 다물어질 줄 몰랐다.

그 후로 밤이 이슥하기까지 평산은 꿋꿋하게 그 자리에 꿇어앉은 채 움직일 줄 몰랐다. 안방에 앉은 수은도, 건넌방에 있던 규성도 마찬가지였다. 줄기차게 쏟아 붓는 겨울비만이 '백궁'을 뒤덮고 있는 적막을 깨어나게 했다.

잠자코 생각에만 잠겨 있던 수은이 결단을 내리고 경대 안에서 하얀 편지지를 꺼내 들었다. 그리고 그 위에 만년필로 글을 써 내려가기 시작했다.

『방대한 님.

일련의 방대한 씨가 보여준 행동에 대해 심히 유감을 표하는 바입니다.

저 윤수은은 백궁 땅에 대하여 애초 방대한 씨와 구두 협약한 바 백 일의 유예 기간을 맺었으나, 당신의 무분별하고 무책임한 사고들로 인해 무심히 날짜만 보내는 것에 안타까움을 금할 길 없습니다.

당신을 적이기 이전에 한 인간으로서 이해해 보려 애썼습니다.

제가 할 수 있는 한은 지극정성을 보이고자 노력도 했습니다.

저로 인하여 불미스러운 일을 당한 것에 책임을 느끼고 물심양면으로 간호하는 데 노력을 기울였습니다.

그간 당신이 제게 보여준 불쾌한 언사들과 언행도 참았습니다.

그러나 오늘만큼은 스스로 위험 속에 뛰어드는 당신이란 사람을 도저히 이해할 수 없습니다.

더 나은 방법도 얼마든지 있었을 텐데 주먹으로밖에 해결할 줄 모르는 사람에게 제가 더 이상 무엇으로 도움이 되리까.

그동안은 인도적인 차원이었으나, 그 마음 또한 접었습니다.

방대한 씨와 저 윤수은은 적대 관계로 백 일의 유예 계약을 맺은 사이일 뿐이라는 점을 명심해 주십시오.

부하 직원에게까지 터무니없는 거짓을 발설하고, 그로 인해 제 인격과 명예를 훼손한 점 또한 용서할 수 없습니다.

저 윤수은은 방대한 씨의 가까운 지인도 아니며 더더군다나 형수 님이라 불릴 만한 사이가 아니라는 것을 명백히 밝혀두는 바입니다.

재입원한 것도 엄연한 방대한 씨의 주의 부족으로 일어난 일이니 제 책임이 아니라는 것 또한 알아두시기 바랍니다.

그러니 더 이상 제게 시종 부리듯 오라 가라 하는 경거망동은 삼 가주시고, 자신의 하나뿐인 몸을 아껴서 허튼 곳에 낭비하지 않기를 기원합니다.

속히 쾌차하십시오.

윤수은 드림.』

편지 봉투에 넣어 비닐로 잘 싼 뒤 수은은 그것을 들고 마루로 나왔다. 그때까지도 평산은 처음과 똑같은 자세로 꿇어앉아 있었다. 마루 문을 열고 수은이 그를 불렀다. 평산이 흠뻑 젖은 얼굴로 고개를 들었고, 수은이 비닐에 싼 서신을 내밀었다.

"가서 전하세요. 그 안에 제 뜻이 담겨 있어요."

평산은 추위에 덜덜 떨면서 자리에서 일어났다. 그리고는 정중히 편지를 받아 들고 다리를 절뚝거리며 '백궁'을 나갔다. 평산이

가고 난 후, 규성이 방에서 나왔다.

"갔어요?"

"예. 서신을 보냈어요."

"예, 들었어요. 뭐라고 썼는지 물어봐도 돼요?"

"각성하라고요. 착각을 일깨워 주는 글이지요. 저 또한 그렇고요."

규성은 다른 말보다 마지막 말에 예민해졌다. 수은 자신에게도 각성할 일이 대체 무엇일까. 그가 괜한 심려가 들어 낯빛이 어두워지는데, 수은은 빙긋 웃고는 쾌활하게 말했다.

"우리 저녁 뭐 해먹을까요?"

"음……."

규성은 잠깐 생각하더니 대답했다.

"비빔밥 어때요? 아까 냉장고 보니까 남은 나물들 있던데. 저 여기 와서 처음 먹었던 게 비빔밥이었어요. 그땐 매워서 혼났는데, 그것도 자꾸 먹어보니까 맛있더라고요. 우리 밥 비벼서 같이 먹어요. 괜찮죠?"

"좋아요. 쇠고기만 고추장에 볶아서 넣으면 되니까."

두 사람은 나란히 부엌으로 들어가 냉장고에서 나물들을 꺼낸다, 쇠고기 고추장 볶음을 만든다, 비빔밥을 만든다, 법석을 떨었다. 그렇게 완성된 밥을 큰 양푼 그릇에 담아 썩썩 비벼서는 따로 덜 것도 없이 상 위에 그대로 놓고 나눠 먹었다. 수은도, 규성도 그렇게 먹으니 색다른 맛도 느껴져 사뭇 즐거운 표정이었다. 간간이 빗소리에 섞여 두 사람의 웃음소리가 들렸다. 여전히 겨울비는 거세었지만, '백궁'의 부엌은 두 사람으로 인해 온기가 스며져 나왔다.

반면, 대한의 병실에서는 냉기가 감돌고 있었다. 대한이 손에 들었던 편지지를 소리 나게 와자작 구겨 버리며 바닥에다 내동댕이쳤기 때문이다. 빗물을 뚝뚝 흘리고 서서 평산은 자기가 죄인인 양 주눅이 잔뜩 들어 있었다.

"다른 말은 없었어?"

"예. 그 편지에 형수님 뜻이 담겨 있다고만 했습니다."

"넌 그만 가봐. 비 오는데 고생했다."

"예, 형님. 그럼 쉬십시오."

평산이 크게 인사를 하고는 병실을 나갔다. 대한은 뒷덜미로 뻗쳐 오르는 혈압을 견디느라 얼굴이 시뻘게졌다. 부하까지 보내어 저토록 비를 쫄딱 맞아가며 간청했건만, 끝내 달랑 편지 한 통이라니!

그는 그녀의 뜻이 담겨 있다는 편지 내용보다 편지만 보낸 처사에 더 화가 났다. 사람 마음을 몰라줘도 이렇게 몰라주나? 그럼 부하가 다 죽게 생겼는데 나 몰라라 하는 보스가 어디 있으며 조직 간 패싸움에 경찰 부르는 것 봤나? 아무튼 고지식하기로 이리 앞뒤가 꽉꽉 막힐 수가 있는가 말이다. 고집불통 같으니!

울화가 치미는 건 둘째 치고, 막상 이제 진짜 안 오겠구나 생각하니 더 더욱 보고 싶어지는 심사는 또 무얼까 싶었다. 따져 보면 그게 더 환장할 일이다.

“진짜 미치겠네!”

그 큰 덩치가 침대 위에서 몸을 구르며 안달을 하는 모습은 참으로 가관이 아닐 수 없었다. 그는 아무도 없는 병실에서 혼자 발광을 하다가 도저히 못 참겠는지 휴대폰으로 수은에게 전화를 걸었다. 그런데 이번에는 재깍 전화를 받았다. 받을 줄은 미처 계산하지 못하고 홧김에 그냥 걸어본 것뿐인데, 갑자기 전화를 받으니 대한은 그대로 숨이 딱 멎어버렸다.

[예.]

“…….”

[무슨 용건인지 말씀하시죠.]

자갈 구르듯 어찌나 차갑고 딱딱하던지 대한은 서러움에 그만 눈물까지 핑 돌았다. 사람이 어찌 이리도 박정하단 말인가. 그간 보여주었던 배려는 편지에서처럼 그 인도 차원인지 아라비아 차원인지, 겨우 그런 이유 때문이었던가 보다. 그럼 이제껏 걸식자들과 조금도 다를 바 없는 인간 취급했다는 뜻 아닌가.

“정말 이럴 거야?”

[제가 무얼요?]

“정말 이럴 거냐고!”

제 분에 못 이겨 씩씩거려도 수은은 무섭게 뇌까리기만 할 뿐이었다.

[악쓰지 마세요, 귀 안 먹었으니까. 그리고 뭔가 착각하시나 본데, 이미 서신을 읽어보아서 알겠지만 전 방대한 씨께 아무런 책임도 없어요. 화를 자초한 건 당신이지 제가 아니니까요. 속히 쾌

차하셔서 저와의 약속을 올바로 이행해 주기를 간곡히 촉구할 뿐이에요. 그럼 이만 끊을게요.]

"자, 잠깐만!"

[또 뭐죠?]

아주 강경한 태도도 태도지만 딱딱 부러지는 말투는 정말이지 참을 수 없는 것이었다. 이렇게 억지로 관계를 접을 수 있다고 생각했단 말이지? 게다가 아무런 책임도 없어? 애초에 이렇게 된 게 다 누구 때문인데!

대한이 급기야 분통을 터뜨렸다.

"그래! 잘났다! 너 잘났어! 아주 잘났어!"

그런데도 수은은 하나 움찔하는 기색 없이 대꾸했다. 그것도 약 올리듯이.

[그걸 이제야 아셨어요? 윤수은 잘났다는 거 세상천지가 다 아는 사실인걸요. 그러니 더 이상은 당신 하인 부리듯 하지 말란 말이에요!]

뚝!

"이런, 썅!"

대한이 성질을 못 참고 휴대폰을 마주 보이는 벽에다 집어 던졌다. 휴대폰은 쩍 하고 깨지는 소리가 나며 바닥에 떨어졌고, 대한은 베개에 머리를 처박더니 악을 냅다 지르기 시작했다. 마침 그 앞을 지나가던 담당의와 간호사가 병실 안으로 들어왔다가, 무릎 꿇은 자세로 엉덩이만 하늘로 높이 쳐들고 베개 속에 머리 박고 악을 쓰는 그를 보고는 조용히 병실을 나갔다. 나가면서 의사가 간호사에게 일렀다.

"내일은 정신과 검진도 받아보라 해야겠군."

＊

입원 일주일째. 대한은 같은 라인에 있는 송근우의 병실로 들어갔다. 송근우는 침대에 꼼짝없이 누워 있었다. 그래도 처음 실려 왔을 때보다는 한결 양호한 상태였다.

"형님……."

"오늘은 좀 어때? 괜찮아?"

"예. 형님은……?"

"나야, 뭐……."

대한이 구석에 있는 의자를 당겨다 앉았다. 송근우는 갈비뼈 두 대가 부러지고 폐까지 손상을 입어 위험 지경에 빠졌다가, 워낙 튼튼하고 젊은 체력답게 빠른 호전 양상을 보이고 있었다. 뇌진탕 증세도 있었으나 다행히 경미했고, 온몸에 든 피멍은 그날의 악몽을 되새겨 주듯 뚜렷이 남아 있었다. 이가 석 대나 나가고 얼굴에 아직 붓기가 가라앉지 않아 보기에도 안쓰러웠다.

그동안 몇 번의 이런 위기가 있었고, 그때마다 거뜬히 일어나기는 했어도 이런 바닥에서야 몸뚱어리 하나가 유일한 재산인데 자칫 병신이 되거나 목숨을 잃는다면 그보다 더 큰 애통함이 어디 있겠는가. 더욱이 혈혈단신인 대한에게는 친동생이나 다름없는 녀석이어서 애잔한 마음이 더했으리라.

　좀 더 정확히 두 사람의 사이를 말하자면 대한이 열여덟, 근우
가 열세 살 무렵으로 되돌아간다. 두 사람은 꼬방 동네에서 벽 하
나를 사이에 두고 살던 이웃지간이었다. 대한은 그때 한창 잘 나
가던 주먹패였고, 근우에게는 막연한 동경의 대상이었다. 근우의
엄마가 가난과 남편의 폭력에 못 이겨 야반도주를 했고, 노가다를
하는 아버지와 근우 밑으로 어린 두 동생이 있었기 때문에 형편이
썩 좋지 못했다. 게다가 주사가 심한 근우 아버지는 걸핏하면 세
남매를 매질하며 학대했는데, 어느 날 모처럼 집에 붙어 있던 대
한에게 딱 걸리고 말았다. 애들의 자지러지는 울음소리를 듣다못
해 마당에 나와보았다가 술 취한 아버지에게 부지깽이로 얻어맞
고 있는 어린 세 남매를 목격했던 것이다. 낮은 담벼락을 훌쩍 뛰
어넘어 악당인 아버지에게서 부지깽이를 뺏어 들고, 어린 두 아이
를 양손에 안아 든 채 저벅저벅 대문을 향해 걸어가던 모습은 어
린 근우에게 정의의 사도나 다름없었다.
　"맞아 죽기 싫거들랑 후딱 쫓아와, 인마."
　근우가 따라올 기미가 없자, 대한이 우뚝 멈춰 서서 뒤를 돌아
보더니 무뚝뚝하게 내뱉은 말이었다. 그리고 술에 취해 땅바닥에
서 버둥대는 근우 아버지에게도 무섭게 뇌까렸다.
　"당신! 계속 이렇게 애들 학대하면 고발해 버릴 거야. 알았어?"
　그렇게 대한은 세 남매를 자기 집으로 데리고 와서 씻기고, 저녁
을 해서 먹이고, 재워주기까지 했다. 온몸에 난 상처에 약을 발라
주던 대한을 근우는 평생의 은인으로 삼았던 셈이다. 훌쩍이며 잠
을 이루지 못하는 어린 근우에게 대한이 약을 발라주며 말했었다.

"이름이 근우라고 했지? 근우야, 사나이는 아무 때나 우는 거 아니다. 이 형도 어릴 때 엄마가 도망가서 아버지한테 직살나게 맞고 컸다. 아버지가 힘드셔서 그런 거야. 조그만 참아. 참다 보면 반드시 좋은 날 올 거야. 넌 그래도 동생들이나 있지. 이 형은 혼자거든. 형이 열쇠 하나 줄 테니까 아버지가 또 술에 취했다 싶으면 얼른 형네 집으로 와라. 내가 없더라도 동생들이랑 여기 있어. 반찬 해놓을 테니까 밥해서 먹어도 돼. 너 밥할 줄 알지?"

"……예."

"그래. 미련하게 맞고만 있지 말고 조짐이 보이면 후딱 도망부터 쳐, 인마. 형이 돼가지고 동생들까지 맞고 있는 걸 보고만 있냐?"

"……무서워서요. 무서워서…… 꼼짝도 할 수가 없어요. 훌쩍."

"무섭다 생각 말고 불쌍하다 생각해. 세상 아버지들은 다 불쌍하다, 그렇게 생각하라고."

"……예."

무서운 것과 불쌍하다는 것의 차이가 하늘과 땅 차이라는 사실을 근우는 그때 깨달았던 것 같다. 그래서 약을 바르고, 동생들이 잠든 후에는 기분이 한껏 나아져서 그간 동경해 왔던 대상에게 궁금증 보따리를 죄다 풀어놓기 시작했다.

형은 싸움 되게 잘한다면서요, 부터 무슨 반찬 좋아하냐는 것까지 끝없이 질문을 던져 오는 녀석에게 대한은 사람의 정이 그리운 단면을 엿보았고, 어쩌면 그 속에서 자신의 모습을 반추해 보았을지도 모를 일이었다. 그 후로 근우가 장성하기까지 든든한 울타리

가 되어주었던 대한. 그 우연한 한 번의 인연이 여태 친형제보다
더 질기고 진한 동지애로·이어져 온 것이다.

대한이 미안한 듯 말을 꺼냈다.

"난 내일 퇴원이다."

"벌써요? 또 조기 퇴원하시는 겁니까?"

"터진 몇 군데만 새로 꿰맨 건데 뭐. 그렇게 따지면 오래 있었
지. 담당 의사가 정신과 치료도 받으래서 있었던 거야."

"정신과 치료요? 그건 왜요?"

"낸들 아냐."

"그래서 받으셨습니까?"

"안 그래도 정신적 안정이 필요하긴 했어. 가서 상담도 받고, 좋
긴 하더라. 정신과에 정신병자만 가는 건 아닌 모양이더라고."

"혹시 형수님 때문에 그러십니까?"

적중한 질문이어서 대한은 쓸쓸히 웃었다. 몸 상태는 나날이 좋
아지고 있지만, 갈수록 마음은 처지는 게 그 원인이 그녀에게 있
는 것만은 확실했으니.

그의 마음을 읽고 송근우가 넌지시 운을 띄웠다.

"형님, 괜히 혼자 속 끓이지 말고 찾아가십시오. 가서 미안하다
한마디 하면 되지 않습니까."

대한이 대번에 말을 잘랐다.

"싫어, 인마."

"그럼 여기서 끝내시는 겁니까? 그건 아니지 않습니까?"

그의 말처럼 여기서 끝내기에는 억울한 감이 없지 않았다. 성질

같아서는 오늘이라도 당장 '백궁'을 밀어버리고 싶었으나 마음이 안 따라주는 것이다. 언제부터 방대한이 이리 우유부단하고 마음이 약해졌단 말인가. 스스로 생각해도 한심스러워 대한의 어깨는 더욱 축 처졌다.

"가서 정중히 사과하십시오, 형님. 남자가 꼭 잘못을 해야 용서를 비는 건 아닙니다. 그것도 여자를 달래기 위한 하나의 방편일 수도 있는 겁니다. 이번 기회에 형님이 어떤 사람이다 하는 것을 확실히 보여주십시오."

그런 면에서는 부하인 송근우가 스승 격이라 해도 과언이 아니었으니, 대한은 은근히 귀가 솔깃해졌다.

"어떻게?"

"진짜 제가 알려 드리는 방법대로 하시겠습니까?"

"일단…… 들어보고."

송근우는 몇 가지 대안을 제시했다. 그러나 다 듣고 난 대한은 아무 생각이 없어 보였다. 생각할 시간을 더 줬다가는 틀림없이 손을 내저을 것이 뻔했으므로 송근우는 잽싸게 그의 생각을 흩어 놓았다.

"지금까지 가지고 있던 형님의 이미지를 깨부셔야 합니다. 여자치고 남자의 눈물 나는 구애에 약해지지 않을 사람은 없습니다. 겉보기는 쌀쌀맞고 도도해 보이지만 형님도 아시다시피 형수님이 속정이 많은 분 아닙니까. 틀림없이 성공할 겁니다. 밑져야 본전입니다. 이번 기회에 형님도 이미지 쇄신해서 형수님하고 제대로 잘해보십시오. 이런 걸 일석이조라고 하는 겁니다."

송근우가 자신감을 심어주어도 대한은 그다지 내키지 않는 얼굴이었다. 그는 미심쩍은 투로 물었다.

"웃지 않을까?"

"감격할 겁니다. 두고 보십시오!"

송근우의 확신에 찬 목소리가 대한의 마음을 송두리째 흔들어 놓았다. 표정을 보니 한번 해봐? 하는 쪽으로 서서히 기울어져 가기에 송근우는 지체없이 말을 이었다.

"제 애인이 스타일리스트거든요. 조금 있으면 온다고 했으니까 같이 상의해 보시죠, 형님."

"스타일리스트는 또 뭐냐?"

"머리부터 발끝까지 그 사람에 맞는 이미지로 변신시켜 주는 겁니다. 이를테면 연예인 코디네이터처럼요."

"아, 그럼 나도 연예인처럼 만들어주는 거냐?"

"후후. 그래도 그 방면에서는 이름이 나 있는 친구예요. 안심하고 맡기셔도 돼요."

"그래?"

대한은 이제 호기심 반 기대 반이 된 눈빛을 어린아이처럼 초롱초롱 반짝이고 있었다.

송근우의 말대로 삼십 분쯤 지났을 때, 스타일리스트다운 차림의 한 아가씨가 병실로 들어왔다. 개성있고 독특한 옷차림의 아가씨는 귀염성있게 생긴 데다 애교 많은 눈웃음이 매력적이었다. 그녀는 들어오자마자 한달음에 송근우에게 달려왔다.

“오빠!”

“어, 왔어?”

“오늘은 아주 좋아 보이네. 웅. 그래도 속상해. 맘 아파 죽겠어.”

여자는 근우의 뺨을 조심스레 매만지며 울상을 지었다. 송근우가 민망했는지 대한의 눈치를 보더니 애인을 소개시켰다.

“인사해, 아라야. 우리 사장님이셔.”

아라라는 아가씨는 생긋 눈웃음을 짓고는 정중히 인사를 올렸다.

“안녕하세요? 고아라라고 합니다. 오빠한테 말씀 많이 들었어요. 친형님이나 다름없다고요.”

“예.”

예, 그 한마디로 끝이자 아라는 당황한 표정이 역력했다. 대한은 무척 다양한 표정을 가진 아가씨로구나 하고 생각했다. 두 사람의 머쓱한 분위기가 우스웠던지 송근우가 크게 웃지도 못하고 킁킁거렸다. 아라는 그제야 동그래졌던 눈이 길게 가늘어지며 웃었다.

“듣던 대로시네요. 호호.”

대한도 무뚝뚝하다는 뜻을 돌려친 말임을 금세 헤아리고 멋쩍게 웃음을 흘렸다.

“아라야, 부탁이 있는데…….”

“웅, 오빠. 말해, 뭐든 들어줄게.”

송근우가 대한의 사정을 설명하는 동안, 아라는 한시도 눈을 안

떼고 진지하게 듣고 있었다. 대한은 두 사람의 마주하는 시선 속에서 깊은 사랑을 느끼고, 한편으로는 가슴이 아릿하게 아팠다. 지난 일주일간 곰곰이 생각을 해보고, 구겨서 내던졌던 편지도 다시 들고 와 읽고 또 읽어보았다. 그동안 걸식자나 다름없는 인간으로밖에 여기지 않았다는 것이 믿을 수 없었다. 마지막으로 빗속에서 달려와 붙잡고 호소하던 그 모습이 아직도 눈에 선한데…….
그리고 시간이 지나면 지날수록 그녀가 이토록 화가 나 있는 이유도 모호했다.

그녀의 말대로 적대 관계일 뿐인 사람이라면 굳이 화를 부추길 것까지는 없지 않았을까? 오히려 살살 달래는 편이 그녀 쪽에서는 훨씬 유리할 텐데 말이다. 하여간 까다롭고 깐깐하고 고지식한 여자인 것만은 틀림없었다. 그래 봐야 저만 손해인 것을.

송근우의 설명을 듣고 난 아라는 전문가답게 대한을 머리끝부터 발끝까지 한 번에 쓱 훑더니 간단히 고개를 끄덕이고는 자신의 견해를 펼쳤다.

"체격이 좋으시고 키도 크신 편이라 별 어려움은 없겠네요. 머리카락이 짧긴 하지만 염색하고 손질하면 오히려 개성있어 보이겠어요. 피부가 상당히 거친 편이라 마사지 받으실 필요는 있겠고요. 화장으로 약간만 커버한다면 이목구비가 뚜렷하신 편이니 한결 달라 보일 수 있어요. 그리고 의상은…… 좀 더 신사답게 보이게끔 양복으로 하죠. 완전 정장은 오히려 딱딱하고 칙칙해 보일 수 있으니까 캐주얼 정장으로 경쾌하고 나이도 다운되어 보이게 입는 것이 좋겠어요. 음, 한 가지 흠이라면 눈매가 너무 매서워요.

그래서 말인데 도수 없는 안경으로 커버해 보는 건 어떨까요? 괜
찮다면 한쪽 정도는 귀걸이를 해도 세련미를 더해줄 수 있겠고요.
당장 프러포즈하실 건 아니죠?"

장황한 설명을 죽 듣다가 프러포즈라는 말에서 대한은 정신이
번쩍 들었다.

"아, 아니, 그건 아직 아니고……."

"일단 사장님에 대해 어필하는 자리라면 무리한 프러포즈는 피
하시는 게 좋아요. 오히려 거부감이 생길 수도 있으니까요. 최대
한 정중하고 매너있게, 그게 가장 중요하죠."

"근데…… 마사지는 꼭 받아야 합니까?"

"사장님의 현재 피부 상태로 봐서는 당일 날 화장을 잘 받으려
면 마사지는 필수겠는데요."

그러나 대한은 떨떠름한 표정이었다. 아라가 생긋 웃으며 상냥
하게 말을 덧붙였다.

"걱정 마세요, 사장님. 제게 맡겨만 주신다면 100% 변신, 장담
할게요. 말투, 매너까지도."

제10장

늦은 밤, 수은은 책을 보고 있었다. 앉은뱅이 경탁 앞에 앉아 작은 스탠드 불 하나만 켜놓아서 그녀 주변으로 뚜렷하게 음영의 균열이 졌다. 시선은 책 속의 깨알 같은 글자 속에 꽂혀 있으되, 실지 그녀는 몰입하지 못하고 같은 장을 벌써 여러 번 반복해 읽고 있었다. 어찌 된 일인지 집중이 되지 않았다. 눈동자가 자기도 모르게 자꾸만 휴대폰 쪽으로 돌아가는 것이다.

정확히 보름이 지난 토요일 밤이었다. 그렇게 매몰차게 전화를 끊은 뒤로 일절 전화가 없었다. 처음 며칠간은 십 년 묵은 체증이 내려가는 듯 속이 확 뚫렸다가, 어느 때부터인가 처음 막혔던 속보다 더 갑갑증이 몰려오기 시작했다. 밥을 먹어도 소화가 잘 안 되었다. 처음엔 몸이 축나서 식욕부진인가 했다. 그런 증세를 보이게 된 원인을 문득 깨달은 것은 어젯밤이었다. 종일 휴대폰에 신경을 쓰고 있는 자신을 발견했을 때의 그 당혹감이라니.

　그랬으므로 지금의 행동 역시 못마땅하기 이를 데 없었다. 절대 전화 따위 신경 쓰지 않겠노라 다짐해 놓고, 이 무슨 추태인가 말이다. 그녀는 신경질적으로 책을 덮고는 스탠드 불마저 끄고 자리에 누워버렸다. 어둠 속에서 눈을 감아도 어쩐 일인지 그의 얼굴이 눈앞에서 뱅글뱅글 돌았다. 솔직히 화가 났었다. 화가 나서 그랬다. 그를 생각하면 뒤죽박죽되어 버리는 마음에 화가 나 견딜 수가 없었다. 그에게 서신을 보낸 것은 불분명한 선을 확실히 긋기 위함이었다. 그에게도, 자신에게도.

　비 오던 일요일, 부엌에서 김치전을 나눠 먹으며 가졌던 화담(和談)은 지나서 생각하니 무분별한 행동이었다. 그가 적이라는 것도 까마득하게 잊을 정도였다니 말 다 했지. 게다가 빗속을 그렇게 쫓아가 허리춤까지 붙잡고 늘어진 자신을 떠올리면 얼굴이 다 화끈거릴 지경이었다. 환자였으니 얼마든지 그랬었을 수 있다 정당성을 내세워 보지만, 그것은 분명 지나친 간섭이었다.

　"그럼 당신은요?"

　대관절 무슨 정신으로 그런 말을 내뱉은 것일까? 오해의 여지가 다분한 말이었고, 그런 분위기였다. 그랬으니 그도 그리 만만하게 구는 것이 아니고 무엇이겠는가. 재입원하게 될 줄 알았다. 또 칼이나 안 맞았으면 다행이리라. 생각하니 또 분이 올라서 수은은 몇 번이고 뒤척거렸다. 이번에야말로 버릇을 단단히 고쳐야지. 암, 그렇고말고. 사람 목숨이 어디 여러 개던가.

'내가 지금 뭐 하는 거람?'

수은은 살포시 인상을 찡그렸다. 누가 누구 버릇을 고치겠다는 건지, 참. 다치든지 말든지, 죽든지 말든지. 그래도 이리 무소식인 걸 보면 필히 쾌차했으리라. 아니면 아직도 병원에 있을까? 이런, 또, 또!

"아휴……."

어둠 속에서 수은의 시름 섞인 한숨이 새어나왔다. 그녀는 쓸쓸한 웃음을 입가에 물었다. 아무리 그렇다 해도 흥이 안 나는 것만은 확실하다. 그래도 그를 대접할 땐 숭늉 하나에도 온갖 정성을 기울이고는 했는데, 요즘은 이상하게 모든 일이 시들해졌다. 그것이 얼어붙은 마음 탓이려니 했다. 그런 걸 보면 음식을 만들 때나 사람을 대할 때나 정성이 빠지면 그 맛이 안 나는 건 똑같은 이치인 모양이다. 무슨 음식을 해다 줘도 보는 사람이 군침 돌 정도로 맛나게 먹던 그의 모습이 떠올라 수은의 웃음은 더욱 짙어졌다. 어쩌면 식욕을 잃은 것은 꼭 몸이 축나서기보다는 그렇게 마주 앉아 맛있게 먹어주는 사람이 없어서일지도. 밥이나 제대로 먹고 있는지……. 수은은 이제 무의식 중에 걱정을 늘어놓고 있었다.

전화벨이 울린 것은 바로 그때였다. 수은은 화들짝 놀라며 소리가 바깥까지 날까 얼른 플립을 열었다. 그러나 선뜻 통화 버튼을 누르지는 못했다. 액정에 뜬 전화번호가 낯선 것이었기 때문이다. 그녀는 받아야 하나 말아야 하나 망설였다. 벨이 울렸을 때부터 급작스럽게 뛰어오르는 심장이 점점 세게 쿵쾅거렸다. 혹시……
뭐가 잘못되었나? 순간적으로 망상이 들며 그녀는 급히 통화 버튼
을 누르고 귀에 가져갔다.

"여보…… 세요."

가슴은 더욱더 요동치고, 손바닥으로는 식은땀이 배어나왔다.

[잤어?]

굵지만 맑은 음색이었다. 자신의 심정과는 전혀 다른. 누구는
이렇듯 긴장하며 전화를 받는데 그동안 숱하게 걸었던 전화처럼
그는 아무렇지도 않은 목소리였다. 이제 생각해 보니 딴 번호로
전화한 것도 작전이라는 생각이 들었다. 수은은 괜스레 자존심이
상하여 뾰로통해졌다.

"아니요. 왜요?"

[아직 화 안 풀렸나?]

하! 순간 수은은 속마음을 홀딱 까 보인 것만 같아 안 그래도 상
처 입은 자존심에 쩍 하고 금이 가고 말았다. 그래서 일부러 쌀쌀
맞게 대꾸했다.

"야심한 밤에 무슨 용건인지나 말씀하시지요."

[나 안 보고 싶어?]

점점! 이쯤 되면 아무리 대담한 수은이라 해도 발끈하지 않을
수 없었다. 안 보고 싶었냐니, 이 무슨 해괴한 소리!

"흥! 이제 살 만하신가 보군요, 뜬금없이 전화하여 희롱을 일삼
는 걸 보니."

[난, 보고 싶어.]

“…….”

그 순간, 지천으로 뛰놀던 심장이 뚝 멈춰 서버렸다. 수은은 뭔가 대꾸를 해줘야 될 것 같은데 마른침만 꼴깍 삼켰을 뿐이었다. 지진이라도 한바탕 지나간 듯 머리 속이 아찔했다.

[내일 뭐 해?]

“뭐, 뭘 하다니요?”

[혹시 약속있어?]

“아니요.”

얼떨결에 대답을 하고서 수은은 아뿔싸! 자기 허벅지를 꼬집었다. 간격을 두지 않고 대한이 말했다.

[그럼 만나지. 청담동에 L—love라는 카페가 있어. 열두 시까지 나와. 기다릴게.]

“아니, 저…….”

일방적으로 끊긴 전화를 붙들고 수은은 참았던 숨을 훅 몰아 내쉬었다. 완전히 귀신에 홀린 기분이었다. 그녀는 통화 버튼을 다시 누르려 하다가 입술만 꼭 깨물고는 플립을 닫았다.

“오늘 뭐 해요?”

아침밥을 먹다 말고 규성이 물었다. 딴생각에 빠져 있다가 수은은 퍼뜩 정신을 차렸다.

“예? 지금 뭐라 했어요?”

“오늘 뭐 할 거냐고요. 무슨 생각을 그렇게 해요?”

“아, 미안해요. 글쎄…….”

그녀는 왠지 모르게 불안하고 초조해 보였다. 게다가 이제는 난처해하기까지. 규성은 수은의 얼굴을 빤히 들여다보며 물었다.

"왜요? 무슨 일 있어요?"

수은이 재빨리 도리질을 쳤다.

"아니요, 아무 일 없어요."

"그럼…… 오늘 하루, 저한테 시간 좀 내줄래요?"

"왜요? 규성 씨야말로 무슨 일 있나요?"

말뜻을 전혀 못 알아듣고 심각하게 되묻는 그녀에게 규성은 어이없는 웃음을 던졌다.

"저 지금 데이트 신청한 건데…… 너무 구태의연한 방법이었나? 전혀 안 먹히네. 하하."

"데이…… 트?"

"그래요. 아님 꽃이라도 사가지고 와서 정식으로 할까요?"

"아니에요, 그런 뜻으로 한 말."

수은이 정색하는 걸 보고 규성은 더욱 크게 웃음을 터뜨렸다. 더없이 유쾌한 웃음이었으나, 수은의 얼굴은 발그스름해지고 말았다. 역시 익숙하지 않은 것에는 실수 연발인 자신이 창피하고 쑥스러웠다.

"계속 웃을 테예요?"

수은이 새치름해져 타박했기에 규성은 가까스로 웃음을 거두어들였다. 기침까지 콜록대며 웃음을 삼킨 그가 다시 물었다.

"오늘 저랑 데이트할 거죠?"

여전히 눈가에 웃음을 잔뜩 묻힌 채 묻고 있는 그에게 수은은 뭐라 대답을 해야 좋은지 알 수 없어 두 눈만 깜박거렸다. 대한에게 전화가 왔었노라고 사실대로 말해야 하나? 그녀가 대답없이 멀뚱멀뚱 쳐다보고만 있자 규성이 조르는 표정으로 변했다.

"저랑 데이트하는 거 싫어요?"

만약 데이트 신청을 거절한다면 두고두고 상처가 될 것 같은 얼굴이었다. 꼭 그런 이유가 아니더라도 오늘 같은 날 종일 집에 있다가는 더한 곤경에 처할지도 모를 일이다. 방대한 그 사람은 약속 장소에 오지 않으면 득달같이 전화를 해댈 것이고, 또 부하 아니면 본인이라도 집으로 들이닥쳐 다짜고짜 악부터 써댈 테니까. 이럴 땐 피하는 게 상수이리라.

"아니, 좋아요."

마침내 허락을 한 수은은 신이 나서 밥을 먹는 규성과는 다르게 심란한 낯빛이 되고 말았다.

수은은 일전에 대한이 사준 보라색 투피스를 입기로 했다. 물론 액세서리는 너무 화려하여 하나도 하지 못했지만, 핸드백만큼은 챙겼다. 평소 시장 갈 때 외에는 외출도 잘 안 하는 편이라 한복 외에는 구색맞는 옷도 없을뿐더러 이처럼 스스로 차리고 나가는 것도 실상 처음 있는 일이었다. 머리는 그냥 긴 채로 늘이고 화장도 하던 대로 입술만 연하게 발라주었다.

시간을 보니 어느덧 대한이 말한 열두 시를 향해 줄달음을 치고 있었다. 수은은 경대 위에 놓인 휴대폰을 보다가 그대로 방을 나갔다. 규성이 먼저 신발을 신고 일어섰다. 그는 얌전히 마루로 내려앉아 부츠를 신는 수은을 흐뭇하게 바라보았다.

"제가 신겨줄게요."

그가 한쪽 무릎을 꿇듯 앉더니 직접 부츠를 신겨주었다.

"괜찮아요. 제가 해도 돼요."

"가만 있으세요, 아가씨. 오늘은 이 김규성이가 윤수은의 기사가 되어주는 날이니까."

수은이 고개를 갸우뚱하며 물었다.

"방금 뭐라 했어요? 김규성이요?"

규성은 아차 싶은 마음에 부츠를 신기던 손이 멈칫했다.

"아니, 홍규성이라고 했는데……."

그는 고개도 들지 못한 채 그렇게 얼버무렸고, 수은은 잘못 들었다 이해하고 금세 잊어버렸다.

"자, 가실까요?"

자리에서 일어나며 규성이 한쪽 팔을 내밀자 수은은 빙그레 웃고는 팔짱을 꼈다. 규성은 수은이 더 이상 의심을 않는 듯해서 속으로 안도의 숨을 길게 내쉬었다.

그녀를 차까지 에스코트해서 태우고 규성도 차에 올랐다. 행복해서 입을 다물 줄 모르는 그를 보고 수은도 찜찜하던 마음의 짐을 떨쳐 버리기로 했다. 그리고 규성과 시내에 있는 한 카페식 레스토랑에 들어섰을 때에는 그런 마음조차 완전히 자취를 감추었다. 그녀는 단 한 번도 와본 적이 없는 레스토랑에 대단한 흥미를 느꼈고, 한편으로는 색다른 문화에 호기심마저 들었다. 분명 자신의 취향은 아니었지만 전통 한식집 주인답게 요리라면 그 어떤 종류라도 연구 대상으로 보인 것이다. 꼭 맛이나 분위기보다 그녀는 생소한 음식들에 마음을 빼앗겼고, 더불어 대한의 일은 까마득하게 잊고 말았다.

그 시각, L—love. 이 또한 카페식 레스토랑이었으나, 규성이 데려간 곳이 퓨전이라면 이곳은 전통에 가까웠다. 고급스럽고 격조가 돋보이는 VIP실. 그 안에 길게 놓인 테이블이 있었고, 정중앙 자리에는 대한이 앉아 있었다. 벌써 한 시간째 그 자리를 지키고 앉아 있으면서도 그는 매우 여유작작한 모습이었다. 아니, 어쩌면 초조함이나 부아를 속으로 감추고 있을 수도.

마침 전화가 걸려왔기에 그는 유유히 전화를 받았다. 그의 손가락에서 커다란 알반지가 광채를 번쩍였다.

"응."

[형님, 좀 전에 카페로 들어갔습니다. 어떻게 할까요?]

평산이었다. 그의 보고에 대한이 다음 지시를 내렸다.

"나올 때까지 기다렸다가 정중히 모셔와."

[예, 알겠습니다.]

전화를 끊고 그는 담배를 한 대 피워 물었다. 혹시나 싶어 평산을 '백궁' 으로 보내보았더니 아니나 달라? 집 앞에서 곧장 이리로 데려오라 할 수도 있었으나, 그녀에게 기회를 주고 싶었다. 버젓이 약속이 있는 여자가 다른 남자와 점심을 먹으러 가다니, 양심의 가책도 없이 어디 얼마나 버틸 수 있을지 보고 싶었다. 평소 같았으면 그 멀대 놈의 대가리를 박살 내버렸을 것이다. 하지만 그는 이런저런 교육을 받은 것 중에 그래도 확실하게 인지한 한 가지는 실천에 옮긴 셈이었다. 무슨 일이 있어도 행동으로 옮기기 이전에 열을 셀 것. 제기랄, 인내심을 발휘하기는 이미 열이 아니라 열의 천 번은 더 세었다. 그간 노력한 일주일의 공을 한순간에 날려 보낼 수는 없는 일이었다. 비위에 맞지도 않는 마사지에, 화장에, 염색에, 말투에, 교양 공부에. 한 여자를 위해 이미지 변신해 보겠다고 참 무던히 일주일을 참고 견뎠다. 진작 그렇게 공부했으면 인생이 이따위로 꼬이지는 않았으련만. 팔자에도 없게 다 늦은 사랑을 하느라 이 고생이다.

한쪽 벽이 통유리로 되어 있어 저 아래로 전경이 훤히 내려다보였다. 대한은 바깥 풍경을 구경하며 쓸쓸하게 담배를 피웠다. 유리를 통해 비치는 자신의 낯선 모습. 그것마저 우스꽝스럽고 씁쓸한 기분이 들었다. 이렇게 해서라도 그녀의 마음을 얻을 수만 있다면 앞으로도 얼마든지 애써보겠다. 그러나 저 아래 내려다보이는 세상. 만약 그것을 포기하고 그녀 하나만 얻어야 한다면? 그의 눈자위로 짙은 그늘이 깔리며 담배 연기만이 홀연히 그 주변을 감싸고 돌았다.

"맛있어요?"

규성이 수은 앞으로 아시안 시저 샐러드를 가까이 밀어 놔주며 챙겼다. 수은은 맛을 음미하며 이것저것 먹어보는 중이었다. 톡 쏘면서도 달콤한 소스의 재료가 자못 궁금했다. 자극적이면서 색다른 맛이었다. 맛있게 먹기보다 진지함이 지나친 그녀를 보고 규성이 웃고 말았다. 이래서 직업은 못 속인다는 거겠지. 그는 자신의 묶인 오리엔탈 라비올리를 그녀의 접시 위에 올려놔 주며 말했다.

"자, 이것도 먹어봐요. 이 집은 소스가 알아주거든요."

그녀는 규성이 준 만두를 먹어보더니 음식 평을 내렸다.

"음…… 그러네요. 느끼하지 않고 담백해서 좋은데요."

"요즘은 뭐든 특색이 있어야 잘돼요. 그것이 음식과 직결되면 더 더욱 잘될 수밖에 없죠. 그리고 한식을 전문으로 한다 해서 양식을 완전히 배제하지는 말아요."

"예, 알아요. 그래서 일부러 여기 데려온 건가요?"

"후후, 수은 씨하고 꼭 한번 와보고 싶었던 곳이에요. 실은 저도 오늘로 두 번째예요."

줄곧 캐나다에만 있어서 국내에 어떤 음식점이 이름이 나 있는지는 몰랐다. 이곳은 유학 시절 친구를 만나느라 한 번 와봤었다. 그때 음식과 분위기를 보고 홀딱 반했었다. 부담스러워하면 어쩌나 걱정했지만, 수은은 생각 외로 그다지 어색해하지 않았다. 덕분에 규성은 속으로 다행스럽게 여겼다.

음식을 다 먹고 후식으로 수은은 레몬 티를, 규성은 커피를 시켰다. 커피가 나오기 전 규성이 그녀에게 양해를 구했다.

"잠깐 화장실 좀……."

"예."

수은이 고개를 까닥였고, 규성은 자리에서 훌쩍 일어나 화장실로 향했다.

수은은 그가 돌아올 동안, 얌전히 앉아 창밖을 내다보았다. 건

너편으로 솟아 있는 높은 빌딩들은 보고 있는 것만으로도 어지럽
다. 저렇게 밀집된 공간 안에 수많은 사람들이 갇혀 있을 생각을
하면 저절로 숨통이 턱턱 막힐 지경이었다. 그녀가 서둘러 건물들
에서 시선을 떼는데 종업원이 다가왔다.

"손님, 쪽지 전해달랍니다."

쪽지를 받아 펴보았더니 곧장 주차장으로 내려오라는 말이 적
혀 있었다. 수은은 어리둥절하여 쪽지를 들여다보다가 자리에서
일어났다. 쪽지에 규성이라 적혀 있었으니 별다른 의심 없이 그녀
는 카페를 나섰다.

얼마 후, 화장실에서 나온 규성이 자리로 돌아왔다. 그는 수은
이 자리에 없기에 화장실에 갔나 보다 하고 아무 생각 없이 자리
에 앉았다. 그러다 무심결에 창밖으로 시선을 돌렸다가 주차장에
수은이 서 있는 것을 발견했다. 어디 그뿐인가. 그녀 곁으로 다가
온 사람은 평산이었다. 규성이 벌떡 일어나 정신없이 카페를 달려
나갔다.

"손님! 계산이요!"

입구에서 걸렸기에 그는 허둥지둥 지갑을 꺼내어 카드를 건네
주었다. 짧은 계산 시간을 기다리는 것조차 더디기 한량없는데,
타는 속이야 오죽하랴. 게다가 카드를 다시 돌려받자마자 엘리베
이터로 뛰었더니 마침 내려가 버리는 것이다. 하는 수 없이 계단
으로 뛰었다. 두세 개를 건너뛰다시피 하며 규성은 제발 그녀가
그 자리에 있어주기만을 간절히 바랐다.

수은은 있어야 할 규성은 없고, 대신 평산이 차를 대기하고 마치 기다렸던 듯 서 있자 기가 찼다. 평산은 어깨를 깊이 숙여 인사를 하더니 정중하게 말을 꺼냈다.

"그만 가시죠. 정중히 모셔오라는 형님의 지시가 있었습니다."

이제 봤더니 방대한이란 남자는 매우 집요한 사람이다. 그럼 지금껏 부하를 시켜 뒤를 밟았다는 뜻이 아닌가.

"일없으니 돌아가시지요!"

따끔하게 이르고 돌아서는 순간, 평산이 그녀의 팔을 낚아챘다. 수은이 깜짝 놀라 팔을 뿌리치려 했지만, 그는 그녀를 번쩍 안아 올리더니 정중히(?) 말했다.

"죄송합니다, 형수님. 저는 어디까지나 형님의 명령만 따를 뿐입니다. 무례를 용서하십시오."

그리고는 그녀를 뒷좌석에 던지다시피 태우고 앞좌석에 올라앉자마자 문을 잠가 버렸다. 너무나 급작스레 당한 일이라 수은이 제 몸을 추스르기도 정신이 없을 때, 차는 횅하니 카페를 빠져나갔다.

"이게 무슨 짓이에요? 차 세워요!"

수은이 당황하여 소리를 질러대도 평산은 묵묵히 운전만 할뿐이었다. 바윗돌처럼 꿈쩍도 않는 그를 보자, 수은은 더 이상 따져 물을 기력도 없어 입을 다물고 말았다. 세상에, 이 무슨……! 벌건 대낮에 납치가 웬 말인가. 수은은 심장이 후들거리는데, 평산은 휴대폰을 들더니 어디론가 전화를 걸었다.

"예, 형님. 지금 모셔가는 길입니다. ……그럼요. 아주 정중히 했습니다. ……예, 조금만 기다리십시오."

수은은 입이 쩍 벌어졌다. 사장이라는 사람이나 부하라는 인간이나 어쩜 저리도 똑같을꼬. 속이 문드러져서 수은은 빗장 내리듯 가슴을 가다듬어야 했다.

그렇게 한참을 달려 멈춰 선 곳은 외관이 깨나 중압감을 느끼게 하는 건물 앞이었다. 평산은 차에서 내려 뒷문을 열고 수은이 내리기를 기다렸다가, 그녀를 데리고 'L—love'로 들어갔다. 수은은 그곳 지배인으로 보이는 사람의 안내를 받아 구석에 위치한 VIP실 앞까지 왔다. 더 정확히는 평산의 감시 하였다.

지배인이 문을 열어주었기에 수은은 평산을 미운 눈초리로 흘기고는 방 안으로 도도하게 걸어 들어갔다. 그리고 그 안에서 낯선 사람과 마주하기에 이르렀다. 혼자서 와인을 마시고 있는 이 남자, 어디서 보긴 본 것 같은데…… 누구?

보일 듯 말 듯 스트라이프가 들어간 세미 정장에 낮은 톤의 보라색 실크 와이셔츠가 무척이나 잘 어울렸다. 그 아래 단정하게 맨 화려하고도 세련된 넥타이, 반짝이는 넥타이 핀까지. 연한 갈색으로 염색한 머리는 자연스러우면서도 끝이 한 올씩 뻗치는 독특함을 자아내었다. 부드러운 인상을 심어주는 얇은 뿔테 안경은 지적으로 보이는 효과가 있었다. 한쪽 귀에 귀걸이까지 하고 손가락에는 굵은 알반지를 끼어 실로 완벽하다 할 만했다. 그 남자가 그 누구도 아닌 방대한이라는 사실을 알기 전까지는.

수은은 입구에 서서 멍하니 그를 쳐다보았다. 그간 아무 연락도, 소식도 없다 했더니 혹 성형수술이라도 한 게 아닐까 미심쩍기 짝이 없었다. 아니면 크나큰 충격을 받아 정신이 어떻게 된 건 아닐까 의심스러웠다. 저 사람이 정녕 방대한이라고?

어안이 벙벙한 채 서 있기만 하는 그녀에게 대한이 알반지 낀 손으로 자리에 앉기를 청했다. 수은은 갑자기 좀 전에 먹었던 음식이 역으로 올라오는 느낌이 들어 거북스러운 표정을 지었다. 대체 저 행색이 뭐람?

여하튼 마냥 서 있을 수만은 없어 그녀는 놀라고 황당했던 가슴을 간신히 억누르며 그의 건너편에 가서 앉았다. 그는 얼음 속에 든 와인 병을 꺼내더니 그녀의 잔에 따라주었다. 다른 건 다 좋은데, 알반지와 귀걸이가 거슬려 수은이 인상을 찌푸리며 말을 꺼냈다.

"지금…… 뭐 하는 짓이에요?"

짓? 대한이 속으로 움찔했다. 사실, 내내 자신이 생각하고 있던 게 바로 그거였다. 내가 대체 뭐 하고 있는 짓일까? 제대로 먹히기나 하는 짓일까? 그런데 첫 마디가 뭐 하는 짓이냐는 질문이다. 그럼 뭐라 대답을 해야 하나? 반드시, 기필코 성공하리라 하던 근우와 그 스타일리스트 여자 친구의 응원은 이미 눈앞에서 흔적도 없이 사라져 가는 느낌이었다. 그렇다 해서 한순간 헐크처럼 변해줄 수도 없는 노릇이다. 정말이지 눈물이 앞을 가렸다. 젠장맞을.

'나도 몰라. 그러니 잠자코 와인이나 마셔' 라고 해주는 게 정상인데, 그는 그래도 자존심을 꾹 억누르며 최대한 정중하게 말을 건넸다.

"험! 그렇게 쳐다보면 내가 무안하잖아. 그냥 이대로 봐주면 안 돼?”

수은이 그제야 고개를 주억거렸다. 그렇군, 이 남자 그동안 뭐 하나 했더니 이것 때문에? 헛웃음이 나왔지만 대놓고 그럴 수는 없어 수은은 입술을 꼭 앙다물었다. 그녀가 여전히 무표정이어서 대한은 슬슬 조바심이 일기 시작했다. 그 다음 대사가 뭐였더라?

“험! 그렇게 이상해?”

수은도 시선을 어디에다 둬야 할지 몰라 애를 먹었다. 자꾸 웃음이 터져 나올 것 같았기 때문이다. 웃음 참는 것도 고역인데다 이제는 삐죽삐죽 고슴도치 털처럼 솟은 머리카락도 우스웠다. 그녀는 속 입술을 꼭 깨무느라 인상까지 묘하게 일그러졌다.

“멀대랑 밥은 맛있게 먹었어?”

아, 그렇지! 수은은 이곳에 납치되어 왔다는 사실을 까마득히 잊고 있었음을 상기했다. 그래서 얼굴에서 웃음기를 싹 거두고 처음 의도대로 따져 묻기로 했다.

“어떻게 이럴 수가 있어요? 사람을 이렇게 납치해 와도 되는 거예요?”

대한이 애써 부아를 내리누르며 조용히 말했다.

“나, 지금 근 두 시간을 기다렸어. 그것도 당신이랑 그 멀대랑 같이 있는 걸 알면서 말이지. 내가 기다리고 있는 줄 뻔히 알면서 다른 놈이랑 하는 데이트가 그리 즐겁던가?”

약간의 빈정거림이 섞여 있었지만, 원래의 방대한에 비하면 대단한 발전이었다. 그가 싱긋 웃으며 말을 이었다.

“점심은 양보했으니 앞으로의 시간은 나하고 보내. 아니, 보내쳐. 당신 보기에도 내가 가상하지 않아? 노력한 흔적이 엿보이지 않나 그 말이야.”

누가 노력을 해달랬는가? 수은은 그리 따져 묻고 싶은 심정이었다. 하지만 그를 보고 있노라니 웃음을 참을 길 없어 애를 먹었을 때와는 달리, 이번에는 눈물이 나오려는 것을 참을 길 없어졌다. 그때 자신의 정확한 심리를 알 수 없었으나, 그녀는 완전히 달라진 그를 보고 감명을 받았기보다 어떤 비애감을 느꼈다. 꼭 이래야만 하는 것일까 싶은 생각에. 그는 마치 목적지없이 달리는 자동차 같다. 가도 가도 끝이 없는 길을 가는.

순간 가슴이 울컥해 오는데, 대한도 그녀의 마음을 헤아렸는지 아무 말이 없다. 어쩌면 수은보다 먼저 그런 비애감에 젖어 있어 그런지도 모르겠다. 꼭 이렇게까지 해야 할까. 사랑하는데, 무슨 부제들이 이렇게 줄줄이 붙어야 한다는 걸까.

한동안 와인 잔을 깨부술 듯 노려보던 그는 가장 먼저 안경을 벗어 테이블 위에 올려놓았다. 그런 다음 손에서 반지를 빼내어 테이블 위에 툭 던졌다. 귀걸이도 빼서 던졌다. 맞지도 않는 쇳조각을 귀에 붙이고 있느라 귓불이 짓물러 벌겠다.

“또 말해, 맘에 안 드는 거.”

그가 넥타이를 풀어헤치며 말했고, 이어 넥타이 핀과 넥타이를 풀어헤쳐 액세서리 위에 던져 놓았다. 수은은 눈물을 글썽인 채로 티슈에 물을 묻혀 입술과 눈자위를 빡빡 문질러 닦고 있는 그를 지켜보았다.

“차라리 세수하고 오세요. 저야 괜찮지만 당신이 더 못 견뎌하는 것 같군요."

"당신 가버릴 거잖아."

"규성 씨에게 전화만 한 통화 하게 해주세요. 갑자기 사라져서 놀랐을 거예요."

그가 휴대폰을 그녀 앞으로 툭 던졌다.

"씻고 오세요, 안 가고 있을 테니."

대한이 일어나 양복 윗도리를 벗었다. 양복 안에 갇혀 있어 미처 몰랐지만, 검은색에 가까운 보라 톤의 실크 와이셔츠가 생각보다 잘 어울린다는 생각이 들었다. 매일같이 니트 티 하나에 가죽 잠바만 입고 있는 모습만 봐서 생경할 뿐. 하지만 귀걸이에 알반지는 너무했다. 게다가 안경은 또 뭐람. 그걸 모두 제하고 나니 그런대로 봐줄 만하여 수은은 밖으로 나가는 그의 모습에 시선이 절로 따라붙었다. 대한이 완전히 바깥으로 나가고 나서야 그녀는 휴대폰을 들어 규성에게 전화하고자 했다. 그런데 생각해 보니 그의 전화번호를 몰랐다. 이런 어처구니없는 일이. 그녀는 하는 수 없이 '백궁'으로 전화를 걸었다.

"한 실장님. ……네, 전데요. 혹시 규성 씨에게 연락 오거든 잘 있으니 집에 와 기다리라 그러세요. ……예. 아무 염려 말라고요. ……예."

대한은 세수를 해서 그런지 한결 제 얼굴다워졌다. 차에 올라타 안전벨트를 하는 그의 옆모습을 살짝 훔쳐보고 수은은 그런 의미로 만족스레 고개를 끄덕였다.

“이제 봐줄 만해?”

“예.”

그런 건 재깍 대답도 잘한다. 대한이 피식 웃고는 차에 시동을 걸었다.

“이왕 이렇게 만났으니 드라이브나 해볼까?”

“그래요. 저렇게 갑갑하게 갇힌 곳 말고, 확 트인 데로 가면 좋겠군요.”

사무적이긴 했지만, 처음보다는 한결 부드러운 말투에 대한은 기분이 다소 나아졌다.

“그러지.”

“근데 어디로 갈 거죠? 너무 먼 데는 곤란해요. 시간이 벌써…….”

대한이 그 말을 싹둑 자르고 차를 출발시켰다.

“그건 내 마음!”

이미 차는 출발했고, 운전대는 그의 손에 잡혀 있었다. 불안한 마음이 일긴 했으나 수은은 그의 말대로 이렇게까지 가상한 노력을 펼친 그를 믿어보기로 했다. 그래 봐야 또 일전에 갔던 그 바닷가이려니 싶었다.

차가 시내를 벗어날 때까지 말이 없던 그가 불쑥 질문을 던졌다.

“그동안 나 없으니 어땠어?”

수은이 웃지도 않고 즉각 반문했다.

“어땠을 것 같아요?”

“좋았나?”

하고 묻다가 그는 재빨리 말을 번복했다.

“아냐, 그렇더라도 대답하지 마. 또 심정 상할 것 뻔해.. 당신이란 여자, 얼마나 차고 매몰찬지 알기나 해?”

“사실을 거짓으로 꾸며 말할 수는 없지요. 당신 눈에 그렇게 보였다면 그게 맞을 거예요.”

대한이 한숨을 내쉬고는 말했다.

“가끔 당신 보면 말이야, 영악한 데가 있어.”

그 말에는 수은이 납득할 수 없다는 듯 눈이 동그래져 그를 쳐다보았다.

“영악하다고요? 그런 말은 처음 듣는군요.”

그렇게 말하다가 수은은 불현듯 떠오르는 기억이 있어 속으로 흠칫 놀랐다. 이제는 그런 말을 할 사람도 없어서 잊고 있었지만, 그 말은 어릴 적 할머니가 늘 하던 것이었다. 할머니에게 대들기라도 할라 치면, ‘영악한 것! 어린 년이 저리 표독스러운 건 처음 본다! 아주 제 할미를 잡아먹겠구나!’ 하고 고래고래 악다구니를 쓰고는 했었지.

그도 그랬나 보다. 그런 표독스러움을 진작 느꼈나 보다. 맑다, 곱다 소리만 들었던 수은은 그 말이 오히려 정겹게 들려 별일이다 싶었다. 후후 웃는 그녀에게 대한이 운전을 하다 말고 시선을 못 박았다.

“뭐가 우스워? 영악하다는 거 좋은 뜻으로 한 말 아닌데.”

“욕하고 싶음 하세요. 괜히 점잖 빼지 말고.”

"내 생각엔 당신이 날 악용하는 것 같아."

"악용이라니 무섭군요. 제가 뭘 어떻게 당신을 악용했단 말인가요?"

"내 진심, 내 사랑!"

수은은 말도 안 된다는 듯 고개를 설레설레 저으며 못을 박았다.

"절 악용하려 드는 건 당신이지요."

"어떻게?"

"당신은 절 부러뜨리고 싶어해요."

"……."

"당신은 자신보다 강한 사람을 못 견뎌하는 타입이지요. 그래서 제가 눈에 띈 것일 테고요."

"난 분명히 진심이고, 사랑이라고 말했어."

"그렇게 믿고 싶은 거겠지요. 누구나 자신을 합리화하려는 심리가 있기 마련이니까."

그 말은 곧 수은 자신에게도 해당되는 것이었다. 대한은 콧김을 쌕쌕 내쉬는 것이 슬슬 화가 치솟는 기미를 보였다.

"난 당신과 평화를 원해. 자꾸만 그 평화를 깨는 건 당신이야!"

"전 원래부터 평화로웠어요. 어느 날 갑자기 그 평화를 깨고 들어온 건 당신이었지요."

"당신은 하나도 안 평화로워. 겉으로만 그렇게 보였다 뿐이지. 아니, 당신이 남들에게 그렇게 보이고 싶어했을 뿐이야."

"그래서요? 그게 뭐 어떻다는 거지요? 전 이제껏 누구의 제약도 안 받고 잘 지내왔어요. 혼자 몸으로도 얼마든지. 하지만 당신이 자꾸만 내 안식을 깨뜨려요. 전 그게 싫을 뿐이고요."

"안식이 아니라 모르고 있던 감정이겠지."

"넘겨짚지 마세요."

"당신도 날 사랑해. 당신이 그걸 인정하지 않으려 해서 그렇지."

"이봐요!"

"보라면 얼마든지 봐줄 수 있어! 하지만 이젠 이런 싸움도 진력나. 당신도 알다시피 나 사는 인생 자체가 싸움이다. 좀 편하게 해주면 안 되나? 그냥 사랑 자체만 들여다보고 인정해 주면 안 되나? 다른 거 다 무시하고라도 나 방대한이라는 남자로만 바라봐주면 안 돼? 그게 그렇게 자존심 상하는 일인가? 내가 무슨 평화를 깨? 더 큰 사업을 꿈꾸고, 그걸 당신과 함께하고 싶다는 것뿐인데, 그게 뭐가 잘못이야?"

"이런 식으로 절 회유할 생각일랑 마세요! 그리고 더 이상 농락할 생각도 말아주세요!"

"농락 아니라고 몇 번 말해! 내가 죽어야 믿을래?"

"그놈의 죽는 타령!"

"그래, 그만 하자. 그만……."

일주일 동안 대체 뭘 배운 건지 모르겠군. 대한은 쓴 물이 입 안에서 배어나오는데도 뱉지 못하고 그냥 삼켜 버렸다. 이 여자와 있으면 왜 이리 싸우게만 되는 것일까? 그것이 답답하고 야속하고 화가 나서 머리통이 불에 활활 타는 느낌이다. 겨우 싸우자고 때

빼고 광낸 것도 아니건만.

　그녀도 토라져 인상을 쓰고 앉아 창밖만 보고 있다. 이 여자야, 제발 나 좀 쳐다봐 주라. 이 방대한, 그리 나쁜 남자 아니란 말이다. 아주 잘나지도 못했지만, 당신 하나 벌어먹이고 사랑해 줄 정도의 여력은 있는 놈이란 말이다. 당신 수준에 맞춰 공부까지는 못하더라도 그깟 식당 일에 손 허물 죄다 벗겨지며, 새벽부터 늦은 밤까지 뼈 빠지게 고생은 안 시킬 자신 있다 그 말이다.

　그녀의 작은 손을 힐끗 내려다보며 대한은 근우와 아라가 꼭꼭 다져 넣던 말이 떠올랐다. 무조건 미안하다, 잘못했다. 그 말만큼 싸움에서 좋은 해결책은 없다던 말. 이제 그 말을 해야 하는 자신의 처지가 대한은 기가 막힐 따름이었다.

　"미안해."

　지극히 딱딱한 어조였으나, 그 말은 분명히 '미안해'가 맞았다. 수은은 순간 잘못 들은 게 아닐까 헷갈리기까지 했다.

　"잘못했어."

　그 말은 즉각 효과가 나타났다. 그녀가 눈이 휘둥그레져 대한을 쳐다보았으니 말이다. 그러나 대한은 그녀와 눈을 마주칠 수가 없었다. 왜냐하면 쪽팔렸으니까. 할 수만 있다면 차 세워놓고 어디 쥐구멍이라도 있음 머리 처박고 싶은 마음이 굴뚝같았다. 그리고 그 말 두 마디에 완전히 충격먹을 건 또 뭐란 말인가. 사람한테 사과 처음 받아보나? 제길.

　그런 용어는 이날 이때껏 돈 떼먹고 도망갔다가 붙잡힌 놈들만 쓰는 건 줄 알았다. 눈물까지 핑 도는 사람 생각은 않고, 그녀는 충격이 가시지 않은 표정으로 천천히 고개를 원위치시켰다. 이럴 때 뭐라고 한마디 해주면 어디 덧나나? 이 여자는 사과만 받고 땡치려는지 이렇다 저렇다 대꾸조차 없다. 어휴, 젠장!

대한이 속으로 분통을 터뜨리고 있는 것과는 달리, 수은은 갈수록 이성을 잃어가는 자신이 당혹스럽다. 어떤 상황에서든 사리 분별 똑발라서 냉철하다는 소리까지 들었건만, 어쩌다 이렇게 되었을까. 이성조차 흔들리고 있는 자신의 모습이 슬프고 안타까웠다. 그렇게 선을 분명히 긋자 결심에 결심을 해놓고도 '미안해, 잘못했어' 그 두 마디에 영락없이 뒤엉켜 버리고 마는 우유부단함이 싫었다. 언제쯤에야 이 싸움이 끝나서 이런 혼돈 속에서 벗어나려나. 명치가 아파와 수은은 어금니를 꼭 깨물었다.

그 이후로는 둘 다 벙어리라도 된 듯 입을 다물었고, 차는 어느새 고속도로로 접어들었다. 수은은 그제야 수상한 눈길로 그를 쳐다보았다.

"어디 가는 거예요?"

"가보면 알아."

"……."

그녀는 초조한 기색을 내비치지 않으려고 기를 쓰며 앉아 있었다. 하지만 시간이 지나면서 안색은 점점 창백해지고, 명치는 딱딱하게 굳어서 통증이 엄습해 오기 시작했다. 이마로도 진땀이 배어나오며 머리가 깨질 듯 아픈 것이 아무래도 체기가 확실했다. 창문을 내려 바람도 쏘여봤지만 체기를 가라앉히기에는 역부족이었다. 견디다 못해 수은이 말했다.

“잠깐 차 좀……．”

대한이 그녀의 안색을 살피며 물었다.

“왜 그래? 어디 아파?”

“속이……．”

대한은 비상등을 켜고 서서히 속력을 줄이다가 적당한 곳을 찾아 갓길에 차를 세웠다.

“멀미하는 건가? 토하고 싶어?”

수은이 등받이에 힘없이 기대어 대답했다.

“아무래도 급체했나 봐요．”

“그럼 진작 말하지．”

“급체라고 했잖아요. 당신이 고속도로로 들어서지만 않았어도……．”

대한이 피식 웃었다. 그게 그렇게 두려웠을 줄이야. 그러게 아무리 강한 척해봤자 윤수은도 별수없는 여자인 것을, 쯧쯧. 그는 수은의 이마에 손을 대보더니 차의 시동을 완전히 끄고 열쇠를 빼냈다. 열쇠고리를 꼭 누르자 찰칵 하고 장난감만한 칼이 톡 튀어나왔다. 그 끝에 라이터로 불을 켜 지지고는 입으로 후후 불어 식혔다. 그런 다음, 수은의 어깨부터 손끝까지 세게 주물러 훑어 내린 후 익숙한 솜씨로 손가락을 땄다. 검붉은 피가 빡빡하게 비어져 나왔다. 대한은 대뜸 그 손가락을 입에 물더니 쪽 빨아들였다. 그 바람에 아픈 것도 잊고 수은은 어깨를 움츠렸다. 이제 됐다 싶은지 손을 놓고 그가 말했다.

“저쪽 손도 따자．”

수은이 기겁하여 외쳤다.

"됐어요!"

대한은 어림없다는 듯 눈을 부릅떴다.

"되긴 뭐가 돼? 저쪽 손도 내놔."

수은이 손을 뒤로 감추고 단호히 고개를 저었다. 대한이 억지로 반대편 손을 앞으로 끌어내느라 자신도 모르게 그녀 쪽으로 상체가 기울어졌다.

"됐다니까요."

수은은 곤욕스러운 표정을 지으며 거부했다. 그러나 정작 대한은 엉뚱한 데 정신이 빼앗겨 있었다. 어쩌다 보니 본의 아니게 거의 끌어안은 자세가 되었던 것이다. 얼굴 가까이 느껴지는 그녀의 따스한 입김도 그렇고, 그 입김이 쏟아져 나오는 자그마한 입술은 사나이 가슴을 한순간에 녹아내리게 하기에 충분했다.

수은도 반항을 하다 말고, 그의 얼굴이 위험 반경 안에 들어왔다는 사실을 깨달았다. 더욱이 불타오르기 시작하는 그의 눈빛까지 고스란히 보게 되자 가슴이 철렁 내려앉았다. 입술만 달싹거리는 걸로 보아서는 키스를 할까 말까 망설이는 것 같았다. 뭔가 달라지려 각고의 노력을 한 보람을 스스로도 놓치고 싶지는 않았으리라.

수은은 키스하면 죽이기라도 할 것처럼 성난 고양이 눈으로 그를 노려보았다. 그가 뚫어져라 그 눈빛을 마주 응시하다가 달싹대던 입술을 열어 물었다.

"내가 키스하면 또 뺨 때릴 거지?"

수은은 한 치의 머뭇댐도 없이 대답했다.

"그걸 말이라고……!"

하지만 그 말은 이미 그의 입속으로 삼켜진 뒤였다. 그녀가 반항하지 못하도록 반대쪽 손목을 꽉 잡은 채 또 한 손으로는 그녀의 목덜미를 단단히 움켜잡고 키스를 해버렸던 것이다. 대한의 상체에 눌려 옴짝달싹 못하게 된 수은은 힘껏 고함 소리를 내질러 보았지만, 그 또한 사그라지는 신음 소리에 불과했다.

처음에는 입을 벌리지 않으려 애도 써보았으나, 그것도 아무 소용 없었다. 거칠게 파고드는 그의 혀 때문에 그녀는 꼼짝없이 입 안까지 침공당하고야 말았다. 대한은 난공불락의 입 안을 집요하게 파고들어 가 그간 여신처럼 위세를 떨치던 그녀의 혀를 공격했다. 휘어 감아 끌어당기고 풀어주기를 여러 번, 그녀의 가지런한 이를 한 번 훑은 뒤 연한 조갯살 같은 입술을 곱게 빨았다. 이 정도 하면 몸부림을 포기할 성도 싶은데 고집 센 이 여자는 끈덕지다. 대한도 오기가 생겨 그녀가 뒤채이면 뒤채일수록 입술을 풀어주지 않고 거듭 키스를 퍼부었다. 그러나 그토록 원했던 수은과의 키스는 이제껏 중에 가장 힘겨우면서도 슬픈 키스일 거라는 생각이 들었다.

마침내 그는 길고 길었던, 마치 몸싸움과도 같은 키스를 끝낸 후 그녀의 분해서 졸도할 것 같은 얼굴에다 대고 비장하게 말했다.

"자, 이제 맘 놓고 때려."

그 말이 떨어지기가 무섭게 수은이 그의 뺨을 후려쳤다. 그녀는 이를 악물고 처음보다 더 세게 뺨을 갈기고는 차에서 훌쩍 내렸

다. 그런 다음, 방음벽 앞으로 비틀거리고 걸어가더니 그 자리에
쪼그려 앉아 속을 게워내기 시작했다. 그 모습을 보고 있는 대한
이야 오죽 속이 쓰렸겠는가. 딴에는 체해서 구토를 하는 것뿐이라
해도 강제 키스가 토할 만큼 역겨운가 싶어 심장이 조각나는 기분
이었다.

　개 버릇 어디 남 주나. 방대한이 겨우 일주일 교양 공부했기로
서니 개과천선할 턱이 있겠는가 말이다. 그는 핸들에 기댄 채 속
을 모두 게워내고도 일어나지 못하고 있는 그녀의 등을 바라보았
다. 참 작은 등이다. 저렇게 작은 여자가 무슨 악은 저리도 세며
하나도 흐트러질 줄을 모를까. 세상 여자들, 방대한이라면 무서워
하면서도 하면 하자는 대로 잘만 기던데, 저 여자는 슬프게도, 기
쁘게도, 화가 나게도, 즐겁게도…… 때로는 이리 아프게도 하는
것이다.

　이윽고 그녀가 일어섰기에 대한도 시동을 걸려 하다가 그만 차
에서 내렸다. 수은이 차가 아닌 엉뚱한 방향으로 걸음을 옮겼기
때문이다. 달려가 그녀를 붙잡고 돌려 세웠더니 안색은 여전히 창
백한데 눈은 빨갛게 되도록 울고 있었다. 대한이 조용히 타일렀
다.

　"차에 타."

　"……."

　"여긴 고속도로 한복판이고, 혼자 걸어서 갈 수도 없을뿐더러
나보다 더한 놈들 천지야. 그러니 당장 차에 타."

　"……."

그녀는 계속 눈물만 뚝뚝 떨어뜨릴 뿐, 고집스레 입을 꾹 다물고 있었다. 그러니 이제 복창이 터지는 쪽은 대한이었다.

"수은아, 제발……!"

대한이 신음을 내뱉듯 그녀를 달랬다. 팔을 탁 떨쳐 낸 그녀는 그제야 차로 향했다. 기어이 '제발'이란 소리를 듣고야 마는 저 땅고집! 대한이 고개를 절레절레 흔들고는 그녀를 따라 차에 올랐다. 그렇게 차는 어딘지도 모를 목적지를 향해 다시 출발했다.

제11장

해질 무렵이나 되어서야 도착한 곳은 태백산맥의 줄기에 달라붙은 두메산골이었다. 대한의 말로는 함백산이라 했다. 얼마 전 강원도에 폭설이 내렸다 하더니 산 정상에는 아직도 눈이 남아 있었다. 깊은 산세는 겨울에도 절경을 이루어 볼 만했다. 길을 따라 조금 더 올라가니 몇 안 되는 가구가 드문드문 보였고, 누군가가 반대편에서 내려오다가 대한을 보고 반갑게 인사를 했다.

"아니, 이게 누구래? 대한이 아니래?"

반백의 노인네를 보고 대한도 꾸부정하게 허리를 숙여 인사말을 건넸다.

"안녕하셨습니까, 어르신?"

"대체 이게 얼마 만이래? 못 본 새 신수가 아주 훤해졌구먼. 그래, 아버지 산소 뵈러 왔는가?”

“예.”

산소? 수은은 그때서야 이곳이 그의 고향임을 짐작했다. 노인은 대한의 뒤에 선 수은을 눈여겨보더니 넉넉한 미소를 지으며 말했다.

“색시 될 사람이 참 참하구먼.”

그 소리에 수은의 얼굴에는 당혹감이 서리는데, 대한은 이를 드러내 씩 웃으며 한술 더 떴다.

“결혼하면 인사드리러 또 오겠습니다.”

“그래그래. 그래도 우리 고향에서 대한이 자네가 제일 성공했다고 소문났는데, 결혼해서도 잘살아야지. 얼른 올라가 보래, 해지기 전에.”

“예.”

가던 길을 재촉하며 노인이 말을 덧붙였다.

“자고 갈 거면 우리 집으로 오고. 방 하나 비워둘 테니.”

“그래 주시면 고맙…….”

수은이 눈길 사납게 쏘아보고 있음을 알고 대한은 말끝을 채 맺지 못했다. 그는 짐짓 딴전을 피우다가 어슬렁어슬렁 앞서 올라갔다.

산소는 깊은 산중이 아닌, 마을이 훤히 내려다보이는 곳에 위치해 있어서 수은도 올라가는 데 큰 무리는 없었다. 대한이 가져온 봉지 안에서 고량주 한 병과 종이컵을 꺼냈다. 수은은 그가 묘소 앞에 술 한 잔을 먼저 올리고, 큰절을 두 번 올릴 때까지 한쪽에

서서 지켜보고 있었다. 묘소는 그동안 누군가가 돌보았는지 잔풀 하나 없이 깨끗했다. 그는 그새 술을 무덤 주변에 골고루 뿌려주며 무언가 혼잣말을 중얼거렸다. 거리감이 있어 당최 뭐라 하는 소리인지는 알아들을 수 없었으나, 수은은 그의 모습에서 처음으로 인간다운 경건함을 엿보았다.

그가 뒷주머니에서 손수건을 꺼내어 펼치더니 탁탁 털어 자기가 앉은 옆에다 깔았다. 당초 마음은 멀찍이 떨어져 앉으려 했는데, 손수건까지 깔아주며 자리를 지정해 주는 데야 별 도리가 없었다. 자칫 옹졸하게 보일 수도 있어 그녀는 손수건 위에 얌전히 엉덩이를 걸치고 앉았다.

저편 아래로 계단식 화전(火田)이 줄지어 늘어서 있고, 집집마다 하얀 연기가 굴뚝을 통해 피어올랐다. 반대편 산 너머로는 해가 기울며 능선이 죄다 붉게 물들어 하늘은 오묘한 색을 발했다. 대한은 고즈넉한 마을을 바라보며 담배를 피웠다.

"저기 저 집……."

그가 담배를 든 손가락으로 멀리 화전 왼편에 있는 집 한 채를 가리켰다. 멀리서도 작고 지붕이 낮아 보이는 집이었다. 그가 손을 거두고 말을 이었다.

"저기가 내가 살던 집이야. 일곱 살 때까지 저 집에서 살았나? 아무튼 학교 들어가기 전까지 살았으니까 얼추 맞을 거야. 그땐 아버지랑 엄마랑 참 재미있게 살았어. 서울로 가서 모든 게 엉망이 되어버렸지만. 후후."

웃음 끝에 쓸쓸함이 배어나왔다.

"이제껏 내가 살면서 제일 잘했다 싶은 일이 뭔지 알아? 아버지를 고향 땅에 묻어드렸다는 거야. 아버지는 늘 고향에 돌아오고 싶어하셨거든. 얼마든지 돌아와도 됐는데…… 그놈의 자존심 때문에 그러질 못하셨어."

"……왜요?"

"엄마가…… 도망가 버렸거든."

"……."

"그게 천추의 한이 돼서 돌아가실 때도 눈을 감지 못했어. 아버진…… 엄마를 무지 사랑하셨던 거 같아."

수은은 그 말이 꼭, '나 역시 천추의 한으로 그게 남아 있어. 난…… 엄마를 무지 사랑했거든'으로 들렸다. 어쩌면 이 남자는 불행했던 유년 시절의 그늘 때문에 여태 음지식물처럼 살고 있는 건 아닐까 하는 생각이 들었다. 수은 자신이 그토록 사랑했던 어머니를 못 잊어 지금도 그 그늘 속에 파묻혀 살듯이.

"이제 당신 얘기 해봐."

"저요?"

"응."

수은은 그와 똑같이 해 저무는 들판과 붉게 타오르는 능선을 바라보며 독백처럼 말을 시작했다.

"제게 추억이란 언제나 좋았던 거 반, 싫었던 거 반이에요. 어머니 뱃속에 들어섰을 때부터 이 나이 때까지 백궁 부엌에서 살다시피 했는데, 간혹은 제 죽을 곳도 그곳이려니 하지요. 백궁이 제 고

향이고 집이고 제 몸이 묻힐 무덤이에요."

여기서 수은은 자조적인 웃음을 띠었다.

"할아버지는 독립군이셨어요. 그래서 백궁은 독립군들의 기지나 다름없었지요. 할아버지가 일본 순사에게 끌려가 고문 끝에 돌아가시게 된 원인이 김경복 그 영감의 아버지 때문이었어요. 그리고 그 공으로 백궁 땅을 얻게 된 거예요. 할머니는 할아버지가 돌아가신 후에도 독립군 후원을 계속하셨어요. 그리고 해방이 된 후에까지도 그 후손들을 꾸준히 도와왔지요. 할머니가 돌아가신 후에는 어머니가 그 일을 이어왔고요."

"그럼 지금은 당신이 그 일을 하는 건가?"

"예."

"그래서 자금이 부족했던 거야?"

"그렇다 해서 크게 어려웠던 적은 없었어요. 손님들 중에 따로 후원해 주시는 분들이 많거든요."

새벽부터 오밤중까지 허리가 휘도록 일해서 왜 남 좋은 일 시키느냐고 할 줄 알았더니 의외로 그는 수긍하는 표정이었다. 그것만으로도 내심 반가워 수은은 이 틈에 그의 마음을 돌려보고 싶은 속셈이 들었다. 하지만 그녀의 마음을 먼저 알아채고 그가 자리를 털고 일어났다.

"그만 내려가지. 금방 어두워질 거야."

엉덩이에 묻은 풀을 툭툭 털고 그가 수은에게 손을 내밀었다. 수은이 그의 손을 잡고 자리에서 일어났다. 그는 손수건을 집어 처음처럼 탁탁 털고는 대충 접어 주머니에 집어넣었다.

"내려갈 때는 올라올 때와는 또 다르니까 넘어지지 않게 내 손 꼭 잡아."

그의 말도 일리가 있어 수은은 그의 손을 잡은 채 산을 내려가기 시작했다. 날은 순식간에 어두워져서 마을 가까이 왔을 때는 사방이 깜깜해 지천을 가릴 수 없을 정도였다. 은근히 무섭기도 했다. 그런데 대한은 계속 길을 따라 내려가지 않고, 마을 쪽으로 들어서는 것이 아닌가. 수은이 깜짝 놀라 그 자리에 우뚝 멈춰 섰다.

"어디 가는 거예요?"

그의 입에서 나온 대답은 수은에게는 까무러칠 만한 것이었다.

"자고 갈 거야."

"이봐요, 당신……!"

"나 진짜 오랜만에 고향 온 거거든. 아까 그 어르신이 우리 아버지 묘소 돌봐주시는 분이야. 올 때마다 하룻밤씩 묵고 가는데, 그냥 가면 서운해하셔."

그렇다면 그는 처음부터 이곳에 와 하룻밤 자고 갈 셈이었다는 말이 된다. 고로 순전히 계획적이었다는 뜻이다. 수은은 너무나도 기가 막혀 이성을 따지고 할 정신이 아니었다. 그녀는 그의 손을 뿌리치고는 냉정히 돌아섰다.

"전 갈 테니 당신 혼자 자고 오든지 말든지 맘대로 하세요."

그리고 도망치듯 어두운 길을 내처 걸어갔다. 울퉁불퉁한 산길이 여간 녹록치 않았다. 그 탓에 그녀는 몇 발자국 떼지도 못하고 뒤따라온 대한에게 붙들렸다.

“정말 왜 이러는 거예요?”

획 돌아서며 소리를 지르는 그녀에게 대한은 어이없다는 듯 빤히 쳐다보더니 한마디 툭 던졌다.

“걱정 마. 안 건드려! 별로 좋은 몸매도 아니더만, 되게 재네.”

“뭐라고요?”

그는 발끈하는 수은을 아니꼽게 아래위로 훑더니 귀찮은 듯 말했다.

“그래, 너 잘났다. 당신 잘난 거 세상천지가 다 안다며? 아니꼽고 더럽고 치사해서 안 건드려. 그러니 잔말 말고 따라와. 잘난 당신 땜에 점심부터 쫄딱 굶었더니 배고파서 돌아가시기 일보 직전이니까!”

막무가내로 손을 잡아끄는 통에 수은은 거의 앞으로 넘어질 것처럼 걸음을 옮겨야 했다.

“이, 이봐요! 방대한 씨! 방대한 씨!”

그때, 수은이 돌부리에 채여 땅바닥에 무릎을 찧으며 넘어지고 말았다. 대한은 엎어져 낑낑대는 그녀를 보다 못해 번쩍 안아 들더니 어깨에 훌쩍 메어 올렸다. 수은이 기겁을 하여 소리를 질렀다.

“내려주세요! 이게 뭐 하는 짓이에요? 내려달라고요! 이봐요!”

다리도, 팔도 허공에서 버둥대는 그녀의 엉덩이를 찰싹 때려 주며 대한이 으름장을 놓았다.

“가만 좀 있어, 이 여자야! 안 그럼 저 밭두렁 밑으로 던져 버린다!”

그 말에는 용케도 발버둥을 그쳤다. 대한은 성큼성큼 밭두렁을 지나 한 집 앞에 다다랐다. 대문이랄 것도 없는 울타리 안으로 들어선 후에야 마당 한복판에 그녀를 내려놓았다. 수은은 어지럼증이 일어 비틀거렸다. 그녀의 팔을 억세게 잡고는 대한이 방을 향해 큰 소리로 외쳤다.

"어르신, 저 왔습니다!"

방문이 열리며 길에서 만났던 그 노인이 방 안에서 나왔다. 그리고 그 부인으로 보이는 할머니까지.

"안녕하셨어요, 할머니?"

"대한이 왔구먼. 색시랑 같이 왔다더니 사실이었네."

"예, 같이 왔습니다. 자고 갈 겁니다."

스스럼없이 대꾸하는 대한을 수은은 기가 찬 눈으로 흘겨보았다.

"그래. 군불 넣어놨으니 지금쯤 뜨끈할 게야. 저녁 전이지? 방에 가서 기다려. 곧 상 들여다 줄게."

이번에는 수은이 나섰다.

"아니에요. 부엌을 알려주시면 제가 차리겠습니다."

"귀한 손님인데 그럴 수야 있나. 들어가 있어. 자네가 얼른 데리고 들어가게나."

"예."

대한이 수은을 질질 끌어 'ㄱ' 자 형으로 된 아랫방으로 데려갔다. 수은이 못내 걱정이 되어 방으로 들어가기 전 낮은 소리로 을렀다.

“정말 한방을 쓰겠다는 거예요?”

대한이 신발을 벗다가 화를 벌컥 냈다.

“아, 그 여자, 참! 한 번만 더 보채면 내가 한 말 취소해 버릴 거야. 알아서 해.”

방에 앉아서도 수은은 안절부절못했다. 반면 대한은 양말까지 벗어 던지고 유유히 아랫목에 누워 있었다. 얼마 후 밖에서 인기척이 났다. 수은이 반쯤 몸을 일으켰을 때, 대한이 먼저 방문을 열었다.

“산골 음식이라 색시 입맛에 맞을지 모르겠네.”

할머니에게 밥상을 받으며 대한이 인사말을 했다.

“잘 먹겠습니다.”

“그럼 상만 부엌에 내다 주고 자. 나는 이만 들어가네.”

“예.”

할머니가 가버린 후, 대한은 문을 닫고 상을 아랫목으로 끌고 왔다. 수은은 체기도 체기지만 속까지 상해서 먹고 싶은 생각일랑 추호도 없었다.

“빨리 와. 여기 산나물이 오리지널이야. 당신도 구경하기 힘든 음식이라고.”

“생각없어요.”

“차린 사람 성의를 봐서라도 한술 떠. 아직 속 안 좋거들랑 물에 말아서라도 조금만 먹어. 나 혼자 밥 먹게 할 참이야?”

뭐가 예쁘다고 마주 앉아 밥을 먹자는 건지, 참. 수은은 얄미운 눈초리로 흘기고는 쭈뼛쭈뼛 상 앞으로 다가와 앉았다. 그런데 아까 넘어졌을 때 스타킹이 찢어진 모양이다. 스타킹은 구멍이 크게 나 있고, 깨진 무릎에는 피가 맺혀 있었다. 그녀는 대한이 볼까 가만히 무릎을 내리고 수저를 들었다. 밥상은 꽁보리밥에 깡 된장찌개, 김치, 취나물, 무말랭이, 고추 장아찌로 간소했다. 수은은 물그릇에 밥을 한술 말고는 떠먹었다. 대한은 고추 장아찌를 반으로 뚝 잘라 우적우적 씹어 먹었다. 오랜만에 보는 모습에 수은은 밥 먹는 것도 잊고 그를 멀거니 바라보았다. 그가 쳐다보지도 않고 농담 같지도 않은 말을 툭 던졌다.

"아무리 봐도 잘생겼지?"

수은은 대꾸할 가치도 없어 냉랭히 시선을 거두고 물밥을 떠먹었다. 그런데 고개를 들다가 우연히 시선 끝에 잡힌 것이 그의 가슴팍이었다. 그새 앞 단추를 몇 개 풀어놓았는데, 그 사이로 엷게 퍼져 있는 가슴 털이 보였다. 수은의 시선을 느끼고 대한도 밥을 먹다 말고 제 가슴을 내려다보았다. 그렇게 뚫어져라 쳐다보고 있었으니 수은이 민망하여 얼른 시선을 거둬들였다. 대한은 그런 그녀를 보고 능글맞게 웃었다.

"당신도 어쩔 수 없군. 남자 가슴이나 훔쳐보고 말이야."

수은이 얼굴이 화끈하여 말을 톡 쏘아붙였다.

"옷이나 제대로 입으시지요!"

그는 역으로 단추를 더 풀어헤치더니 농담 반 진담 반으로 주절거렸다.

"체질에 맞지도 않는 실크를 입으려니 몸에 미끌미끌 달라붙는 것 같아서 기분이 상당히 거시기하네. 마음 같아서는 벗어 던지고 싶다만, 그나마 당신 때문에 참고 있는 거니까 괜한 시비 걸지 마.”

“남자들이 착각과 오만을 일삼는 일 중 하나가 자기 과시라는 거죠. 익히 알고는 있었지만, 방대한 씨는 그럼 면에서 아주 탁월하군요. 그리고 대부분의 여자들이 가슴 털, 그거 굉장히 혐오한다는 거 알아요?”

이젠 애먼 가슴 털에까지 걸고넘어진다. 솔직히 자극 좀 받으라고 가슴을 풀어헤친 건 사실이었다. 하지만 ‘혐오’ 라는 두 글자에 대한의 음흉스런 셈속은 와장창 깨져 버리고 말았다. 특히 몸의 문신만큼이나 털 많은 걸 은근한 자부심으로까지 여겨왔던 그에게 수은의 말은 충격임과 동시에 상처였다.

“그리고 제발 부탁인데 겸상할 때는 예의 좀 지켜주세요!”

선생님 같은 훈계까지! 그래, 너 잘났다 소리가 또다시 목구멍으로 치밀어 오르는 걸 겨우 참고 대한은 셔츠 단추를 도로 채우기 시작했다. 눈 하나 깜짝 않고 밥을 먹고 있는 그녀의 얼굴을 가시 박힌 눈초리로 마구 할퀴어대면서.

치약 칫솔도 없이 소금으로 이를 닦고, 투피스 상의와 스타킹만 벗은 채 자리에 누웠지만 편히 잠을 이룰 수 없기는 매한가지였다. 대한은 이불 한 채를 더 얻어와 윗목에 누워 있으나, 언제 습격할지 모르는 늑대나 다름없었다. 눈에 불을 켜고 지켜도 모자랄 판이었다. 그럼에도 불구하고 종일 힘들었던 차에 따끈한 아랫목은 수은을 자꾸만 잠의 나락으로 끌어당겼다. 대한도 잠이 들었는지 등을 보인 채 누워 꼼짝도 하지 않았다. 깜박깜박 졸음에 겨워 잠나라로 폭 빠졌다가 튀어나오기를 몇 번, 수은은 대한이 이편으로 돌아눕기에 소스라치게 놀라 잠에서 깨어났다. 그리고 몸을 잔뜩 웅크려 이불을 얼굴까지 덮어 올렸다. 그가 손을 뻗어 이불을 쑥 내린 것은 그때였다. 수은의 놀란 눈과 정통으로 마주쳤으나 그는 여유만만한 얼굴이었다.

"왜 안 자고 그래?"

"자, 잘 거예요."

"나 경계하느라 못 자?"

알면서 무슨 대답을 원하는 걸까? 수은은 여차하면 물어뜯을 것처럼 그를 쏘아보았다. 그 눈빛을 마주 응시하며 대한은 손끝으로 그녀의 뺨을 쓰다듬었다. 그리고는 나지막이 읊조렸다.

"당신 참…… 힘든 여자야."

그 말 한마디에 수은은 온몸에 꽉 주고 있던 힘이 스르르 풀려 버렸다. 맹렬히 쏘아보던 눈길까지 내리깔고 말았다. 스멀스멀 가슴속에 피어오르는 한줄기 연기. 그 연기가 매캐하게 눈물샘을 자극해 왔다. 그녀는 눈물이 나오기 전에 차라리 눈을 감았다. 이유를 알 수 없었지만 힘든 여자라는 말이 왜 그토록 가슴에 사무쳤는지 모를 일이었다. 문득 눈가를 콕 찌르며 말랑하고 따스한 혀가 와 닿았다. 어느새 비어져 나온 눈물을 핥으며 그가 성큼 다가와 있었다. 이불 안까지 침범하지는 않았지만 그는 조심스레 혀끝을 놀려 그녀의 눈자위를 닦아주고 속눈썹 위에 입 맞추며 볼을 쓸어 내렸다.

경각심을 일깨워 주기 위한 목적으로 수은의 그의 이름을 뇌었다.

"방대한 씨."

"나 자꾸 자극하지 마. 당신이 이러면 이럴수록 내 인내심에 한계를 느껴. 그냥 날 믿어. 두려워하지 말고."

"제발……!"

대한이 자꾸만 수그러드는 그녀의 턱을 잡아 추켜올렸다.

"날 봐. ……날 보라니까."

젖은 눈을 떠 수은이 그를 마주 응시했다. 그녀의 맑은 눈동자를 똑바로 들여다보며 대한이 말했다.

"수은아, 우리 솔직해지자. 나 당신 사랑하고, 당신도 나 사랑해."

수은은 눈길을 빗기며 반박했다.

"아니요. 전 당신을 사랑하지 않아요."

"나 똑바로 쳐다보고 얘기해."

대한이 그녀의 턱을 흔들었고, 수은은 그의 눈동자로 다시 한 번 시선을 못 박았다.

"당신 나 사랑해!"

애절함이 실린 어투와 눈빛에 수은은 그만 현기증이 일었다. 눈을 질끈 내리감고 자기도 모르게 큰 소리로 외쳤다.

"사랑하지 않는다니까요!"

대한도 끈질기게 그녀를 놓아주지 않고 호소했다.

"분명히 사랑해! 사랑하는 거 맞아, 윤수은!"

"아아, 그만, 그만……!"

대한은 탄식하는 그녀를 두고 볼 수가 없어 품에 와락 끌어안았다. 한 장의 이불마저 둘 사이의 경계를 지어놓은 듯해서 그것마저 들추고 그 속으로 들어가며 수은을 더 깊이 끌어당겨 안았다. 그녀의 작은 몸이 품 안에 쏙 들어왔다. 바싹 긴장하고 있는 그녀의 몸을 느끼는 것은 참으로 기분 좋은 일이었다. 벌써부터 심장과 아랫도리로 뜨거운 피가 몰리며 벌떡벌떡 뛰어오르기 시작하고 있었다. 밀착된 피부로 느껴지는 그녀의 가슴 역시 벌렁벌렁 뛰는 느낌이 고스란히 전해져 왔다. 대한은 한 뼘밖에 되지 않는 그녀의 등을 쓰다듬으며 입술을 찾아 내려갔다. 입술을 맞추기 전 그가 자그마하게 속삭였다.

"오늘밤 내가 당신의 적이라는 생각을 잊게 해주겠어."

수은은 현기증 때문에 눈을 뜨지 못했다. 거침없이 다가오는 이 남자 때문에 채 열지도 않은 문이 송두리째 흔들리고 있었다. 이러다 완전히 부서지고 뽑혀서 회복 불능에 이르지나 않을지 겁이 덜컥 났다. 아스라이 스치고 지나가는 그의 입술. 더 이상은 물러날 곳이 없는 벼랑 끝에 몰린 기분이었다. 한 발자국만 뒤로 물러나면 낭떠러지로 곤두박질칠 것 같은 두려움이 자꾸만 가슴을 짓눌렀다. 수은은 무심결에 그의 실크 셔츠 앞섶을 움켜쥐었다.

그녀의 손이 가늘게 떨리고 있음에 대한은 오히려 안도했다. 그녀의 입술을 혀끝으로 쓸다가 가만히 입을 벌리고 그 안으로 들어가기를 시도했다. 차 안에서보다는 한결 수동적인 자세였으나, 아직 마음을 열지 못한 그녀의 입술은 메마르기 이를 데 없었다. 그는 긴장하여 딱딱한 그녀의 혀끝을 자신의 혀로 톡톡 건드리고 빨아들여 보았다. 제발 밀어내지 마라. 그런 간절한 마음을 품고 그녀를 더욱 품 안으로 끌어당기며 반대로 그녀의 입 안으로 깊이 빠져들어 갔다. 점점 가쁜 숨으로 변해가는 그녀의 호흡이 대한의 야릇한 감정을 살살 부추겼다. 터질 것 같은 가슴과 아랫도리 때문에 대한은 더 이상 버티지 못하고 그녀의 위로 타고 올라갔다. 당장이라도 그녀를 품 안에 가두고 싶은 마음이 용솟음쳤다. 그녀의 몸 어느 한 군데라도 빠짐없이 모두 핥아주고 싶은 욕구가 치솟았다. 그래서 윤수은, 당신은 내 여자다 하고 온몸에 낙인을 찍어주고 싶었다. 입술의 간격을 약간 띄어 대한이 작게 속삭였다.

"윤수은, 이 바보야."

"……."

"날 사랑한다는 사실조차도 모르는 바보."

"거짓말쟁이!"

"그래, 당신은 바보고, 난 거짓말쟁이야. 하지만 그렇더라도 여전히 당신은 이 방대한이 사랑하는 여자야."

그의 한 손은 이미 그녀의 허벅지를 쓸어 올리며 치마 속을 비집고 들어가고 있었다. 손끝에 그녀의 거들이 잡혔다. 대한은 개의치 않고 그 위를 그대로 훑어 올렸다. 그리고 정확히 음문(陰門)에 닿기 직전이었다. 그녀가 조용히 뇌까리는 말에 대한의 손짓이 멈칫했다.

"저 역시 당신과 끝내 적이 안 되길 바라요."

그것은 몸을 허락하겠다는 뜻이 아니었다. 그 말뜻은 끝내 몸을 가지겠다면 영원히 적이 되리라는 경고였다. 대한은 푸른빛이 감도는 그녀의 서늘한 눈동자에 흠칫 몸을 떨었다. 그때 내면에서 이성과 감정이 치열하게 싸우는 소리가 들렸고, 어려웠지만 끝끝내 이성이 승리하여 내지르는 함성까지도 겸으로 들을 수 있었다. 그는 치마 속에서 손을 빼내며 불퉁하게 말했다.

"당신이 영악하다는 말, 내가 했던가?"

수은이 차갑게 눈을 반짝이면서 대답했다.

"예, 했어요."

그가 바닥으로 굴러 떨어져 누우며 신음처럼 뇌까렸다.

"끙…… 당신은 상대의 약점을 너무 잘 알아. 그게 얼마나 얄미운 건지 당신이 안다면 내게 이럴 수는 없어."

"제가 보기엔 당신도 만만치 않군요. 방대한 씨, 절대 손해 보는 짓 하는 사람이 아니잖아요."

"그래, 그게 내 장점이자 단점이지. 새삼 일깨워 줘서 고맙군."

"뭘요."

자기 이불 속으로 굼실굼실 기어들어 가는 모습이 꼭 곰 한 마리가 제 집 들어가는 것 같아 수은은 비로소 긴장했던 마음이 풀어졌다. 이성을 금방 되찾았기에 망정이지, 자칫 낭패를 볼 뻔했다.

"이봐요."

"뭘 봐요."

"그거 말이에요."

"뭘 말이에요."

그는 등을 돌린 채 누워 계속 말을 따라 했다. 삐쳤다는 증거다.
수은이 약간 난처해하며 말했다.

"그…… 가슴 털이요."

"그게 왜 또?"

"그거 어떻게 좀 할 수 없어요?"

"쳇! 사랑하지도 않는다면서 왜 당신 기준에 맞춰? 걱정 마! 내
가 아는 여자들은 다 좋아하니까!"

괜한 성질까지 부리는 그에게 수은은 민망한 눈초리를 박았다.
기껏 생각해서 얘기해 줬더니! 그녀도 그만 토라지려는데, 그가
고개만 뒤로 빼어 슬그머니 건너다보더니 물었다.

"그래도 키스는 끝내줬지?"

능글맞은 언사에 수은이 인상을 찡그리며 타박을 날렸다.

"저질 같으니!"

궁상맞게 밤새도록 그녀의 자는 얼굴만 보고 있어야 하는 사나
이의 가슴은 그야말로 처절한 것이었다. 어쩌다가 천하의 방대한
이 이 모양 이 꼴이 되었단 말인가. 자는 모습까지 환장하게 예쁜
그녀였다. 손끝 하나 건드리지 않은 채 보고 있는 것만으로 고문
이 따로 없었다. 그래도 그는 행복했다. 시간이 흐르면 흐를수록
그렇게 미칠 것 같던 성욕보다 자신의 인내심이 대견하게 느껴졌
으니 말이다.

수은이 어렴풋이 눈을 떴다가 그가 얼른 자는 척하는 것을 보고
밤새 잠 못 이루고 있음을 눈치챘다. 그녀도 안다. 남녀가 한방에

누워 아무 일 없이 긴 밤을 보내야 한다는 것이 얼마나 힘든 일인 줄. 그러나 견뎌야 하는 것도 그의 몫임을 어쩌랴. 수은은 슬쩍 입가로 미소를 머금고는 또다시 잠의 나락 속으로 빠져들었다.

습관처럼 여섯 시가 되어 눈을 떴을 때, 그는 방에 없었다. 어디선가 일정한 간격을 두고 도끼질하는 소리가 들렸다. '백궁'에서도 노상 들어 익숙한 소리였다. 누군가 장작을 패는 모양이라 여기고 수은은 밖으로 나왔다. 아직도 사방은 어둑한데, 집과 약간 떨어진 곳의 창고 앞에서 흐린 창고 불빛을 의지 삼아 장작을 패고 있는 그를 발견했다. 꽤 많은 장작이 열린 창고문 안으로 보였다. 그는 회전 반동을 이용해서 세워놓은 원형의 나무 둥치를 향해 도끼를 내려쳤고, 그럴 때마다 나무는 쩍 소리를 내며 반으로 쪼개졌다. 그것을 또다시 반으로 갈라 한쪽 벽에 차곡차곡 재워놓았다. 이 추운 새벽에 웃통까지 벗어 젖히고, 무아지경에 빠진 듯 장작 패기에만 열중하고 있는 그가 수은은 생경하기만 했다. 마당을 가로질러 그에게 다가가자 그가 잠시 하던 손길을 멈추고 허리를 폈다. 그리고는 목에 두른 수건으로 땀이 흘러내리는 얼굴을 닦으며 싱긋 웃었다.

"일어났어? 체한 건 좀 어때?"

"괜찮아요. 그런데 뭐 하는 거예요? 웬 장작을 이렇게나 많이……."

"노인네 둘이 사는 집에 해다 놓은 나무만 많았지, 정작 땔감은 별로 없어서. 온 김에 해놓고 가면 겨우내 힘 안 들이고 땔 수 있을 거 아냐."

수은은 대한을 물끄러미 쳐다보았다. 이 남자, 간혹 이렇게 대
견한 면도 있구나. 항상 이랬으면 얼마나 좋을까마는.

"아직 상처도 다 아물지 않았는데, 너무 무리하지는 마세요."

"거의 다 됐어. 그냥 운동 삼아 하는 거야."

웃통을 벗은 몸은 근육으로 우락부락하기 이를 데 없었다. 그리
고 상체를 숙일 때면 등판을 온통 차지하고 있는 것은 문신이었
다. 보기만 해도 섬뜩하고 무서워 수은은 진저리를 쳤다. 어쩌다
문신을 온몸에 새겼을꼬. 게다가 가슴으로부터 배꼽 주변까지 옅
게 퍼져 있는 털이 땀에 젖어 그 색이 더욱 짙고 징그럽기 짝이 없
었다. 어깨와 허리에 길게 패인 흉터들 또한 끔찍했다. 수은이 어
깨를 부르르 떠는 것을 보고 대한이 궁싯거렸다.

"내 가슴 털 갖고 시비 건 여자는 당신이 처음이었어. 다른 여자
들은 다 내 가슴 털에 반했다고 했단 말이야."

수은이 콧방귀를 뀌었다.

"말도 안 돼."

"사실이라니까. 근데 정말 그렇게 혐오스러워?"

그가 심각해져 물었기에 수은은 어이없는 웃음을 터뜨릴 수밖
에 없었다. 아침 눈 뜨자마자 첫 대화의 화제가 가슴 털이라니. 맙
소사! 대체 이 남자와 공통되는 화제가 있기는 한 걸까? 한 가지
있긴 하군. '백궁' 땅.

수은이 그의 질문을 묵살하고 돌아섰다. 뒤에다 대고 대한이 조
르듯 물었다.

"진짜 혐오스럽냐니까?"

수은이 돌아보지도 않고 크게 대답했다.

"전 어쨌든 질색이에요!"

그래 봐야 더 이상 볼 일도 없을 텐데, 수은은 진저리를 치며 그렇게 말했다. 대한이 시무룩해진 것도 모른 채.

*

'백궁'까지 같이 갔다가는 사람들 눈에 뜨여 괜한 소문이라도 날 것이 분명했다. 그래서 수은은 갈림길에서 내려 택시를 탔다. '백궁'은 한창 점심 시간이라 눈코 뜰 새 없이 바빴다. 서둘러 안방으로 들어가자니 언제 보았는지 규성이 따라 들어왔다.

"수은 씨."

수은은 바삐 상의를 벗으며 사과 말부터 했다.

"미안해요. 어제 많이 놀랐지요? 자세한 얘기는 나중에 천천히 해요. 옷부터 갈아입고요."

그러나 규성은 수은을 와락 끌어안기부터 했다.

"얼마나 걱정했는지 알아요? 아무 일 없었던 거죠? 수은 씨 괜찮은 거죠?"

"규성 씨……."

정말 걱정을 많이 했던지 규성은 울먹이는 목소리였다. 때문에 수은도 박절하게 그를 밀어내지 못하고 가만히 있었다.

"괜찮으니 이렇게 부랴부랴 왔지요. 정말 미안해요. 깊은 산중이라 전화도 안 됐어요."

규성이 품에서 그녀를 떼어내고 물었다.

"깊은 산중이라뇨?"

"그 사람 고향에 다녀왔어요. 아버지 산소에. 시간이 너무 늦어서 올 수가 없었네요."

규성은 맥 빠진 얼굴이었다.

"수은 씨가 어떻게 된 줄 알고 간밤에 한잠도 못 잤어요."

밤에 잠을 못 이루기는 여기 또 한 남자가 있었다. 수은은 간밤 일이 생각나 엷게 웃음을 짓고는 실토했다.

"실은 어제 방대한 씨와 선약이 있었어요. 그런데 제가 약속을 어기고 규성 씨와 나갔던 거예요."

"그래요?"

"별로 내키지 않아서 안 나갔던 거였는데, 규성 씨에게까지 피해가 갈 줄은 몰랐네요. 제가 정식으로 사과할게요."

"나쁜 자식! 그렇다고 사람을 납치해?"

"원래 그런 사람이잖아요. 규성 씨가 이해해요. 저녁에 온다고 했으니 만나면 괜한 언성 높이지 말고요, 예?"

간곡히 부탁하는 그녀의 청을 무시하지 못한 규성은 마지못해 고개를 끄덕였다. 생각 같아서는 아버지에게 얘기하여 다시는 그 따위 깡패 놈이 수은 곁에 얼씬도 못하도록 해주고 싶었다. 하지만 아직은 시기상조였다. 수은의 마음이 확실히 기울어지기 전에는 섣불리 놈을 건드려서는 안 되었다. 자칫 했다가는 잘되어가는 밥에 재 빠뜨리는 격이 될 것이었다.

한잠도 못 잤다는 말이 신경 쓰여 수은이 일렀다.

"규성 씨는 오늘 나오지 말고 쉬어요. 얼굴까지 해쓱해졌으니
이를 어째요."

"진짜 그래도 돼요?"

"그럼, 되고말고요. 사장 권한으로 특별 월차 줄게요."

"그럼 저 진짜 쉬어요."

"가서 얼른 눈 붙여요. 저도 어서 나가봐야겠어요."

"예."

규성은 늘어지게 하품을 하며 돌아섰고, 수은은 천성이 순하고
어린 그를 안쓰럽게 바라보았다. 방대한, 그 남자도 규성이 반만
큼만 순했으면 오죽 좋을까. 그러다 문득 귀걸이를 한 그의 모습
이 떠올라 어이없이 웃고 말았다. 딴에는 규성이 따라잡기를 시도
해 본 것 같은데, 실패로 돌아갔을 때의 참담한 표정이라니. 액세
서리와 넥타이를 풀어 테이블로 던지던 모습은 착용했을 때보다
오히려 멋은 있었다. 터프한 것도 멋이라면 멋이니까. 그래도 그
것이 지금까지 부리던 강짜 중에서 가장 절제된 박력이었다. 당분
간은 '방대한' 하면 그때의 모습이 가장 먼저 떠오를 것 같다.

하지만 차 안에서 억지 키스를 한 거나 간밤 아슬아슬하게 경계
를 넘나들며 벌였던 키스와 애무는 여전히 부담스러움으로 작용
했다. 그때만 생각하면 귀밑까지 뜨겁게 달아오르는 게 몸이 저절
로 오그라들었다. 수은은 아랫입술과 윗입술을 서로 맞물리고 그
때의 느낌을 상고해 보았다. 순간 목덜미가 찌릿하여 어깨를 바르
르 떨었다. 어깨를 떨다 보니 불현듯 그의 가슴 털이 생각났고, 제
풀에 제가 놀라 그녀는 두 눈을 재빠르게 깜박거렸다.

"윤수은, 정신 차려, 이것아! 지금 뭘 생각하는 거야? 망측하게!"

그녀는 엉뚱한 상상을 떨치고자 허둥지둥 옷장 문을 열고 한복을 꺼냈다. 그리고 서둘러 옷을 갈아입었다. 머리도 참빗으로 빗어 하나로 땋아 내리고 댕기를 매었다. 그런 다음, 경대 위에 놓여 있던 휴대폰을 고름 옆에 걸고 방을 나갔다. 부엌으로 갔더니 어디 갔다 이제야 오느냐고 난리를 칠 줄 알았던 직원들은 누구 하나 일언반구없이 자기 할 일에만 바빴다.

"조리사님."

류민자가 새로 지지는 화전(花煎) 위에 녹차 이파리를 하나씩 떼어 올려놓다가 수은의 부름에 고개를 돌렸다.

"아니, 초상집 갔다더니 벌써 오셨어요?"

초상집? 아마도 규성이 그리 말해 둔 것이라 짐작하고 수은은 시침을 떼고 물었다.

"예. 별다른 일은 없었지요?"

"별다를 일이 뭐 있었겠어요? 월요일이라 그런지 손님이 더 많다는 것 외에는. 오호호호."

흐드러지게 웃고 난 류민자가 방금 지져 낸 화전 하나를 수은의 입에 넣어주었다.

"자, 맛을 보세요, 어떤가."

수은은 한입 베어 물고는 만족스레 고개를 끄덕였다.

"맛있네요. 녹차 향이 배어 아주 좋군요."

"우리 사장님 입맛에 맛있으면 된 거여. 자아, 여기 화전 담아가요!"

수은은 활기차게 돌아가는 부엌 풍경에 비로소 내 집에 돌아왔다는 안도감과 평안을 되찾았다. 그와 있을 때는 내도록 고삐 풀린 망아지처럼 뛰었던 것 같은데, 언제 그랬냐 싶게 마음은 차분해지고 이제야 평상시 자신의 모습으로 되돌아온 기분이었다. 어쩌면 지난 하루가 꿈결처럼 아득하기도 했다. 당장 오늘 저녁이면 그가 올 것이니 이런 평화도 잠깐뿐이리라. 그럼에도 수은은 흥겹게 '백궁' 구석구석을 돌며 오전에 못다 했던 일들을 챙기기에 여념이 없었다.

한편 대한은 송근우가 있는 병원으로 달려갔다. 녀석도 지금쯤 어찌 되었을까 궁금해하고 있을 게 뻔해서 결과를 알려주기 위함이었다. 그는 병원 매점에서 황도 통조림을 몇 개 사 병실로 올라갔다. 황도 통조림은 송근우가 제일 좋아하는 간식거리였다.

병실로 들어서는 대한을 보자마자 송근우가 수은과의 일을 물었다.

"어떻게, 일은 잘되셨습니까?"

"글쎄, 그게 잘된 건지 못 된 건지 모르겠다."

"그게 무슨 말씀이십니까?"

"송충이는 솔잎을 먹고살아야 제격이지."

"실패하셨어요?"

"이미지 변신도 아무나 하는 게 아닌 모양이더라. 당최 내가 불편하고 답답하고 어색해서 견디지를 못하겠더라고. 그래서 보는 앞에서 다 벗어 던져 버렸어.”

송근우는 아쉬운 표정이면서 다른 한편으로는 이해가 갈 만도
하여 빙그레 웃고 말았다. 일주일간 열심히 따라와 준 것만도 대
단한 인내심을 발휘한 셈인데, 비록 이미지 변신에는 실패했다손
치더라도 그 과정에 있어서만큼은 수은도 달리 보지 않았을까 하
는 생각이 들었다.

“형수님은 뭐라 그래요?”

“처음에는 진짜 못 알아봤는지 어리둥절해하더라. 그래서 성공
이다 했는데, 금세 눈치채고는 어이없어하더군. 대체 어떻게 해야
그 여자 눈에 찬다는 건지, 참.”

대한은 아주 지쳤다는 듯 투덜댔다.

“아버님 산소는 다녀오신 겁니까?”

그는 계속 푸념을 늘어놓았다.

“응. 거기까지 간 것만 해도 지금 생각하니 기적이다 싶어. 보기
보다 성질 머리가 아주 고약한 여자야.”

“그럼 하룻밤 같이 보내는 건 성공한 거네요.”

“하룻밤이 뭐냐. 젠장, 고문도 그런 고문이 없었다. 내가 건드
리면 은장도로 자결이라도 할 것처럼 굴더라고.”

“큭큭큭…… 고생 많으셨겠습니다.”

“밤새 장작만 패다 왔다.”

그 말에 송근우가 크게 웃음을 터뜨렸다. 부러진 갈비뼈가 결려
웃는 것조차 고역이기는 했지만. 그러나 그 다음으로 이어지는 대
한의 말에는 더 이상 웃을 수가 없었다.

“억지로 내 여자 만들 수도 있었는데, 그 순간에 네가 한 얘기가 떠오르더라. 정말 사랑하니까 맘 놓고 손도 못 잡겠다던 말. 그냥…… 그래서는 안 될 것 같더라고.”

대한은 겸연쩍게 이마를 긁적였다. 송근우는 그가 겪었을 갈등과 인내를 충분히 공감할 수 있었다. 모두가 방대한 하면 지독하고 경우없고 무식하여 개백정보다 못한 놈이라 음해했지만, 그게 사실이라 할지라도 송근우가 그를 보스이기 이전에 형으로서 좋아하고 아끼는 이유가 지금의 이런 모습이었다.

절대 좋게 꾸밀 줄 모르는 솔직함. 스스로가 자신을 일컬어 ‘평면형 인간’이라 했던 것처럼 그는 단순하고 직설적인 사고방식을 갖고 있었다. 대부분 사람들이 그의 과격하고 거친 성격 때문에 그 속에 기본적으로 깔려 있는 순수성을 발견치 못하는 경우가 허다했다. 비록 평생 깡패로 살아왔고 그것밖에 할 줄 모르고 그것밖에 할 것이 없는 그였지만, 송근우는 자신 그대로를 인정할 줄 아는 그를 사랑하고, 존경했다.

유년 시절, 어머니가 도망간 충격과 아픔을 누구보다 잘 알기에 그가 얼마나 외롭고 사랑에 굶주려 있는가 하는 것 또한 굳이 애쓰지 않아도 피부로 느낄 수 있었다. 남들처럼 꾸미거나 보태서 표현할 줄 모르는 우직함도 그가 대한을 좋아하는 일면 중 하나였다. 평생 제대로 된 사랑 한 번 못할 줄 알았던 그에게 드디어 사랑하는 여자가 생겼다. 그것도 제대로 된 여자 중에 최고라 손꼽을 만한 여자를. 방대한이 여자와 밤을 함께 보내고도 아무 일 없었다는 건 만리장성을 쌓은 것보다 더 대단한 역사일 것이다.

대한이 자조적으로 읊조렸다.

"그런데 참 우스운 게 뭔지 아냐? 지금까지 살아오면서 나를 보고 자랑스럽다고 생각해 본 적은 단 한 번도 없었거든. 그렇게 돈을 악착같이 벌어서 백궁 땅문서를 내 손안에 쥐었을 때도 이렇게까지는 아니었다. 아침에 수은이가 편히 잘 자고 나온 얼굴을 보는데, 왜 그렇게 가슴이 뿌듯하던지 말이야. 그 순간 내 자신이 진짜 자랑스럽더라."

그의 눈이 얼핏 물기로 반짝거렸다. 송근우도 마음이 짠하여 말했다.

"그럼요, 형님. 사랑을 위해서라면 자기 목숨까지 바치기도 하지 않습니까. 형수님이 원할 때까지 지켜 주십시오. 저는 형님이 돈 많이 벌어서 부자가 되는 것보다 사랑하는 여자를 위해서 고군분투하는 모습이 더 보기 좋습니다. 그렇게 자꾸 노력하다 보면 형수님도 언젠가는 형님 마음을 알아줄 날이 올 겁니다."

"근데 말이야. 처음하고 완전히 역전되어 가지고, 어떻게 갈수록 내가 밀리는 기분이 든다. 나 진짜, 사랑이 이렇게 자존심 상하는 일인 줄 첨 알았다."

"후후, 사랑을 하면 버려야 할 마음이 세 가지 있다 하더군요. 자존심, 사심, 욕심."

"자존심…… 사심…… 욕심?"

"하지만 인간사가 다 그렇듯이 가장 쉽고 기본적인 진리는 외면당하거나 지켜지기가 어렵다는 겁니다. 전에 형님이 제게 물으셨죠? 돈하고 사랑 중에 하나만 택하라면 어떤 걸 하겠느냐고요.

그 문제를 놓고 그동안 저도 생각이 많았어요. 그런데 이렇게 생각하니까 쉽더군요. 돈은 없어도 살 거 같은데, 아라가 없으면 못 살 것 같다는 생각이 들더라고요. 사랑을 위해 죽으면 그 사람의 마음속에서나마 영원히 기억되겠지만, 돈을 위해 죽으면 과연 누가 내 이름 석 자를 기억해 줄까요? 그렇게 생각하니까 갈등이 없어지던데요. 형님은 어떠십니까?"

대한은 선뜻 대답하지 못했다. 언제나 그런 면에서만큼은 한 수 위에 있는 근우였다. 그의 입에서 나온 말들이 하나도 그른 게 없었다. 그러나 그 문제에만 맞닥뜨리면 생각 회로가 일시에 차단돼서 머리가 텅 비어지는 것 같다. 그에게 사랑은 여전히 풀리지 않는 중대 과제로 남아 있었다.

사무실로 돌아온 대한은 옷부터 훌훌 벗어 던지고 욕탕으로 향했다. 그리고 벽에 걸린 수건함 뒤로 손을 집어넣어 그 안에 교묘히 숨겨놓았던 단도(短刀)를 꺼내 들었다. 끝이 뾰족하고 살짝 휜 단도는 날을 있는 대로 세워 여간 날카로운 게 아니었다. 그는 세면대에 물을 받아 그 안에 칼을 담가놓고, 가슴과 배에 물을 묻히고는 물속에서 칼을 꺼내 털을 깎기 시작했다. 은빛으로 번쩍이는 칼날에 그의 털이 썩썩 밀려났다. 칼을 다루는 솜씨가 무척이나 노련했다. 그렇게 털을 깨끗이 깎고 난 후에 샤워를 하고, 칼은 씻어 원래 있던 자리에 다시 숨겨놓았다.

트레이닝 바지 하나만 입고 수건으로 몸을 닦으며 사무실로 나왔더니 평산의 작은 눈이 세 배나 커졌다.

"형님! 어떻게 된 겁니까?"

대한은 자기가 생각해도 기가 막히게 잘 깎았다 싶었던지 어깨를 으쓱하며 되물었다.

"어떠냐? 훨씬 나아 보이냐?"

그런데 대한이 기대했던 것과는 전혀 상반되게 평산은 인상을 우그러뜨리며 말하는 것이었다.

"제가 형님의 그 가슴 털을 얼마나 흠모했는지 아십니까? 어떻게 저에게는 한마디 말도 없이 홀라당 밀어버릴 수가 있습니까? 진짜 섭섭합니다, 형님!"

대한이 기가 막혀 혀를 탁 차며 말했다.

"수은이가 날 보면 왜 그렇게 한심스러워했는지 이제야 알 것 같다. 수은이도 지금 내가 널 보는 것과 똑같은 심정이었을 거다."

무슨 말인지 알 길 없는 평산은 오로지 대한의 가슴팍에서 한 올 남김없이 사라진 털이 못내 슬프고도 아쉬운 표정이었다.

"형수님하고 뭐가 잘 안 되셨습니까?"

평산은 아마 수은과 일이 틀어져 홧김에 가슴 털을 밀어버린 줄 오인한 모양이었다.

"뭐, 꼭 잘됐다고 할 수도 없고, 안 됐다고 할 수도 없고 그렇다."

그는 송근우에게 했듯 똑같이 심정을 토로했다. '백궁'으로 다시 돌아가겠다고 했으니 일단 화해는 된 것 같아 잘된 일이고, 합궁 작전은 여지없이 실패로 돌아갔으니 안 된 일이라 할 수 있었다. 돈 들고, 시간 들고, 힘들고, 남는 건 하나도 없는 장사를 한 것처럼 뭔가 찜찜한, 그러면서 기분은 그다지 나쁘지 않은, 그런 모호한 심경이었다.

제12장

상다리가 휘어지도록 한 상 푸짐하게 대한의 앞에 대령됐
다. 그는 웬일인가 하고 그녀를 건너다보았다. 수은이 그의 사발
뚜껑을 열어 소반에 소리 안 나게 내려놓으며 말했다.

"다시 처음부터 시작한다 생각하고 차렸어요. 이건 전약(煎藥)
이라는 거예요. 들어보세요."

수은이 묵처럼 생긴 음식을 그에게 권했다. 그러면서 그 음식에
대해 짧게 설명해 주었다.

"옛날 내의원에서 동지 때가 되면 임금을 위한 특별한 겨울 보
양식을 만들었는데, 악귀를 물리치고 추위에 몸을 보하는 효력을
가졌다고 하는군요. 오늘이 동지는 아니지만, 별미라 생각하고 드
세요. 그리고 염소 보양탕을 따로 주문해 뒀어요."

"염소 보양탕?"

"예. 회복기 환자에게 좋다고 해서요. 강장 보약이에요."

"수은아."

수은이 눈을 들어 그를 바라보았다.

"당신 참…… 좋은 여자야."

힘겨운 여자라는 말보다야 훨씬 어감이 좋아서 수은은 잔잔한 미소만 입가에 물었다. 한복을 곱게 차려입은 그녀는 예전 모습으로 돌아가 곱고 단아했다. 제아무리 비싸고 화려한 액세서리나 옷을 입은들 이 여자의 한복 하나만 입어도 이리 훌륭한 자태를 뿜어내는 것에 비할쏘냐.

대한은 아름다운 그녀를 흐뭇하고 다정한 눈길로 바라보았다. 그러다 퍼뜩 생각나는 것이 있어 말했다.

"아참! 보여줄 거 있어."

그가 느닷없이 니트 티를 위로 훌떡 까 올렸기에 수은은 눈이 약간 커졌다. 그의 가슴 털이 감쪽같이 사라졌다는 걸 알고는 더욱 커졌다. 그가 자랑스레 떠들었다.

"자, 어때? 이제 봐줄 만해?"

정말 못 말리는 남자다. 그렇다고 그새 다 밀어버리다니. 수은이 손으로 입을 가리고 웃었다. 대한은 또 뭐가 잘못되었나 싶어 긴장했다. 이제 와 가슴 털 있을 때가 훨씬 나아요, 이따위 소리 하면 그야말로 큰일이었다. 도로 갖다 붙일 수야 없는 노릇이니까.

"왜? 이상해?"

수은이 가렸던 손을 급히 내저으며 대꾸했다.

"아니에요. 갑자기 몸하고 얼굴하고 어울리지를 않아서요."

니트 티를 바로 내리며 대한이 구시렁댔다.

"이래도 싫다, 저래도 우습다. 어느 장단에 춤을 춰야 할지 모르겠군."

"당신 참…… 재미있는 사람이에요."

웃으며 그렇게 말하고 수은은 수저를 들었다. 하지만 대한은 순간 멍해졌다. 일전 병원에 있을 때 세령이 와서 하던 말과 일치했으나, 그 의미가 천지 차이로 격이 지게 들렸다면 착각이었을까. 사랑하는 여자의 입에서 나온 말이기에 그것도 칭찬이랍시고 대한은 저절로 입이 벌어졌다.

세령에게 전화가 온 것은 저녁상을 물리고 수정과를 먹고 있을 때였다. 수은과의 담소를 끊고 전화를 받았더니 세령의 목소리보다 묵직한 재즈 음악이 먼저 들려왔다.

[방 사장님?]

"응. 왜?"

[어머, 왜 이렇게 딱딱하실까. 전화한 사람 무안하게.]

"나 지금 얘기 중이니 간략하게 용건만 말하지."

[그래요? 저도 사장님과 얘기가 필요해서 전화 드린 건데.]

"말해."

[전화상으로는 좀 그래요. 이쪽으로 오시겠어요? 설계도 문제로 의논드릴 것이 있어요.]

“그걸 꼭 지금 해야 하나? 내일 해.”

[전 지금 뵙고 싶어요.]

말투 속에 은근한 끈적임이 감지되었다. 대한은 눈을 곱게 내리깔고 수정과를 마시고 있는 수은을 건너다보다가 곧 답을 줬다.

“알았어. 어디로 가면 돼?”

세령이 일러준 술집을 찾아 들어갔을 때, 그녀는 바에 앉아 양주를 홀짝이고 있었다. 그 옆 자리에 대한이 엉덩이를 걸쳤다. 세령은 이마 위를 덮고 있던 머리카락을 쓸어 올리며 대한 쪽으로 고개를 돌렸다. 렌즈를 낀 눈은 조명 밑에서 유독 반짝거렸다. 그러나 작위적인 형상물이 빚어낸 눈빛은 별다른 감흥을 불러일으키지는 못했다. 바텐더가 주문을 청했으나 대한은 거절했다. 아직 술을 먹기에는 일렀다. 상처에 좋지 않을 것이었다. 배도 양껏 부른 상태여서 그는 아무것도 입에 대고 싶은 생각이 없었다. 대신 담배를 한 대 피워 물었다.

“몸은 좀 어떠세요?”

“보다시피.”

“후훗. 그날은 정말 용감했어요, 무모하리만치.”

그녀는 뒷말에 힘을 실었다. 대한이 피식 웃고는 말했다.

“우리 두 사람, 그런 점이 닮았더군.”

“후후. 제 생각도 그래요.”

“그래서 하는 말인데, 나에 대해 사적인 감정은 버려. 그 얘기하러 왔어.”

세령은 그의 말에 별 반응이 없었다. 바텐더에게 한 잔을 더 주문하고 나서 그녀가 조용히 읊조렸다.

"유치한 사랑은 질색이긴 하지만, 이따금 그런 사랑에 동경이 가요. 건축 설계를 하다 보면 딱딱 정해진 틀과 공식에 맞춰 한 치 오차도 없이 완벽을 기하는 것에 싫증을 느끼게 되죠. 아마 제 주변의 모든 사람과 일이 그렇다고 해도 과언이 아니에요. 그래서 늘 일탈을 꿈꾸게 되나 봐요. 때로는 이 술처럼 강하면서도 격렬하게, 때로는 그 담배처럼 뜨겁게."

"난 무식하고 단순해서 어렵게 말하면 못 알아들으니 꼬지 말고 풀어서 말해."

"후후후. 한마디로 저처럼 열정도 지나치게 많으면 분출할 곳이 필요하다는 뜻이에요."

"그 분출구로 날 찍은 셈이겠군."

"애당초 제 가슴에 불을 당긴 쪽은 사장님이셨어요. 그리고 우린 채 못 끝낸 일도 있잖아요. 전 오늘밤 그 일을 마무리 짓고 싶은데, 어때요?"

세령의 도발적인 눈빛에도 대한은 시큰둥했다. 사랑하는 여자와의 하룻밤도 기어이 이겨내었는데 이런 유혹쯤이야. 예전 같으면 여자 쪽에서 유혹을 하기 전에 수도 없이 거사를 치렀겠지만, 지금은 아니었다. 더욱이 전화를 해왔을 때부터 확실히 못 박아두고자 이곳에 왔으니 갈등의 여지도 없었다.

"안됐지만 그러기엔 너무 늦었어. 사랑하는 사람이 있어서."

세령이 뜸들이지 않고 물었다.

"윤수은 씨요?"

대한도 거리낌없이 대답했다.

"응."

세령은 그럴 줄 알았다는 듯 어깨를 한번 으쓱하고는 술을 마셨다.

"그날 일은 내가 사과하지. 잊어버려."

"제가 사장님에게 자꾸만 욕심이 나는 이유가 뭔지 알아요?"

"봉이라 그런가?"

"후훗, 아니요. 그날 제 가슴에 흘렀던 한 방울 눈물이요. 그게 윤수은 씨 때문이라는 거 알게 되었을 때, 불같은 질투가 일더군요. 전 무슨 일에든 지는 걸 싫어하는 성격이죠. 그래서 자신있었어요. 경쟁심은 진취력을 높여주는 것이라 오히려 더 유익하다고 생각해요. 해보지도 않고 포기하는 건 이 정세령 체질에는 안 맞아서 말이죠."

시답잖은 오기에 대한은 하품만 나오는데, 세령은 상체를 숙여 입술이 닿을락 말락 한 거리에서 그의 귀에다 대고 속삭였다.

"사랑해요."

순간 오감이 찌릿하여 대한은 하품이 나오려던 것이 쑥 들어가 버렸다. 여자에게 '사랑해요' 소리를 듣고 이리 찜찜한 기분은 처음일 것이다. 그래 놓고 빙글빙글 웃고 있는 세령이 그는 점점 대책없게 느껴졌다.

유난히 바람이 잦은 밤이었다. 이제 막 씻고 들어온 수은은 경대 앞에 앉아 화장품을 찍어 바르다가 문득 휴대폰으로 시선이 갔다. 대한이 다 늦은 저녁에 나간 것도 그러하거니와 휴대폰에서 들려오던 여자의 목소리가 은근히 신경 쓰였다. 일전 식당과 병원에서 만났던 그 여자일 거라는 막연한 추측도 그리 유쾌하지만은 않았다. 그리고 자꾸만 어수선해지는 자신의 감정 또한 불유쾌하기는 마찬가지였다. 그때도 느낀 거지만 두 사람 사이에 뭔지 모를 특별함이 엿보여 그 한 가지만으로도 수은은 마음이 쓰였다. 그것이 이슥한 밤, 외간 여자 만나러 간 서방 기다리는 심정 같아 어이없는 웃음이 쏟아졌다.

경대를 접고 일어나려는데 휴대폰이 울렸다. 그녀는 마침 걸려 온 전화가 반갑다. 안 그래도 언제쯤 들어올지 궁금하던 차였으니까.

"예."

[지금 들어갈 건데 뭐 먹고 싶은 거 없어?]

"다 늦게 무슨……."

그렇게 말하다 말고 수은이 급히 말을 바꿨다.

"아, 있어요. 군밤! 군밤 사다 주세요."

[군밤? 알았어.]

정확히 삼십 분 후에 군밤 한 봉지를 손에 든 채 대한이 방으로 들어왔다. 그는 자리에서 일어나 맞아주는 수은에게 군밤 봉지를 덥석 안겨주며 말했다.

"멀대는 어째 저녁 내내 안 보이네."

"자요. 어제 저 때문에 잠을 한숨도 못 잤다는군요."

수은은 자리에 앉아 소반에다 군밤을 와르르 쏟아 붓고 한 알을 집어 들었다. 그러자 대한이 급히 잠바를 벗으며 그녀를 말렸다.

"그냥 놔둬. 손 까매져."

소반 앞으로 바싹 당겨 앉은 그가 군밤을 까기 시작했다. 손은 두툼하고 무지막지하기 한량없는데, 겨우 마디 하나 정도 되는 군밤을 까다 보니 그 모양이 여간 곰살맞아 보이는 게 아니었다. 그래서 수은의 입가로는 저절로 웃음이 배어나왔다.

대한이 손수 깐 군밤을 수은 입에다 직접 넣어주려 했다. 수은은 곤란한 듯 사양했다.

"됐어요. 제가 먹을 테니 그냥 두세요."

"어허! 자, 아~!"

이 억지를 누가 말리랴 싶어 수은은 하는 수 없이 군밤을 받아먹었다. 오물오물 씹어 먹는 모습을 사랑스레 쳐다보다가 대한이 하나를 까서 그녀 앞에 놓아주었다.

"가는 정이 있으면 오는 정도 있어야지."

그리고는 자기도 입을 아 벌린다. 수은이 그만 샐쭉해져 그를 흘겼다. 억지로 받아먹게 하고서 저 무슨 억지람. 수은은 새치름하니 그의 입에다 군밤을 넣어주는데, 그는 그것마저 곱게 받아먹는 법이 없다. 일부러 수은의 손가락까지 쪽 빨아먹는 것이다. 수은이 당황하여 얼굴에 단박 홍조가 띠었다. 그런데도 대한은 재미있다는 듯 낄낄 웃어댔다.

"저 놀리는 게 그렇게 재미있어요?"

"놀리는 게 재미있어서가 아니라 이렇게 당신하고 군밤 까먹는 게 재미있는 거지."

말끝에 그가 주머니를 부스럭거리더니 봉투 하나를 그녀 앞으로 던져 주었다.

"이게 뭐예요?"

"염소 보양탕인가 뭔가, 그거 값이야."

수은이 봉투를 그의 앞으로 쓱 밀어 놔주며 사양했다.

"저 때문에 다친 거니까 그럴 필요 없어요."

그가 군밤을 까며 투박스레 말했다.

"줄 때 넣어둬. 아니면 그 돈으로 당신도 보약 한 채 지어먹든지."

"전 됐어요."

"전에 보니까 비실비실하던데 뭘 그래. 이왕이면 호르몬제 같은 보약 없나?"

"호르몬제라니요?"

"당신은 다 좋은데, 너무 차가워. 거야 뭐 나한테만 그러는 거겠지만. 근데 당신 몇 살이야?"

"스물여덟이요."

"여자 나이 스물여덟이면 알 거 다 아는 나이일 텐데 말이야. 몸에 아무 이상 못 느껴?"

수은이 아연한 눈빛으로 되물었다.

"무슨 이상이요?"

"밤이 외롭다거나 평소 옆구리가 시리다거나 남자한테 한번 안겨봤으면 좋겠다거나 뭐 그런 거."

그럼 그렇지. 어쩐지 잘 나간다 했다. 수은이 대번 눈빛이 차가

워졌다.

"음담패설은 딴 데 가서 하시지요!"

"또 저거 봐. 말하는 것도 톡톡 쏘아붙이기나 하고. 나 지금 누구 만나고 오는 건 줄 알아?"

"그걸 제가 어찌 알아요?"

"나 유혹하는 아가씨 만나고 오는 거야. 그런데 이 사나이 방대한이 윤수은과의 신의를 저버리지 않기 위해서 과감히 거절하고 왔지. 예전 같으면 어림도 없는 일이야."

그걸 자랑 삼아 이야기하다니 수은은 기가 막힐 따름이었다. 그래서 물었다.

"그렇게 아까운 걸 왜 거절했대요?"

"말했잖아, 당신과의 신의 때문이라고."

"누가 그런 걸로 신의 지켜달라 했던가요?"

"그럼 지금이라도 갈까?"

이 남자 아주 협박조다. 수은이 발끈했다.

"그걸 왜 저한테 물어요?"

대한은 피식 웃더니 한마디 툭 던졌다.

"내숭."

"방대한 씨!"

"당신이라 그랬다가 이봐요라고 그랬다가 이젠 다시 이름이야? 어지간하면 통일해라. 정신 산란하니까. 그래도 당신이란 소리가 제일 낫다. 부부 같기도 하고."

실실 웃는 모습조차 능글맞아 수은은 그만 손을 털었다.

“그만 먹겠어요.”

“실컷 사다 달라 그럴 때는 언제고…… 더 먹어.”

대한이 손에 든 군밤을 입에 넣어주려 하자 수은은 냉큼 돌아앉고는 야박스레 말했다.

“잘 테예요. 그만 아랫방으로 내려가세요.”

대한은 손에 들었던 군밤을 제 입에 물고 발딱 일어나려는 그녀의 허리춤을 잽싸게 움켜잡았다. 그리고 제 품 안으로 쭉 끌어당겼다. 수은이 짧은 비명을 내지르다 밖으로 소리가 새나갈까, 두 손으로 얼른 입을 틀어막았다.

“지금 뭐 하는 짓…….”

수은이 채 말을 잇지 못한 것은 대한이 입에 문 군밤을 자신의 입에다 들이대었기 때문이다. 군밤을 입 안으로 밀어 넣어주며 살짝 입맞춤을 하는데, 수은은 순간 심장이 쿵 하고 내려앉는 기분으로 아찔했다. 수은이 반사적으로 상체를 뒤로 빼려 하자 대한은 허리를 끌어당겨 안으며 품 안에 가두었다. 양다리 사이로 그녀를 들이고 두 팔을 서로 단단히 틀어잡고 있으니 수은도 더 이상은 빠져나갈 길이 없어졌다. 대한은 수은의 입 안에서 혀끝으로 군밤을 돌돌 굴리며 도로 제 입으로 가져갔다가 서로 옮기며 유희하기를 여러 번 했다. 고소하고 향긋한 맛이 입 안에서 감돌며 혀끝으로 스치는 군밤과 서로의 혀가 짜릿하기 이를 데 없었다. 수은도 한순간 멈추었던 심장이 재박동하기 시작하면서 조금씩 그의 입맞춤을 받아들였다. 입술과 혀를 조심스레 움직여 군밤을 제 입으로 끌어들이기도 하며 그의 입으로 내뱉기도 했다. 거친 그의 입술을 곱게 적셔주기도 하고, 짓궂게 희락하는 그의 혀를 얌전히 가라앉히게도 했다. 수은이 가만가만 입술을 받아들이므로 대한도 마음이 놓였는지 편하게 그녀를 품에 고였다. 따스하고 달짝지근한 입술의 맛이 가슴을 설레며 사지를 녹아들게 만들기에 충분했다. 코끝으로 스치는 옅은 화장품 냄새도 남자를 유혹하는 페르몬 향처럼 강렬하기만 했다. 하지만 그 어떤 유혹보다 그녀가 이제 자신을 받아들이고 있다는 점에서 대한은 더없이 감격했던 것 같다. 다정하게 입술을 부딪쳐 오는 그녀를 느끼며 그는 어느 순간, 가슴에 울컥하고 감정이 치받쳐 올랐다. 그것이 물살 센 소용돌이처럼 돌고 돌아 가슴속에 채워져 있던 뭇 감상들을 날려 버리고, 오로지 그녀를 향한 사랑 하나만이 남았을 때의 기쁨이라니.

마지막으로 군밤을 그의 입속으로 밀어 넣어주고 조용히 입술을 떼는 그녀를 대한은 미소가 담긴 눈빛으로 바라보았다. 수은도 홍조를 띤 얼굴로 가만히 눈길을 피했다. 그가 싱긋 웃고는 군밤을 와작와작 소리 나게 씹으며 말했다.

"사랑한다, 윤수은!"

그 말이 또렷하게 규성의 귀에 들려왔다. 방문 앞에서 노크를 하려던 순간에 두런두런 들려오던 이야기 소리가 별안간 그치고 조용해졌다. 선뜻 문을 열지 못했던 것은 상상 속의 그림을 실제로도 보게 될까 봐 두려워서였다. 차라리 돌아설 걸 그랬다. 아무것도 보지 않았더라면 더 좋았을 뻔했다. 그렇게 살짝 문을 열고 훔쳐본 것이 두 사람의 키스 장면이었다. 아아……! 규성은 지극히 편한 자세로 그녀를 안고 키스하는 대한의 커다란 등이 망망대해보다 더 암담해 보였다. 그리고 반항 한 번 없이 그 키스를 주고받으며 누군가 방문을 열었다는 것조차 모르고 심취해 있는 수은 역시 충격적인 모습으로 다가왔다. 그래서였을까. 사랑한다, 고백하는 대한의 소리가 어쩐지 담담하게 느껴진 것은.

문을 닫고 막막한 심정으로 서 있자니 숨소리마저 신음처럼 들렸다. 결국 그렇게 되었구나. 속에서 신물이 올라오기 시작했으므로 그는 무척 곤욕스러운 표정으로 방문 앞에서 돌아섰다. 그리고 조용히 제 방으로 들어갔다.

✳

"수은 씨와 결혼하겠어요. 도와주세요, 아버지."

아침부터 회사로 달려와 뜬금없이 결혼 얘기를 꺼내는 규성을 김경복은 멀뚱히 쳐다보았다. 어째 평소답지 않은 모습에 비장함마저 스미어 있어 그의 진심을 알겠지만 이리 급하게 서두르는 이유가 궁금하지 않을 수 없었다.

"무슨 일이 있었던 게냐?"

규성은 고개를 설레설레 내젓더니 거두절미하고 재차 말했다.

"아버지 소원이시라면서요. 수은 씨와 결혼할게요. 그러니 도와주세요."

"그거야 당연하다만, 그래, 어떻게 도와주면 되겠니?"

"방대한이란 자가 있어요. 백궁 땅 주인이죠. 제가 볼 때는 수은 씨가 백궁 땅을 순순히 내놓지 않아서 다른 수를 쓰고 있는 것 같아요.”

김경복의 이마로 내 천자가 그려졌다.

“다른 수라니?”

“수은 씨는 맑고 깨끗한 여자예요. 절대…… 그런 작자에게 내줄 수 없어요.”

“내줄 수 없다?”

김경복은 아들이 단호하게 내지르는 말뜻을 쉽게 알아차렸다. 믿을 수 없는 일이었지만, 규성의 입에서 나온 말이라면 오해의 소지는 없을 것이었다. 그렇게 도도하고 깨끗한 척하더니 결국 그런 악당 놈에게 넘어간 수은을 이해할 수 없었다. 싸움을 붙이려 했더니 서로 정을 통해? 이거야말로 길 가다 뒤통수 맞는 격이 아니고 무엇이랴. 그런 일이라면 김경복 역시 쌍수 들고 반대할 일이었다. 만약 수은이 대한과 그렇고 그런 사이가 된다면 ‘백궁’ 땅은 이제 대한 손에 완전히 넘어간 거나 다를 바 없었으니까. 그나저나 그리 똑똑하고 다부진 아이가 어쩌다 그렇게 되었누? 쯧쯧. 혀를 차고는 김경복이 규성에게 일렀다.

“걱정 말고 백궁으로 돌아가 있거라. 나도 다 생각이 있으니.”

“무엇보다 궁금한 게 있어요.”

“뭐냐?”

“아버지와 수은 씨…… 대체 어떤 관계죠?”

김경복의 얼굴로 음울한 기운이 스쳐 지나갔다. 그러나 곧 평정을 되찾고는 대답을 회피했다.

"그건 나중에 말해 주마. 우선 너는 백궁으로 돌아가 아무 일 없었다는 듯 지내거라. 알겠니?"

규성은 초조한 마음으로 고개를 주억거렸다. 아버지 말처럼 지금은 그게 중요한 게 아닐지도 모른다. 지금 당장은 수은이 대한에게 넘어가지 않도록 하는 것이 급선무였다. 만약 수은이 그를 사랑하는 게 확실하다면 그녀의 앞날은 불 보듯 뻔한 일. 그걸 어찌 두고만 볼 수 있겠는가. 결코 그런 깡패 놈에게 수은을 내줄 수는 없었다. 그리고 '백궁' 역시.

"엄마에게는 아직 아무 말씀도 마세요."

"그러마."

"그럼 전 그만 가볼게요."

김경복이 자리에서 일어서는 규성을 미심쩍은 눈으로 바라보며 물었다.

"그나저나 수은이가 너에게 호감을 갖고 있는 건 확실한 거냐?"

"아직까지는요. 하지만 앞으로 더 확실히 해둬야죠. 그 무엇보다 제가 수은 씨를 사랑하니까요. 아버지는 방대한 그자만 잘 처리해 주세요."

걸려온 전화를 받느라 비상구로 들어갔다가 나오던 대한의 눈에 마침 김경복 회장의 사무실에서 나온 규성이 띄었다. 엘리베이터 쪽으로 걸어오는 그를 보고 대한은 급히 비상구 안으로 몸을 숨겼다. 그는 규성이 김경복 회장의 방에서 나오는 것을 어찌 해석해야 할지 몰라 순간 정신이 혼탁해졌다. 무언가 머리에 굉장한 타격을 입은 것 같은 충격이었다. 그는 심호흡을 가다듬으며 정신을 추스르려 애썼다. 김경복과 규성. 두 사람의 연관성을 지어보려 해도 마땅히 떠오르는 것은 없었으나, 한 가지만은 확실했다. '백궁'과 은밀한 관련이 있다는 것. 불분명한 정체의 규성이 어느 날 '백궁'으로 들어온 것도 그렇고, 그렇게 팔지 않겠다, 단호하던 땅문서를 순순히 내주었던 김경복 회장도 미심쩍고 수상했다. 필시 두 사람은 '백궁'을 둘러싼 음모에 직접적인 연관이 있는 것만은 틀림없었다.

"젠장……!"

김경복에게 뒤통수를 얻어맞은 기분이어서 대한은 이를 악물었다. 만약 규성이 김경복이 보낸 첩자라도 된다면, 수은의 충격은 또 얼마나 클 것인가. 생각만 해도 가슴이 무너져 내렸다. 비상구를 통해 살짝 엿보았더니 규성은 엘리베이터에 올라타고 있었다. 그제야 밖으로 나온 대한은 곧장 회장실 정면에 비치된 비서실로 향했다. 안내 데스크를 지키던 비서에게 그가 넌지시 물었다.

"방금 나간 사람이 누굽니까?"

대한의 얼굴을 익히 알고 있는 여비서는 별 경계 없이 대답해 주었다.

"회장님 아들 되십니다."

'아들……!'

대한의 낯빛이 일순 굳어졌다. 아들? 아들이라고? 이런 교활한 늙은이!

"잠시만 기다리십시오."

여비서가 인터폰을 누르려 하기에 대한은 황급히 저지했다.

"됐소. 갑자기 일이 생겨서 가봐야겠으니 회장님께는 내가 왔었다는 말은 하지 말아주시오."

"예, 알겠습니다."

대한은 누군가의 눈에 띌까 서둘러 엘리베이터로 향했다. 여러 가지로 생각이 많은 얼굴이었다. 그렇게 달려간 곳이 '백궁'이었다. 대문을 들어서부터 그는 노기등등하게 마당을 가로질러 규성이 일하고 있을 부엌으로 곧장 향했다.

규성도 이제 막 도착하여 앞치마를 두르고 있었다. 그는 미처 대한이 부엌으로 들어오는 것을 발견하지 못했다. 누군가가 다가와 다짜고짜 멱살부터 잡아채기에 방어할 틈조차 없었다.

퍽!

단 일격에 규성이 바닥으로 저만치 나가떨어졌고, 여기저기서 비명이 터져 나왔다. 규성의 입가로 한 줄기 피가 흘렀다. 그런 규성을 대한이 멱살을 억세게 잡아 일으켰다. 나름대로는 화를 억누르느라 얼굴이 시뻘게져 있었지만, 그것이 더욱 심상치 않은 기세여서 지켜보던 수은은 겁이 덜컥 났다. 누구 하나 뜯어말릴 생각도 못하고 있을 때, 대한이 규성을 향해 주먹을 번쩍 치켜들었다. 그의 팔에 매달린 사람은 어느새 달려온 수은이었다.

"무슨 일이에요?"

대한이 분을 못 이겨 덜덜 떨리는 목소리로 조용히 뇌까렸다.

"당신은 빠져. 이 자식하고 단둘이 할 얘기가 있어. 따라와!"

그가 기어코 부엌 밖으로 규성의 멱살을 움켜쥔 채 끌고 나갔다. 수은이 그의 팔에 매달리다시피 따라 나갔다.

"글쎄, 말로 하세요! 이봐요, 대한 씨! 이 손 놓고 얘기하라고
요!"

"당신은 빠지라고 했잖아!"

대한이 버럭 소리를 내지르는 바람에 수은은 그만 기가 질려 그
의 팔을 놓치고 말았다. 규성도 어쩐지 담담한 표정이어서 그녀는
더욱 혼란에 빠졌다. 감히 두 사람 간에 끼어들지 못할 기운이 느
껴져서 그녀는 차갑게 대한을 노려본 뒤 한 발짝 물러났다.

"좋아요. 관여 않지요. 하지만…… 제 집 안에서 더 이상 주먹다
짐은 말아주세요. 두 사람 다 나가요! 나가서 치고받고 싸우든지
말든지 저는 모르겠으니 나가요, 당장!"

그녀는 호통을 친 다음 싹 돌아서 부엌 안으로 들어가 버렸고,
대한은 그녀의 기세에 한풀 꺾였다가 이내 규성을 뒤뜰로 끌고 갔
다. 그리고 장독대 앞까지 왔을 때에야 그를 바닥에 내팽개쳤다.
규성이 자빠진 채 대한을 죽일 듯 노려보며 씩씩댔다.

"너 이 자식, 대체 무슨 속셈으로 여기 왔어?"

규성이 벌떡 일어나며 대들었다.

"당신이야말로 수은 씨 어쩔 셈이야? 당신 같은 인간이 감히 수
은 씨에게 가당키나 해?"

"그래서 네 아버지가 널 보낸 거냐? 나 견제하라고 보낸 거야?"

그 말에는 규성도 흠칫 놀랄 수밖에 없었다. 그 일을 어찌 알았
을까. 그보다 이제 그가 알았으니 이런 낭패가 또 없었다. 순식간
에 그의 얼굴이 사색이 되어가는데, 대한은 새빨개진 눈을 무섭게

부릅뜨며 나직이 일렀다.

"조용히 말할 때, 백궁에서 나가라. 수은이 만에 하나 너의 정체를 알게 되었을 시, 그 충격을 헤아린다면 아무 말도 말고 나가."

"자, 잠깐만……! 대체 아버지와 수은 씨, 무슨 관계인 거죠?"

규성의 질문에 난감하기는 대한도 마찬가지였다. 그가 짐작한 바로는 규성 또한 모든 사실을 알고 있었으리라고 생각했던 것이다. 그런데 전혀 모르는 얼굴이었다. 그러고도 무엇 때문에 이곳에 왔는지, 혹은 김경복이 무슨 생각으로 자식을 호랑이 굴에 집어넣었는지 참으로 알다가도 모를 일이었다.

"너 정말 몰라서 묻는 거냐?"

"아버지도 얘기 안 해주고, 안 그래도 궁금하던 차였어요. 두 사람 사이에 대체 무슨 일이 있었던 거죠?"

대한은 기가 차서 헛웃음밖에 나오지 않았다. 저런 맹탕인 녀석을 뭐에 쓰려고 보냈단 말인가. 하지만 녀석을 당장 돌려보내려면 사실대로 말해 주는 길밖에 없었다.

"네 아버지랑 수은이랑 원수지간이다. 네 할아버지 때문에 수은이 할아버지가 돌아가셨단다. 더 정확히는 독립군이셨던 수은이 할아버지를 이 집에서 머슴 살던 네 할아버지란 인간이 밀고를 해서 고문 끝에 죽게 만들었다 그 말이다. 이제 알겠냐?"

규성은 이게 다 무슨 소린가 하는 표정이었다. 독립군은 뭐고, 머슴은 또 뭐란 말인가. 어리벙벙하기 짝이 없는 규성의 얼굴에다 대고 대한이 마지막으로 악을 버럭 질렀다.

"그러니 당장 나가란 말이야! 다신 수은이 곁에 얼씬도 마! 수은

이가 이 사실을 알게 되면 넌 어차피 쫓겨나게 되어 있어. 나한테
한 대 맞은 걸로 끝나길 감사해, 이 멍청아!"

　수은은 상을 마주하고 앉아 있어서도 안색을 풀지 못한 채였다.
대한도 홧김에 소란을 떤 것이 미안하여 다른 때처럼 넉살 좋게
굴지는 못했다. 그는 상 위에서 보글보글 끓고 있는 해물 매운탕
을 물끄러미 쳐다보다가 그 너머로 수은의 얼굴을 슬쩍 살폈다.
굳은 얼굴로 밥을 먹고 있는 폼이 건드리기만 하면 곧 폭발할 활
화산 같다. 그는 냄비 속에 수저를 담그려 하다가 언뜻 떠오르는
것이 있어 후딱 내려놓았다. 대신 국자를 들어 앞 접시에 해물과
야채와 국물을 부어 그녀 앞으로 놓아주었다.
　"맛있겠는데……."
　"……."
　수은은 국물만 한 모금 떠먹어보았을 뿐, 말이 없었다. 대한은
지레 조바심이 나서 뚱하니 그녀를 건너다보았다. 이러면 되레 억
울해지는 쪽은 자신이다. 죄가 있다면 그놈의 주먹이 문제지. 그
가 자신의 그릇에도 해물을 덜어가며 구시렁댔다.
　"겸상할 때 예의 지키라고 했던 사람이 누구였더라. 그렇게 인
상 쓰고 앉아 있으면 무서워서 어디 밥 먹겠나."
　수은이 한숨을 폭 쏟아내었다. 이러쿵저러쿵하는 잔소리보다
그게 더 무서워 대한은 속으로 찔끔했다. 그녀의 시선이 천천히
날아왔기에 대한은 일부러 못 본 척 해물탕 국물만 떠먹었다.
　"시원하다!"

"퍽도 시원하시겠어요."

톡 쏘아붙이는 말에 대한이 울컥했다.

"밥 먹자. 그만 해라."

조용히 타이른다고 했건만 어투는 전혀 고분하지가 않았다. 수은이 치받쳐 오르는 감정을 억지로 삭이느라 숨소리가 약간 거칠어졌다. 그것을 모를 리 없는 대한도 슬슬 화가 치밀어 오르기 시작하고 있었다. 무슨 여자가 저리 깐깐하여 하나라도 그냥 넘어가는 법이 없을까.

억지로 분을 삼키려니 수은의 눈에서 눈물이 주르륵 흘러내렸고, 그걸 본 대한이 밥맛 떨어진다는 듯 수저를 소리 나게 탁 내려놓았다.

"지금 뭐 하는 거야?"

그의 말투에 화가 잔뜩 실렸다. 수은은 아무런 대꾸 없이 한숨을 깊이 내쉬더니 밥을 입 안에다 끌어넣었다. 그런 그녀에게서 대한이 수저를 확 빼앗았다.

"지금 뭐 하는 거냐고 묻잖아!"

"이리 내세요!"

"먼저 말해! 왜 질질 짜는 거야? 뭐가 그렇게 억울해서 밥상머리 앞에서 질질 짜는 거냐고?"

참으로 이런 왈패가 없었다. 수은이 급기야 눈물을 삼키지 못하고 입 밖으로 내뱉고 말았다.

"꼭 그렇게 뭐든 주먹이 우선이어야 해요? 말로 해도 될 것을!"

그녀는 알까, 그나마 그 한 대로 끝난 것도 대단한 인내심이 필요했다는 걸.

"그 자식 한 대 때려준 게 그렇게 마음 아파? 그래서 우는 거야?"

졸렬하고 치사한 물음이었다는 거 안다. 알면서 대한은 굳이 필요치 않은 대답에 대한 질문을 패악스럽게 던지고 있었다.

"그런 게 아니잖아요!"

"그 자식이 어떤 자식이란 거 알고도 당신이 이럴 수 있나 보자. 젠장! 바보같이 언제까지 당하고만 살래?"

대한은 울화가 치밀어 자리에서 벌떡 일어나 잠바를 들고 나가 버렸다.

"대한 씨!"

그녀가 뒤늦게 불러보아도 그는 있는 대로 성질이 올라 탕 소리를 내며 방문을 닫고는 사라졌다. 실상 그녀가 안타까워 우는 이유를 다 알면서, 오히려 그게 미안하여 회피하는 사람처럼. 그래서인지 수은은 마지막으로 그가 남기고 간 말의 의미를 깊이 되새기지 못했다.

갑자기 집으로 달려온 것도 뜨악하던 참에 종일 방 안에만 틀어박혀 있다가, 김경복이 퇴근을 하고 나서야 규성이 아래층으로 내려왔다. 회사로 들렀던 게 아침나절이었는데, 이제 또 집으로 와 틀어박혀 있다는 소식을 아내에게 전해 듣고 김경복은 열일 젖혀 두고 퇴근하여 오는 길이었다. 규성은 김경복을 보자마자 따지듯 물었다.

"수은 씨와 우리 집안이 원수지간이라는 거 사실이에요?"

김경복과 정 여사가 동시에 놀라는 표정을 지었다.

"이리 앉아라."

김경복이 코트를 벗으며 규성에게 일렀다. 정 여사는 김경복 손에서 코트를 받아 들고는 불안스레 소파로 먼저 가서 앉았다. 규성이 그 건너편에 앉았다.

"그 소리는 누구에게 들은 게야?"

"대답부터 해주세요. 할아버지가 수은 씨 할아버지를 밀고하여 돌아가시게 했다는 말이 다 사실이냐고요."

정 여사가 남편의 눈치를 보며 몸 둘 바를 몰라 했고, 김경복은 더 이상 감출 수 없는 일임을 자각하고 천천히 입을 열었다.

"그래, 사실이다."

규성의 안색이 새파랗게 질렸다. 그는 두 손으로 얼굴을 감쌌고, 무척 침통한 모습이었다.

"그래서 절 백궁으로 보낸 거로군요. 수은 씨를 꼬시기라도 하란 말, 빈말이 아니었어요. 그렇게 제가 수은 씨와 결혼이라도 하면 실추된 명예가 회복되리라고 생각하셨어요, 아버지?"

규성의 뼈 박힌 질문에 김경복도 선뜻 뭐라 대꾸를 하지 못했다. 규성이 얼굴에서 손을 떼고 젖어든 눈시울로 김경복을 바라보았다. 김경복은 여린 심성을 가진 아들에게 얼마나 큰 상처가 되었을지 너무나도 잘 알기에 여기서 물러날 수 없었다. 대체 그따위 말을 누가 해주었을까. 설마 수은이 모든 사실을 알고 얘기를 해준 것일까.

"누가 그런 얘기를 했더냐? 말해 봐. 누구냐, 그게?"

"방대한이요. 그 사람은 다 알고 있던걸요. 대체 그자가 어떻게 그 내막을 알고 있는 거죠? 아버지! 그자와 아버지는 또 무슨 상관이냐고요?"

김경복도 더 이상은 숨길 일이 아니다 여기고 아들에게 사실을 죄다 말해 주었다. 대한에게 협박을 받아 땅을 팔게 된 일부터 시작해서 지금에 이르기까지. 조금 거짓말을 보탠 것이 있다면 수은을 진심으로 생각해서 며느리로 점찍어놓았다는 것이었다. 수은이 쉽게 '백궁'을 넘겨줄 사람이 아니어서 일부러 방대한에게 땅을 팔았다는 것도. 하지만 이제 수은이 그에게 넘어가게 생겼으니, 수은도 '백궁'도 위험 지경에 빠진 것만은 사실이었다.

"내 말 잘 들어라. 우리 집안과 수은이와의 묵은 감정은 차후의 일이다. 만약 방대한, 그자에게 백궁이 넘어가는 날에는 돌이킬 수 없는 결과를 낳게 돼. 그자가 지금 백궁을 빼앗기 위해 수은이를 꼬시고 있는 거야. 그런 자가 수은이를 끝까지 지켜줄 것 같으냐? 절대 그럴 리 없다. 그자는 백궁만 자기 손에 들어오면 수은이를 내칠 게 분명해. 백궁을 지키는 것이 수은이를 돕는 일이라는 걸 명심해라. 수은이는 우리 집안과의 악감정 때문에 내 본심을 몰라주고 있어. 백궁의 수석 조리사를 회유해 오라는 것도 방대한 손에 넘어가게 하지 않기 위함이었다. 수은이는 지금 위험에 처해 있단 말이다. 그리고 이제 수은이와 백궁을 구해낼 수 있는 사람은 너밖에 없다. 어떻게든 수은이를 설득해. 방대한 그자의 마수에서 빼내와야만 해!"

　　김경복은 아들에게 어떻게든 수은을 방대한으로부터 빠져나오게 만들어야 한다고 종용했다. 규성도 그 점에서는 같은 생각이었으니, 두말 않고 '백궁'으로 돌아가기로 마음먹었다. 다행히 수은이 아직 아무것도 모르고 있으니 그녀의 마음을 돌려놓기로는 지금이 적격이 아닐까 싶었다.

　　낮에 대한과 불미스러운 일이 있은 이후로 통 보이지 않는다 했더니, 느지막한 밤이 되어서야 돌아온 규성을 보고 수은은 내심 안도했다. 이대로 가버린 것은 아닐까, 걱정했었는데…….

　　"저녁은 먹은 거예요? 종일 어디 갔었어요?"

　　수은이 규성이 묵는 방으로 따라 들어오며 물었다. 규성은 그녀를 끌어안기부터 했다. 마음이 이루 말할 수 없이 아파서 그녀의 얼굴을 똑바로 쳐다볼 수가 없었다. 어찌 이리되었나. 원수지간이라니, 기가 막혔다. 그리고 그걸 알게 될 수은을 생각하면 숨통이 막힐 것만 같았다. 규성은 수은을 꼭 끌어안은 채 아무 말이 없었다. 그저 마른 한숨만 간간이 내쉴 뿐이었다.

　　"미안해요. 제가 대신 사과할게요. 무슨 일인지는 모르겠지만, 조금만 참아주면 안 될까요? 그 사람 그렇게 나쁜 사람 아닌데……. 성질이 급해서 말보다 행동이 먼저 나가는 것뿐이에요. 제가 잘 타일러 보겠어요. 다시는 그러지 말라고 할게요, 네?"

　　"왜 수은 씨가 사과해요? 사과하지 말아요. 저한테 미안하다는 말, 하지 말아요. 미안한 건 전데, 수은 씨가 왜 항상 먼저 사과해요."

수은이 응석받이처럼 울먹이는 규성을 마주 안아주며 엷게 미소 지었다.

"우린 친구잖아요. 친구끼리 누가 먼저 사과하면 어때요."

"저 친구 안 해요! 수은 씨랑 친구 안 할 거예요. 수은 씨, 우리 결혼해요. 저랑 결혼해 줘요."

"규성 씨……."

무언가에 쫓기듯 불안에 떨고 있는 그의 품에 안겨 수은은 어찌할 바를 몰라 했다. 낮에 대한과 뭔가 심상치 않다 했더니 결국 그와 얽힌 일인가 싶어 불길하기 짝이 없었다.

"무슨 일인데 그래요? 규성 씨답지 않군요."

"미안해요, 수은 씨. 정말 미안해요. 흐흑……."

급기야 울음까지 터뜨리는 그에게 아무 말도 할 수 없어 수은은 등만 토닥거려 위로해 주었다.

"수은 씨, 그 사람 좋아하는 거 아니죠? 사랑하는 거 아니죠? 아니라고 말해요. 제발 아니라고 말해요."

수은은 가슴이 철렁했다. 혹, 간밤에 키스하던 모습을 보았던 건 아닐까. 그래서 이리도 애처롭게 매달리는 것은 아닐까. 몰려오는 낭패감에 몸서리가 쳐졌다. 이 여린 심성에 제 눈으로 그걸 목도했으니 얼마나 가슴이 찢어졌을 것인가.

"규성 씨, 그게……."

어떤 말의 변명도 지금 그에게는 아무런 위안이 되지 못할 것이다. 눈으로 본 것까지 속일 수는 없는 노릇이었다. 어쩌면 솔직한 대답이 그의 상처를 치유하는 데 빠를지도 모르겠다. 수은은 마음을 단단히 다잡아먹고 사실을 실토했다.

"맞아요. 미안해요."

규성은 가슴이 무너지는 아픔에 두 눈을 꼭 내리감았다. 그의 눈에서 굵은 눈물이 흘러내렸다. 흐느껴 우는 그의 등을 수은은 여전히 토닥거려 주었다.

"정말 미안해요. 어쩌면 좋아요. 마음 아파 어떡하면 좋아요."

수은도 같이 눈시울이 젖어들었고, 가슴은 불에 덴 듯 뜨거워졌다. 자신도 일이 이렇게까지 될 줄은 전혀 예견치 못했다. 상상이나 해보았겠는가. 불과 며칠 전까지만 하더라도 방대한 같은 남자는 힘에 겨워 싫다 호언장담했던 그녀다. 그런데 그 며칠 사이에 180도로 전환되어 그의 키스를 담담히 받아들이기까지 했다. 게다가 군밤으로 유희를 즐기며 키스를 나누었다. 스스로가 생각해도 어이가 없을 터에 규성이 겪었을 배신감이야 오죽하랴 싶었다.

수은은 그를 자리에 앉히고 진정시키려 애썼다. 규성은 어린애처럼 코를 훌쩍이며 울었다. 화장지를 가져와 그의 얼굴을 닦아주고 달래느라 수은은 누나가 되어버린 기분이었다. 덩치만 크고 나이만 먹었지, 만년 소년 같은 규성을 보자 자꾸 웃음만 나왔다. 마음 한편으로는 아프고, 다른 한편으로는 우습고. 두 갈래 마음이 되어 수은도 갈피를 잡을 수 없었다.

"울지 말아요. 남자가 이리 울어서 쓰겠어요."

"그런 남자 싫다고 했잖아요. 수은 씨 입으로 그랬잖아요. 그 사람은 안 돼요, 수은 씨. 그런 깡패 자식을 수은 씨 같은 여자가 어떻게 좋아할 수가 있어요? 게다가 그 작자는 이 백궁을 없애려는 적이라고요!"

수은은 그의 손을 꼭 잡아주며 말했다.

"그래요. 그 사람은 규성 씨나 저 같은 사람보다 훨씬 부족하고 모자란 점이 많아요. 처음에는 그것이 불쌍하고 안됐었어요. 왜 저렇게 험악한 인생만 골라 살까. 왜 저렇게 남에게 못할 짓만 할까. 그게 화가 나면서도 안타깝고 마음이 아팠지요. 저도 그게 단순한 동정이라 생각했어요. 한 인간에게 느끼는 평범한 동정에 지나지 않았어요. 그런데 동정과 사랑의 차이가 뭔지 아나요? 동정은 단지 불쌍한 마음으로 그친다는 것이고, 사랑은 그 사람의 부족하고 모자라는 부분들을 채워주고 싶은 거예요. 규성 씨에게 이해해 달라는 말은 안 할게요. 그냥 제 마음이 그렇다는 것만 알아 둬요."

"그럴 수 없어요! 수은 씨, 이럼 안 돼요. 왜 하필 그 사람이에요? 왜 그런 깡패 자식이냐고요! 잊었어요? 그 자식은 수은 씨의 적이에요. 적이란 말이에요!"

"설득해 보겠어요. 그 사람에게 기회를 줄 거예요. 적이 아닌 사랑으로……."

규성은 돌이킬 수 없게 되어버린 수은이 안타까웠다. 어쩌면 적이기는 자신도 마찬가지일 터에 이중 삼중으로 궁지에 몰린 기분은 뭐라 말할 수 없이 씁쓸한 것이었다. 그는 수은의 손을 놓고 천천히 자리에서 일어났다. 수은의 애처로운 눈길을 애써 피하며. 그가 방을 나가기 전, 등을 돌린 채로 혼잣말처럼 뇌까렸다.

"두고 봐요. 그 자식이 수은 씨를 더 이상 농락하지 못하도록 해

줄 테니.”

“규…….”

수은은 순간 소름이 확 끼쳐 그의 이름도 채 부르지 못하고 말문이 막혀 버리고 말았다. 심장을 옥죄어오는 불길함에 온몸이 덜덜 떨려왔다.

다음날 늦은 시각, 김경복 회장의 차가 자택 앞에 도착했다. 담벼락 밑에 서 있던 차 안에서 대한이 내려섰다. 그는 성큼성큼 김경복 차로 다가가 뒷좌석에 훌쩍 올라탔다. 이 늦은 시간에 집 앞에서 기다리고 있던 이유를 알면서 김경복은 짐짓 모른 척 물었다.

“웬일인가, 이 시간에?”

대한이 인상을 쓰며 따끔하게 일침을 놓았다.

“어리석은 짓이었어요.”

“어리석은 짓?”

“아드님을 백궁에 보낸 일 말입니다. 결코 좋은 방법이 아니었어요. 무슨 생각인지는 모르겠으나, 이쯤에서 물러나십시오. 백궁은 이미 제 손안에 들어와 있습니다. 제가 무슨 말을 하려는 건지 아시리라 믿습니다.”

김경복은 대한이 허튼소리를 하는 사람이 아님을 잘 알고 있었다. 이제 그가 노리고 있는 것이 ‘백궁’ 뿐 아니라, 수은에게까지 손을 뻗치고 있다는 점 또한 그러했다. 한 번 노린 것은 결코 포기하는 일이 없는 그였기에 얼마나 악랄하고 잔인한가 하는 것도 김경복을 심리적으로 위축시키기에 충분했다. 그런 점을 높이 사 이제껏 뒤를 밀어줬건만, 놈은 너무나 커버렸다. 이제 조련사도 어쩌지 못할 정도로. 김경복은 불쾌한 내색을 감추지 못하고 조용히 일렀다.

"수은이 그 아이는 건드리지 말게. 자넨 백궁만 가지면 될 것 아닌가."

대한이 한쪽 입가를 슬쩍 말아 올리며 소리없이 웃었다. 그러나 곧 웃음기를 거두고 김경복을 건너다보았다. 눈빛이 어찌나 차갑던지 김경복은 절로 간담이 서늘해졌다.

"수은이 이제 제 여잡니다. 백궁도, 수은이도 이 손안에 있다는 걸 명심하십시오, 회장님."

가죽 장갑을 낀 양손을 김경복 앞으로 내밀어 손바닥을 펴 보이며 대한은 마지막 쐐기를 박았다. 김경복은 노기가 잔뜩 서린 얼굴로 대한을 쏘아보기만 했다. 어금니를 악무느라 입술이 실룩거리고 있었다. 그가 간신히 할 말을 내뱉었다.

"어디 해보세. 내 분명히 말해 두지만, 백궁은 자네 차지가 될 수 있을지언정 그 아이만은 맘대로 안 될 걸세."

김경복의 경고에도 대한은 느긋하게 두 손을 거둬들여 주먹을 꽉 쥐어 보였다. 마디를 꺾는데, 우두둑하고 소리가 났다. 위협적인 행동에 김경복의 안색이 차디차게 굳었다. 대한이 그런 낯짝에다 대고 빙긋 웃어주며 말했다.

"이로써 협상은 결렬이겠군요. 전 회장님이 영원한 제 편이 되어줄 줄 알았는데 말입니다. 그 점이 저로서는 가장 안타깝네요.

회장님이야말로 잊지 마십시오, 회장님이 건재하느냐, 그렇지 못하느냐 또한 제 손안에 있다는 걸. 그럼 백궁 투자 건은 없었던 일로 하겠습니다. 이 바닥 생리가 뭔지 잘 아실 테니 두말은 않겠습니다. 적 아니면 아군. 이제 그 판가름이 확실해졌으니 더 이상 긴 얘기는 필요없겠지요. 그동안 여러 가지로 신세도 많이 졌는데, 모쪼록 살아 계시는 동안 편안하길 바랍니다."

그 말을 끝으로 대한이 차에서 내려섰다.

"저, 저, 저……."

뒤도 안 돌아보고 가버리는 대한을 손가락으로 가리키며 김경복은 분함을 감추지 못했다. 제 차에 올라탄 대한은 전조등을 정면으로 김경복 차에 비췄다. 김경복도, 운전기사도 눈이 부셔 반사적으로 얼굴을 돌렸다. 그 틈을 타 대한은 액셀러레이터를 요란하게 밟았고, 곧장 김경복 차로 달렸다. 김경복과 운전기사가 기겁하는 표정을 또렷이 지켜보며 그는 아슬아슬하게 차를 스쳐 지나갔다. 정면충돌이라도 하려는 줄 알았다가 간발의 차이로 비껴가자, 김경복은 놀란 가슴을 쓸어 내렸다. 그의 얼굴로 식은땀이 맺혔다가 굴러 떨어졌다.

제13장

간밤에 대한과 규성, 둘 다 집으로 들어오지 않아서 수은은 선잠을 떨치고 일어나야 했다. 여느 날과 다를 바 없었으나, 그런 까닭에 그녀는 침울해 있었다. 몇 번이나 전화를 들었다가 그것마저 접었다. 대한의 화를 풀어주기도 지치고, 규성을 달래기도 역부족인 심신 상태였다. 진정되면 둘 다 알아서 들어오겠거니 하고 그녀는 아침 채비를 바쁘게 서둘렀다.

전주에 사는 박윤석에게 전화가 온 것은 오후 세 시경이었다. 그 역시 독립군 후손으로 홍 아저씨만큼이나 의지를 하고 있는 분이었고, 전라도를 총괄했다. 한 달에 한 번 정도 서로 안부를 주고받거나 재정 문제로 의논차 연락을 하고는 했다. 이번에도 그런 문제이려니 여기고 수은은 아무 생각 없이 전화를 받았다. 그런데 그가 하는 얘기를 듣고 수은의 안색이 점차로 하얗게 변해 갔다.

[혹시 홍가 소식 들었는가?]

"아니, 못 들었는데요. 무슨 일이세요?"

[외국으로 도망갔다네.]

"그게 무슨 말씀이세요? 홍 아저씨가 외국으로 도망을 가다니요?"

수화기 건너편으로 통탄의 한숨이 쏟아졌다. 가슴이 덜컥 내려앉은 수은이 채근했다.

"아저씨, 무슨 일이에요? 어서 말씀해 보세요. 홍 아저씨한테 무슨 일이라도 생겼나요?"

[그 빌어먹을 놈이 자금을 몽땅 가지고 튀었어. 다 늙어 무슨 영화를 보겠다고, 제정신이 아닌 게야!]

수은은 몸의 기운이 하나도 남김없이 빠져나가는 기분이었다. 자금이라면 며칠 전에도 일정 금액보다 많은 돈을 후원금으로 보내었고, 그간 매달 정기적으로 보낸 금액만 해도 엄청났다. 전국을 총괄하는 막중한 지위를 가진 그가 그리 큰일을 벌였다는 것에 그녀는 눈앞이 캄캄해졌다. 돈보다 더 큰 배신감으로 사지가 벌벌 떨려왔다.

"아, 아저씨, 어떻게 된 건지…… 자세히 말씀 좀 해보세요. 홍 아저씨 그런 분 아니에요. 아저씨도 잘 아시잖아요!"

[그러게 열 길 물속은 알아도 한 길 사람 속은 모른다는 옛말이 하나 그를 게 없다니까! 나도 이게 긴가민가 믿기지가 않아. 그런데 사실이라네. 내가 이미 확인했어.]

"말도 안 돼요, 아저씨. 이건 말도 안 돼요. 무슨 사정이 있을 거예요. 급한 사정이 있어서 저한테 연락도 없이 가신 걸 거예요. 돌아올 거예요. 그 아저씨가 그런 돈을 갈취할 리가 없어요. 절대 그런 분 아니에요!"

수은은 그새 눈물범벅이 되어 흐느껴 울었다. 그 죄를 다 어찌하려고 그리 우매한 짓을. 아버지와는 친구이기도 했던 그이기에 수은은 도저히 믿을 수가 없었다. 청천벽력도 이 같을 수는 없을 것이다. 다른 사람도 아닌, 홍 아저씨라니. 이날 이때껏 그에게 모든 자금을 맡기고, 그가 하자는 대로 달라는 대로 내주었건만, 기가 막혀 그녀는 숨도 제대로 쉴 수 없을 지경이었다.

"아, 아저씨. 아저씨, 알고 계시나요? 홍 아저씨한테 먼 친척 있다는 얘기, 들으셨지요?"

[친척? 무슨 친척? 그 사람 어머니랑 둘이 월남해서 친척이라고는 하나도 없는데…… 자네, 몰랐던가?]

"아니에요, 아저씨. 먼 친척이 있다고 했어요. 그 친척 조카가 지금 저희 집에 와 있는걸요. 제가 직접 홍 아저씨께 전화 받았어요. 그러니까 그 친구가 오면 알지도 몰라요. 어떻게 된 일인지 그 친구는 알 거예요."

[이것참, 무슨 소린지 알 수가 없네. 어머니 일찍 여의고 혈혈단신인 사람한테 무슨 친척이 있다 그래? 없어. 자기 식구들 외에는 아무도 없다니까. 내가 한두 해 아는 사람인가, 어디.]

전화기를 든 손이 바닥으로 털썩 떨어져 내렸다. 수화기 너머로 안타깝게 부르는 박윤석의 목소리가 연신 들려왔다. 하지만 수은은 다시 전화기를 들 수 없었다. 그녀는 너무나 큰 충격을 받은 탓에 그대로 쓰러져 눕고 말았던 것이다. 기력이라고는 하나도 없어 거의 실신 상태였다.

마침 방으로 들어오던 새롬이 그녀를 발견하고 비명을 질렀다.

"언니! 언니, 왜 이래요? 언니!"

한달음에 달려와 수은의 어깨를 흔들어보던 그녀는 정신없이 밖으로 달려나갔다.

"수은 언니 쓰러졌어요! 아무도 없어요? 누가 좀 와봐요!"

수은은 새롬이 외치는 소리가 귓전에 아득하게 울릴 뿐, 정확히 들리지도 않았다. 스르르 눈을 감는 그녀의 눈가로 한 방울 눈물이 또르르 굴러 떨어졌다.

갑자기 쓰러진 수은 때문에 '백궁'의 전 식구가 초긴장을 하고 있는 가운데, 새롬의 연락을 받고 규성이 도착했다. 규성은 수은이 누워 있는 안방으로 들어와 주춤주춤 다가와 앉았다. 수은은 망연히 천장만 보고 누웠다가 그가 오자 비칠거리며 자리에서 일어났다. 옆에 앉았던 새롬이 그녀를 부축하여 일으켰다. 방 안에는 몇몇 직원들이 만일의 경우를 대비해 대기하고 있었다. 수은은 그들을 가리켜 나가보라 일렀다. 그리고 새롬이에게도 똑같이 말했다. 새롬은 수은과 규성을 번갈아 눈치 보고는 조용히 자리에서 일어나 다른 직원들과 함께 밖으로 나갔다.

"많이 아픈 거예요? 어디가 아픈데요? 혹, 저 때문인가요?"

수은은 눈밑이 까맣게 그늘진 채 빨갛게 충혈된 눈으로 그를 바라보았다. 규성은 영문을 모르고 긴장해 있었다. 수은이 말라 까칠하게 일어난 입술을 천천히 떼었다.

"정체가…… 뭐예요?"

"……."

"정체가 무어냐고 물었어요."

넋 나간 듯 묻는 수은을 보고 규성의 낯빛이 참담해졌다.

"수은 씨, 왜 그래요?"

"누구냐고요! 홍규성이 아닌 누구냔 말이에요! 당신 정체가 뭐냔 말이에요!"

수은의 목소리가 점점 격해져 올라가고 주먹 쥔 손은 부들부들 떨렸다.

규성은 자신의 정체가 탄로났다는 것을 짐작하고 그만 말문이 막혀 버렸다. 하지만 그는 침착했다. 어차피 그녀에게 이실직고를 하려던 참이었다. 용기가 나지 않았지만, 언제까지 속일 수는 없는 일이었다. 사실대로 말하고 용서를 빌려 했다. 애당초 이곳 '백궁'에 들어온 것은 나쁜 의도로 시작되었으나, 그녀를 사랑하는 마음에 있어서는 일말의 거짓도 없었다. 그것만큼은 맹세할 수 있었다. 그러나 한 번 막힌 말문은 마음대로 터져 주지 않았다. 두 주먹을 불끈 쥐고 충격과 분노로 바르르 떨고 있는 그녀를 보자, 그 가시 박힌 원망의 눈초리가 무엇보다 아파서 차마 입이 떨어지지 않았다.

"말하지 않을 건가요? 홍규성이라는 가명을 쓰고 내 집에 들어온 이유가 뭔지 당신 입으로 실토하지 않겠다면 저도 다른 수가 없지요. 경찰을 부르겠어요. 그래서 당신이 왜 나한테 의도적으로 접근했는지 알아내겠어요! 왜 하필 홍 아저씨를 시켜 이런 짓을 했는지 꼭 알아내고야 말겠어요!"

"그래요! 저…… 그 사람 몰라요. 저와는 아무 상관 없는 사람이 에요. 제 이름은 홍규성이 아니라 김규성이고, 아버지는…… 아버지는…… 김…… 경복……."

"……."

수은은 일전 그가 신발을 신겨주며 흘리는 말로 자신의 이름을 김규성이라 칭했던 것을 기억해 냈다. 그녀는 입이 벌어져 다물어 질 줄 모르고 멍하니 그를 바라보았다. 김경복이 그의 아버지라 했다. 분명히 그렇게 말했다. 아버지, 김경복. 그리고 그의 아들 김규성.

"이런 짓을 하고도 당신들이 인간이라 할 수 있나요? 이제껏 저 를 속이고도 친구라 할 수 있는가 그 말이에요!"

수은은 자신의 한복을 비틀어 쥐고 피를 토하듯 말했다. 규성은 겨우겨우 눈물을 삼키며 분노로 파르르 떨고 있는 그녀에게 무릎 걸음으로 다가갔으나, 어느 한 군데 손을 델 수 없을 만치 가슴이 찢어졌다. 눈물을 삼키지 못하고 그렇다고 마음 놓고 내뱉지도 못 하여 규성의 눈에서는 저절로 눈물이 주르륵 흘러내렸다.

"미안해요. 수은 씨를 속이려고 그랬던 게 아니었어요. 저도 몰 랐어요. 그냥…… 그냥…… 그렇게 되어버렸어요. 수은 씨를 처음 본 순간에 사랑하게 됐고, 우리 아버지와 수은 씨가 원수지간이라 는 소리 듣고 미칠 것 같았어요. 내가 용서 빌게요. 수은 씨, 내가 이렇게 용서 빌게요. 수은 씨를 속이려던 게 아니었어요. 정말이에요. 내 말 믿어 줘요.”

“꼴도 보기 싫으니 나가요! 다시는 그 얼굴, 보고 싶지 않아요. 가서 당신 아버지에게 전해요. 홍 아저씨를 어떻게 매수했는지는 몰라도, 이 백궁과 나 윤수은만은 어림도 없다고! 내 죽어서라도 당신 집안을 무너뜨리고 말 테니 두고 봐요!”

“내가 수은 씨의 적이라면 방대한 그 사람도 수은 씨의 적이에요! 그 사람, 절대 이 백궁 포기 안 해요. 아직도 모르겠어요? 그자가 왜 수은 씨에게 사랑 운운하면서 접근하는지 모르겠느냐고요? 아버지에게 얘기 들었어요. 수은 씨 앞에서는 사랑하는 척하면서 뒤로는 아버지에게 이곳에 지을 쇼핑센터에 투자하라고 협박했다더군요. 나도 다 알아봤어요. 그 정세령이란 여자가 쇼핑센터 설계를 맡은 여자예요!”

“……”

“그러니까 속지 말란 말이에요. 그런 파렴치한 놈에게 수은 씨는 너무나 아까운 여자예요.”

“그만…… 돌아가요.”

“난 일단 돌아가지만, 내 말은 새겨들어요. 수은 씨, 이제껏 그 자식에게 속았다는 것만 알아둬요. 그리고 앞으로는 속지 마요. 그 누구에게도.”

“돌아가란 말 안 들려요? 가요! 당장 내 눈앞에서 사라지란 말이에요!”

수은의 분노한 소리가 문밖까지 들렸다.

문에 귀를 댄 채 엿듣고 있던 새롬과 류민자는 규성의 정체를 알고 완전히 넋이 나간 얼굴이었다.

"규성 오빠가 그럼 독립군 후손이 아니고, 매국노의 자식이었단 말이야?"

"에구머니! 마른하늘에 날벼락도 유분수지. 어떻게 이, 이런 일이……."

어지간히 충격이 컸던지 류민자가 엉덩방아를 찧으며 바닥으로 내려앉았다.

그때 규성이 후닥닥 방에서 뛰쳐나와 마루 밑으로 내달렸다. 새롬이 그의 뒤를 쫓으며 이름을 연거푸 불러댔다.

"오빠! 오빠! 그냥 가면 어떡해요? 오빠! 거짓말이죠? 그거 잘못 안 거죠? 규성 오빠!"

새롬이 마당을 반도 가로지르지 못하고 그 자리에 쓰러지듯 주저앉아 울음을 터뜨렸다. 한바탕 난리에 여기저기서 직원들이 고개를 빼고 내다보았다. 류민자는 마루 위에서 쩍 벌어진 입을 다물 줄 모르고, 혼이 빠진 듯 앉아 있기만 했다.

수은에게서 전화가 온 것은 대한이 사무실에서 평산과 긴요한 얘기를 나누고 있을 때였다.

"응. 나 지금 얘기 중인데……."

[잠깐이면 돼요.]

목소리가 냉랭하고 착잡하여 대한의 미간이 살짝 찌푸려졌다.

"왜? 무슨 일이야?"

[한 가지만 묻지요.]

"응. 말해."

[김경복 그 영감에게 백궁 땅 밀고 새로 지을 쇼핑센터에 투자하라고 협박한 적 있던가요?]

젠장. 대한은 금방 대답하지 못하고, 엄지로 이마만 긁적대었다.

[협박한 적 있어요, 없어요?]

"누가 그래, 협박했다고?"

[그런 말 한 적 있냐고 먼저 물었어요.]

"수은아."

[대답해요, 어서!]

"……있어."

전화는 끊어졌다. 대한도 자리에서 곧장 일어섰다. 이제 또 한 차례 불어닥칠 폭풍을 대비해 그는 단단히 마음을 다잡고 '백궁'으로 향했다.

'백궁'에 도착해서 안방으로 들어갔을 때, 수은은 보료 위에 앉아 서슬이 퍼래서 기다리고 있었다. 그녀는 다가와 앉는 대한을 집요하게 노려보다가 칼날 같은 말을 내뱉었다.

"이제껏 절 갖고 놀았더군요."

대한이 억울하여 외쳤다.

"아냐! 그게 아냐!"

"그럼 뭐지요? 분명 제게 백 일간의 유예 기간을 준다 해놓고, 뒤로는 물밑 작업을 하고 다닌 이유가 대체 뭐예요?"

　목소리는 힘이 있었으나, 가냘픈 몸은 금방이라도 쓰러질 것처럼 위태해 보였다. 대한은 우선 그녀를 진정시키기에 급급했다.

　"진정해. 설명 다 할 테니 진정하라고."

　"……."

　"그래, 당신 말이 맞아. 백궁 없애는 거 기정사실이야."

　수은이 부르르 떨리는 주먹을 꽉 움켜쥐고는 물었다.

　"그럼…… 백 일간의 기간은 대체 왜 준 거죠?"

　"당신 마음을 바꾸고 싶었어."

　"결국 저를 속인 거로군요. 이런 식으로 제 마음 얻고 나면 백궁 땅을 순순히 내줄 줄 알았나요?"

　"윤수은."

　"그래, 이제 어쩔 건가요? 어차피 처음부터 전 당신의 노리개에 불과했을 뿐이니, 제가 백궁을 끝까지 포기하지 않겠다면 함께 밀어버리기라도 할 셈인가요?"

　"윤수은!"

　대한도 악에 받쳐 언성이 높아졌다. 하지만 이를 악물고 겨우겨우 눈물을 삼키는 그녀를 보자, 급격히 오르던 화는 점차 누그러지고 있었다.

　"백궁이 당신에게 어떤 의미인지 알아."

　그녀가 앞에 놓인 앉은뱅이 경첩을 손바닥으로 쾅 내리쳤다.

　"알면서 왜!"

　보기에도 힘겨운 그녀가 안쓰럽고 또는 미안해서 대한은 견딜 수가 없었다.

"나한테는 당신만큼이나 이 땅도 중요하니까! 당신은 오로지 백궁만이 중요하지만, 난 당신과 이 땅, 둘 다 중요해. 둘 다 포기할 수 없어."

"……."

"그래서 처음에 내가 말했잖아. 당신이 손해 안 보도록 가장 좋은 목을 주겠다고. 생각해 봐. 이 백궁에서 벌어들이는 수익보다 쇼핑센터를 지으면 그 수익금이 얼마나 차이가 나는지 알기나 해? 당신 사업, 그리고 자선사업까지 내가 도와줄게. 한 발만 물러나. 난 이 쇼핑센터를 위해서 세상 손가락질 모두 받아가며 지금껏 버텨왔어. 부탁이다. 한 번만 봐줘. 이 방대한, 성공해서 당신과 행복하게 살고 싶어. 그게 내 평생소원이야."

들고 싶지 않다는 듯 그녀는 아주 시선을 비꼈다. 하지만 대한은 여기서 멈출 수 없었다. 이것이 마지막 설득인 양 느껴져서 마음은 찢어질 듯 아팠지만 최선을 다해 호소했다.

"당신도 내게 투자한다고 생각하면 돼. 이런 구식 식당에서 당신 힘들게 일하는 거, 그것도 보기 싫어. 얼마든지 편하게, 더 많이 벌 수 있잖아. 왜 사서 고생을 해? 이제 그만 이 백궁에서 벗어나. 당신을 옛 기억에 묶어두고 가둬두는 이곳에서 벗어나야 해. 가옥이 변한다 해서 백궁 정신까지 변질되는 거 아니잖아. 당신, 다른 건 다 똑똑하면서 왜 백궁에만 이렇게 집착해?"

"제 손으로…… 어떻게 이곳을 없앨 수 있단 말이에요? 전 그럴 수 없어요."

"당신 손으로 못하니까 내가 해주겠다고. 내가 할게. 그럼 되잖

아. 나중에 당신 조상들에게 내가 뺨 맞고 내가 욕 들을게. 지금이라도 누가 당신 손가락질하면 그것도 내가 받을게. 당신은 그냥 내가 하는 대로만 지켜봐 주면 돼. 내 곁에만 있어. 당신만 내 곁에 있으면 나 그 어떤 일이라도 이겨낼 수 있어. 나 한 번만 믿어 봐."

"필요없으니 썩 나가요! 제게는 당신이나 김경복 그자나 규성 씨나 다 똑같아요."

결코 무너뜨릴 수 없는 벽처럼 그녀는 견고하기만 했다. 대한은 그녀가 김경복보다 더 힘겨운 상대처럼 느껴졌다. 고집불통 같으니! 대한은 고개를 절레절레 흔들며 그만 자리에서 일어났다. 그리고 마지막으로 한마디 덧붙였다.

"지금은 감정이 많이 격해진 것 같으니 일단 진정될 때까지 기다릴게. 과연 어느 쪽이 현명한 판단인지 잘 생각해 봐."

그로서는 최선의 방법이었을 것이다. 지금 수은이 안고 있는 참담한 심정에 비한다면 그러한 배려 따위는 아무 짝에도 쓸모가 없었겠지만 말이다.

제14장

김경복이 권 의원을 만난 것은 그로부터 며칠 후였다. 일요일이라 골프까지 치고 저녁 식사를 하기 위해 골프장 근처에 있는 일식집으로 들어간 두 사람은 방 하나에 마주 앉았다. 특별한 용건이 있다는 것을 아는 터라 권 의원이 수건으로 손을 닦으며 먼저 운을 띄웠다.

"종일 컨디션이 안 좋으신 것 같군요, 회장님. 무슨 안 좋은 일이라도 있으십니까?"

김경복이 우거지상을 하며 속에 담았던 말을 토해냈다.

"일전에 말씀드렸던 방대한이란 자 말입니다."

"아, 그 깡패 말인가요? 왜요? 또 협박이라도 합니까?"

"말도 마십시오. 백궁 땅 달라고 하도 협박질을 해서 내주었더니, 이제는 제 며느릿감까지 넘보지 뭡니까.”

“며느릿감이라면…… 백궁 사장 말씀이십니까?”

김경복이 한숨을 푹 쏟아내었다.

“제 아들놈이 그 아이를 좋아하는 모양인데, 방대한 그자가 여간 방해꾼이 아닙니다.”

“그래요? 그거 큰일이로군요. 듣기로는 그 윤수은 사장이 보통이 아니라 하던데, 어떻게 그런 깡패를…….”

“제 말이 그겁니다. 무슨 말로 협박을 했는지 알 수 없으나, 그리 참한 아이가 그런 깡패 놈에게 넘어가다니 믿을 수가 있어야지요. 아무래도 그 백궁을 내줄 생각을 않고 있으니, 그런 꾀를 낸 겝니다. 그런 놈들 수작이야 다 그렇고 그런 거 아니겠습니까.”

요리가 나오느라 김경복의 한탄은 거기서 잠시 그쳤다가 종업원이 나간 후, 곧바로 이어졌다.

“아무래도 큰일이 나기 전에 무슨 수를 써야 할 것 같습니다. 그 백궁 땅만 그린벨트로 묶어둘 수 있다면 정말 좋을 텐데 말입니다. 그렇게만 된다면 그 작자가 수은이를 더 이상 협박하는 일은 없지 않겠습니까. 그리고 솔직히 말해서 그런 놈에게 부귀영화를 안겨주는 일은 사회적으로도 큰 위해가 아닐 수 없습니다. 안 그렇습니까? 그래서 말인데, 전에 제가 부탁했던 거 어떻게 안 되겠습니까?”

권 의원도 김경복의 말에 일리가 있다 싶었는지 고개를 주억거렸다.

“조금만 기다려 보세요. 어차피 그쪽 지역이 그린벨트로 묶인

다는 소리는 작년부터 있었어요. 그것이 독립군 후손들의 반대에
부딪쳐서 끝맺음을 못하고 있어 그렇지, 만에 하나 쇼핑센터가 그
의 손에 들어간다면 회장님에게도 타격이 보통 큰 게 아니겠습니
다. 그 근처에 회장님 백화점이 또 있지 않습니까.”

　그랬다. 김경복은 방대한 때문에 여러모로 손해가 이만저만이
아니었다. 무슨 억하심정이 있지 않고서야 지척에 뻔히 자신의 백
화점이 있다는 것을 알고도 굳이 ‘백궁’ 땅을 탐내할 게 뭐란 말인
가. 게다가 쇼핑센터라니, 자다가도 벌떡 일어나 앉을 일이었다.
이래저래 곤궁에 처해 있는 터여서 김경복은 이제 권 의원을 닦달
할 수밖에 없었다. 하루라도 빨리 그린벨트로 묶여서 방대한 돈을
휴지 조각으로 만들어야 속이 시원할 것 같았다. 그것이 ‘백궁’ 을
망하게 하는 지름길이기도 했으니, 그는 일석이조를 꿈꾸고 있는
셈이었다.

　정확히 일주일 후, 시내의 한 술집에 권 의원이 나타났다. 그를
먼저 맞은 사람은 차재구였다. 이 술집으로 말하자면 권 의원의
단골이기도 했는데, 특별히 할 얘기가 있다 하여 일부러 들렀던
차였다. 차재구라면 이 바닥에서는 거물급에 속한 자였고, 사사로
운 일로 몇 번 덕을 본 적도 있었다. 그래서 권 의원은 별 경계를
두지 않았다가, 그가 안내하는 방으로 들어갔을 때에야 안색이 약
간 굳었다. 그 방에는 낯선 사람이 기다리고 있었는데, 그가 바로
대한이었던 것이다. 서로 안면이 없는 터여서 권 의원은 처음에
누군가 했다. 그래서 곁에 섰던 차재구에게 물었다.

"누군가?"

차재구가 깎듯이 대답했다.

"제가 특별히 아끼는 동생입니다."

차재구가 눈짓을 하기에 대한은 자리에서 일어나 어깨를 반쯤 굽혀 절도있게 인사를 올렸다.

"방대한이라고 합니다."

그의 이름을 듣는 순간, 권 의원은 아찔했다. 방대한이라면 김경복에게 숱하게 들었던 그 깡패 놈이 틀림없었다. 그런데 그가 왜? 권 의원은 침착하게 마음을 다스리며 눈앞의 남자를 찬찬히 살폈다. 양복까지 말끔하게 차려입은 모습이 상상했던 것보다는 우악스러워 보이지 않았다. 눈빛은 의외로 깊고 심지가 있어 보였다.

"그래, 무슨 일인가? 이렇게 나를 기다리고 있는 걸 보니 무슨 특별한 일인 것 같은데⋯⋯?"

"일단 앉으시죠, 의원님. 상세한 이야기야 술부터 한 잔 드시면서 천천히 나누셔도 되지 않겠습니까."

차재구의 말에 권 의원이 상석으로 가서 앉았다. 차재구가 손가락을 탁 튕기자, 대기하고 있던 종업원이 밖으로 튀어나갔다가 곧 안주와 함께 술을 내왔다. 대한이 먼저 권 의원에게 술을 한 잔 정중히 따랐다. 이번에는 권 의원이 그의 잔에 술을 따라주었다. 몇 차례 술잔이 오간 후에야 대한이 본론을 꺼냈다.

"한 번만 도와주십시오, 의원님."

권 의원이 의미있는 눈길로 대한을 건너다보았다. 김경복처럼 빙빙 돌려서 말하지 않고 단도직입적인 스타일이 의외로 맘에 드는 눈치였다.

"일단 들어나 봄세. 내게 도와달라는 일이 대체 뭔가?"

대한은 거침없이 용건을 털어놓았다.

"이미 김경복 회장님에게 들어서 아실 줄로 압니다. 백궁 땅이 제 손안에 있으나, 김경복 회장님의 견제가 심하여 쇼핑센터를 짓는 데 어려움이 많습니다. 이번 한 번만 도와주신다면, 평생 의원님을 위해 충성하겠습니다."

권 의원이 웃음을 흘렸다. 하지만 대한은 표정을 풀지 못했다. 그는 이것이 절호의 기회라 믿고 있었다. 이번 한 번으로 결정을 보지 않으면 안 될 절대절명의 기회!

"그래, 충성을 어떻게 하겠다는 건가?"

"이 년 후면 대통령 선거가 있습니다. 이번에 후보로 권 의원님이 출마하신다는 소식도 들어 알고 있습니다. 그래서 지금 준비 중이시라는 것도요. 그때까지 쇼핑센터를 지을 수만 있다면 매달 이익금에서 10%를 의원님께 드리겠습니다."

처음에는 들릴 듯 말 듯 하던 권 의원의 웃음소리가 점점 커져 가고 있었다. 그가 술잔을 비우고는 차재구에게 말했다.

"아주 재미있는 친구로구먼. 차 사장 동생이라고?"

차재구가 그의 빈 잔에 술을 채워주며 대답했다.

"예, 그렇습니다, 의원님. 의원님을 한 번 뵙기를 간청하기에 제가 결례를 무릅쓰고 이렇게 자리를 마련했습니다. 빈말은 않는 친구이니 믿으셔도 됩니다. 제 이름을 걸고 저 역시 의원님을 돕겠습니다. 이제 정계도 세대교체를 해야 할 시점 아닙니까. 그간 곁에서 의원님을 지켜봐 왔습니다. 그리고 개는 제 주인을 위해 목숨을 아끼지 않는 법인데, 저희도 보는 눈이 있으니 아무에게나 이런 부탁을 드리지는 않지요.”

심히 파격적인 제안에 개 같은 충성이라. 듣는 권 의원도 그다지 나쁘지만은 않았다. 김경복이 아직 재계에서 내로라하는 위인이기는 하나, 나이가 있으니 천년 묵은 구렁이 같은 속셈이 영 마땅치 않던 차였다. 개는 개로써 충직하기만 하면 될 뿐, 김경복 그자는 간혹 주인의 침대까지 꿰차고 누워 뒤로는 온갖 꾀를 부렸다. 한마디로 늙은 개라는 뜻이다. 그러니 권 의원이 평소 믿음직스럽게 여겨왔던 차재구와 김경복까지 위해하는 인물로 나타난 대한에게 호감을 느끼지 않을 수 없었을 것이다.

“대통령이야 어디 내 마음대로 되는 일이던가. 그때까지는 아직 기간이 있으니 생각을 해봄세. 일단 백궁 땅이 그린벨트로 묶이는 일만은 걱정 안 해도 될 걸세. 그것 역시 여론의 힘 때문에 그리 호락한 일이 아니야.”

대한의 입가로 한줄기 희망의 미소가 서렸다. 그가 눈치 빠르게 권 의원의 빈 잔에 술을 채웠다. 권 의원이 흐뭇한 미소를 머금고는 대한을 그윽하게 쳐다보았다.

“그런데 말일세. 내 듣자 하니 백궁 사장과 특별한 사이라고?”

그런 질문까지는 할 줄 몰라서 대한은 몹시 당황했다. 그의 얼굴이 빨갛게 달아오르는 것을 보고 권 의원이 크게 웃음을 터뜨렸다.

"자네, 덩치에 안 맞게 수줍음도 타는가? 하하하하."

"……."

"사랑을 아는 남자라야 충성도 제대로 하는 법이지. 둘은 일맥 상통하니 말일세."

권 의원이 한 잔을 죽 들이킨 후에 호기롭게 대한에게도 잔을 권했다. 그렇게 세 사람은 그날 밤이 늦도록 술을 마셨다. 대한도 상처를 생각해서 그간 술을 마다해 왔건만, 그날만큼은 죽기 살기로 술을 마셨다. 여자를 붙여 권 의원을 근처 호텔로 잘 모신 후에야 대한도 한시름 덜 수 있었다. 평산이 그때까지 기다리고 있다가 그를 차에 태워 사무실로 향했다. 대한은 그새 술에 취해 곯아떨어졌고, 코까지 달게 골았다. 평산은 태평하게 자고 있는 그를 보고 우려했던 것보다 일이 잘 풀렸음을 짐작했다. 그래서인지 그의 입가로도 흡족한 미소가 감돌았다.

그런가 하면 김경복에게는 이보다 더한 비보가 없었다. 권 의원과 방대한이 서로 접촉했다는 사실이 삽시간에 그의 귀로 들어오면서 사건은 전혀 예상치 못한 곳에서 비롯되었다. 그렇게 믿었건만, 권 의원이 단 한 번의 접촉으로 돌아섰다는 게 말이 안 되었다. 한두 해가 아닌 거래인 것이다. 권 의원이 국회의원이 되기 전부터 학교의 선후배를 따져 가며 쌓아온 정이 얼마이던가. 서로 접촉한 사실조차 권 의원 당사자가 아닌 측근에게 들었으니 그 배신감은 이루 말할 수 없는 것이었다.

그가 배신감으로 치를 떨고 있을 때, 비서인 노홍세가 들어왔다. '백궁' 땅이 그린벨트로 묶이지 않을 확률이 95%라는 소리를 들고 나서도 노흥세는 그리 어두운 표정이 아니었다. 또 다른 계책이 있는 것 같아 김경복이 급히 물었다.

"뭐야? 뜸들이지 말고, 어서 말해!"

노흥세가 안 그래도 구부정한 어깨를 더 굽혀 그의 귀에다 대고 뭔가를 속닥였다. 김경복의 분노로 들끓던 표정이 안개 걷히듯 사라져 갔다. 그가 말을 끝내고 바로 몸을 세운 노흥세에게 확인차 물었다.

"확실한 거야?"

노흥세는 짐짓 우쭐하여 대답했다.

"그럼요, 회장님. 제가 누굽니까? 그런 쪽으로는 아주 비상하다 하지 않았습니까?"

하지만 벌써 여러 번 실수를 한 이도 노흥세였다. 김경복은 그리 극단적인 방법을 들고 나온 그를 못내 못미더운 표정으로 쳐다보았다.

"정말 꼭 그 방법밖에는 없는 거야?"

"그럼 어쩌시겠습니까? 저대로 뒀다가는 평생 회장님 뒤를 쫓아다니면서 괴롭힐 텐데요. 싹수가 보인다 싶을 때, 잘라내는 것이 상수입니다."

"……"

아무리 그래도 그렇지. 김경복은 곰곰이 생각에 잠겼다. 그는 초조한 듯 방 안을 서성거리며 무심결에 턱을 문질러 댔다. 그러다 말고 도저히 안 되겠는지 그만 소파로 가서 털썩 몸을 주저앉혔다. 심란해하는 그를 보고 노홍세가 넌지시 말을 건넸다.

"걱정 마십시오, 회장님. 그 누구도 조직간 패싸움에 회장님이 관련됐다고는 의심하지 않을 겁니다. 더군다나 상대는 방대한에게 악심을 품은 자가 아닙니까. 그는 굳이 돈이 아니더라도 방대한을 죽이려 마음먹고 있었을 겁니다. 어찌 보면 자업자득이지요. 방대한 그자가 자기 목숨을 재촉한 겁니다."

"정말 후한이 없겠는가?"

"최치호 그자의 말로는 하늘에 맹세코 이 일에 회장님의 이름을 거론치 않겠다고 했습니다. 어차피 죽일 놈이었는데, 돈까지 주니 오히려 감사하다고 하던걸요. 크크크……."

노홍세가 어깨를 들썩이며 웃었고, 김경복도 그 말에는 다소 힘을 얻었는지 어둡던 안색이 서서히 펴졌다. 그가 마지막으로 결심을 다지고 노홍세에게 일렀다.

"오늘 당장은 곤란하다 이르게. 어느 정도 잠잠하다 싶을 때, 기회를 봐야 해."

"여부가 있겠습니까, 회장님. 다행인 것은 최치호 그자와 회장님의 연고가 전혀 없다는 것입니다. 어차피 일은 우리 쪽으로 유리하게 되어 있습니다. 그러니 마음 푹 놓으셔도 됩니다."

김경복은 이미 대한이 죽어 사라진 것처럼 속이 개운하기 이를 데 없었다. 어차피 죽을 놈이었다는 것이 그의 양심에 조금의 거리낌도 없게 했다. 실상 그는 늘 그런 생각에 치우쳐 눈엣가시처럼 커져 가는 대한을 볼 때마다 없애고 싶었다. 그리고 이제 그 염원이 이루어질 때가 온 것이다.

조용히 문이 열렸다. 발소리 하나 없이 누군가가 사무실 안으로 들어섰다. 어두컴컴한 실내에 사람 그림자 하나가 공기를 가르며 사무실 방으로 조금씩 접근하고 있었다. 방문을 열었을 때, 맞은 편 욕실에서는 샤워기에서 쏟아지는 물소리가 들렸다. 방에는 불이 켜져 환했고, 욕실 문 앞에는 벗어놓은 옷가지가 널려 있었다. 욕실 문에 난 창에는 김이 서려 뿌옇게 흐려 있었다. 한발한발 다가가 문 앞에 당도한 누군가가 천천히 문고리를 잡았다. 그리고 살짝 비틀어 열었다.

대한은 사무실 문이 열렸을 때, 이미 적외선 감지기에 빨갛게 불이 들어오는 것을 보았다. 평산과 술을 거하게 마시고 사무실 건물 앞에서 헤어진 뒤로 문을 잠그는 것도 잊은 채 방까지는 어떻게 들어왔는데, 침대에 쓰러져서는 머리가 깨질 듯 아파서 도통 잠을 이룰 수가 없었다. 마셨던 술도 역한 게 토할 것 같아서 화장실로 부랴부랴 들어왔다가, 내친김에 샤워나 하자하고서는 옷을 훌훌 벗어 던졌었다.

적외선 감지기에 불이 들어오는 것을 발견한 건 한바탕 샤워를 끝내고 수건으로 몸을 닦고 있을 때였다. 그는 샤워기를 최대한으로 세게 틀어놓고, 수건함 뒤에 숨겨두었던 단도를 꺼내 들었다. 수건으로는 아랫도리를 빙 둘러 매고 문 옆, 벽 쪽에 몸을 바싹 붙이고 서서 문고리가 서서히 돌아가는 것을 잠자코 지켜보았다. 이미 취기는 싹 달아나 정신은 말짱했다. 여전히 두통은 남아 있었지만, 등줄기로 흐르는 한기에 비하면 아무것도 아니었다.

마침내 문이 열린 그 몇 초의 시간이 천년이 흐르는 세월처럼 더디고 긴박감이 흘렀다. 문이 열린 틈으로 채 손잡이에서 떼어내지 못한 손을 포착한 순간, 대한이 날렵하게 몸을 움직였다. 우선 손부터 잡아챈 그는 상대를 욕실 안으로 억세게 끌어당겼다. 얼핏 짧은 비명이 나오다 말았다. 정확히 그의 단도가 벽에 밀어붙인 상대의 목에 겨누어져 있었다. 그랬으니 터져 나오던 비명조차 쏙 들어간 것은 당연지사였다.

대한의 이마에서 땀인지 물기인지 모를 물방울이 굴러 떨어졌다. 상대도 놀란 나머지 숨소리마저 멎어버렸다. 상대를 확인한 대한은 더욱 큰 분노에 휩싸였다. 상대가 다름 아닌 세령이었던 것이다.

"이런 쌍! 대체 여기서 뭐 하는 거야? 하마터면 죽일 뻔했잖아!"

세령도 어지간히 놀랐던지 안색이 창백하게 죽어 있었다. 그리고 말까지 더듬거렸다.

"미, 미, 미안해요. 그냥 놀래주려고 그랬던 것뿐이에요. 마침 문도 열려 있기에⋯⋯."

"사람 놀라게 하는 게 취미야?"

얼굴에다 대고 잡아먹을 듯 악을 쓰는 통에 세령은 찔끔하여 그 다음부터는 입을 다물었다.

"나가!"

세령이 후닥닥 욕실 밖으로 튀어 나갔다. 대한은 성질을 실어

문을 쾅 닫았다.

그러나 이내 문이 벌컥 열렸다. 세령이 깜짝 놀라 쳐다보았더니 그는 문간에 있던 서랍을 열어 아무렇게나 뒤적거렸다. 수건으로 아랫도리만 겨우 가리고 서 있자니 알몸이나 다를 바 없어 세령의 눈길을 단숨에 사로잡았다. 탄탄한 근육도 근육이지만 요란한 문신 하며 여기저기 난 흉터가 시선을 확 잡아끌었다. 그녀의 노골적인 시선을 느끼고 대한이 팬티와 바지를 꺼내다 말고 쳐다보았다.

쳐다보는 눈길이 곱지 못하여 세령은 괜스레 딴전을 피웠다. 그는 못마땅한 눈초리로 그녀를 훑고는 도로 욕실 안으로 들어가 좀 전같이 문을 쾅 닫았다. 세령이 긴 엄지손톱을 입에 물고 서 있다가 그 서슬에 몸을 한번 흠칫 털었다. 성질 머리 하고는……. 그렇게 속으로 뇌까리며 그녀는 침대 위에 몸을 퉁겨 올라앉았다.

잠시 후, 수건 대신 바지로 갈아입고 나온 대한이 티를 상체에 마저 껴입으며 말을 툭 던졌다.

"그래, 이 오밤중에 도둑고양이처럼 숨어 들어온 이유나 말씀해 보시지."

세령이 쿠션을 가슴에 끌어안고는 말했다.

"실은 술을 한잔했는데, 전방에서 검문을 하더라고요. 그래서 이리로 도망쳐 왔어요."

대한은 담배를 입에 물다가 어이없는 눈으로 그녀를 쳐다보았다. 담배에 불을 붙이며 그가 잇새로 주절거렸다.

"도망갈 데가 없어서 경찰과는 상극인 나한테 와?"

“그럼 어떡해요? 걸리면 바로 면허 취소일 텐데.”

“아는 걸 보니 많이 취한 것 같지는 않군. 지금 당장 나가서 택시 타고 집에 가.”

“어렵게 왔는데 금방 가라고요? 커피라도 한 잔 주세요, 술이나 깨서 가게.”

끈질기게 대꾸하는 그녀에게 대한은 퉁명스레 말을 쏘아붙였다.

“없어. 밖에 나가면 자동판매기 있으니까 빼다 먹어.”

“사장님!”

“나도 피곤한 사람이야. 그만 해.”

“정말 너무해요!”

툴툴거리는 그녀에게 대한이 끝내 빈정거렸다.

“억지로 쫓아내는 것보다 스스로 나가는 편이 덜 창피할 거야.”

세령이 짐짓 안색을 바꾸어 물었다.

“그런데 제가 들어오는 건 어떻게 알았어요?”

“하나!”

“알았어요. 갈게요.”

그녀는 침대에서 발딱 일어나 문으로 향했다. 그리고 문을 열고 나가기 전 한마디 잊은 것처럼 아, 하고 돌아섰다. 대한은 그새 침대에 벌렁 드러누워 있었다.

“분명히 후회할 테니 어디 두고 보세요.”

“후회는 벌써 했어. 당신이란 여자한테 설계를 안 맡겼어야 했는데, 지금이라도 바꿀까 고려 중이야.”

“그러기만 해요. 윤수은 씨에게 당장 쫓아가서 사장님하고 저하고 있었던 일 다 말해 버릴 거예요.”

입술은 불퉁 내밀고 눈꼬리는 가늘어져 심술궂기 짝이 없는 그녀를 똑바로 응시하며 그가 일갈했다.

“그러기만 해. 난 받은 만큼 반드시 갚아주는 사람이니까.”

세령은 탄식조로 한숨을 폭 내쉬고는 이내 돌아섰다.

“변강쇠가 갑자기 서화담이라도 된 것 같군요. 다음을 기약하죠. 잘 자요.”

비꼬아 말한 뒤 엉덩이를 흔들며 세령이 나갔고, 대한은 급속도로 기분이 가라앉았다. 불현듯 수은이 보고 싶었던 것이다. 그렇게 싸우고 나온 후로 꽤 많은 시간이 흐른 것 같았다. 하루가 천 날같이 느껴져 그녀를 본 게 까마득하기만 했다. 그는 손안에서 휴대폰을 만지작대며 누워 있었다. 이 새벽에 전화를 한들 반갑게 맞아줄 리 만무했다. 그런데도 한 번 사무치기 시작한 그리움은 걷잡을 수 없이 가슴속을 휘돌았다.

“잘 있냐, 이 여자야? 나 없으니 그렇게 좋으냐? 전화도 한 통 없게.”

혼잣말을 던져 놓고 그는 피식 웃고 말았다. 그의 눈가로 반짝하고 물빛이 어렸다. 남들 다 자는 한밤중에 남자 혼자 청승맞게 눈물을 흘릴 수도 없는 노릇이어서 그는 담배를 입에 문 채 벌떡 일어나 밖으로 나갔다. 문을 잠그기 위함이었다. 그리고 이번에는 몇 번이고 잠금 장치를 확인했다. 방문도 꼭 잠근 뒤 불을 껐다. 마지막 남은 혼신을 다해 타오르는 담배 연기가 어둠 속에서 하얗게 피어올랐다. 그는 화장대 위에 있던 재떨이에 담배를 비벼 끄고는 침대 위로 벌렁 나가떨어졌다.

언제나 그렇지만 익숙한 것과 외로움은 밀접한 관계가 있다는 생각이 들었다. 익숙하면 익숙할수록 외로움이란 감정도 무감각해질 줄 알았더니 정반대였다. 매사 익숙함 속에 느껴지는 공허와 외로움은 뼛속 깊이 사무쳤다. 그것이 얼마나 아픈 것이지도 이제 더욱 확연해졌다. 유독 수은이 보고픈 밤이었다. 당장이라도 달려가고 싶을 정도로.

어떻게 여기까지 왔는지 알 수 없었다. 혼자 차를 몰고 오는 것도 익숙지 않은 길을 어쩌다 보니 대한의 건물 앞이었다. 무작정 온 길이 여기여서 그녀는 슬픔에 잠겼다. 그렇게 모질게 대해놓고 나서 그 마음을 추스르기가 꽤 오랜 시간이 걸렸다. 어느 정도 제정신이 들었을 때, 가장 먼저 떠오르는 사람이 그였다. 이전처럼 불어 터진 자장면에 소주를 물 삼아 먹고 있는 건 아닐까 내심 걱정이 되었다. 만일 이번에도 그러고 있으면 아주 눈물이 쏙 빠지도록 호되게 야단을 치고서라도 다시는 그런 음식은 먹지 말라 이르고자 마음먹었다.

차에서 내리려는데, 건물 앞에 먼저 당도한 사람이 있었다. 정세령이라는 여자. 이 늦은 시간에 온 걸 보니, 그가 부른 모양이다. 수은은 그만 주춤하여 그에 대한 마음이 사그라지고 말았다. 왜 그가 혼자 외로울 거라는 생각을 했을까. 가슴을 집중적으로 얻어맞은 것처럼 아팠다. 마음에 멍이 든다는 말은 아마도 이럴 때 쓰는 표현일 것이다. 그녀는 망연한 눈빛으로 세령이 경쾌한 발걸음으로 사라진 건물 입구를 바라보았다. 얼마나 그렇게 보고 있었는지 알 수 없었다. 시동을 걸고 차는 다시 출발했지만, 정해진 목적지는 없었다.

"바보같이 언제까지 당하고만 살래?"

대한이 화를 내며 한 말이 느닷없이 가슴을 쳤다.

"수은 씨, 이제껏 그 자식에게 속았다는 것만 알아둬요. 그리고 앞으로는 속지 마요. 그 누구에게도."

규성의 말도 가슴을 아프게 때렸다.

"이 방대한, 성공해서 당신과 행복하게 살고 싶어. 그게 내 평생 소원이야."
"아직도 모르겠어요? 그자가 왜 수은 씨에게 사랑 운운하면서 접근하는지 모르겠느냐고요? 저도 다 알아봤어요. 그 정세령이란 여자가 쇼핑센터 설계를 맡은 여자예요!"

그들이 한 말이 번갈아 가슴을 후려쳤다. 수은은 참을 수 없는 통증에 눈물을 와르르 쏟아내었다. 눈물로 앞이 보이지 않았지만, 정처없이 차를 몰고 달렸다. 눈앞이 뿌옇게 흐려져 더 이상 앞으로 나아갈 수 없는 지경이 되었을 때에야 마침내 갓길로 차를 멈춰 세웠다. 눈물이 흐르고 흘러서 턱 끝에 맺혔다가 똑똑 떨어져 내렸다. 그녀는 울면서 하염없이 앉아만 있었다.

옆 자리에 놓아두었던 휴대폰에서 벨이 울린 것은 그때였다. 수은은 천천히 휴대폰을 집어 들었다. 지금 이 시간에 전화가 올 사람은 단 한 사람뿐일 것이다. 입 밖으로 울음이 새어나오지 않도록 속으로 삼키며 그녀는 전화를 받았다.

[잤어?]

그 한마디에 수은은 또다시 울음이 복받쳤다. 대답이 없으니 그가 재차 똑같은 질문을 했다.

[자는 거야?]

수은은 울음을 참느라 대답을 하지 못했다. 가슴이 터질 것 같아서 입을 열지 못하고 악다물었다. 하지만 새어나오는 울음이야 불가항력이었다. 간간이 흐느끼는 소리를 듣고 대한이 세 번째 질문을 했다.

[울어?]

“……”

[당신 어디야? 집 아니지?]

찬바람이라도 쏘이려 창문을 열어놓았더니 지나다니는 차 소리를 들었던 모양이다. 수은은 급히 창문을 올렸다.

[말해! 어디야?]

“그냥…… 잠깐……”

[내가 지금 갈게. 어디 있는지만 말해.]

그는 이미 달려나오는 듯 목소리 톤이 일정치 않았다. 숨찬 소리가 들리는 걸 보니 뛰고 있는 게 분명했다. 수은도 가까스로 울음을 삼키며 말했다.

"오지 않아도…… 돼요. 아니, 오지 마세요."

[운전 중이면 당장 차 세워! 울면서 운전하는 거 얼마나 위험한지 알아? 애들 다 불러 모아 당신 있는 곳 찾아내기 전에 빨리 말해. 어디 있어?]

수은이 마음을 진정하고 좌석에 머리를 기대고 앉아 있을 때, 창문을 탕탕 두드리는 소리가 났다. 고개를 돌려보니 대한이 싱긋 웃으며 창 안을 들여다보고 서 있었다. 그가 내리라는 손짓을 하기에 그녀는 망설이다 차에서 내렸다. 그는 운전석 안으로 몸을 쑥 집어넣더니 열쇠와 그녀의 휴대폰을 챙겨 나왔다. 그런 다음 그녀의 손을 덥석 잡고 제 차로 데려갔다. 보조석에 그녀를 태우고, 그도 운전석에 올라탔다. 차를 반 바퀴 돌려서 오던 길을 되돌아가는 걸 보고 수은이 미적 물었다.

"어디 가는 거예요? 차는 어쩌고……."

"그 고물 차 아무도 안 가져가. 걱정 마."

"어디 가는 건데요?"

"집에."

어느 집을 말하는 건가 했더니 사무실이었다. 그녀를 소파에 앉혀놓고 대한은 뜨거운 물을 한 잔 건네주었다. 수은은 마시는 둥 마는 둥 컵을 손에 쥔 채 고개를 숙이고 앉아 있었다. 울어서 눈은 통통 붓고 안색도 창백하여 보는 대한의 마음도 아팠다. 강한 여자라 생각했더니 저리도 힘이 들었을 줄이야.

대한은 그녀의 곁에 앉아 잔을 손에서 빼내어 테이블 위에 놓았다. 그리고는 숙이고 있느라 반쯤 흘러내린 머리카락을 쓸어 넘겨주었다. 무슨 생각인가에 깊이 잠겼다가 빠져나온 사람처럼 그녀의 눈동자는 흠뻑 젖어 있었다. 하지만 언제 보아도 영롱하고 아름다운 눈동자였다. 딱딱하던 마음조차 사르르 녹게 만드는 마법의 눈동자. 대한이 그 눈동자를 다정히 응시했다.

"이렇게 힘들 거면 전화하지 그랬어. 난 일부러 당신 위해서 안 했다지만, 당신은 안 그래도 됐잖아."

"당신이…… 미워요."

그녀의 눈에 고여 있던 눈물이 또로록 떨어져 내렸다. 대한이 그 눈물을 닦아주며 말했다.

"그래, 알아. 내가 나쁜 놈이라는 거 세상이 다 아는데 뭐."

"절 왜 이렇게 아프게 하는 거예요? 제가 당신한테 무슨 잘못을 했게요. 왜 다들 절 못살게 구는지 모르겠어요. 흑흑……."

흐느껴 우는 그녀의 작은 몸을 꼭 끌어안고 대한은 숨을 죽였다. 혼자서 감당하기 힘든 아픔이었겠구나, 그 순간에야 비로소 절실하게 가슴에 와 닿는 그였다. 단 한 번도 약한 모습 보인 적 없이 당차기만 하던 그녀가 자신의 품 안에서 흐느껴 우는 모습이 대한은 무척 생경하면서도 절절하게 느껴졌다. 이럴 줄 알았으면 진작 전화를 해볼 걸 하는 아쉬움과 후회도 일었다. 이럴 땐 어떡해야 하나. 위로의 무슨 말이라도 해야 옳을 텐데 아무것도 떠오르는 것이 없었다. 아니면 울다 지칠 때까지 내버려 두는 게 맞는 건지도 헷갈렸다.

선뜻 품은 내주었지만 그 다음은 어찌할 바를 몰라 가만히 안고만 있는데, 한참 동안 어깨를 들썩이며 울던 그녀는 점차로 소리가 사그라지더니 어느 순간 잠잠해졌다. 대한은 그녀가 품에 안긴 채 아무 기척이 없기에 영문을 몰라 얼굴을 슬쩍 내려다보았다. 그런데 웬걸. 어이없게도 그녀는 그대로 잠이 들어버린 후였다. 대한이 피식 하고 웃음을 터뜨리고 말았다. 겨우 그거 울고는 이렇게 나가떨어지다니. 그간 얼마나 잠을 못 잤으면 이럴까 싶어 한편으로는 안쓰러운 마음도 들었다.

그는 그녀가 깰까 조심스레 안아 들고는 방으로 들어갔다. 침대에 곱게 눕혀 베개를 똑바로 베어주고, 이불을 가슴께까지 덮어준 뒤 스탠드 불 하나만 켜놓았다. 그리고 침대 아래 내려앉아 숨을 고르게 내쉬며 자는 그녀의 얼굴을 가까이 들여다보았다. 어느 한 군데 빠짐없이 예쁘고, 단아한 얼굴. 그는 손끝으로 가만히 그녀의 뺨을 쓰다듬고는 이마에 살짝 입맞춤을 했다. 잠결인지 모르게 미소를 짓는 그녀를 보고 대한도 빙그레 따라 웃었다. 그렇다고 밤새 그녀가 자는 모습만 보고 있을 수는 없는 노릇이다. 그는 자리에서 일어나 장 속에서 이불과 베개를 하나씩 꺼내 들고 살금살금 밖으로 나갔다. 소파 위에 길게 드러누운 그도 그제야 편히 잠을 청할 수 있었다. 몇 날 며칠 제대로 못 자기는 서로가 마찬가지였던 것이다.

긴 잠을 이루었던 것 같은데 눈을 뜨니 사방이 고요했다. 대략 시간을 가늠하고 수은은 자리에서 일어났다. 머리맡에 놓아둔 휴대폰으로 정확한 시간을 확인한 뒤에 밖으로 나왔다. 엷은 벽 스탠드 하나만 켜놓아 실내는 어둑했다. 긴 소파에 그가 있었다. 소리없이 다가가 앉아서 그녀는 그의 얼굴을 하나하나 살폈다. 자고 있을 때만은 분명 양순한 얼굴이었다. 그새 수염이 올라와 까칠해진 턱은 철옹성처럼 견고했고, 피곤기가 묻어난 뺨은 다소 수척해 보였다. 그러나 그 어느 때보다도 평화로이 잠든 모습은 수은의 마음까지 한결 밝게 해주었다.

"대한 씨."

그녀가 작은 목소리로 그를 불렀다. 곤히 자는 걸 깨워 미안하지만 가지 않으면 안 될 시간이었다. 그녀는 그의 어깨를 잡아 살며시 흔들었다.

"대한 씨."

그때서야 부스스 눈을 뜨고 그가 쳐다보았다. 잠에 취해 몽롱한 눈빛이었다.

"저 그만 가봐야 해요."

"지금 몇 시야?"

목소리에도 잠이 묻어났다.

"다섯 시요."

수은을 끌어당겨 가슴에 안고는 그가 말했다.

"오 분 만 이러고 있자."

수은은 가슴에 얼굴을 묻은 자세로 그의 심장에서 울리는 박동

소리에 귀 기울였다. 맥박은 평상시보다 약간 빠르게, 체온은 더욱 뜨겁게. 그것은 비단 그에게서만 느끼는 현상은 아니었다. 수은 자신도 그와 비슷하게 가슴을 두근거리고 볼은 서서히 달아올랐다. 대한이 그녀의 야윈 등을 쓰다듬다가 나직이 말을 건넸다.

"이 작은 등에 무슨 짐이 그렇게도 많아? 다 내려놔. 내가 대신 질 테니까."

정말 그래도 될까요? 수은은 그의 가슴에서 얼굴을 떼고 그렇게 묻듯 바라보았다.

"그러자, 수은아. 우리 그러자. 내가 제일 힘든 건 당신과 내가 마주 서 있다는 거야. 이젠 나란히 서고 싶어."

저도 그러고 싶어요. 너무 지쳤는걸요. 이젠 이 짐을 누구와 나눠 지고 싶은데, 그것마저도 힘이 드네요. 지금보다 더 나쁜 환경과 여건 속에서도 할머니와 어머니는 잘 버텨오셨는데, 난…….

"그만…… 가볼게요. 그리고 오늘은 들어오세요."

대한이 일어나 앉았다. 불과 몇 시간이었지만, 간만에 숙면을 취할 수 있어서 깨질 듯 아프던 두통은 말끔히 사라지고 없었다. 수은은 그가 차내 버린 이불을 개켜 베개와 함께 소파 한쪽에 놓아두었다. 대한이 그녀의 손을 끌어다 제 무릎에 앉히고는 허리를 꼭 끌어안았다. 어찌 보면 민망하기 이를 데 없는 자세였으나, 수은도 가슴에 기대온 그의 머리를 마주 안아주었다. 아마도 이제는 그가 그녀의 약간은 빠르게 뛰는 맥박과 서서히 뜨거워지는 체온을 느끼고 있을 것이다.

"대답하세요. 오늘 들어올 거지요?"

그녀의 채근에 대한이 혼잣말처럼 중얼거렸다.

"내가 지금 당장 들어가고 싶은 건 당신이야."

수은이 냉정히 머리를 밀쳐 내며 일어나려 했다. 그러나 그는 허리를 더욱 꽉 틀어 안고는 급히 외쳤다.

"알았어! 오 분만."

그러고도 못내 괴로워 구시렁댔다.

"유수은, 진짜 못됐다. 당신은 모를 거야. 서른두 살 먹은 남자한테 당신처럼 아름다운 여자가 얼마나 큰 고문인지."

"스물두 살 먹은 남자였다면 아예 이러고 있지도 않았을 테지요. 나이를 먹는다는 건 그만큼 책임감도 커진다는 거예요."

"그러니까 책임진다잖아."

"어린애 투정 같은 책임은 싫군요. 그래서 시간이 필요해요. 당신에 대해 생각하고, 사랑하고, 받아들일 시간이. 당신과 끝내 적이 아니길 바란다 했던 말, 괜한 으름장만은 아니었어요. 흔히들 서로가 서로에게 책임을 진다 하지만, 결국은 스스로에게 먼저 책임을 져야 하는 일인걸요. 전 제 자신에게 먼저 부끄럽지 않은 사람이 되고 싶어요. 어쩌면 당신을 받아들이는 것도 그런 의미와 같겠지요. 그리고 지금의 백궁을 포기하는 일도."

직원들이 모두 돌아간 부엌에서 수은은 혼자 마무리를 하고 있었다. 정리를 한다고 해도 주인 눈과는 달라서 군데군데 채 닦아 놓지 않은 그릇이나 물기들이 종종 뜨였다. 마른행주를 가져다 일일이 닦고 훔치느라 그녀는 대한이 들어온 걸 눈치채지 못했다.

조리대 앞에 등을 돌리고 서서 열심히 행주질을 하고 있는 그녀를
보고 대한은 살금살금 다가와 뒤에서 가만히 끌어안았다. 익숙한
손길을 느끼고 수은이 행주질하던 손을 멈추었다.

"누가 보면 어쩌려고…… 놔주세요, 그만."

그러나 대한은 그녀의 목덜미에 코를 박고는 꿈쩍도 않았다. 그
의 입김에 목을 움츠리며 그녀가 몸을 뒤채었다. 간지러운 느낌이
싫지는 않았지만, 그렇다고 쉽게 받아들일 만한 애무도 아니었다.
그녀에게 아직 남자의 향기는 마음에 쉬이 용해되지 못하는 성질
의 것이었다.

"하지 마세요. ……하지 말래두요."

"이런 것까지 못하게 하면 나 진짜 죽어."

"……오늘 안 오는 줄 알았어요."

"우리 윤 여사님, 보고 싶어 왔지요."

장난스런 말투에 수은이 빙그레 웃고는 물었다.

"식사는 한 거예요? 못 오면 못 온다고 전화라도 좀 해주지 않
고요."

"기다렸나?"

"오늘 들어오기로 했잖아요."

"그런 대답 한 적 없는데."

수은이 돌아섰다. 대한은 그녀가 따지고 들기 전에 답삭 안아
조리대 위에 앉혀놓았다. 그런 다음, 자신은 양손으로 조리대를
버티고 서서 허리를 반쯤 굽힌 채 그녀의 얼굴 가까이에서 빤히
쳐다보았다. 막상 그렇게 눈높이를 맞추니 반박하지 못하고 수은

은 얼굴이 붉어졌다. 그의 얼굴이 서서히 다가오고 있었다. 초점을 잃은 두 눈을 감으며 그녀는 부딪쳐 오는 입술에 마음이 아득해졌다. 약간은 급하게 몰아치는 그의 입술 때문에 가슴 또한 두방망이질 쳤다. 입술끼리 맞부딪치는 소리마저 격정으로 몰고 가는 채찍질 같았다. 어느새 몸을 밀착시키고 끌어안는 그의 품이 가마솥처럼 뜨거웠다. 이대로 두었다가는 활활 타버려 재가 되고도 남을 몸짓이었다. 서두르지는 않았지만, 그렇다고 해서 머뭇거림도 전혀 없었다. 수은은 문득 그가 정열적인 남자라는 느낌을 받았다. 이전에는 과격하고 거칠게만 보였던 면모가 오늘따라 새삼 다르게 다가왔다. 휘날리는 빨간 천을 향해 뿔을 세우고 거침없이 달려드는 황소처럼 지금의 그 역시 그랬다. 그와의 키스가 아름답다고 느낀 것은 참으로 기묘한 일이었다. 투우사와 황소의 멋진 한판 대결을 보는 것 같은 흥분이 일기 시작하면서, 그녀는 조심스레 그의 목을 끌어안았다. 그리고 오로지 그와의 키스에만 마음을 쏟았다.

마침내 한판의 투우가 끝났을 때, 그녀는 황홀한 승리감에 취해 있는 그의 눈동자와 마주했다. 그렇다고 패배감을 느낄 만큼 창피하지는 않았다. 아직도 그와의 승부는 끝나지 않았으니까.

"저녁 식사는요?"

"밥 있어?"

"아직 전이에요?"

"응."

수은이 조리대에서 내려서며 그를 나무랐다.

"그러게 오기 전에 전화 주면 좀 좋아요. 그럼 밥 새로 해놓았을 텐데. 지금은 남은 밥뿐이에요."

"그것도 저녁에 해놓은 밥일 거 아냐. 대충 줘."

"나물 있는데 밥 비벼 드릴까요?"

"좋지!"

수은은 부지런히 몸을 놀려 찬과 밥을 큰 양재기에다 한꺼번에 넣고 볶은 고추장을 섞어 비볐다. 그러다 문득 규성과 이렇게 밥을 비벼 나눠 먹던 기억이 났다. 별안간 목이 메어 수저질을 멈칫했다가 그녀는 대한이 눈치 못 채도록 밥을 마저 썩썩 비볐다. 된장국을 데워 같이 상에다 놓아주고, 그 옆에 쪼그리고 앉았다. 방으로 가자 했더니 귀찮게 그럴 것 없다며 그가 굳이 부엌을 고집했던 것이다. 한술 크게 떠 입에다 넣는 그를 보고 수은이 물었다.

"맛있어요?"

"응. 당신도 먹을래?"

도리질을 치고는 그녀가 말했다.

"다음부터는 시간 맞춰 오든 못 오든 꼭 전화해 주세요. 알았지요?"

대한이 밥을 푸지게 씹어 먹으며 고개를 주억거렸다.

"그 여자…… 그 정세령이라는 여자…… 어제 왜 왔었어요?"

"풋……!"

사레들린 그의 앞으로 물 대접을 쓱 밀어 놔주면서도 수은은 심각했다. 꼭 그것 때문이 아니더라도 그간 여러 가지로 이 남자 때문에 속상했던 일을 생각하면 이 정도 복수쯤이야 약과일 것이었

다. 가까스로 사레 기침을 해소시킨 그는 뻘게진 얼굴로 그녀를
쳐다보았다. 수은이 두 팔로 무릎을 끌어안고 앉아 그를 빤히 응
시했다. 대한이 서둘러 변명 아닌 변명을 늘어놓았다.

"그 여자하고 아무 일 없었어. 맹세해."

"누가 뭐랬나요?"

"……."

"드세요, 밥."

대한은 밥을 먹고 있으나, 뭔가 찜찜한 표정으로 자꾸만 그녀를
힐끔거렸다. 까놓고 말 못할 사정이 있는 사람처럼 불쌍해 보일
정도여서, 수은은 결국 참았던 웃음을 푹 터뜨리고 말았다. 대한
이 입 안 가득 밥을 문 채 무지 억울한 표정을 지었다. 그녀가 대
뜸 타박했다.

"그러면서 뭘 믿으라는 거예요?"

"정말 아무 일 없었다니까!"

밥 때문에 발음도 불분명했다.

"알았어요. 그렇다고 해두지요."

그는 복창이 터지는지 제 가슴을 주먹으로 쿵쿵 내려쳤다. 그리
고는 밥을 대충 씹어 삼키고 이번에는 또렷한 발음으로 거듭 확인
시켰다.

"진짜야! 진짜 맹세!"

"진짜인지 아닌지는 두고 보면 알겠지요."

"실컷 두고 봐라! 당신 그렇게 내 말 안 믿다가 반드시 후회할
날 올 거야."

그가 서러웠는지 밥을 꾸역꾸역 입에 끌어넣으며 계속 구시렁
거렸다.

"밥 먹을 땐 개도 안 건드린다는데 허구한 날 밥 먹는 사람한테
시비나 걸고, 깡패는 내가 아니라 당신이야!"

"나처럼 예쁜 깡패가 어디 있다고. 깡패는 당신처럼 우락부락
하고 성질도 괴팍하고 걸핏하면 무지막지하게 사람이나 패고 못
생긴 사람한테나 어울리는 거지요."

"웃기지 마. 나 잘생겼어."

"누가 그런 말을 해요?"

"평산이가."

수은이 소리 내어 쿡쿡 웃었다. 그런데도 그는 꿋꿋하게 자기주
장을 굽히지 않았다.

"김종국 닮았다 그랬어. 그리고 또 장군의 아들 나오는 박상민
도 닮았다 그랬고. 내가 보기엔 장동건이랑 똑 닮았는데."

그는 생각나는 대로 주워 섬겼다.

"말도 안 돼요!"

"그럼 안 닮았다고?"

"그 사람들이 들음 무지 기분 나쁘겠군요."

"쳇! 당신 눈에나 허접 쓰레기로 보이지, 나가면 내가 여자들한
테 얼마나 인기가 많은지 알아?"

"그래서 그 정세령이라는 여자도 밤에 막 찾아오고 그러는 거
군요?"

이야기가 다시 원점으로 돌아오자 대한은 아주 질색인 시늉이

었다.

“자꾸 그 여자 얘기 꺼낼래? 진짜 체하겠네!”

그제야 수은이 웃음을 흘날리고 그의 등을 토닥여 주며 말했다.

“알았어요. 이제 안 할 테니 맘 놓고 드세요.”

“진짜지?”

“예. 저도 맹세해요.”

세상에서 가장 복잡 미묘한 건 여자의 마음이라더니, 은근슬쩍 말 돌려 질투하고 캐묻는 수은을 보고 대한도 비로소 싱긋이 웃음 지었다. 이래서 어렵고도 재미있는 것, 그것이 바로 사랑이 아니 겠는가.

제15장

며칠 동안 날씨가 혹한에 파묻혔다. 하루 눈발이 거세더니 그 다음날은 기온까지 뚝 떨어져 세상이 온통 꽝꽝 얼어붙었다. 그날도 여지없이 추위는 기승을 부렸다. 그런 강추위도 아랑곳 않고 사무실 건너편의 포장마차에 대한과 평산이 나란히 앉아 있었다. 두 사람은 이미 전작이 있어 기분 좋게 취한 상태였다.

마지막으로 딱 한 잔만 더 하자고 의기투합이 되어 포장마차에 들어간 지 한 시간이 지났을 무렵이었다. 어깨를 잔뜩 움츠리고 송근우가 들어왔다. 그를 보고 대한이 별일이라는 듯 말했다.

"너는 왜 왔어, 인마? 병원에 있어야 할 놈이."

송근우가 그의 옆에 걸터앉으며 대꾸했다.

"이제 움직일 만합니다."

"그래도 조심해야지. 다른 데도 아니고, 뼈를 다쳤는데."

못내 걱정스러운 기색인 대한에게 평산이 한마디 끼어들었다.

"근우 형님이 큰 형님하고 저하고 둘이서만 있다니까 샘나서 온 겁니다."

좀이 쑤실 만도 할 것이다. 펄펄한 놈이 꼼짝없이 병원에만 갇혀 있으려니 하루 이틀도 아니고 오죽하겠는가.

"뭐야, 그럼? 우리 셋이 삼각관계냐?"

대한의 너스레에 송근우와 평산이 크게 웃음을 터뜨렸다. 그러나 그는 어림없다는 듯 가슴을 탕탕 두드리며 큰 소리로 떠들었다.

"자식들아! 니들이 아무리 그래 봤자 내 마음속에는 윤수은밖에 없다!"

송근우가 잇달아 말을 슬쩍 흘렸다.

"나도 아라밖에 없는데……."

그러자 평산이 안색을 싹 바꾸어 불평을 터뜨렸다.

"너무들 하십니다! 솔로인 놈은 어디 서러워 살겠습니까?"

대한이 술을 입 안에 털어 넣으며 충고했다.

"그러게 후딱 만들어, 인마. 사나이는 뭐니 뭐니 해도 사랑하는 여자가 있어야 정신이 똑바로 박히는 법이야."

송근우가 어묵 국물을 떠먹으며 한마디 거들었다.

"저는 그 반대이던데요, 형님. 아라 만나니까 더 정신을 못 차리겠던데……."

"아, 그러냐? 하기야 네 대가리랑 내 대가리랑 생긴 구조가 틀려먹어서 그렇기도 하겠구나. 나는 이따금 회초리 맞는 기분으로 정신이 번쩍번쩍 든다."

그 말에는 평산도 혀를 내두르며 아는 체를 했다.

"형수님이 좀 무섭긴 하죠. 지난번에 비 오던 날, 한 번 모시러 간 적 있지 않습니까. 형수님이라고 불렀다가 어찌나 무섭게 호통을 치던지 말입니다. 와! 보기하고는 아주 딴판이더라고요."

송근우가 킥킥 웃으며 말했다.

"형님이 꼼짝 못할 정도인데 뭐."

"그런 거 보면 진짜 임자가 따로 있긴 있나 봅니다. 그런데 제 임자는 왜 안 나타나는 걸까요?"

대한이 코를 한번 훌쩍이고는 별로 어렵지 않게 해답을 주었다.

"넌 이놈아, 그 살을 대거 처분하면 금방 애인 생길 거다."

"이게 살이 아니라 맷집입니다, 형님. 하도 맞아서 부은 게 그냥 근육이 된 거거든요."

평산의 익살에 대한과 송근우가 똑같이 클클 웃었다. 술을 몇 잔 평산과 나눠 마신 후에 대한이 자리에서 일어났다. 소변을 누기 위해서였다. 그가 포장마차를 나가면서 평산에게 일렀다.

"근우 술 못 먹게 해라."

"예. 길 미끄럽습니다, 형님. 조심하십시오."

대한이 걱정 말라는 뜻으로 손을 휘적휘적 젓고는 밖으로 나갔다. 그리고 포장마차에서 조금 떨어진 곳의 어둑한 구석을 찾아 걸어갔다. 걸음걸이가 다소 휘청거렸지만 아주 정신을 놓은 편은 아니었다. 그는 벽에다 대고 소변을 힘차게 누고는 바지를 추슬러

입었다. 몸에서 따뜻한 물이 한꺼번에 빠져나가니 한기가 들어 몸이 저절로 부르르 떨렸다. 귀가 떨어져 나갈 정도로 밤공기가 찼다. 그럼에도 마음만은 이상스레 훈훈했다. 간만에 셋이 뭉친 탓인가? 그렇게 여기고 돌아서던 그의 얼굴에서 일순 웃음기가 가셨다. 동시에 근우의 외마디 비명 같은 부름이 들린 것도 그때였다.

"형님!"

흐린 가로등 밑에 번쩍 치켜든 칼빛. 순간 비틀하고 화단 쪽으로 넘어진 것 같았는데, 나무 사이로 근우의 몸이 붕 하고 공중에 뛰어오르는 게 보였다. 어찌 된 셈인지 눈앞이 흐렸다. 이토록 취했었는지 미처 깨닫지 못하고, 대한은 넘어진 채 눈앞에서 순식간에 지나가는 영상을 몽롱한 눈빛으로 쳐다보았다.

송근우가 있는 힘껏 몸을 날려 칼 든 자를 덮쳤고, 그것으로써 모든 사물이 일시 정지되었다. 어느새 달려나온 평산을 보고 놈이 도망가고 있었다. 한쪽 눈을 가린 애꾸는 분명 최치호였다. 평산은 그를 뒤쫓을 생각을 하지 못했다. 왜냐하면 근우가 칼에 맞아 쓰러져 있었기 때문이다.

정지되었던 사물이 빙글빙글 돌기 시작했기에 대한은 어지러워서 몸을 제대로 가누지를 못했다. 방금 보았던 게 모두 환영이고 꿈이라는 생각만 들었다. 단지 술에 취해서 헛것이 보일 뿐이라고 믿었다. 평산의 울부짖는 소리만 아니었다면, 그는 끝끝내 눈앞에 보이는 현실을 무심히 지나쳤을지도 모른다.

"근우 형님! 정신 차려봐요! 근우 형님!"

얼어붙은 눈 위로 근우의 몸에서 흘러나오는 피가 녹아들고 있었다. 대한은 머리를 휘휘 둘러 자꾸만 흐려지는 시야를 가눠 보려 애썼다. 그리고 엉금엉금 기어 근우에게로 다가갔다. 근우는 호흡이 막바지에 다다른 것처럼 가빴다. 피로 물든 가슴이 불규칙적으로 들썩였다.

"혀…… 형…… 님……."

그의 입에서 불분명한 말이 신음처럼 새어나왔다. 눈에서는 저절로 눈물이 굴러 떨어졌다. 대한은 여전히 믿을 수 없다는 눈으로 죽어가는 근우를 내려다보고만 있었다. 평산이 그를 끌어안은 채 몸부림치며 울부짖고 있었다.

"진우…… 선우…… 부탁…… 죄…… 송…… 형……."

근우가 채 말도 마치지 못하고 몸에 경련을 일으켰다. 그런 뒤, 거짓말처럼 머리가 푹 하고 한쪽으로 꺾였다. 감긴 눈에서는 피눈물이 흘렀다. 힘겹게 들썩이던 가슴은 완전히 멈춰 버렸다. 정확히 어디를 어떻게 찔렸는지 알 수 없었다. 몸이 온통 피 천지여서 도저히 얼마만큼을 찔렸는지 가늠조차 할 수 없었다. 다만 근우가 더 이상 움직이지 않는다는 것과 평산의 기막힌 통곡 소리가 대한의 머리에 찬물을 끼얹은 듯, 한순간 정신이 번쩍 들게 만들었다. 그가 차마 떨어지지 않는 입술을 열었다.

"근우야…… 인마…… 장난치지 말고 눈 떠……."

아직도 미열이 남아 있는 근우의 볼을 쓰다듬으며 대한이 믿기지 않는 투로 느릿느릿 말을 이었다.

"눈 떠봐…… 눈 떠, 이 자식아! ……근우야! ……눈 떠! 눈 떠! ……제발 눈 떠! ……근우야, 인마. 제발 눈 떠……. 눈……

떠……. 으어어억……."

대한의 눈에서도 비통한 눈물이 솟구쳤다. 이런 날벼락이 없었다. 불과 오 분 전만 해도 그는 멀쩡히 살아 있었다. 포장마차에 앉아 농지거리를 주고받으며 유쾌하게 웃던 녀석이었다. 부러진 갈비뼈가 이제 겨우 아물어 퇴원을 하니 마니 하던 참이었고, 걸핏하면 애인 얘기로 평산의 염장을 질러놓곤 하던 녀석이었다. 그는 지금쯤 제가 있던 병실에서 편안히 잠이 들어 있었을지도 모를 환자였다. 결국 이렇게 허무한 목숨을 날리려 굳이 오란 적도 없는 포장마차로 찾아들었던가. 대한은 한맺힌 울음을 마구 쏟아내었다. 근우의 싸늘히 식어가는 몸뚱어리를 붙들고 꺽꺽 울음을 토해내고 있었다.

"안 돼! ……안 돼! ……근우야! 근우야! ……으흐흐흑 ……근우야!"

그는 오열하고 있었다. 무엇 하나 석연치 않은 구석이 없었다. 몇 분 만에 생사가 갈리어 버린 근우의 죽음을 인정할 수 없었다. 이런 개 같은 죽음이 어떻게 그의 것이란 말인가. 죽어야 할 사람은 그가 아니었다. 최치호가 애초에 죽이려 한 사람이 그가 아니었듯이. 대한은 자신 때문에 비명횡사한 근우가 안타깝고 아까워서 피에 젖은 몸을 붙들고 울부짖으며 몸부림쳤다.

"형은 싸움 잘한다면서요?"

"형은 무슨 반찬 좋아해요?"

"난 형이 좋아요. 싸움도 잘하고, 우리한테 친형처럼 잘해주니까요. 나중에 내가 돈 많이 벌어서 형 호강시켜 줄게요.”

비슷한 처지의 그와 형제애를 나누어온 것이 십여 년이었다. 불
우한 환경 속에서 어린 동생들을 데리고 한 번 입은 은혜를 잊지
못해 지금까지 자진하여 수족이 되어주었던 그였다. 아무리 친동
생이 있다 한들, 그보다 더 잘할 수는 없을 것이었다. 이런 깡패
짓이나 하며 살 녀석이 아니어서 늘 아깝게 여겼었고, 그것이 항
상 마음 한구석에 걸려 안쓰럽고 안타깝던 동생이었다.
　“근우야…… 근우야…… 으어어어…… 어어어어…… 어어
억……!”
　이미 숨을 거둔 근우의 얼굴을 두 손으로 마구 비벼대며 대한은
흐르고 또 흘러넘치는 눈물과 애통한 마음을 어이할 바 몰라 했
다. 차고 시린 땅바닥에 주저앉아 비통에 젖어 우는 남자들의 울
음소리는 그렇게 점점 커져 가고만 있었다.

　급작스러운 송근우의 죽음은 ‘백궁’에도 커다란 충격을 안겨다
주었다. 아직 퇴원했다는 소식도 못 들었는데 난데없이 죽음이라
니, 수은도 처음에는 믿기지 않아 마루 끝에 한참을 앉아 있었다.
그러나 무엇보다 그녀가 걱정인 것은 대한이었다. 보스와 부하이
기 이전에 뭔가 남다른 정이 두터워 보였던 두 사람이었다. 생긴
건 판이하게 달랐어도 친형제 이상으로 가까웠던 그들이었다. 오
래 알고 지낸 정이 없는 사람에게도 이렇듯 하늘이 무너지는 충격
일진대, 그에게는 어디 하늘뿐이겠는가. 세상이 끝난 것 같은 아

품일 것이었다.

수은은 부랴부랴 그쪽에 기별을 넣어 장례 음식을 마련해 가겠노라 일렀다. 그리고 직원 중 열 명을 추려 병원 영안실로 음식을 마련해 먼저 보내었다. 그녀도 곧 검은색 한복을 갖춰 입고 서둘러 집을 나섰다.

영안실에 도착했을 때, 갑작스런 부고 탓인지 조문객들이 없어 아직은 쓸쓸하고 한산했다. 상복을 입고 상주 자리에 대한이 서 있었다. 그 옆으로 남매로 보이는 남자와 여자가 침통한 얼굴로 울고 있었다. 수은은 고무신을 벗고 올라가 상제와 목례하고 흰 국화를 영정 사진 앞에 놓아주었다. 인물이 수려한 청년은 이제 살아생전의 흑백사진 하나로 남아 있었다. 선향(線香)에 불을 붙여 분향하고, 영정 앞에 재배를 올렸다. 그러고 나서 그녀는 상제들 앞에 마주 절하며 인사말을 건넸다.

"슬픔이 오죽하시겠어요?"

대한은 수은과 눈길조차 맞추지 못했다. 하룻밤 새 반쪽이 된 얼굴을 보니 수은은 마음에 울컥하고 슬픔이 차 올랐다. 말로 표현할 수 없는 고통이 그 얼굴 하나에 고스란히 스미어 있는 듯해서 보는 이의 마음도 괴롭기 그지없었다.

오후가 되어서야 뒤늦게 부고를 듣고 달려온 이들로 하나둘 모여들기 시작했다. 수은은 음식이 모자라지 않도록 일일이 챙긴 후에 '백궁'으로 돌아갔다가 그 다음날 같은 시각에 다시 왔다. 그곳에서 김경복을 만난 것은 어쩌면 당연한 일이었다. 때마침 그 시각에 마주쳤다는 것이 미묘했겠지만 말이다.

수은은 그를 싸늘하게 일별하고 지나치려 했다. 어깨를 스치며 지나는 그녀의 귀에 김경복이 던진 말소리가 또렷이 들려왔다.

"어디까지 그렇게 오만 방자할 수 있는지 두고 보겠다. 언젠가 반드시 내 앞에 무릎 꿇고 빌 날이 올 게야."

수은은 대꾸하고 얼굴 마주할 가치조차 없는 인간이라 그냥 무시하고 제 갈 길을 재촉했다. 김경복 또한 무참하면서도 옹골진 얼굴로 수은 때문에 잠시 멈추었던 걸음을 급히 떼었다.

조문객이라 해봐야 몇 안 되는 친척에 대부분이 조직에 몸담고 있는 사람들이라 영안실은 더욱 삭막해졌다. 차재구가 가장 먼저 달려왔고, 그의 편에 붙여 권 의원이 보낸 조의금은 또 다른 의미를 부여하는 것이었다. 그것만으로 대한에게는 천군만마를 얻은 것 같은 기쁨이었겠으나, 지금으로서는 전연 관심 밖이었다. 그는 이틀째 입을 열지 않았다. 그 누구와 눈도 한 번 마주치지 않았다. 조문객이 없어 잠시 앉아 있을 때에도 그의 시선은 내내 근우의 영정 사진에만 못 박혀 있었다.

저녁 무렵 잠시 왔다 가는 수은을 붙잡은 건 평산이었다. 내도록 곁에서 대한을 지켜본 그가 아무래도 안 되겠던지 수은에게 부탁의 말을 했다. 이틀째 물 한 모금도 안 먹고 있으니 어떻게든 밥 좀 먹여달라고.

평산이 대한에게 긴히 할 얘기가 있다고 억지로 구석방으로 끌고 왔다. 그곳에 수은이 있는 것을 보고 대한은 마지못해 벽에 기대어 앉았다. 상심으로 물들어 있는 그의 슬픈 눈빛이 허망하게

천장을 향해 있었다. 수은이 곁에 앉아 미리 준비해 놓은 갈비탕
과 수저를 챙겨주며 말했다.

"안 먹히겠지만 억지로라도 드세요. 속 비워두면 마음이 더 허
한 법이에요."

"나중에. 지금은……."

"먹여 드릴까요?"

대한이 처음으로 그녀를 똑바로 쳐다보았다. 수은이 조금 웃어
보이며 말을 이었다.

"당신 아프니까…… 먹여줄게요."

국에다 밥을 한술 말아서 수은은 직접 떠먹여 주었다. 그 밥을
받아먹는 대한의 눈에 기어이 눈물이 어렸다. 수은도 그새 눈물이
글썽해져서 그를 마주 바라보았다.

사체는 화장(火葬)을 하기로 결정되었다. 가마에 관째 운구(運
柩)하고 간이 빈소에 앉아 두 시간가량을 기다린 끝에 송근우는 한
줌 골분(骨粉)이 되어 대한의 품 안에 돌아왔다. 그를 지정된 납골
당에 안치하고, 진우와 선우, 그가 그토록 사랑했던 아라, 그리고
대한과 함께 찍은 사진을 붙여놓았다. 대한은 오래도록 그 앞에서
떠날 줄을 몰랐다. 사진 속 근우의 얼굴을 또 쓸어보고 만져 보았
다. 아직도 믿기지 않기는 마찬가지여서 도저히 발걸음이 떨어지
질 않았다. 마지막 인사말이 필요한 것 같아 다른 사람들이 모두
물러났다. 수은이 흐느껴 우는 동생들과 아라를 데리고 밖으로 나
갔다. 대한만이 여전히 움직일 줄 모르고 붙박인 듯 그 자리에 서

있었다. 한참이 지난 후에야 그가 마침내 떨어질 줄 모르던 입을
열었다.

"근우야…… 미안하다."

✳

송근우가 남기고 간 추억의 편린들이 대한에게는 견디기 힘들
었던 모양이다. 그가 사라졌다. 통 전화도 없고 나타나지 않기에
사무실에서 두문불출하고 있나 했다. 끈끈한 정을 끊기에는 너무
나 급박한 사고였고 해서 그에게도 시간이 필요하려니 그렇게만
생각했다. 그런데 평산에게 전화가 온 것이다. 평산의 말로는 고
향에 가 있는 것 같은데, 그 누구보다 수은이 한번 다녀오는 게 좋
지 않겠냐는 뜻을 비쳤다. 수은도 같은 생각이었으니, 전화를 끊
는 즉시 떠날 채비를 했다.

'백궁'을 한 실장과 류민자에게 맡기고, 그녀는 작은 짐 가방
하나만 들고서 그의 고향으로 향했다. 직접 운전을 하기에는 거리
가 멀고 자신도 없어 버스를 택했다. 물어, 물어 그 마을에 도착했
을 때에는 시간이 생각보다 많이 지체되어 한밤중이었다. 일전 묵
었던 방부터 찾아 문을 열었더니 그는 멍하니 벽에 기대어 앉아
있었다. 얼굴은 말할 수 없이 초췌하고 상해서 한 마리 짐승이 웅
크리고 있는 것처럼 보였다.

방으로 들어가자 그가 눈동자만 돌려 쳐다보았다. 그런데 생각
외로 싱긋이 웃음부터 지었다.

"당신 청바지도 입을 줄 알아?"

그의 눈에는 청바지를 입은 수은이 낯설고 어색했던가 보다. 그의 앞으로 다가가 앉으며 그녀가 대꾸했다.

"그럼요. 새벽 시장 갈 때는 청바지 입는걸요. 왜요? 이상한가요?"

"아니, 생각보다 잘 어울리는데."

수은은 물끄러미 그를 바라보다 물었다.

"저 왜 왔는지 안 물어봐요?"

"나 보러 온 걸 뭘 물어봐."

"얼굴이…… 많이 상했어요."

"……."

"금방 마음 추스를 수 없다는 거 알아요. 그래도 걱정이 되더군요. 제가 방해되는 거 아니지요?"

대한은 시선을 비낀 채 고개만 가로저었다. 어느새 그의 눈시울이 젖어들고 있었다. 수은도 덩달아 두 눈이 촉촉해졌다. 그녀는 가만히 손을 뻗어 그를 품에 안았다. 그러자 한순간 봇물 터지듯 대한이 울음을 터뜨렸다. 오죽 마음이 힘들었을까 싶어 수은의 눈에서도 한줄기 눈물이 흘러내렸다. 그의 슬픔이 고스란히 전달되어져 왔다.

"혼자 있을 때 많이 울지 그랬어요. 그러려고 여기까지 온 거면서. 이렇게 울지도 못하고 있을 줄 알았으면 좀 더 일찍 올 걸요."

사람들이 있는 곳에서는 겨우겨우 울음을 참았을 그였기에 지금만큼은 마음껏 울도록 내버려 두었다. 아프게, 아프게 신음 섞인 울음을 쏟아내는 그를 안고 수은도 가슴이 미어졌다. 사랑하는 부하였기에 그의 죽음을 받아들이기가 힘들 줄은 알고 있었지만, 이다지도 애곡할 줄은 몰랐다. 그를 혼자 두는 것이 아니었다는 자책감에 수은은 그저 미안하고 또 미안할 따름이었다.

이전처럼 윗목에 대한은 따로 누워 있었다. 그렇게 울음을 쏟아 낸 후로 그는 한결 편안해 보였다. 그러나 언제 또 잠재되어 있던 슬픔이 몰아칠지 몰랐다. 그는 평생 송근우에 대한 비탄을 안고 살게 될 것이다. 그가 말해 준 대로 송근우는 친동생이나 다름없었으니까.

"편하게 자. 나 신경 쓰지 말고."

시선은 천장에 가 있으면서 그가 말했다.

"이리로…… 오겠어요?"

수은의 말에 비로소 그는 시선을 돌려 쳐다보았다. 수은은 똑바로 그를 마주 응시하며 다시 한 번 말했다.

"같이 자요."

"……."

"싫어요?"

"아니, 안 싫어."

대한이 냉큼 그녀의 이불 속으로 들어왔다. 그리고 수은을 품에 안았다. 수은은 그의 가슴에 귀를 대고 심장 소리를 들었다. 박동 소리가 점점 크게 울렸다.

"제 심장보다 어떻게 더 뛰어요?"

"당신보다 내가 더 사랑하니까."

수은은 곱게 미소 지으며 그의 품속으로 더욱 깊이 파고들었다. 그녀가 문득 말했다.

"동정과 사랑의 차이는 눈물 맛인 것 같아요."

"눈물도 맛이 달라?"

"네, 그렇다더군요. 슬플 때와 기쁠 때 흘리는 눈물의 맛이 짜고 단 것처럼 동정과 사랑도 그런 차이겠지요."

"당신은 언제 그 차이를 확실히 느꼈는데?"

"당신 생각 하면 화가 나다가도 웃음이 나올 때요. 그러면서 당신이 적이라는 사실을 깜박깜박 잊게 되더군요. 당신과 내가 적으로 만나지 않았더라면 어땠을까, 문득 그런 생각이 들겠지요. 그 순간 확실히 깨달았던 것 같아요. 이런 말 하면 벌받을지도 모르지만, 솔직히…… 당신이 죽지 않아서 얼마나 다행인지 모르겠어요. 그리고 너무 자책하지 마세요. 사람 목숨이 어디 자기 뜻대로 되는 것이던가요."

대한이 그녀의 비단결 같은 머리카락을 쓰다듬으며 나직이 속삭였다.

"아라 씨를 보면서 당신 생각 많이 했어. 만일 내가 죽었으면 당신도 저렇겠구나, 가슴이 찢어졌지."

수은이 고개를 들어 그를 올려다보았다.

"사랑해서 죽느니 차라리 살아서 적이 되는 편이 낫겠지요. 그러니 당신, 죽지 말아요. 저, 당신 때문에 울고 싶지 않아요."

"후후. 당신 울리지 않으려면 악착같이 살아야겠군."

“네, 제발 그래 주세요.”

대한이 그녀의 입에 입맞춤을 하면서 몸을 어루만졌다. 가벼운 입맞춤은 점점 농익은 키스로 변해가고, 옅은 신음이 밀도 있게 섞이며 서로를 보듬어 안았다. 대한은 그녀의 블라우스 단추를 하나하나 풀어헤쳤다. 서서히 드러나는 속살과 가슴에 벌써부터 그녀의 더 깊은 곳을 파고들고픈 욕구가 솟구쳤다. 브래지어 끈까지 곱게 끌러 놔주고 마지막 남은 팬티까지 완전히 벗겨내었다. 이제 알몸이 된 그녀를 내려다보는 순간, 그의 입에서는 황홀감에 저절로 경탄사가 터져 나왔다. 다소 마른 몸이기는 하나, 우윳빛을 방불케 하는 새하얀 살결과 연분홍이 감도는 유두가 가슴을 설레게 했고, 잘록한 허리와 가지런히 뒤덮인 음모, 그 안에 숨겨져 있을 또 하나의 계곡은 남자의 심장에 완전히 불을 댕겼다. 그는 자신도 상의를 벗은 뒤 그녀의 온몸에 자분자분 입을 맞추었다. 거친 손바닥으로 행여 흠집이라도 날까, 곱디고운 순백의 살결을 조심스레 쓸어 올렸다. 그의 손길과 입술이 닿는 곳마다 수은은 터질 것 같은 가슴을 주체하지 못하고 가만히 몸을 뒤채었다. 눈을 감고 있으나 그의 시선이 따갑게 온몸에 달라붙어 그녀의 볼은 빨갛게 물들고, 자꾸만 조여지는 긴장감에 이마로는 땀방울이 송송 맺히기 시작했다. 대한은 그녀의 허벅지 살 안쪽을 살짝 쥐어 튕기며 다른 한 손으로는 가슴을 가만히 그러쥐었다. 그리고 혀끝으로 볼록 솟아오른 유두를 살살 간질였다.

“하아……!”

마침내 그녀가 참고 있던 성음을 터뜨렸다. 대한은 오히려 입 안 가득 젖가슴을 물었다가 혀로 유두를 눌러 밀어내었다. 그러기를 여러 번 반복하고, 그녀의 배꼽까지 입맞춤하며 내려와 드디어는 보드라운 음모에 입술을 파묻었다. 그녀의 다리를 조심스레 벌린 뒤 그 사이로 보이는 음핵을 쪽 빨아들이며 혀끝으로 빠르게 건드려 주자, 위에서는 성음이 더욱 짙어져 갔다. 이미 젖어버린 음문을 핥아준 후에 그는 바지와 팬티를 급히 벗어 던지고 그녀에게로 자신을 서서히 밀어 넣었다. 좁고 가느다란 계곡은 그의 성기를 꽉 조이며 손으로 세게 움켜쥐듯 붙들었다. 대한이 깊은 호흡을 내지르며 천천히 그녀를 파고들었다. 그녀의 비명을 막기 위하여 입술을 다시 한 번 부딪치고 혀로 농락하며 거의 끝까지 다다랐을 때에야 비로소 조금씩 허리를 움직여 주었다. 그녀의 입에서 신음 소리가 연발 새어나왔다. 대한도 점점 격정에 물들어갔다. 허리 움직임을 빨리 하면서 거친 호흡을 그녀의 귓전에 연신 내뿜었다. 수은의 입은 살짝 벌어져 괴로운 신음을 내지르고 있었다. 서로의 살이 맞대어 비벼지는 소리. 찰박찰박 사랑이 뒤섞이는 소리. 꽃잎을 흩뿌리듯 달콤하고 유혹적인 신음 소리. 자글자글 끓는 구들장처럼 두 사람도 달아오를 대로 달아올라 서로를 놓아줄 줄 몰랐다. 수은의 귓불을 아프도록 깨물며 대한은 그녀의 가슴을 손으로 움켜잡았다. 넌 내 여자다, 그렇게 외치듯이. 그녀의 몸속에 자신을 곤두박질치며 그는 희열의 절정을 향해 달렸다. 이 밤을 끝으로 적과의 관계도 끝내자 하고, 희망의 샘을 온몸으로 터뜨리는 것이다. 그녀의 손끝이 등에 와 박히며 매달리는 것을 느끼고 대한은 힘차게 마지막 혼신을 다하여 그녀를 사랑하고 자신을 그 안에 모조리 쏟아 부었다.

"흐읍……!"

대한이 안에서 경련을 일으키자 수은은 신음을 삼키며 그를 더욱 세게 끌어안았다. 거친 숨이 한동안 두 사람을 휘감고 놓아주질 않았다.

"후우."

대한도 마지막으로 한차례 숨을 몰아 내쉬고는 옆으로 슬쩍 내려가 누웠다. 수은은 완전히 지친 듯 기진맥진하여 누워 있고, 대한은 대한대로 가슴을 크게 들썩이며 숨을 골랐다. 그녀를 끌어당겨 품에 안으며 땀으로 흠뻑 젖은 뺨에다 입술을 꼭 눌러 입맞춤을 해주었다. 격정이 휘몰고 간 후에도 좀체 식을 줄 모르는 두 사람은 상처로 얼룩진 마음을 핥아주고 닦아주며 오래도록 서로를 애무하고 있었다.

＊

그 시각, 서울의 한 술집에서는 김경복과 권 의원이 마주 앉아 있었다. 권 의원이 대한 쪽으로 뜻을 기울였다는 점에서 김경복은 상당한 불쾌감을 드러냈다. 그러나 권 의원은 이미 예상한 듯 전혀 동요하지 않는 표정이었다. 이런 일이야 주변에서 부지기수로 일어나는 일련의 판도에 불과했다. 권 의원으로서는 대단한 결단이 아닐 수 없었으나, 역시 세대 차이가 두드러져 언젠가는 갈아치울 생각이었다. 그랬으니 대한의 등장은 그에게 적시 적소였던 셈이다. 게다가 차재구와 호형호제하는 사이인 것이 그의 마음을 동했을 것이었다.

술을 한 잔씩 서로 나누고 김경복이 먼저 운을 띄웠다.

"실망이 큽니다, 의원님. 의원님이 대학의 까마득한 후배라고는 하나, 사회적 지위가 있어 그간 깍듯이 모셔왔다는 걸 잘 아실 겁니다. 그런데 하루아침에 헌신짝처럼 절 버리셨더군요."

권 의원이 입가로 비스듬히 조소를 머금고는 말했다.

"헌신짝이라니요. 말씀이 지나치십니다, 회장님. 저 역시 대학 선배이시고, 또 저에게 얼마나 많은 투자를 했는지 잘 압니다. 하지만 공으로 받은 것은 아니지 않습니까. 공생 관계는 제 짝을 잃으면 얼마든지 또 바뀔 수 있는 것이 이 바닥의 생리이기도 하지요."

"짝을 잃는다……? 그것은 순전히 의원님의 독단적인 결정이었는데도 말입니까?"

"회장님의 부친이 일제 때 일본 놈의 앞잡이였다는 사실은 누구나 알고 있습니다. 벌써부터 여론이 들끓고 있어요. 과연 그렇게 살아남은 매국노의 자식들이 호의호식하고 있는 이 사회를 비난하지 않을 국민은 없겠지요. 어느 쪽을 따라가야 할지는 어린아이라도 알 수 있는 일입니다. 전 정치가이지, 회장님 같은 사업가가 아니니까요."

김경복의 얼굴이 붉으락푸르락했다. 대놓고 일본 놈의 앞잡이라고 하는데 이미 그 마음이 완전히 돌아섰음을 증명하는 것이 아니고 무엇이랴. 그가 급히 술을 한 잔 들이키고는 낮게 읊조렸다.

"방대한 같은 깡패를 등에 업고자 하는 이유를 알고 있소. 순전히 절 견제하기 위함이라면 생각을 잘못하셨소이다."

이제껏 느긋하던 권 의원의 표정이 단박에 굳어졌다. 그는 따져 묻듯 김경복을 추궁했다.

"지금 무슨 소리를 하시는 겁니까? 방 사장과는 개인적 친분이 있을 뿐, 그 이상도 그 이하도 아닙니다. 전 다만 여론에 수긍하겠다는 것뿐입니다."

그러나 김경복도 심중을 굳힌 얼굴이었다. 언제부터 그리 개인적 친분을 운운할 사이였던가. 그는 권 의원의 발뺌을 그냥 넘어가지 않고 무섭게 뇌까렸다.

"굳이 제가 아니더라도 그를 노리고 있는 자는 많습니다, 의원님. 그 사실 하나만으로도 그를 나만큼 정치적으로 이용해 먹기가 수월치는 않을 겁니다."

권 의원의 두 눈이 가늘어졌다. 뭔가 그 말속에 의미심장한 뜻이 내포되어 있음을 감지했기 때문이다. 그가 넌지시 물었다.

"혹…… 방 사장을 죽이려 했다가 실패하고 송근우를 죽인 최치호와 관련이 있으신 겝니까?"

김경복이 술 한 잔을 또 들이켰다. 표정은 딱딱했고, 차가웠다. 권 의원이 은근슬쩍 떠보는 질문에 그는 부인하지 않았다. 그것은 권 의원에게도 해당되는 일임을 주지시키려는 뜻이기도 했다. 그가 권 의원에게 마지막으로 조용히 을렀다.

"어느 쪽이 과연 권 의원님께 유리할 지는 생각을 잘하셔야 할 겁니다."

권 의원은 속으로 뜨끔하여 얼른 술부터 들이켰다. 냉랭함이 감도는 방 안에서 두 사람은 말없이 술잔만 기울였고, 각자의 머리 속에는 수많은 생각이 한꺼번에 얽혔다.

대한이 권 의원의 부름을 받은 것은 서울로 돌아온 다음날이었다. 차재구를 통하여 전달받은 조의금도 있고 하여 대한은 술집의 룸을 들어서자마자 깊이 고개를 숙여 인사부터 했다.

"인사가 늦었습니다. 일찍이 찾아뵈었어야 하는 건데……."

권 의원이 호기롭게 그를 불러 옆에 앉혔다. 그리고 먼저 술부터 한 잔 권했다. 대한이 술을 받아 마시고, 그에게도 한 잔 따랐다. 그 술을 받아 마시고 난 후, 권 의원이 말했다.

"차 사장에게 들으니 사고를 당한 이가 친동생이나 다름없다면서? 참으로 안됐네."

"……."

"내, 자네를 보자 한 것은 다름이 아니라, 긴히 할 얘기가 있어서네."

"예, 말씀하십시오."

"일전에 김 회장을 만났네. 그런데 의외의 얘기를 들었어."

"……."

"최치호라는 자 말일세."

대한의 눈이 번뜩했다. 권 의원이 말을 이었다.

"그자를 사주한 이가 누구인지 아는가?"

"개인적인 원한인 줄로 알고 있었는데요."

권 의원이 딱 잘라 말했다.

"아닐세. 김 회장이 슬쩍 비치는 말로 봐서는……."

"그럼 김 회장 짓이라는 말입니까?"

"그런 것 같아."

"……."

"그래서 말인데……."

권 의원이 잠시 뜸을 들이느라 술을 한 잔 들이켰다.

"내, 한 가지 어려운 제안을 하지."

대한의 미간이 살풋 일그러졌다. 그의 말속에 어떤 비장함이 서렸기 때문이다. 권 의원이 대한을 똑바로 응시하며 목소리를 낮췄다.

"김 회장을 없애주게. 그럼 나 역시 자네에게 내 정치 인생을 걸겠네."

대한은 김경복이 자신을 죽이려 했다는 사실만으로 이미 복수의 칼을 마음속에서 빼내 들고 있었다. 그런 까닭에 권 의원의 의미심장한 제의는 귀담아 들어오지 않았다. 대한이 잠시 생각에 빠졌다가 권 의원에게 말을 건넸다.

"원하는 대로 해드린다면 뒷일을 책임져 주시겠습니까?"

"물론이네. 내 정치 인생을 건다 하지 않았나."

"그렇다면 한 가지 더…… 약속해 주실 일이 있습니다."

"뭔가? 말해 보게. 내 자네를 도울 수 있는 한, 얼마든지 힘써 보겠네."

"독립군 후손들을 정기적으로 돕는 후원 단체를 활성화시켜 주

십시오. 법안으로 만들어주셔도 좋습니다. 그 일만큼은 의원님께
서 무슨 일이 있어도 책임져 주십시오. 그렇게만 된다면 의원님의
정치적 입지에도 좋은 영향을 미치게 될 겁니다."

권 의원이 그의 말에 수긍한 듯 고개를 끄덕였다. 대한이 옅게
웃고는 그에게 술을 따랐다. 그리고 자신도 한 잔을 단숨에 들이
켰다. 정작 술맛은 모른 채.

권 의원이 돌아간 후, 이번에는 차재구가 그와 마주 앉아 있었
다. 술을 꽤 마신 것 같은데, 대한은 취기가 하나도 오르지 않았
다. 마시면 마실수록 정신이 더 멀쩡해졌다. 그가 차재구와 술을
몇 잔 나눠 마신 후, 불쑥 부탁조로 말을 꺼냈다.

"형님. 혹 제게 무슨 일이 생기거들랑 우리 애들 좀 부탁합시
다."

차재구가 술을 마시다 말고 그를 건너다보았다.

"그게 무슨 말인가, 아우?"

곧바로 역반응을 보이는 통에 대한이 피식 웃고는 말했다.

"가는귀 먹었소? 제 부하 녀석들, 형님이 좀 거둬달란 말이오."

"그러니까 그게 무슨 뜻이냐고? 왜 갑자기 죽으러 가는 사람처
럼 그런 말을 내게 하는 거야? 권 의원님과 무슨 이야기를 나눈 건
가?"

대한이 짧게 고개를 설레발치고는 술을 마셨다.

"형님도 이젠 나이 먹었나 봐. 왜 이렇게 조갑증을 내쇼?"

"혹 복수를 할 생각이라면 아서게."

"그럼 어쩌겠수? 그냥 두고 봐야 한단 말이오?"

"자네가 나서지 말란 뜻이야. 자네가 잘못되면 지금껏 꿈꿔 왔던 미래가 완전히 공중분해 돼. 어차피 최치호는 응당한 대가를 받게 되어 있어. 사람을 죽인 살인마 아닌가. 그것도 계획적으로."

대한이 씁쓸하게 웃었다.

"만에 하나, 염두에 두고 하는 말이오. 그러니 형님, 제 부탁만큼은 꼭 들어줘요."

"그런 부탁이라면 듣기 싫네. 그 윤수은인가 하는 여자를 생각해서라도 자네가 허튼 마음을 품으면 안 되는 거야. 그리고 자네가 그렇게 아끼는 부하들을 위해서라도 그렇고. 내가 아무리 잘 거둔다 한들, 제 주인만큼 하겠는가. 무엇보다 내가 싫네. 앞으로 자네 덕 볼 날만 손꼽아 기다려 왔는데, 이럼 재미없지."

"후후. 저야말로 형님 때문에 그동안 고마웠수. 형님 아니었으면 벌써 이 바닥에서 내쳐졌을 거요. 의리 하나만큼은 형님에게 톡톡히 배웠는데, 전 형님에게 아무것도 해준 게 없이 이렇게 마음의 빚까지 지게 생겼네. 미안합니다, 형님."

급기야 차재구가 벌컥 화를 냈다.

"글쎄, 그런 얘기라면 듣기 싫다니까! 오늘따라 자네답지 않군."

그러자 대한이 느물스럽게 그 말을 받아쳤다.

"아, 거참. 성질 좀 내지 마슈. 고맙다 인사해도 싫다네. 싫음 관두쇼, 그럼. 왜 다들 내가 고운 말 쓰는 꼴을 못 보나 몰라. 나도 개과천선해서 한번 멋들어지게 살고 싶은데…… 제기랄."

차재구는 심란한 듯 술만 퍼댔다. 고집불통 대한이 한 번 결정한 것이니 아무리 말려도 이제는 소용이 없음을 아는 터였다. 그 큰 덩치에 안 맞게 눈물까지 눈가에 어리는데, 대한은 짐짓 못 본 체 외면했다. 술을 마시는지 눈물을 마시는지 모를 두 남자는 그날 밤이 새도록 알 수 없는 미래에 대해 이야기 나누며 우정을 다졌다. 마치 그것이 마지막이라는 것을 예견이라도 하듯이.

대한은 사무실 책상 앞에 앉아 맞춤법 책을 옆에 끼고 수은에게 보낼 편지를 썼다. 생전 처음 써보는 편지는 생각처럼 쉽지가 않아서 쓴 걸 지우고, 고치고, 찢어 다시 쓰느라 종일을 허비했다. 그렇게 가까스로 편지 한 장을 완성한 후에 그는 곱게 접어 편지 봉투에 넣고, 땅문서와 함께 서류 봉투에 잘 봉했다. 그리고 금고 안에서 또 하나의 서류 뭉치를 꺼내어 다른 봉투 안에 넣은 뒤, 어디론가 전화를 넣었다.

한 시간여 후에 세령이 사무실에 나타났다. 그때가 저녁 무렵이었다. 세령은 대한이 먼저 전화를 걸어 사무실로 오라고 한 것에 기분이 좋았는지 들어오면서부터 방실거렸다. 그러나 대한이 꺼낸 말에 그녀의 얼굴에서는 한순간 웃음기가 싹 달아나 버렸다.

"쇼핑센터 설계 건은 없었던 일로 하지."

책상 앞에 느긋하게 앉아 아무렇지도 않게 말하는 그가 그렇게 미울 수가 없었다. 아직 구두 계약이라 뭐라고 할 처지는 못 되었지만, 하루아침에 없었던 일로 하자니 세령은 황당함이 지나쳐 화가 났다. 이렇게 되면 지난번에 설계사를 바꿀까 고려 중이라 한 얘기가 괜히 해본 소리가 아니었다는 뜻이 된다. 세령은 분하여 팔짱을 낀 채 삐딱하게 서서 그를 내려다보았다. 그리고는 부아가 잔뜩 실린 말투로 말했다.

"어떻게 저한테 이러실 수 있어요? 지난번 일은 사과했잖아요. 그냥 장난이었다고요!"

대한이 시큰둥하게 대꾸했다.

"알아."

"그런데 왜요? 아무리 구두 계약이었기로서니 사람을 이렇게 갖고 놀아도 되는 거예요?"

분해서 못 견뎌하는 그녀를 보고 대한이 자리에서 일어나 다가 왔다. 세령은 표독스레 그를 쏘아보았다.

"피치 못할 사정이 있어서 그래. 나도 당신 실력이 어떻다는 것쯤 알고 있고, 다른 건 다 차치하고라도 약속을 지키려고 했어. 일이 이렇게 돼서 나도 미안해. 다음에 기회가 되면 그때는 진짜로 당신한테 일을 줄게."

"설마 다른 사람한테 준 거예요?"

"아니, 무산됐어."

"무산…… 되다니요? 그럼 쇼핑센터 안 해요?"

"지금 당장은 계획 없어. 그러니까 다음을 기약하자는 거지."

세령이 이마를 구기며 그를 묘한 눈빛으로 쳐다보았다.

"갑자기 왜……?"

다른 눈치라도 챌까 대한은 그녀의 어깨를 돌려 세웠다. 그리고 문 앞까지 밀고 나갔다.

"사장님! 잠깐만요. 물어볼 말 있어요. 사장님…… 사장님!"

대한은 뒤채는 그녀를 문밖으로 내보내고는 얼른 문을 닫았다. 세령이 문을 마구 두드리며 그를 불렀다.

"방 사장님! 잠깐만 저와 애기 좀 해요! ……방대한 사장님! ……방대한! ……야! 야, 이 나쁜 자식아! 이러고도 네가 사람이야? 천하에 나쁜 깡패 자식아! 야아아!"

분이 풀리지 않아 문을 발로 쾅쾅 차도 안에서는 더 이상 대꾸가 없었다. 제풀에 지친 세령도 원망 어린 눈길로 사무실 문을 노려보다가 터벅터벅 엘리베이터로 향했다.

그녀는 건물을 나가며 마지막으로 힐끗 뒤로 돌아보았다. 그리고 자신의 차에 올라타서야 휴대폰을 들어 어디론가 전화를 걸었다.

"회장님, 저예요."

[응, 어떻게 됐어?]

"방대한이 쇼핑센터를 하지 않겠대요. 계약도 그만두자네요."

[갑자기 왜?]

"모르겠어요. 이젠 어쩌죠? 더 이상 접근할 근거가 없게 되어버렸잖아요."

[그런 남자 하나 휘어잡지 못해? 쯧쯧.]

"그럼 삼흥건설 계약 건은요?"

[그거야 방대한 정보를 빼내오는 조건으로 준다고 약속한 거 아닌가.]

세령은 입이 불퉁해졌다. 리셉션장에서 그를 본 후에 김 회장의

호출을 받았었다. 김 회장은 그때 방대한이 '백궁' 땅에다 쇼핑센
터를 세울 거라는 정보를 주었고, 그의 정보를 캐내주는 대신 삼
흥건설의 건축 설계를 따내게 해주겠다고 제안했다. 삼흥건설이
라면 국내에서도 알아주는 기업이다. 그런 대형 계약 건을 놓칠
세령이 아니었다. 그러기 위해서는 어떻게든 방대한을 꼬셔야 하
는데, 깡패치고는 여자를 돌처럼 여겼다. 아니면, 자신에게 매력
을 못 느끼는 그 남자에게 괜한 오기가 생겼는지도 모르겠다. 결
국 그는 윤수은에게 넘어가 '백궁'을 포기해 버리기라도 한 것일
까?

그녀는 아무것도 얻어진 게 없음에 허탈한 심정이었다. 남자도,
일도 모두 놓친 기분. 그것은 그녀의 이제껏 살아온 인생 최대의
실수이자 실패였다. 그녀는 김 회장과의 통화를 끝낸 뒤, 곧장 건
물을 빠져나갔다. 지독한 패배감만 가슴에 가득 안은 채.

전신 거울 앞에 서서 옷을 갈아입다가 문밖이 잠잠해지자 대한
은 잠시 손길을 멈추었다. 거울 안에 비친 그의 모습이 어딘지 모
르게 비장해 보였다. 많은 생각이 오가는 듯, 한동안 움직일 줄 모
르던 그는 옷을 마저 갈아입고 밖으로 나와 책상 위에 올려놓았던
서류 봉투를 들었다. 서류의 종이 질감을 손바닥으로 느끼자니 갑
자기 숨이 턱 막혀 몇 차례 호흡을 골라야 했다. 봉투를 든 그의
손이 미세하게 떨리고 있었다.

그렇게 사무실을 나와 곧장 향한 곳이 차재구의 룸살롱이었다.
연회석처럼 마련된 홀에 하나 가득 대한의 부하들이 먼저 와서 기

다리고 있었다. 방 안으로 대한이 들어서자 일제히 자리에서 일어선 그들이 일심동체로 어깨를 굽혀 인사했다.

"형님!"

모두 모이니 근 오십 명가량 되는 인원이었다. 한자리에 모이라 한 이유를 알고도 남음이 있어 부하들은 하나같이 비장한 모습이었다. 대한이 상석에 가서 앉은 뒤 손을 들어서 앉으라는 시늉을 해 보였다.

테이블을 하나로 죽 이어 붙이고 서열대로 앉아 있는 그들 앞에는 대한이 미리 일러놓은 대로 술과 안주들이 즐비했다. 경기도 쪽을 맡고 있는 서열 두 번째, 일명 도끼라 불리는 자가 대한에게 술을 따랐다. 그 맞은편에 서열 세 번째로 부산 쪽에 내려가 있던 청엽이 앉아 있었고, 그 다음으로 서열 네 번째인 두호가, 그 옆에 평산이 있었다.

서로의 잔을 채운 그들이 대한을 위시로 잔을 높이 들었다. 그리고 마치 출전가를 외치듯 이구동성으로 외쳤다.

"일심(一心)!"

똑같이 들이키고 잔을 내려놓는 모습마저 한결같아 일심이라는 구호가 괜히 나온 것은 아니었다. 먼저 도끼가 자못 날카롭게 말했다.

"형님, 명령만 내려주십시오. 단 하루라도 최치호가 살아 숨 쉬는 것을 두고 볼 수가 없습니다."

청엽도 끼어들었다.

"그렇습니다, 형님. 이번 기회에 초산 새끼들을 깡그리 청소해 버리죠. 최치호도 최치호지만, 그 우두머리인 장표수도 저대로 놔두다가는 언젠가 우리 구역까지 치고 들어올 겁니다. 최치호 한 놈만 없앤다 해서 끝날 일이 아닌 것 같습니다.”

이번에는 두호가 비장하게 나섰다.

“형님, 최치호는 제가 맡겠습니다. 저를 보내주십시오!”

이럴 때 평산도 가만있을 리 없었다. 그는 오늘을 기다렸다는 듯 흥분하여 이를 갈았다.

“아닙니다, 큰 형님! 최치호 그 자식은 제 손으로 죽일 겁니다. 제가 가도록 해주십시오!”

대한이 잇새를 ‘쯔읍’ 거리고는 처음으로 입을 열었다.

“너희들은 나서지 마라. 내가 한다.”

동시에 부하들이 그를 불렀다.

“형님!”

대한은 괴로운 듯 인상을 그리고는 부하들을 죄다 훑었다.

“내 명령이 있기 전에는 누구 하나 앞서 가지 마. 알았냐?”

평산이 숨을 몰아치고는 급히 말을 토해냈다.

“안 됩니다, 형님! 형님이 직접 나서는 일은 더 위험합니다.”

“평산아.”

평소와 같은 어조였다. 그러나 평산은 이성을 잃고 그의 말을 따르지 않았다.

“안 됩니다, 형님! 형님께 무슨 일이 생기면 저희는 어쩝니까? 절대 그럴 수는 없습니다!”

“평산아—”

"그럴 수 없어요! 차라리 절더러 죽으라면 죽겠습니다. 그런 명령이라면 얼마든지 듣겠습니다. 하지만 이번만큼은 형님 말 안 듣겠습니다. 절 때려도 좋습니다! 아니, 그냥 맞겠습니다! 때려주십시오, 형님. 그래도 안 되는 건 안 되는 겁니다. 형님은 우리의 기둥이십니다. 기둥이 없는데, 어떻게 지탱을 합니까?"

대한이 한숨을 내쉬고는 그 옆에 앉은 누군가에게 일렀다.

"아, 진짜 시끄럽네. 저 자식 좀 내보내라. 끌고 나가."

부하들이 서로 눈치만 보는데, 평산은 테이블을 꽉 잡고 버티고 앉아 눈물을 줄줄 흘리며 악을 썼다.

"형님들! 왜 가만히 앉아만 있는 겁니까? 절 보내라고 말씀 좀 해주세요! 집에서도 내놓은 자식 찾을 리도 이제 없고, 마누라도, 애새끼도 하나 없으니 저 하나 잘못된들 아무 상관 없다 이겁니다! 우리 큰 형님 잘못되면 저도 죽습니다! 어차피 둘이 죽을 바에 저 하나가 훨씬 낫잖아요! 형님 위해서 영광스럽게 죽겠습니다. 형님, 보내주세요, 제발!"

대한이 기가 막히면서도 속에서 뜨거운 것이 치밀어 올라 눈시울이 붉어졌다. 그가 억지로 치밀어 오르는 감정을 삼키고는 조용히 말을 꺼냈다.

"평산아, 네 뜻은 알겠다만, 한 번 내뱉은 말 내가 번복한 적 있더냐? 이번에도 마찬가지다. 최치호 말고도 내가 할 일이 있어. 내가 하지 않으면 안 될 일. 날 이해해 다오."

그의 목소리가 서글프게 잠겼다. 여기저기서 훌쩍이는 소리가 들려오기 시작했다. 평산은 아예 대성통곡을 늘어놓았고. 대한은 눈물을 삼키듯 술을 마시고, 일어나 부하들에게 일일이 술을 따라 주었다. 한 바퀴 돌아 제자리로 돌아온 그가 부하들에게 마지막으로 명령을 내렸다.

"이제부터 너희들의 큰 형님은 차재구 형님이시다. 독립을 하고 싶은 사람은 지금 말해라. 이 자리를 빌려 기꺼이 보내주겠다."

그러나 그 아무도 입을 여는 자가 없이 숙연하기만 했다. 대한이 침통하여 고개를 푹 숙이고 있는 부하들을 둘러보고는 말을 이었다.

"누구 밑에 있든 너희들이 누구 부하였는가 하는 사실을 잊지 마라. 그리고 욕심 부리지 마. 어느 정도 너희들이 생각했던 목표를 달성하였거든 이 바닥에서 과감하게 손을 씻어라. 내 인생에 너희들 같은 부하를 만난 것은…… 행운이었다."

제16장

고향에 다녀온 후로 양 이틀간 연락이 없다가 셋째 날, 뜬금없이 전화를 하여서는 저녁에 술상을 봐놓으라 한다. 둘이서만 오붓하게 한잔하자며. 수은은 무슨 할 말이 있나 보다 싶어 일찌감치 문을 닫고는 안방에 술상을 차려놓았다. 한복을 입은 채로 앉아 기다리자니 마루 문이 열리는 소리가 들렸다. 반가운 마음에 일어나 나가려는데, 그가 먼저 안방 문을 열고 들어왔다. 수은이 그를 보고 곱게 미소를 지었다. 대한이 싱긋 마주 웃고는 한마디 했다.

"오늘 당신 되게 예쁘다. 다른 날보다 이상하게 더 예뻐 보이는데."

농담인지 진담인지 모를 그의 말에 수은은 쑥스러운 듯 웃기만

했다. 그리고 그의 손을 잡아 술상 앞으로 데려갔다. 그를 상석에 앉히고 그의 잔에 항아리에 담긴 곡주를 퍼서 담아주었다. 대한이 그녀의 잔에도 채워주고는 말했다.

"건배할까?"

수은이 잔을 들었고, 대한은 자신의 잔을 소리나게 부딪치고는 한 잔을 쭉 들이켰다. 달큰하면서도 시원한 곡주는 입 안에 짝 달라붙었다. 수은이 기다리고 있다가 굴튀김을 그의 입에 넣어주었다. 그리고 자신도 고개를 살짝 틀고 곡주를 몇 모금 마셨다. 이번에는 대한이 그녀의 입에 굴튀김을 넣어주었다. 그녀를 바라보는 대한의 눈빛이 애잔했다. 그의 얼굴에서 슬픈 기운을 느끼고 수은이 이상한 눈초리로 물었다.

"어디 아프세요? 왜 그렇게 기운이 없어요?"

"내가? 아닌데……. 괜찮아. 아무렇지도 않아."

수은은 그가 아직도 송근우 때문에 슬픔이 가시지 않아 그렇다고 단순히 이해했다. 그에게 한 잔을 더 권한 뒤에 그녀가 그의 등 뒤로 돌아가더니 어깨를 주물렀다. 대한은 꼭꼭 누르는 그녀의 안마를 기분 좋게 받았다.

"무척 피곤해 보여요. 염소 보양탕은 먹고 있는 건가요?"

그걸 챙겨 먹을 정신이 없었으리라는 걸 알면서 수은은 묻고 있는 자신이 우스웠다. 그러면서 어깨가 축 처져 들어온 그가 안쓰럽고 안타까웠다. 그녀는 어깨를 주무르다 말고 그의 목을 둘러 다정히 안았다.

"힘내세요. 이제 대한 씨에게는 제가 있잖아요."

대한은 마음이 찢어지는 것 같아 두 눈을 꾹 내리감고 말았다. 그녀의 손을 어루만지며 그는 겨우겨우 치받쳐 오르는 울분을 삭였다. 손을 끌어 그녀를 곁에 앉히고 그녀의 얼굴을 하나하나 뜯어보았다.

가르마를 흐트러짐없이 양옆으로 갈라 단정히 하나로 묶은 긴 머리카락. 귀밑으로 한 가닥 늘인 잔머리. 백옥 같은 피부에 적당히 둥글린 검고 짙은 눈썹. 그 아래, 가늘게 보일 듯 말 듯 속 쌍꺼풀진 눈. 반월(半月)처럼 그려진 눈매. 그리 높지도 낮지도 않은 콧대. 촉촉하고 작은 입술. 옥빛 한복에 가지런히 앞으로 모아 쥔 손에 끼어진 짙은 색의 옥 반지. 전형적인 한국 미인형의 수은. 은은히 풍겨오는 여인의 자태로 한눈에 반했던 그 순간의 일이 대한의 머리 속에 고스란히 펼쳐졌다.

그는 그녀의 볼을 손으로 쓰다듬었다. 수은도 발그레 홍조를 띠고는 그의 품에 가만히 기대어왔다. 그녀를 품에 안고도 대한은 슬픈 기색을 감추지 못했다. 그가 문득 기억나는 것이 있어 물었다.

"당신 그거 생각나? 사무실로 무작정 찾아와서 옷 벗겠다고 따지고 들었던 거."

수은이 그날의 일이 떠올라 얼굴을 붉혔다. 대한이 히죽 웃고는 말을 이었다.

"그때…… 내가 당신 얼마나 안고 싶었는지 알아? 그때가 진심이었다면 얼마나 좋았을까. 그럼 당신하고 더 많이, 더 오래…… 사랑했을 텐데."

　결국 말끝을 흐리며 그는 고개를 숙였다. 수은이 그의 품에서 나와 두 손으로 그의 뺨을 감싸고 자신을 보도록 했다. 그리고는 똑바로 응시하며 말했다.

　"우리에게 시간은 많아요. 당신과 저, 백궁 때문에 어쩌면 앞으로도 오래도록 싸우게 될지 모르지요. 하지만 평생토록 당신을 위해서 제가 직접 한 음식을 먹여주고 싶어요. 당신 외롭지 않게 해주고 싶고, 저 또한 당신으로 인해 외롭지 않았으면 좋겠어요. 그 동안 당신 때문에 재미있었어요. 진심이에요. 매번 정성껏 음식을 준비한다 해도 당신에게 했던 것만큼 정성이 들어가지는 않았던 것 같아요. 특별한 계기로 인해서이긴 하지만, 그래도 당신 때문에 전통 음식에 대한 자부심과 자긍심을 더 느낄 수 있어서 감사한 마음이 드는걸요. 지금은 또 이렇게 당신과 적이 아닌 사랑하는 사이가 되어서 행복하고요."

　눈을 초롱이며 또박또박 말하는 그녀가 대한은 사랑스럽다. 뭐라 형용할 수 없는 감동이 가슴에 물결치는데 정작 그는 아무 말도 해줄 수가 없다. 대신 상을 물리고 그녀를 앞으로 당겨 앉게 한 뒤에 옷고름을 가만히 풀었다.

　수은은 고개를 약간 숙이고 앉아 그가 하는 대로 내맡겼다. 속저고리까지 한꺼번에 벗기자 그녀의 동그란 어깨가 드러났다. 치마까지 벗겨낸 후, 대한은 그녀의 왼쪽 발을 잡아당겼다. 버선을 벗기고자 함이었다.

　수은은 하얀 속치마 바람으로 앉아서 버선을 벗기느라 낑낑거리는 그를 보고 재미있다는 듯 웃었다. 겨우 한 짝을 벗겨내고 다른 한 짝마저 벗기는데, 생각만큼 쉽지 않아 대한은 애를 먹는 모습이었다. 그러나 기어코 나머지 한 짝도 벗겨낸 후에는 후 하고 한숨을 다 내쉬었다. 수은이 쾌활하게 웃어 젖혔다.

대한은 짓궂게 웃는 그녀를 답삭 안아다 보료 위에 눕히고, 가볍게 입을 맞추었다. 속치마 위로 봉긋 솟은 가슴이 탐스럽기 그지없었다. 어깨 끈을 어깨 아래로 끌러 내리며 서서히 드러나는 속살에 심장이 요동쳤다. 그녀의 가슴에 얼굴을 묻고 대한은 어머니의 젖내 비슷한 향을 느꼈다. 아주 오래전부터 그리워했던 어머니의 향. 마음이 아득하게 심해고도로 가라앉고 있었다. 그때 수은이 그의 머리를 껴안고 속삭였다.

"사랑해요…… 당신."

그녀의 고백을 듣는 그 순간에 대한은 가슴이 와르르 무너져 내렸다. 미칠 듯 아파서 고개도 못 들고 그는 속으로 천천히 호흡을 골라야 했다. 억지로 호흡을 고르자니 삭이는 소리가 입 안에서 서걱거리며 맴돌았다. 그가 아무 대꾸도 할 수 없었던 것은 그 때문이었다. 입을 벌리면 한꺼번에 숨이 쏟아질 것 같아서 차마 그렇게 하지 못했다. 그녀의 따스한 품에 이렇듯 안겨 있으니, 더욱 정을 떼기가 어려웠다. 그녀를 떨치고 가야 하건만, 이성이 감성을 따라잡기가 힘겨웠다. 겨우 용기를 내어 가슴에서 얼굴을 떼고 그녀를 내려다보았다. 청초하고 아름다운 눈망울이 조용히 웃고 있었다. 사랑한다 말하고 있었다.

시간이 없음을 느끼자 슬픔이 차 오르기 시작했다. 그런 마음을 들킬세라 그는 서둘러 그녀의 입술에 제 입술을 포개었다. 시원하고 향긋한 굴 향이 아직 입 안에 남아 있었다. 달짝지근한 곡주의 맛도 느낄 수 있었다. 대한은 점점 커져 가는 그녀의 황홀한 신음에도 마음에 울컥하고 아픈 눈물이 치솟았다. 그럴 때마다 그녀의 입 안으로 거칠게 파고들어 입술을 문지르고 혀를 빨아들이며 이 순간만큼은 모든 걸 잊자 애를 썼다. 오로지 그녀를 사랑하는 일, 그것만 생각하자 노력했다.

대한의 휴대폰이 울린 것은 그때였다. 어떤 불길한 예감 때문에 그는 금방 휴대폰을 들지 못했다. 휴대폰은 끊어지지 않고 계속 울렸다. 천천히 휴대폰을 들어 발신자를 확인했더니 서열 두 번째인 도끼였다. 그가 수은의 눈치를 한 번 보고는 자리에서 일어났다. 그리고 일부러 멀찌감치 떨어졌다. 전화를 받자마자 터져 나오는 말에 대한의 눈빛이 더욱 어둡게 잠겨 버렸다.

[형님, 큰일났습니다. 평산이 녀석, 결국 일을 냈습니다. 최치호 죽이고, 자수했답니다.]

결국⋯⋯. 눈앞이 캄캄해지는 소식이었다. 그렇게 앞서 가지 말라 일렀건만.

"⋯⋯알았다."

어렵사리 대답한 후 휴대폰을 끊는 그의 얼굴이 새까맣게 굳어졌다.

"왜 그래요?"

수은의 걱정 어린 물음에 대한이 퍼뜩 돌아보았다. 그녀는 어느새 자리에서 일어나 앉아 있었다.

"아냐, 아무것도."

다시 수은에게로 돌아온 그가 가죽 잠바를 챙겨 들었다.

“왜요? 나가봐야 해요?”

그때부터는 그녀의 얼굴을 똑바로 보지 못하고 대한은 자꾸만 시선을 피했다. 그가 가죽잠바를 입으며 아까 들고 들어왔던 서류 봉투 두 개를 그녀 앞으로 쓱 밀었다.

“뭐예요, 이게?”

“중요한 서류라 당신에게 맡겨두려고.”

“예, 잘 보관할게요. 그런데 오늘 못 들어오나요?”

“글쎄…… 나가봐야 알겠는데.”

수은이 고개를 약간 옆으로 꺾어 그를 야릇한 눈빛으로 쳐다보았다.

“당신 수상하군요. 또 정세령이라는 그 여자 만나러 가는 건 아니겠지요?”

대한이 급히 부인했다.

“아냐!”

“그런데 왜 자꾸 딴 데 보면서 얘기해요? 저 좀 보세요.”

수은이 장난스럽게 말하며 그의 팔을 잡아당겼다. 대한도 어쩔 수 없이 그녀와 시선을 마주했다. 그의 눈빛 속에는 이루 말할 수 없는 고통으로 가득 차 있었다. 그로서는 태산 같은 아픔이었을 것이다. 그는 더 이상 그녀와 시선을 마주하지 못하고 느닷없이 그녀의 얼굴을 부여잡더니 뜨겁게 키스했다. 그리고는 벌떡 일어나 방을 뛰어나갔다.

수은은 뭔가 이상한 낌새를 받고 그를 쫓아나갔다. 그는 그새 마루로 내려앉아 신발을 신고 있었다.

"다시 오세요. 혹, 못 오게 되면 전화라도 주시든지요. 알았지요?"

대한이 뒤를 돌아보지 않은 채 자리에서 일어나서는 대답했다.

"응. 그럴게. 문 꼭 잠그고 자."

"예. 그럼 조심해서 다녀오세요. 운전 조심하시고요."

이번에는 아무런 대꾸 없이 그가 걸음을 옮겼다. 순식간에 어둠 저편으로 묻혀 버리는 그의 커다란 등을 지켜보다 수은도 마루 문을 닫았다. 한겨울의 밤은 지독하게 시렸다. 그녀는 마루 문을 닫다가 문득 눈이 올 것 같다는 생각이 들었다.

제17장

차를 몰고 '백궁'으로 들어오는 초입의 공터쯤 왔을 때였다.
전방에서 지키고 있던 차가 갑자기 헤드라이트를 켜더니 그대로
돌진해 왔다. 대한이 아차 싶어 핸들을 급히 돌렸으나 언제 나타
났는지 뒤에서도 차 한 대가 나타났다. 뒷차가 무섭게 속도를 내
어 달려오더니 대한의 차를 들이받았다. 그 바람에 대한의 차가
핸들을 튼 방향대로 꺾이며 공터 아래로 튕겨 내려갔다. 공터 끝
으로 둘러쳐진 화단에 차가 처박히면서 대한은 핸들에 머리를 심
하게 찧고 잠시 정신을 잃었다. 그리고 누군가의 억센 손길에 잡
혀 끌려 나왔다. 바닥에 팽개쳐지자마자 이번에는 무언가 딱딱하
고 묵직한 것이 등으로 내리꽂혔다. 퍽 소리가 나며 척추를 타고
온몸으로 심각한 통증이 번졌다. 느낌상 쇠파이프 정도 되는 것

같았다.

핸들에 들이받혔을 때, 눈가가 찢어졌는지 피가 눈 안으로 흘러들어와 제대로 눈을 뜨기가 버거웠다. 대한은 겨우 상체를 일으켜 멀쩡한 한쪽 눈으로 앞에 서 있는 사내를 올려다보았다. 그가 장표수라는 것을 알 수 있었다. 빙 둘러선 이들 중에 지난번에 보았던 초산 놈들 중 낯익은 얼굴들이 몇몇 있었던 것이다.

"역시 예감이 맞았군. 이곳에 있을 줄 알았어. 방대한! 치호 가는 길 심심하지 않게 동행이나 해줘야겠다. 쳐!"

장표수의 쩌렁거리는 말소리를 끝으로 일제히 몽둥이가 날아들었다. 대한도 그냥 당하고만 있을 수 없어 자리를 박차고 일어났다. 일대 격돌이 벌어졌다. 주먹으로 때리고, 발로 차는 소리가 한동안 이어졌다. 휙휙, 바람을 가르는 소리가 쉴 새 없이 들렸다. 대한이 피하는 통에 사정없이 날아드는 몽둥이가 차체를 부수고, 유리창을 박살 냈다. 몇 놈이 대한의 주먹에 맞고 나가떨어졌다. 그러나 역시 수적인 열세를 이겨내기는 어려웠다. 시간이 흐르면서 대한은 점점 힘이 빠지고 있었다. 번갈아 덤벼드는 놈들을 혼자 몸으로 당해내기란 꿈만 같은 일일 것이었다. 나중에는 주먹을 휘두를 힘도 없어 무차별 몽둥이세례를 맞아야만 했다.

차가운 땅바닥에 쓰러진 채 대한은 꼼짝없이 뭇매를 맞고만 있었다. 머리부터 발끝까지 사정을 두지 않고 내리쳐지는 몽둥이에는 그 어떤 장사라도 버텨낼 재간이 없을 터였다. 한동안 이어진 구타에 그가 피를 토해내며 신음했다. 그러면서도 손톱이 빠지도록 얼어붙은 땅바닥을 딛고 일어섰다. 피투성이가 된 몸은 이미 모든 기력을 잃은 후였으니, 그렇게 두 다리로 버티고 서 있는 것 자체가 신기에 가까웠다.

비틀거리면서 겨우 일어선 대한이 장표수를 똑바로 노려보았다. 장표수는 고통으로 일그러진 그의 얼굴을 비정하게 바라보았다. 그때 대한의 입가로 웃음이 비어져 나오기 시작했다. 신음이 웃음으로 점차 변해가고 있었다. 그러자 이번에는 장표수의 얼굴이 심하게 일그러져 갔다. 마치 비웃기라도 하는 것 같은 웃음소리는 소름마저 끼쳤다. 저것이 죽을 만큼 맞은 사람의 입에서 나올 법한 웃음이란 말인가.

장표수의 입술이 불쾌하게 실룩거렸다.

"죽여!"

그 말 한마디에 또다시 쇠파이프와 야구 방망이를 든 초산패들이 대한에게 달려들었다. 여기저기서 날아드는 몽둥이에 대한은 속절없이 이리 밀리고 저리 돌려지다가 결국은 핏덩어리를 한 움큼 쏟으며 바닥을 뒹굴었다. 콜록거리며 기침을 하자 피가 끊임없이 솟구쳐 입가로 흘렀다. 그러면서 그는 기어이 또 몸을 일으키고 있었다. 무릎을 꿇은 채 가까스로 일어난 그가 하늘 저편을 올려다보며 큰 소리로 부르짖었다.

"수은아!"

뜨거운 눈물이 솟구쳐 그의 뺨을 적시는 동시에 장표수가 곁에 섰던 부하의 손에서 쇠파이프를 빼앗아 들었다. 그리고 대한의 뒤통수를 향해 힘껏 쇠파이프를 휘둘렀다. 꽝! 하는 굉음과 함께 무언가 깨지는 소리가 밤하늘에 울려 퍼졌다. 머리에서 피가 퍽 터지면서 대한의 몸이 흔들렸고, 서서히 앞으로 고꾸라졌다. 그제야 초산패들이 한 발자국씩 뒤로 물러났다.

"가자!"

장표수를 선두로 초산패들이 그 자리를 떴다. 그들이 모두 차에 올라타 사라진 후에도 대한은 쓰러진 그대로 움직일 줄 몰랐다. 그의 머리에서 흘러내리는 피가 그의 얼굴 주위로 점점 고여들고 있었다. 코에서도, 귀에서도, 눈에서도 피는 하염없이 흘러내렸다.

방금 전까지만 해도 무심하게 내려다보고만 있던 하늘에서는 거짓말처럼 눈이 펑펑 쏟아져 내리기 시작했다. 하늘에 있는 뭇 별들이 온통 눈이 되어 쏟아지는 것처럼 장관을 이루었다. 순식간에 지천이 하얗게 뒤덮이고, 화단에 처박힌 차에도, 쓰러진 대한의 몸 위에도 눈은 차츰 쌓여갔다. 그리고 얼마 지나지 않아 그의 몸은 하얗게 뒤덮였다.

＊

대한을 기다리느라 새벽까지 잠 못 이루고 있던 수은은 마루 문을 두드리는 소리에 방에서 나왔다. 문을 열었더니 눈은 펑펑 오는데, 한 실장과 웬 낯선 남자 둘이 서 있었다. 수은이 불길한 예감이 들어 가슴이 철렁 내려앉았다.

"무슨 일입니까?"

"형사들입니다, 사장님."

‘형사?’

그랬으니 그녀의 불길한 예감은 적중했던 셈이었다.

“무슨 일로…….”

두 사람 중 나이가 좀 더 지긋해 보이는 정 형사가 딱딱한 어조로 불쑥 말을 꺼냈다.

“방대한 씨라고 아시죠?”

“예, 그렇습니다만…….”

“잠깐 조사할 것이 있으니 저희와 함께 가주셨으면 합니다.”

수은은 숨을 한번 훅 들이키고 말했다.

“무슨 일인지 먼저 말씀해 주시죠.”

정 형사가 거침없이 대꾸했다.

“살해 교사 혐의로 지금 수배 중입니다. 몇 가지 여쭤볼 것이 있어 그러니 함께 가시죠.”

살해 교사 혐의? 수은은 그만 눈앞에 캄캄해졌다. 심장이 벌렁거려서 잠시 문에 기대어 섰다가 그녀가 말했다.

“잠시만 기다리세요. 외투를 입고 나올게요.”

방으로 다시 들어가 수은은 장롱 안에서 외투를 꺼내 입었다. 그러다 머리맡에 두었던 서류 봉투가 눈에 띄었다. 그녀는 봉투를 얼른 보료 밑으로 집어넣고는 방을 나섰다.

형사들의 차를 타고 ‘백궁’ 앞을 출발해서 길을 따라 죽 내려가다가 공터에 왔을 즈음이었다. 운전을 하던 이 형사가 혼잣말을 흘렸다.

“저 차는 아까부터 왜 저렇게 서 있는 거지? 주차해 놓은 건 아닌 것 같은데…….”

그 옆에 앉았던 정 형사도 밖을 살피며 동조했다.

“그러게 말이야. 혹시 눈길에 미끄러져 사고 난 거 아냐? 후미등도 켜진 그대로인 것 같고…….”

수은도 뒷좌석에 앉아 있다가 서리가 낀 유리창을 손으로 동그랗게 닦고는 밖을 내다보았다. 형사들의 말대로 공터 화단 쪽에 차가 한 대 서 있었다. 보아하니 주차한 것치고는 화단 쪽으로 너무 깊숙이 들어가 있었다. 그녀는 의아한 생각이 들어 차를 자세히 살폈다. 눈으로 덮여 있었으나, 후미등도 켜진 상태가 확실했다.

그냥 지나치기가 아무래도 찜찜했던지 형사들이 차를 세우고 내렸다. 펑펑 쏟아지는 눈 속을 미끄러지듯 달려 두 형사가 차로 가까이 접근했다. 운전석 쪽으로 돌아가 보았더니 유리창은 깨지고 안에는 아무도 없었다. 차 주변을 이리저리 살피다가 그의 시야에 얼핏 무언가가 잡혔다. 눈 속에 반쯤 파묻히기는 했으나 분명 사람의 형체였다.

“어이, 이 형사! 이리 와봐.”

반대편에서 이 형사가 뛰어왔다. 정 형사는 한쪽 무릎을 굽히고 앉아 쓰러진 사람의 몸에서 눈을 툴툴 털어냈다.

“뭐야? 사람이잖아!”

이 형사가 기겁하여 소리를 질렀다.

“어서 서에 연락해!”

정 형사가 외쳤고, 이 형사는 곧장 차로 뛰었다. 그리고 차 운전석으로 올라타 급히 무전기를 들었다. 몇 번의 잡음이 들린 후에 그가 다급히 소리쳤다.

"전통 한식집 백궁 초입 공터에 시신 한 구 발견! 구급차 보내주기 바람. 이상 오버!"

시신이라는 말에 수은은 몸을 흠칫 떨었다. 다시 내리려는 이 형사에게 그녀가 물었다.

"차 사고인가요?"

"잘 모르겠어요. 차와 거리가 좀 있는 걸로 봐서는 차 사고만은 아닌 것 같군요. 여기 가만 계세요. 구급차가 올 거니까 어떻게 된 연유인지는 곧 알게 되겠죠."

이 형사가 차에서 다시 내렸고, 수은은 금세 서리가 끼고 마는 창문을 열심히 닦으며 바깥을 내다보았다. 흩날리는 눈 사이로 흐릿하게 비치는 차와 조금 떨어진 곳에 쓰러져 있는 시신을 살피고 있는 형사가 보였다. 그 모습을 지켜보는데, 이상스레 가슴이 쿵쾅거렸다. 자기도 모르게 차에서 내려선 것은 아마도 어떤 이끌림 때문이었으리라. 말로는 설명할 수 없는 슬픔이 가슴에 몰아치면서 도저히 차 안에 앉아 있을 수가 없었다. 눈 속에 오래도록 파묻혀 있었을 그 누군가에게 어딘지 모를 애틋함이 일었다. 어쩌면 대한도 이 눈 속 어딘가에서 방황하고 있을지도 모른다는 생각에 사무치는 슬픔을 느껴서인지도 모르겠다. 그녀는 천천히 눈길을 걸어 그들 쪽으로 다가갔다.

시신의 주머니를 뒤져 지갑을 찾아낸 정 형사는 차 불빛에 의지

해 신원을 확인했다. 지갑 속에 들어있는 주민등록증을 본 순간, 두 형사의 시선이 동시에 맞부딪쳤다. 이 형사가 먼저 어렵사리 입을 열었다.

"정말 죽은 거 확실합니까?"

정 형사의 고개가 착잡하게 끄덕여졌다. 이 형사는 한숨 섞인 어조로 말했다.

"결국 이렇게 되었군요. 장표수 짓이겠죠?"

"그렇겠지. 이젠 그놈을 잡으러 다녀야겠군. 송근우에 이어 최치호, 방대한이 차례로 죽은 것만 봐도 원한에 얽힌 살인 사건임이 더욱 분명해졌어."

"그럼 백궁 여사장은 어떻게 할까요? 여사장이 이번 사건에 무슨 상관이겠습니까?"

"그래도 어쩌겠나. 일단 서로 데려가서 몇 가지만 물어본 후에 돌려보내든지 해야지."

"빌어먹을! 죽어도 꼭 이런 날 죽을 게 뭐람. 눈 한번 흐드러지게 오네."

푸념처럼 말을 내뱉고 있는데, 구급차가 도착했다. 구급차에서 대원들이 신속히 내려서 들것을 들고 시신 쪽으로 달려왔다. 어느새 한 자나 쌓인 눈 속을 푹푹 내디디며 구급차로 다가온 수은이 형사들에게 물었다.

"누군지 알아냈나요?"

이 형사가 시신 가까이 오지 못하게 하느라 큰 소리로 외쳤다.

"차에 가 있으세요!"

눈 때문에 시신이 있던 자리를 제대로 표시할 수가 없어 정 형
사는 애를 먹는 모습이었다. 수은은 구급차 옆에 서서 들것에 실
리고 있는 시신을 유심히 쳐다보았다. 흰 천을 머리끝까지 덮어
얼굴을 볼 수는 없었으나, 그녀의 눈에 정확히 들어온 것이 있긴
했다. 구급차에 실을 때 떨어진 신발 한 짝이었다. 그녀는 자신 앞
으로 굴러 떨어진 신발을 가만히 주워 들었다. 그리고 신발에 묻
은 눈을 털던 그녀의 손이 한순간 정지되었다. 물끄러미 신발을
내려다보다가 그녀는 구급차에 태워지고 있는 들것으로 천천히
시선을 옮겼다. 신발 한쪽이 벗겨진 채로 드러난 그의 발. 그녀의
손에 들려 있던 신발이 툭 하고 바닥으로 떨어졌다.

“대한 씨……”

구급차의 뒷문은 닫히고, 차는 곧 출발했다. 수은이 뒤늦게 구
급차를 뒤쫓으며 그의 이름을 불렀다.

“대한 씨! 대한 씨! 대한……”

달려가다 그녀가 눈밭에 미끄러져 엎어졌다. 그러나 일어나 앉
아서도 하염없이 그의 이름을 불러댔다. 눈송이는 그녀의 얼굴에
달라붙는 즉시 눈물이 되어 흘렀다. 목 놓아 불러보지만 대한을
실은 구급차는 눈 속을 멀어져 갈 뿐이었다.

“아아 아아아……!”

눈 속에 주저앉아 비명처럼 울음을 쏟아내며 수은은 절규했다.
두 형사도 그토록 처절하게 우는 그녀를 멍하니 바라보고만 있었
다. 두 형사가 동시에 움직였던 것은 그녀의 몸이 돌연 옆으로 넘
어갔기 때문이다. 그들이 달려가 그녀를 안아 일으켰을 때, 안타

깝게도 그녀는 이미 혼절한 후였다.

　그녀는 이틀을 꼬박 앓다가 깨어났다. 눈뜬장님처럼 천장만 올
려다보고 누웠다가 깊은 밤이 되어서야 자리에서 일어나 앉았다.
꿈일 것이다, 그녀는 생각했다. 지독한 악몽을 꾼 것이다, 그녀는
그렇게 믿었다. 그럼에도 불구하고 엷은 스탠드 불빛만 비추는 고
요한 방 안에 홀로 앉아 멍한 기분을 떨치지 못하고 있었다. 약에
취한 듯 입 안은 쓰고 메말랐다. 온몸에 기력이 하나도 없었다. 그
래도 정신을 차리려 애를 쓰다가, 문득 떠오르는 것이 있어 보료
밑으로 손을 집어넣었다. 그가 보관하라 건네주었던 중요한 서류.
그럼 그것까지는 사실이었던가 보다. 지난 밤, 집으로 와 같이 술
상을 마주하고 짙은 키스를 나누었던 것도 사실이었나 보다.
　그녀는 봉해진 서류 봉투 두 개 중 얇은 것 하나를 조심스레 뜯
었다. 두려움과 긴장감 때문에 손이 발발 떨렸다. 잠시 숨을 멈추
었다가 용기를 내어 서류를 거꾸로 들었다. 그 안에서 툭 하고 편
지 봉투 하나가 방바닥으로 떨어졌다. 서류 봉투를 내려놓는 대신
그녀는 편지 봉투를 손에 들었다. 안에서 편지지를 꺼내 드는데,
왠지 모를 눈물이 왈칵 솟았다. 곱게 접힌 편지를 펼쳤다. 그 안에
선이 굵직굵직한 필체로 써 내려간 글이 있었다.

『사랑하는 당신.
　내 인생에 당신처럼 아름다운 여자를 만나 사랑에 빠진 것은 참
으로 기적 같은 일이었어.

그것보다 더 큰 기적은 당신이 날 사랑한다는 사실일 거야.

겨우 이 짧은 편지 한 장으로 내 마음을 다 표현할 수 없다는 것이 안타깝지만, 당신이라면 얼마든지 느낄 수 있으리라 믿어.

당신을 만나 행복했고, 또한 즐거웠어.

어렸을 적 어머니가 해준 음식 맛보다 당신이 해준 따뜻한 밥 한 끼가 내게는 더 큰 힘이 되었어.

사는 맛까지 느끼게 해준 당신, 무어라 고맙다는 인사를 해야 할지…….

그래서 당신에게 선물을 준비했어.

첫 번째는 나없이 외로울 당신에게 내가 아끼는 진우와 선우를 동생으로 주고 싶어. 외로운 사람들끼리 서로 의지하며 살았으면 좋겠어.

두 번째는 권동식 국회의원이라고, 차재구 형님에게 물으면 잘 알 거야. 독립군 후손들을 돕는 후원 단체의 기반을 닦아달라고 부탁해 놓았어. 혹 제대로 이행이 안 되거들랑 내 이름을 걸고 반드시 쟁취해.

마지막으로 백궁 땅문서. 애초에 당신 것이었으니 이제 돌려줄게.

당신에게 해줄 수 있는 일이 이 세 가지밖에 없다.

솔직히 이 편지를 당신이 읽어보게 되지 않기를 바라.

나 때문에 당신이 평생 마음 아파할 생각을 하면, 가슴이 찢어져.

하지만 당신의 음식만큼이나 당신의 사랑, 내 마음속에 간직하고 가.

날 잊으라는 말은 하지 않겠어.

대신 나 때문에 눈물 흘리는 건 아주 가끔씩만……

다음 생애 다시 태어날 수 있다면 나는 깡패가 아닌, 독립군의 후손으로 태어나 당신 곁에서 똑같은 길을 걷고 싶다.

그래서 떳떳하게 이 세상을 살고 싶다.

이 한 목숨 다 바쳐 당신을 사랑했다, 윤수은!

방대한.

추신) 다른 서류는 이 편지를 보는 즉시 경찰에 넘겨줘. 그리고 더 이상의 원한이나 복수는 나로 끝났으면 해. 규성이 착한 녀석이니 용서해. 그게 내 마지막 유언이야.』

또 다른 서류 봉투를 뜯어본 수은은 다시 한 번 통한의 눈물을 쏟아내었다. 그 안에는 김경복의 비리 문서 건이 들어 있었던 것이다. 이미 죽을 것을 예감하고 서류를 맡겨놓은 그의 뜻을 헤아리자 수은은 복받쳐 오르는 눈물을 참을 수 없었다. 어떻게 이런 일이……

그로부터 얼마 후, 문서를 건네받은 경찰에 일대 비상이 걸렸다. 이것은 정치계와 연류된 크나큰 사회 문제로 야기됐으며, 상기할 만한 것은 정작 들어 있어야 할 명단 가운데 권 의원 건만 모조리 삭제되었다는 점이었다. 그러니 김경복으로서는 권 의원을 걸고넘어질 빌미가 완전히 사라지게 된 셈이었다. 더욱이 비리 조사 중에 최치호를 사주하여 오히려 방대한을 죽이려고 한 혐의까지 드러났고, 그가 이미 죽은 이상 빠져나갈 구멍은 없었다. 결국 김경복은 범죄가 가중되어 감옥행이 되고 말았다. 대한은 죽어서도 끝끝내 김경복에게 복수를 하고 만 것이다. 그러나 수은에게는 김경복을 감옥에 가게 만든 것보다 대한을 잃은 것이 더 큰 손실이었으리라.

그렇게 세월은 어느덧 오 개월이 지났다.

＊

수은은 증편, 어알탕, 준치만두, 앵두화채, 생실과, 수리취떡이 차려진 교자상 앞에 앉아 있었다. 그 맞은편에는 규성이 그늘진 눈빛으로 그녀를 바라보고 있었다.

오늘은 단오 날이었다. 풍속대로 단오 날에 먹는 음식들을 준비하여 규성을 '백궁'으로 초대한 것이다. 수은은 따로 준비해 두었던 자기(瓷器)를 그의 앞으로 옮겨 놔주며 말했다.

"제호탕이에요. 단오 날이면 여름을 대비하여 보신용으로 임금님에게 진상하던 청량음료이지요. 다른 음식들도 마찬가지고요. 규성 씨를 위해 특별히 만든 것이니, 드세요."

규성은 말없이 수저를 들었다. 그의 모습을 가만히 지켜보다가 수은도 젓가락으로 준치만두를 하나 집어 앞 접시에 놓았다. 규성을 '백궁'으로 직접 초대한 것은 의외의 일이었다. 이제 그는 김경복에 이어 원수 집안의 자제일 뿐이었다. 이미 그런 관계는 그의 정체가 탄로난 이후로 지워지지 않는 흉터처럼 자명해진 것이었다.

"다음 달에 캐나다로 돌아가요."

규성이 첫 말문을 열었다. 수은은 별로 놀랍지도 않은 얼굴이었다.

"잘되었군요, 가기 전에 자리를 마련할 수 있어서."

규성은 문득 수저질을 멈추고 물었다.

"절 이렇게 부른 이유가 뭐죠?"

"유언 때문이에요."

"유언?"

"대한 씨가 죽기 전에 제게 유언장을 남겼어요. 거기에 그렇게 쓰여 있더군요, 규성 씨를 용서하라고."

규성의 눈에 서서히 눈물이 고여들었다. 그는 화가 난 듯 언성을 높였다.

"그래서 절 용서했다는 건가요?"

"예."

"그럼 제가 방대한을 용서할 거라고 생각했어요?"

"제가 규성 씨에게 따로 용서를 구할 필요는 없어요. 그를 용서하든 안 하든 그건 규성 씨 마음이니까요. 대대로 내려오던 원수의 끈을 이제 끊고자 할 뿐이에요. 이제껏 조상들의 업보를 대대로 물려가는 것만이 제가 할 일이라고 여기며 살아왔지만, 그게 다가 아니라는 걸 깨달았거든요. 저는 이제 규성 씨에 대해 아무런 원망도 하지 않아요. 제가 가식처럼 보이나요?"

수은의 애잔한 눈빛에 규성은 이제 가슴까지 젖어들고 말았다. 그녀가 자신을 조금씩 용서하고 있을 때, 자신은 오로지 방대한을 저주하면서 살았다. 아버지와 함께 하루아침에 집안을 몰락하게 만든 그가 살아 있었다면, 아마도 복수심에 무슨 짓을 했을지도 몰랐을 것이다. 자신의 옹졸함이 지금 그녀를 보면서 여실히 드러나고 있음에 그는 부끄러움을 느꼈다. 왜 그녀의 마음은 조금도 헤아릴 줄 몰랐던가. 그녀 역시 자신과 아버지에 대해 더한 복수심을 가져도 부족할 터.

그런데 그녀의 표정은 너무나 맑고 차분하고 아름다웠다. 원수에게 용서하는 마음으로 음식을 대접할 줄 아는 미덕을 갖춘 여자. 규성은 마음 깊숙한 곳이 뜨거워지는 걸 느꼈다. 그녀와는 이것이 마지막 자리가 될 것이다. 그것이 안타깝기보다 비로소 마음의 평안함이 스미어들었다. 눈물을 속으로 삼키며 그가 빙긋 웃음을 머금었다. 수은도 엷은 미소를 짓고는 고개를 끄덕여 보였다.

수많은 상인들과 어장의 장사치들이 바쁘게 손을 움직이며 값을 흥정하고 있는 모습은 언제 보아도 생동감이 넘쳤다. 류민자, 한 실장과 함께 새벽 어장을 나온 수은은 청바지에 가벼운 티셔츠 차림이었다. 긴 머리카락은 여전히 하나로 땋아 늘였고, 청초한 눈매 또한 변함이 없었다. 볼 살이 조금 빠져서 야위어 보이는 것 외에는 예전 모습 그대로였다.

한 실장이 물건을 흥정하는 사이, 그녀는 주변을 이리저리 살피고 있었다. 그러다 고개를 갸웃했다. 누군가 분명 자꾸 쳐다보는 느낌이 확실한데, 시선을 돌리면 의심 갈 만한 사람이 하나도 없었다. 모두들 조금이라도 좋은 물건을 맞는 가격으로 가져가려 정신이 없을 뿐, 정작 수은에게 관심을 두는 이는 하나도 없었다. 그런데도 참으로 이상했다. 뒷덜미가 간지럽고 따가워서 그녀는 자기도 모르게 목을 움츠렸다. 목덜미를 핥는 것처럼 기분이 이상했다. 더 묘한 것은 기분이 나쁘기보다 어린애들 장난치듯 해서 입가로는 살짝 미소가 머금어진다는 점이었다.

양손에 하나 가득 물건을 들고 주차된 차로 돌아갔다. 앞서 류민자와 한 실장이 서로 두런두런 이야기를 나누며 걷고 있었고, 수은은 약간 떨어져 그 뒤를 쫓았다.

차 앞에 당도했을 때, 류민자가 뒤를 돌아보았다. 그런데 분명 따라오고 있어야 할 수은이 없어졌다. 저만치 길 위에는 그녀가 들고 오던 생선 박스 두 개가 적당한 거리를 두고 나란히 떨어져 있었다. 그야말로 귀신이 곡할 노릇이어서 류민자는 두 눈을 깜박이며 어리둥절해했다. 한 실장이 류민자의 손에서 박스를 받아 들다가 이상한 낌새를 눈치챘다.

"왜 그래요?"

"우리 사장님…… 어디 갔대요?"

한 실장이 무슨 소리인지 몰라 류민자와 똑같이 길 위로 시선을 던졌다. 그 역시 달랑 남겨진 생선 박스를 보며 황당함을 금치 못했다.

"사장님이 사라지셨네."

그리고는 동시에 기겁하여 외쳤다.

"사장님!"

수은은 가슴을 졸이며 쪼그려 앉아 있었다. 눈은 가린 채여서 코끝으로 느껴지는 달콤한 향이 나는 이곳이 어디일지는 알 수가 없었다. 주차된 차로 가다가 누군가가 느닷없이 입을 틀어막고는 어디론가 끌고 갔다. 그리고는 차에 태워지자마자 눈과 입이 가려진 후, 두 손이 뒤로 묶였다. 납치되었다는 생각에 공포감이 엄습했다. 그러한 공포는 이곳에 온 이후로도 좀체 사그라들지 않았다. 느낌상으로는 방 안이 분명했다. 온기가 있었고, 향이 가득했다. 다행히 입을 틀어막았던 끈은 풀렸지만, 그녀는 아무 소리도 낼 수 없었다. 극심한 공포감 때문이기도 했고, 지금 상황이 어떻게 돌아가고 있는지 전연 알 수 없어서이기도 했다.

내심으로는 침착하려고 무진 애를 쓰고 있었어도 사지가 벌벌 떨려오는 것은 막아낼 도리가 없었다. 그녀는 무릎을 세워 몸을 한껏 웅크렸다. 소리는 없었으나 누군가 다가오고 있었다. 서서히 공기가 밀리며 민감한 피부로 사람의 기척이 느껴졌다. 수은은 자기도 모르게 뒤로 물러나다가 무언가가 등에 닿는 바람에 깜짝 놀라 몸을 움츠렸다. 푹신한 느낌으로는 침대 같은데, 그것마저 제대로 알 길이 없었다. 뒤로 더 이상 물러날 데도 없고 해서 두 무릎을 가슴에 밀착시키고 고개를 숙였다.

누군가가 가까이 다가와 앉았다. 수은은 옆 이마로 와 닿는 손끝에 온몸을 부르르 떨었다. 가슴이 심하게 요동쳤다. 손끝은 서서히 얼굴의 옆 라인을 타고 내려와 뺨에 머물렀다. 두툼한 느낌과 함께 무척 열이 많은 사람임을 알 수 있었다. 앞에 다가와 앉은 상대에게서 뜨거운 열이 훅 끼쳐지는 것이 느껴졌다. 그는 남자가 틀림없었다. 수은은 속으로 생각했다, 감히 이런 짓을 할 사람이 누구일까 하고.

아직도 주변에는 그녀를 사모하는 남자들이 수두룩했다. 대한이 떠난 후로 잠시 주춤했던 기세는 어느 정도 시간이 지나면서 예전처럼 드세어졌다. 우선 매일같이 단골로 드나드는 사람들 가운데서 이런 짓을 할 가능성이 있는 사람을 추려내기 시작했다. 하지만 딱히 이런 납치극을 벌일 정도로 미친 사람은 없었다. 그녀가 생각에 골몰해 있는 잠시잠깐에 그의 손이 턱을 살짝 움켜잡았다. 그런 뒤 움직임이 없다 싶더니, 수은이 자기도 모르게 머리를 뒤로 뺐다. 왜냐하면 상대의 얼굴이 가까이 다가오고 있음을 감지했기 때문이다.

다시금 단단히 턱을 틀어쥔 그가 서서히 입을 맞추었다. 벌벌 떨리는 그녀의 입술을 곱게 문지르고 빨아들이는데, 생각보다 무척 친절하고 따스한 느낌이었다. 수은은 순간, 마치 잘 아는 사람 같은 기분이 들었다.

'혹, 규성 씨인가?'

그녀는 속으로 고개를 저었다. 그럴 리가 없었다. 그는 일전에 '백궁'에서 그렇게 만난 이후로 얼마 지나지 않아 어머니와 함께 아예 캐나다로 들어가 버렸던 것이다. 그로부터 석 달 남짓 지난 지금, 소식도 없이 돌아와 이런 장난을 벌일 만큼 규성은 간이 큰 남자가 아니었다. 수은은 적당한 사람이 떠오르지 않자 더욱 조바심이 나 견딜 수가 없었다.

"누, 누구세요……?"

잠시 입술이 떨어졌을 때, 수은이 떨리는 목소리로 물었다. 그는 하라는 대답은 않고 손을 그녀의 뒤로 돌리더니 손목에 묶인 끈을 풀어주었다. 아팠을 손목을 어루만지는 손길 역시 극렬한 납치범치고는 참으로 따뜻한 배려였다. 하지만 마음을 놓을 수는 없었다. 세상에는 미치광이 같은 인간들이 워낙 많으니 말이다.

"노, 놓아주세요. 부, 부탁합니다. 절 보내주세요."

그녀의 눈물 어린 호소에도 아랑곳 않고 그는 느긋하게 머리카락을 쓰다듬더니 하나로 묶은 끈을 풀었다. 땋았던 머리카락을 풀어헤쳐 손가락으로 빗겨 내리고, 머리카락에 코를 들이대고는 냄새를 훅 들이키는 것을 느끼며 수은은 온몸에 소름이 돋았다.

'무, 무서워. 이 사람, 뭐지?'

두려움에 떠는 수은을 남자는 답삭 안아 들더니 침대에 눕혔다. 상체로 꾹 누르고 있어 수은은 옴짝달싹할 수 없었다. 어떻게 하면 이 위기를 벗어날까, 머리 속으로 열심히 방법을 구상했다. 거친 남자의 손바닥이 몸을 쓰다듬기 시작했기에 그녀는 견디지 못하고 입술을 악물었다. 그리고 죽기 살기로 상대의 가슴팍을 잡아채어 확 민다는 것이 그만 어처구니없는 일이 벌어지고 말았다. 상대는 상의를 벗은 상태였고, 무언가가 한 움큼 손안에 뜯기는 기분이 들었다. 이어 상대의 입에서 비명이 터져 나왔다.

"앗, 따가!"

그가 벌렁 옆으로 나가떨어졌고, 그 틈에 수은이 몸을 일으켰다. 어쩐지 귀에 익숙한 목소리 같다 싶었지만, 급한 마음에 안대부터 풀고는 침대에서 뛰어내려 와 정신없이 문으로 달렸다. 어느 틈인가 쫓아온 그가 그녀의 허리를 잡아챘다.

"아악!"

수은이 질겁하여 소리를 질렀다.

남자는 허리를 잡아챈 채로 달랑 들어서 다시 침대로 데려갔다. 수은이 그의 손을 떼어내려 발버둥을 쳤다. 어찌나 억세게 몸부림을 쳤던지 침대 위로 두 사람이 한꺼번에 나자빠졌다. 재빨리 일어나려는 그녀의 몸을 잡아당겨 그가 제 품 안에 가두었다. 수은이 심하게 몸을 뒤채이며 눈을 질끈 감고 소리를 질렀다.

"사람 살려! 아아악!"

"……."

그렇게 몸부림을 쳐대도 남자는 아무 소리가 없었다. 수은도 소리를 지르다 지르다 기진맥진해 버렸다. 그녀가 천천히 눈을 떴다. 얼마나 분하고 무서웠으면 두 눈이 촉촉해졌다. 가슴은 벌떡벌떡 뛰어오르는데, 정작 눈앞에서 내려다보고 있는 남자를 본 그녀는 맥박이 되레 잠잠해지고 있었다. 촉촉하게 젖었던 눈에는 눈물이 더욱 그렁해졌다. 마치 꿈을 꾸는 것 같았다. 그녀의 눈 안에 하나 가득 고였던 눈물이 맺혀 있다 또르르 굴러 떨어졌다. 간신히 호흡을 가라앉힌 그녀가 마침내 한마디를 내뱉었다.

"거짓말쟁이."

그가 씩 웃으며 대꾸했다.

"바보."

그가 그녀의 입술을 한입 베어 물고, 두 번째로 더 크게 빨아들
였다. 세 번, 네 번, 수도 없이 그녀의 입에 입맞추며 그녀를 꼭 끌
어안았다. 수은도 팔을 둘러 그의 목을 껴안았다. 이게 꿈이어도
좋았다. 환상이어도 좋았다. 하지만 놓칠세라 그를 안고 수은은
끝내 복받치는 울음을 쏟아내었다.

"어떻게 된 건지 설명해 주세요."
대한의 팔을 베고 누워 수은이 물었다.
"말하자면 길어. 앞으로 천천히…… 문신 지우느라 시간이 더
걸렸어."
"문신을 지웠어요?"
"아직 다는 못 지웠어. 이게 생각보다 간단치가 않더군."
"당신 정말 나빠요. 어떻게 모든 사람을 감쪽같이 속일 수가 있
어요? 저한테만은 사실대로 말해 줄 수도 있었잖아요."
"당신 나없이 잘사나 못사나 그게 궁금해서. 당신은 몰랐겠지
만, 그동안 나는 당신을 죽 지켜봤어. 그런데 섭섭하대, 너무 잘살
아서."
수은이 하도 어처구니가 없어 혀를 찼다.
"복수는 당신을 마지막으로 끝낸다더니 저한테 완전히 복수한
거로군요."
"편지 읽었어?"
"그럼요."
"난 읽으란 말한 적 없는데. 그냥 보관만 하고 있으랬지."

"그런 말이 어디 있담! 사람 애간장을 이렇게 태워놓고선!"

대한이 클클 웃고는 그녀를 품에 꼭 끌어안았다.

"나 없으니 어땠어? 좋았나?"

그것은 언젠가 그가 했던 질문이었다. 수은이 그의 품을 깊이 파고들며 대답했다.

"아니요. 이제 다시는 그러지 말아요."

"이렇게 하지 않으면 이 바닥에서 손을 씻기가 힘들 것 같았어. 난 이제 세상에서 한 번 죽었으니, 다시 태어난 셈이지. 내가 편지에 써놨던 말 기억나? 다시 태어나면 당신과 같은 길을 걷고 싶다고 했던 말. 독립군 후손까지는 못 되더라도 이렇게 돌아왔다. 나 받아줄 거지?"

"음…… 당신 하는 거 봐서요."

그녀의 농에 대한이 기분 좋게 껄껄 웃었다.

"그래. 내 당신 위해서라면 무엇이든 노력하지. 그걸 위해서 지금까지 참아왔는데 무언들 못할까."

수은이 걱정스레 그를 올려다보았다.

"정말 괜찮은 건가요? 경찰에서 당신이 살아 있다는 걸 알면……."

"말했잖아, 난 이미 죽은 몸이라고. 난 이제 방대한이 아니라, 한민국이야."

"예?"

"깊은 이야기는 앞으로 천천히 나누자고. 난 지금 그보다 당신이 더 급해."

대한이 슬쩍 말꼬리를 늘이며 수은의 티셔츠 속으로 손을 쑥 밀어 넣었다. 그녀의 따스한 살결에 그는 정신이 아득해졌다. 그녀의 입술에 입맞추고 몸을 쓰다듬는 손길이 부드럽고 친절했다.

그녀는 따뜻하게 입맞춤하는 그의 입술이 너무나 새삼스러웠다. 이제껏 알고 있던 방대한이 아닌 전혀 다른 사람인 것처럼 느껴졌다. 하지만 지금은 그것이 꿈이든 생시든 중요하지 않았다. 그를 다시 볼 수 있다는 것만으로 더 바랄 것이 없었으니까.

이제 알몸이 된 두 사람은 오래도록 참고 기다려 왔던 서로를 탐닉했다. 오랜 공백 기간의 비밀을 뒤로한 채.

에필로그

대한이 병원 응급실에 실려온 후, 응급조치가 긴급히 이루어졌다. 의료진들은 대한의 머리를 지혈하고 산소마스크를 씌우고 기계에 연결된 맥박을 확인했다. 숨은 없었다. 젊은 의사는 곧장 전기 충격기로 그의 심장 부위를 압박하기 시작했다.

"숨이 돌아오지 않아요!"

산소마스크로 숨을 불어넣으려 애쓰던 젊은 의사가 소리쳤다. 나이가 조금 더 지긋한 의사가 다급히 외쳤다.

"어떻게든 살려내야 해! 위에서 특별한 지시가 내린 사람이야."

"시간이 너무 지체됐어요. 벌써 숨이 끊어졌다고요!"

"빠져나간 영혼이라도 다시 붙잡아 와야 해! 우리 두 사람의 앞날이 달려 있는 중대 문제라고."

"대체 누구기에 이 난리죠?"

"나도 몰라! 어쨌거나 이 한 사람 목숨이 우리 두 사람의 목숨이나 같다는 것만 알아둬!"

심장의 충격이 몇 번이나 계속되었다. 그때마다 대한의 커다란 몸이 무색하게 침대 위를 벌떡 뛰어올랐다 내려앉았다. 제발 기적이 일어나길 비는 마음으로 의사는 대한의 심장에 계속해서 충격을 가했다.

그렇게 하기를 얼마나 시간이 흘렀을까. 이미 지쳐 이마에 땀이 흥건한 의사의 얼굴에 어느 순간, 화색이 돌았다. 미세하지만 대한의 몸이 꿈틀 움직이는 것이 감지되었고, 기계에서 길게 일직선으로 늘어져 있던 맥박 선이 파동을 일으켰기 때문이다.

"됐어요! 돌아와요! 심장이 뛰기 시작해요!"

"맙소사! 운이 억세게 좋은 사람이로군!"

의사는 이마의 땀을 훔칠 겨를도 없이 소리쳤다.

그때서야 젊은 의사도 안도의 숨을 돌렸다.

"조금만 늦었어도 큰일날 뻔했어요. 누군지 앞으로 명줄 한 번 길겠는데요."

대한은 뒷골이 뻐근한 걸 느끼며 눈을 떴다. 눈앞에 흐릿하게 한 남자의 모습이 보였다.

"괜찮은가?"

익숙한 목소리였다. 대한은 통증으로 눈살을 찌푸리며 초점이 뚜렷해지도록 애썼다. 점점 시야가 깨끗해져서 자신을 내려다보고 있는 사람이 권 의원이라는 걸 알 수 있었다.

"깨어났군. 다행이야. 하마터면 큰일날 뻔했어."

"어떻게 된 겁니까?"

권 의원은 입 끝에 옅은 미소를 머금고 대답했다.

"자네, 운이 좋은 사람이야. 죽었다 살아난 거나 마찬가지라네."

대한은 그 후에 권 의원이 지인인 병원 원장에게 특별히 부탁하여 죽은 것으로 처리되었음을 알게 되었다. 최치호 살해 교사 혐의로 지목된 상태로 그가 살아 있다는 것을 알면 영락없는 감옥행이 될 게 뻔했기 때문이다. 게다가 김경복 비리 문서 때문이라도 일이 더욱 복잡해질 것이었다. 권 의원으로서는 뒷일을 책임져 주겠다고 했던 약속을 지킨 셈이었다. 일이 더 커지고 복잡해지는 것을 막기 위하여, 그리고 이제껏 살아온 인생의 빨간 줄을 없애기 위해 결국 대한은 새로운 인생을 받아들였다.

"자네는 이미 죽은 사람이니, 이제부터는 새로운 이름을 갖고 살아야 하네. 불편하고 익숙하지 않겠지만 이것이 최선이리라 보네."

"압니다, 의원님. 약속 지켜주셔서 감사합니다."

"당연한 일 아닌가. 난 분명히 말했네. 내 정치 인생을 자네에게 걸겠다고. 우리의 이 비밀이 끝까지 지켜지기만을 바랄 뿐이네."

"물론입니다. 저도 이참에 깨끗이 손이나 씻을 생각입니다. 그리고 앞으로는 한 여자만을 위해 살고 싶습니다. 도와주십시오."

"앞으로 잘해보세."

대한이 빙그레 미소를 머금는데, 하얀 가운을 입은 더벅머리의 의사가 병실 안으로 불쑥 들어섰다. 그는 부리부리한 눈을 가졌고, 성격이 무척 급해 보였다. 대한은 그가 괴짜라는 인상을 받았다.

의사가 괄괄한 목소리로 대한에게 첫 인사말을 건넸다.

"여어, 드디어 깨어나셨군. 내 이제껏 수술을 해봤지만 자네처럼 단단한 돌 머리는 처음이었어. 그렇게 맞고 살아난 사람도 아마 처음일걸. 내가 오죽했으면 자네를 차라리 죽게 내버려 두고 해부용으로 쓰고 싶을 정도였다니까. 어떤가, 다시 태어난 기분이?"

대한이 머리가 아픈지 끙 소리를 한 번 내더니 심드렁하게 대꾸했다.

"혹시 문신도 없애주쇼?"

"잘하는 의사를 소개시켜 주지. 진짜 감쪽같다네."

"잘됐군요. 이거 다 없애려면 시간이 얼마나 걸리죠?"

"꽤 오래. 천천히 하자고. 우선 머리 터진 것부터 아문 후에."

"그러죠."

"그만 쉬게나. 다음에 또 들름세."

권 의원이 말을 건네고는 의사와 함께 방을 나갔다.

대한은 편안한 숨을 내쉬고는 스르르 눈을 감았다. 자신이 살아 있는 걸 알면 수은은 과연 어떤 반응을 보일까. 그의 얼굴 가득 미소가 감돌았다. 한숨 푹 자고 나면 이제 새로운 인생을 준비해야 하리라. 그는 자신에게 어울릴 만한 이름이 무엇일까 생각해 보았다. 이름을 짓기는 그리 오래 걸리지 않았다. 한민국. 문득 떠오른 그 이름이 무척 마음에 들었다. 방대한의 겉모습을 완전히 벗어내고 완벽한 한민국으로 살려면 문신을 지우는 것뿐 아니라, 얼굴 성형도 해야 할지 모른다는 생각을 하며 그는 곧 깊은 잠에 빠져들었다.

작가후기

먼저 하나님께 감사를 드립니다.

지난 겨울, 이 소설을 완결했고 여름을 앞둔 이때에 한 권의 책으로 완성되었습니다. 설렘? 다른 이들은 어떨지 몰라도 저는 오히려 해방된 기분이 더 진하군요. 담담하다는 편이 맞겠지요. 그래서일까요? 때때로 저를 포함한, 글 쓰는 이들은 참 독하다는 생각을 하게 됩니다. 그렇지 않고서야 어찌 지난 인물들을 깨끗이 접고 새로운 글에 몰두할 수 있을까요.

헤어짐과 만남이 부지기수인 소설 안에서 자신이 창조해 낸 인물과 사랑에 빠지는 일은 허다합니다. 그러고 보면 글 쓰는 사람들은 사랑하고 이별하는 일에 무척 익숙한 것도 같군요. 자나 깨나 소설 속 인물들에 빠져 살면서 어떻게 하면 그 환상을 구체화시킬 수 있을까, 고민하는 일은 하나의 고통이면서 또한 즐거움이기도 하지요. 삶 자체가 그러하듯 고통만 있다면, 혹은 즐거움만 있다면 고통도 즐거움도 무의미할 겁니다. 극과 극은 단짝처럼 붙어 다니면서 서로의 존재가치를 높여주니까요.

이 소설 속의 '방대한' 이라는 인물과 '윤수은' 이라는 인물 또한 극과 극을 이루는 사람들입니다. 생김새부터 사고방식, 자라온 환경이나 현재 살고 있는 모습, 모든 면에서요. 그렇게 정반대의 두 남녀가 만나 사랑에 빠지게 될 확률은 과연 몇 %일까요? 아마도 그것은 지구상의 모든 연인들과 다를 바 없을 겁니다. 어차피 우리는 수십억만 분의 1이라는, 경이적인 확률로 내 짝을 만나게 되는 거니까요.

지금 사랑하는 이가 곁에 있으신가요? 기적 같은 확률로 만난 사실에 전율하세요. 세상의 아름다움이란, 세상을 아름답게 변화시키는 것이 아니라 세상을 바라보는 나 한 사람의 시각이 변하면 되는 겁니다. 하물며 '사랑'에 대한 시각은 더 말할 나위 없겠지요.

어쩌면 평생 깡패 짓밖에 모르던 '방대한'에게 교과서 같은 여인 '윤수은'을 짝으로 정해준 것은 공평하다고 보아집니다. 최종적으로 '백궁'을 포기하고 사랑하는 여인 '윤수은'을 택한 결정은 그에게 제2의 삶을 부여했으니까요. 마치 머슴과 마님처럼 그들의 삶은 앞으로도 그러하겠지요. 하지만 그 삶마저도 애틋하고 아름답게 이어지리라고 믿어 의심치 않습니다.

연재 시에 많은 분들이 '방대한'의 죽음을 두고 가슴을 쳤던 일을 기억합니다. 그리고 두고두고 그의 죽음을 놓고 의견이 분분했지요. 연재 상으로 보여 드릴 수 있는 부분이 제한되어 이제야 책으로 그의 건재함을 알려 드리게 돼서 더없이 기쁩니다.

그에 반해 '송근우'라는 인물을 짚고 넘어가지 않을 수 없는데요. 이 소설을 쓰면서 제 마음 한구석에 늘 맺혀 있던 인물이었어요. 어쩌면 저는 '방대한'이라는 인물보다 '송근우'라는 인물에 대해 더 관심이 있었는지도 모르겠습니다. 아까운 남자였죠. 이야기 구도 상 어쩔 수 없는 죽음을 안겨준 그에게 미안한 마음이 늘 있습니다. 그의 사랑하는 연인 '아라'에게도. 그렇기에 그들의 행복까지 몇 배로 '방대한'과 '윤수은'이 누려야 한다는 생각도 들고요. 그것으로 제 마음 한편으로 남아 있던 슬픔이 가셔졌으면 좋겠군요.

일제 때부터 대를 이어 내려오는 전통 한식집 '백궁'. 실지 그런 한식집이 있는지는 모르겠어요. 첫 시놉시스를 짤 때는 다분히 제 개인적인 상상에 의거한 것이랍니다. 혹 그런 곳이 있는가, 궁금해하는 분들이 계실지 몰라 말씀드립니다. 한편으로는 우리 나라에 그런 한식집이 존재하고 있었으면 하는 바람도 없지 않고요.

저는 소설 하나 쓰는 일을 집 한 채 짓는 것과 비교를 하는데, 기초 공사부터 최종 마무리까지 해오면서 그래도 산 기쁨이 있어 좋았답니다. 제 나름대로 최선을 다해 지은 집, 누구든 와서 편히 쉬어가고, 즐겁고 아름다운 기억으로 오래도록 남았으면 하는 바람입니다.

끝으로 사랑하는 가족들과 언제나 뒤에서 든든한 버팀목이 되어주는 백경, 글동무 영채와 토리, 그리고 카페 가족 여러분들에게 감사를 전합니다.

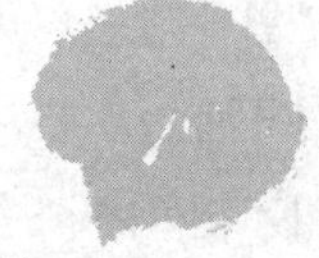

현지원

떡볶이 집을 그냥 지나치고는 잠이 안 오며
김치 마니아이기도 하다. 다정하게 거니는 연인
사이를 헤집고 지나가는 심술을 부리기도 하지만
슬픈 결말은 마음 아파 못 보는 이중성을 보이기도.
즐겁고 유쾌한 이야기에는 박수를,
감동적인 사연에는 눈물 흘릴 줄 아는 인간적인
사람이 되고 싶고 그런 이야기를 쓰고 싶어한다

연인(戀人) http://yeonin.new21.net

『재회』

다섯 살의 첫 만남, 여섯 살의 서투른 뽀뽀,
열아홉 살의 이별…… 그리고 재회.

"잊으라는 말 따위 하지 마. 사랑하지 말라는 말도.
내 마음이 널 원해. 내 심장이 너만을 위해 뛰어."
사랑의 표현이 다소 거칠고 무모하고 때론 유치하지만,
이 모든 것은 다 그녀 때문이다.

● 현지원 지음 값9,000원